폴라리스

폴라리스

이상한 프리랜서 네 명의 특별한 여행

첫판 1쇄 펴낸날 2015년 6월 29일

지은이 | 황하영, 이현
펴낸이 | 박남희
편집 | 김지연, 박남주

종이 | 화인페이퍼
인쇄 | 청아문화사
제본 | 정민제본

펴낸곳 | (주)뮤진트리
출판등록 | 2007년 11월 28일 제318-2007-000130호
주소 | 서울시 마포구 토정로 135 (상수동) M빌딩
전화 | (02)2676-7117 팩스 | (02)2676-5261
E-mail | geist6@hanmail.net

ISBN 979-11-85271-34-7 03810

* 잘못된 책은 교환해드립니다.

이상한 프리랜서 네 명의 특별한 여행

황하영 ★ 이현 장편소설

sonnet
소네트

차례

프롤로그

"우리 이제 그만하자."

청천벽력 같은 소리였다. 짐작조차 하지 못했다. 가늘지만 얼음처럼 차가운 여자의 폭탄선언에 남자는 할 말을 잃었다. 이제 한 달 후면 그녀는 남자의 아름다운 신부가 될 예정이었다. 청첩장도 삼백여 장을 넘게 찍었고, 신혼집으로 괜찮은 아파트도 구해놓았고, 신혼여행은 이미 지난주에 예약까지 해놓았는데 이제 와서 그만하자니 남자는 어안이 벙벙했다. 마치 드넓은 운동장에 홀로 서 있는 그의 뒤통수로 호날두의 무회전 프리킥이 날아와 그대로 강타한 느낌이었다. 아주 잠깐, 사람들이 말하는 여자들의 메리지 블루, 일명 결혼 전 우울증인 건가 싶기도 했지만 그녀의 표정을 보건대 순간적인 감정 폭발이 아니라는 것만은 확실히 읽어낼 수 있었다. 남자가 의문에 찬 눈으로 머뭇거리다 물었다.

"지연아, 도대체 왜…?"

남자의 말이 끝나기도 전에 여자의 눈꼬리가 매섭게 치켜올라갔다. 정말 이유를 몰라서 묻는 걸까? 걱정스럽게 쳐다보는 남자의 얼굴을 보며 여자가 기가 막혔는지 헛웃음을 지었다. 이런 남자에게 뭐라고 설명을 해야 알아들을까.

"결국 사표 냈더라?"

"어… 어떻게 알았어?"

"하루 종일 연락이 안 되기에 회사로 전화했더니 그러던데?"

"아… 그게…."

"결혼하면 뭐 먹고 살 건데?"

"…."

"어떻게 한 마디 상의도 없이 이럴 수가 있어? 내가 그렇게 부탁했는데. 하고 싶은 거 누가 하지 말래? 나중에, 이 다음에, 여유가 생기면 그때 얼마든지 하라고 했잖아. 근데 왜 하필 지금이냐고!"

실망감과 배신감이 섞인 그녀의 날선 질책에 남자는 그제야 폭탄 선언의 이유를 눈치 챘다. 드디어 올 것이 왔구나.

"내가 그랬잖아. 난 불안정한 인생 살기 싫다구!"

남자는 입을 꾹 다문 채 어떤 변명도 하지 않았다. 그녀의 말이 틀린 게 아니기 때문이었다. 평생을 함께해야 할 미래의 배우자가 안정적인 직업을 버리고 앞으로 어떻게 될지도 모르는 새로운 길로 들어선다는데 어떤 여자가 환영하겠는가마는, 남자는 그저 그녀가 이해해주길 바랐다. 그러기를 간절히 바랐을 뿐이다. 3년이라는 짧지 않은 연애 기간에 쌓아온 신뢰라면 충분히 이해해줄 줄 알았다. 아니, 이해해주리라 믿었다. 그러나 이해는커녕 그 간절한 바람은 예상치도 못한 비극으로 치닫고 있었다.

"난 오빠가 나와 같은 곳을 바라보며 같은 꿈을 꾼다고 생각했어. 그런데 오빠가 꿈꾸는 건 내가 바라보는 곳에 없고, 내가 꿈꾸는 건 오빠가 바라보는 곳에 없는 것 같아. 우린 서로 다른 곳을 보며 그저 같은 것을 원한다고 착각한 거야. 이제 그런 착각 더이상 안 할래."

그녀는 손가락에 끼고 있던 약혼반지를 빼서 남자 쪽으로 힘겹게 밀어내고는 입술을 꼭 깨물며 일어섰다. 그리고 그렇게 남자에게서 등을 돌린 후 사라져버렸다. 남자는 한숨 한번 토해내지 않고 숨죽인 채 꼼짝도 않고 멍하니 탁자 위를 바라보았다. 머리 위 낮게 달린 백열전구의 빛을 머금고 반짝이는 반지 말고는, 그의 시야에는 아무것도 보이지 않았다. 창밖으로 밀려드는 짙은 어둠만큼이나 남자의 머릿속도 그렇게 캄캄해지고 있었다.

불타는 금요일

1

어디선가 웅웅웅 맴맴거리는 울림이 들려왔다. 둥둥 울리는 북소리 같기도 하고, 기도문 외는 소리 같기도 하고, 이상기후로 일찍 찾아든 매미 소리 같기도 했다. 소리의 진원지는 바로 전북 전주의 한 주민센터 2층 강당이었다.

"여러분은 별을 무엇이라고 생각하십니까? 천문학에서는 태양처럼 스스로 빛을 내는 항성을 별이라고 합니다. 항성의 빛이 반사되어 빛나는 행성, 위성, 혜성과는 엄연히 구별되는 것이지요. 리더십도 마찬가지입니다. 스스로 빛을 내는 별처럼 리더도 스스로 능력을 발휘하고 스스로 위엄을 지켜야 하는 것입니다. 그래서…."

강당 안에 울려퍼지는 그 소리는 마치 춘곤증을 유발하는 아지랑이처럼, 순식간에 정신을 혼미하게 만드는 최면술사의 속삭임처럼 공중으로 흩어져 사람들의 귓속으로 파고들었다. 그러고는 이내 스르르 눈을 감게 만들었다. 창문으로 들어오는 늦은 오후의 따스한 햇살과 정체 모를 남자의 온화한 목소리의 어설픈 화학반응이 부작용을 일으킨 것 같다는 착각이 들 정도였다.

'리더는 별이다'라는 고딕체 문구가 새겨진 플래카드 아래 무대 위에서 한 남자가 마이크를 들고 강연을 하고 있었다. 키 177센티미터의 보통 체격에 호감형의 얼굴을 가진 그의 목소리는 마치 라디오 디제이처럼 달콤했지만 듬성듬성 앉아 있는 객석의 반응은 영 시원찮아 보였다. 이 지겨운 강의가 언제 끝날지 하품 섞인 딴청을 부리며 시계만 쳐다보고 있는 사람들과는 반대로 초롱초롱한 눈빛과 신나는 표정으로 힘주어 말하는 그의 모습은 애처로워 보이기까지 했다. 마치 다른 별에서 온, 다른 언어를 쓰는, 다른 생각을 가진, 다른 세상 사람들과의 조우 같았다.

시계가 4시를 정확히 가리키자 이미 사람들은 엉덩이를 들썩이며 웅성거리기 시작했다. 아직 할 말이 많이 남은 듯 아쉬운 표정의 남자가 어쩔 수 없이 서둘러 마무리 인사를 하자 기다렸다는 듯 사람들이 썰물처럼 강당을 빠져나갔다. 느릿한 손놀림으로 노트북과 장비를 챙기는 남자의 얼굴에는 아쉬운 표정이 역력했다. 구석에 앉아 있던 센터 직원이 살짝 불편하면서도 짜증난 듯한 표정을 숨기며 그에게 다가와서는 애써 웃으며 인사치레를 했다.

"강사님, 수고하셨습니다. 강의 내용이 참 독특하네요. 저는 리더십 강의가 아니라 천문학 강의인 줄 알았습니다. 하하하."

불편한 심기를 가식적인 웃음과 함께 농담처럼 툭 내뱉는 직원에게 남자는 오히려 해맑은 얼굴로 응수했다.

"아, 그래요? 다음에 다시 불러주시면 오늘 못다 한 더 많은 이야기를 해드릴게요. 오늘은 시간이 짧아서 다들 이해를 잘 못 하셨을 수도 있어요. 원래 별이란 게…."

남자의 적극적 반응에 오히려 센터 직원이 당혹스러운 표정을 지었다. 눈알을 상하좌우로 굴리며 어떻게든 대화를 빨리 끝내려는 듯 다음에 또 모시겠다며 서둘러 그를 깍듯하게 배웅했다.

흐음. 웃으며 돌아서는 남자의 입에서 아주 짧은 한숨이 새어나왔다. 다음에 또 모시겠다는 말이 진심이 아니라는 걸 알고 있었다. 강의가 재미없었음을, 청중들에게 흥미 유발도 하지 못했음을 알고 있었다. 그건 무대 위에 서서 청중들의 얼굴만 봐도 알 수 있었다.

하지만 그래도 별 이야기를 안 할 수는 없었다. 아니, 안 하고 싶지 않았다. 사람들에게 꼭 들려주고 싶은 이야기이고, 그가 가장 좋아하는 이야기이고, 그래서 더 많은 사람이 알았으면 하는 이야기이기 때문이다. 우리가 역사에 대해 관심을 가져야 하듯, 우리의 뿌리에 대해 배워야 하듯, 우주 생명체의 본질적인 생성과 소멸을 반복하는 별에 관한 이야기는 그에게 취향의 차이나 기호의 호불호가 아닌, 반드시 해야만 하는 운명 같은 이야기였다. 그에게 신비롭고 위대한 별이 가지는 의미는 마치 위대한 예수의 말씀을 온 세상에 전파하기 위해 목숨도 불사하는 기독교 전도사들의 맹목적인 사명감과 닮아 있다고 해도 과언이 아니었다.

*

별을 그리워하는 남자, 밤마다 별을 헤는 남자, 그래서 1년 365일, 하루 종일 별을 이야기하고 싶은 남자, 그의 이름은 한태성이다. 클 태太, 별 성星이라는 이름 때문일까. 도대체 그깟 별이 뭐라고, 모든 직장인의 꿈인 고액 연봉도 뿌리치고, 앞날 창창한 국내 최고 대기업의 연구원직도 미련 없이 내던지고 파혼까지 당해가며 별을 이야기하고 다니는 건지, 알 수가 없었다. 푸른 별 지구에 사는 그가 왜 이렇게 다른 별에 집착을 하는지 그저 미스터리일 뿐이었다. 그런데 그가 방금 전에도 리더십 강연이라고 와서는 또 별 이야기를 한 것이다.

물론 내용만 보자면 리더십과 별의 논리적 연결은 완벽했다. 그러나 문제는 청중이 원하는 내용은 아니라는 사실이었다. 빈약한 강의료에 맞춰준다는 이유만으로 위험 부담을 안고 검증도 안 된 초보 강사인 그를 섭외한 센터 직원의 난처한 입장을 태성 또한 이해할 수 있었다.

살짝 미안하긴 하지만 태성의 입장에서는 기분이 좋았다. 하고 싶은 별 이야기를 두 시간 동안 마음껏 했으니 말이다. 물론 듣는 사람들의 가슴에 쩡한 무언가를 콕 박아주진 못했지만 어찌 첫술에 배부르랴. 아마 세계적인 강연가 토니 알레산드라나 하버드 대학교의 마이클 샌델 교수도 처음부터 강연의 달인이지는 않았으리라. 태성은 아쉬움과 뿌듯함이 뒤섞인 애매한 미소로 애써 스스로를 위로하며 운전석에 앉아 옆자리에 노트북 가방을 놓고는 시동을 걸었다.

띠링. 그의 최신형 스마트폰에 누군가 노크를 했다.

'고객님은 지금 즉시 무담보로 3,000만 원까지 대출 받을 수 있습니다. 연결하시겠습니까?'

역시나 스팸 문자였다. 미련 없이 문자를 삭제해버리자 가장 최근의 수신 문자가 눈에 띄었다.

'할 얘기가 있어. 잠깐 만날 수 있어?'

태성의 얼굴 근육에 살짝 경련이 일었다. 어제 약혼자 지연이 보낸 문자였다. 다시 머릿속이 캄캄해지는 것 같았다. 어젯밤 그녀를 만나기 전까지만 해도 달달하게만 느껴졌던 이 문자가 방금 전에 온 스팸 문자보다 더 낯설게 느껴졌다.

하지만 차마 삭제할 수는 없었다. 비록 자신을 떠난 연인이지만, 그렇다고 하루 만에 스팸 문자 취급을 해버리는 건 도리가 아닌 듯싶다는 생각에서였다. 아니, 좀더 솔직해지자면 지연이 언젠가 자신의 마음을 이해하고 다시 돌아올지도 모른다는 막연한 기대를 버리고 싶지 않아서였다. 그녀의 마지막 문자를 삭제해버리는 건 그녀와의 인연의 끈을 영영 끊는 행위와도 같았다. 태성은 그런 상실감이 싫었다. 그리고 정말 그렇게 될까봐 두려웠다.

태성은 심란한 마음을 추스르듯 머리를 털어내며 고속도로를 향해 액셀러레이터를 힘껏 밟았다. 전주에서 분당까지 세 시간이면 충분했지만 금요일 오후라 고속도로 상황이 여의치가 않았다. 답답한 태성의 마음을 외면하듯 도로 위 차량들은 달팽이처럼 느린 행군을 하고 있었다.

2

"젠장, 오늘도 밤새게 생겼군. 정말 거지 같은 인생이다."

꽉 막힌 금요일 밤의 고속도로처럼 사방이 꽉 막힌 사무실 한편에 초췌한 모습의 한 여자가 컴퓨터 앞에 웅크리고 앉아 욕설을 내뱉고 있었다. 곱상한 외모와는 달리 게임 중독에 빠진 PC방 죽순이 같은 몰골이었다. 책상 구석에 탑처럼 켜켜이 쌓인 1회용 스타벅스 종이컵들이 그동안 수없는 밤샘의 고통을 고스란히 대변하는 듯했다.

신경질적으로 마우스를 움직이며 포토샵으로 갖가지 크기와 색깔의 동물을 그리다 말고 그녀가 갑자기 으어 소리를 질러댔다. 마치 쥐나 바퀴벌레가 나왔을 때 지르는 정도의 높은 데시벨이었다. 그 정도 괴성이면 놀랄 만도 한데 웬일인지 칸막이 너머 동료들은 신경도 쓰지 않는 눈치였다. 마치 늘 있는 일인 것처럼, 일정 시간이 되면 땡땡땡 지나가는 기차 소리나 시계 알람을 들은 양 아주 자연스럽고 평온한 모습들이었다.

강은별. 만 29세. 누가 나이를 물으면 절대 30세라고 하지 않고 꼭

만 29세라고 대답하는 그녀. 이 코딱지만 한 회사에서 웹디자이너로 쥐꼬리만 한 월급을 받으며 6년째 근무하고 있다. 남들은 불금이라고 술집으로, 가족과 연인과 함께 휴양지로 여기저기 향하는 이 시간에 그녀는 매번 다른 이유로 밤샘을 해왔다.

오늘도 어김없이 감感 없는 감甘 부장의 홈페이지 디자인 수정 지시로 밤을 꼴딱 새게 생겼다. 이번에 새로 영입한 클라이언트인 사바나닷컴의 일이었다. 동물에 관한 별의별 물건을 다 판다는 쇼핑몰이니 홈페이지에도 아프리카 사바나에 있는 온갖 동물들을 종류별로 그려넣으라는 일차원적이고 유치하기 짝이 없는 오더를 내리고는 감 부장은 얄밉게도 가족여행을 핑계로 칼퇴근한다고 서둘렀다. 매번 이런 억지 지시를 할 때마다 은별은 웹디자이너로서 디자인에 대한 나름대로의 생각을 어필해보지만 돌아오는 감 부장의 대답은 한결같았다.

"그냥 토 달지 말고 수정하지? 그게 회사에서 월급 받는 강은별 씨 일 아닌가?"

"그게 아니라 디자이너로서 볼 때…."

은별이 이렇게 서두를 꺼내는 이유는 따로 있었다. 어쩌다보니 순수미술 쪽이 아닌 이쪽 일을 하게 됐지만 같은 미술 전공이라도 미적 감각과 디자인 감각은 다른 웹디자이너들보다 훨씬 더 세련된 게 사실이었다. 하지만 미술의 미 자도 모르는 감 부장에게 그런 전공이나 감각 따위가 먹힐 리 없었다.

"디자이너? 강은별 씨 말 한번 잘했네. 뭔가 착각하나본데, 강은별 씨는 예술을 하는 아티스트가 아니라 요구하는 대로 디자인을 대신해주는 단순 기술자일 뿐이야. 고양이를 네모나게 그리라면 네모난 고양이를 그리고, 강아지를 세모처럼 그리라면 세모난 강아지를 그리는 게 은별 씨 일이라고. 예술 타령 할 거면 비엔날레에나 갈 것이지 회사는 왜 다니나?"

그렇다. 늘 감 부장이 문제였다. 그녀의 스트레스에 항상 정점을 찍는 이는 감도 없고 매너도 없고, 심지어 인정머리도 없는 직속 상사 감 부장이었다. 성씨는 감인데 어쩜 그리 감이 없는지.

1년 전 사장의 사촌이라는 강력한 혈연관계를 등에 업고 기세등등하게 회사에 등장한 그는 대놓고 실세 노릇을 하며 직원들에게 터무니없는 작업들을 지시하기 시작했다. 미술이나 디자인 전공자도 아니면서 콘셉트에 맞게 세련되고 멋지게 디자인을 해놓으면 항상 자기만의 이상한 감각을 내세우며 클라이언트에게 컨펌받아야 할 디자인을 중간에 낚아채서 먼저 수정을 요구하기 일쑤였다. 문제는 그렇게 감 부장의 의견이 첨가된 디자인은 거의 대부분 클라이언트로부터 재수정 요청이 들어왔고, 결국 처음에 작업했던 시안으로 회귀하게 만들었다. 한마디로 똥개 훈련이나 다름없었다.

매사 긍정의 아이콘이었던 은별이었지만 감 부장 덕에 가장 싫어하는 성씨는 감씨가 되었고 가장 싫어하는 단어도 생겼다. 그건 바로 '수정修正'이라는 단어였다. 웹디자이너란 클라이언트의 요구에 따라 수정을 반복해야 하는 직업이긴 하지만 그전까지는 숙명쯤으로 여기고 긍정적으로 받아들였다. 그러나 감 없는 감 부장의 입에서 나오는 '수정'이라는 말은 이제 그녀에게 더이상 숙명이 아니라 극도의 스트레스와 절대적인 수면 부족을 동반하는, 악마의 주문처럼 들릴 수밖에 없었다.

오늘도 역시 똥개 훈련을 하는구나 생각하니 은별은 화가 치밀었다. 지난 1년간 그래 왔듯이 이렇게 고함이라도 질러야 했다. 그녀의 스트레스는 항상 금요일 퇴근 무렵이면 극에 달했다.

대한민국 직장인이라면 누구나 가슴속에 사표를 품고 다닌다고 했던가. 은별도 가방 안에 사표를 넣고 다닌 지 1년이 되어가고 있었다. 물론 다른 직원들도 마찬가지였다. 그러나 다들 먹여 살려야 할 처자식이 있고, 갚아야 할 대출금과 카드빚이 있고, 어려운 구직난에 새 직장을 찾을 용기가 쉽게 생길 리 만무하기에 가방 속에 있는 사표를 쉽사리 꺼내지 못했다. 수요에 비해 공급이 넘쳐나는, 고만고만한 기술을 가진 대체 인력은 널리고 널렸다며 입만 열면 말하는 감 부장 협박 카드의 영향도 있었다.

하지만 은별은 달랐다. 거둬야 할 처자식도 없고, 갚아야 할 대출금이나 카드빚도 없었다. 물론 어려운 구직난에 새 직장을 찾을 용기도 없었다. 하지만 계속 이렇게 사는 건 아니다 싶었다. 한 번 쓰고 나면 재활용도 제대로 되지 않는, 그냥 버려져도 아쉽지 않은 1회용 컵처럼 직장에서도 소모품 취급을 받는 게 싫었다.

은별은 퇴근을 서두르며 사무실을 나서던 감 부장의 앞을 조용히 가로막고 섰다. 뭐하는 짓이냐는 듯 눈을 부라리는 감 부장에게 은별은 지난 1년 동안 품고 다녔던, 이미 너덜너덜해진 사표를 나름 예의

바르게 그러나 단호하게 들이밀었다.

"그동안 부장님 덕분에 똥개 훈련 많이 했으니 이제 비엔날레 가도 되겠다 싶어서요."

꼴불견 상사의 면상에 사표를 패대기치고 걸쭉한 욕으로 마무리 짓는 모든 직장인의 로망을 차마 실천하지는 못했지만, 그래도 은별은 통쾌했다. 그동안 참고 참았던 울분을 터뜨린 것도 시원했고, 감 부장의 즐거운 금요일 계획에 초를 친 것도 은근 고소했다. 무엇보다 오랜만에 불타는 금요일 저녁을 남들처럼 제시간에 퇴근해보는 기분을 맛볼 수 있다는 게 너무나도 기뻤다.

챙길 것도 딱히 없었다. 다 낡아빠진 사무실 슬리퍼와 하도 앉아서 납작해진 방석 말고는 딱히 은별의 소유물이라고 할 게 없었다. 주섬주섬 가방을 챙기며 은별이 괴성을 질렀다. 와우! 아까 지른 괴성과 같은 정도의 데시벨이었지만 정반대의 유쾌함이 담겨 있었다.

당당하게 사무실을 빠져나오는 은별의 뒤통수에 감 부장을 비롯한 사람들의 각기 다른 시선이 꽂혔다. 감 부장의 황당함은 당연한 것이겠고, 다른 동료들의 시선에는 분명 부러움과 짜증이 한데 섞였으리라. 오늘 은별이 손을 놓은 유치한 동물 그리기 작업을 그들 중 누군가 억지로 떠맡아야 할 테니까.

*

금요일 저녁 6시의 풍경이 은별에게는 생소하고 낯설기만 했다.

영화를 봐야 하나, 친구를 만나야 하나, 운동을 해야 하나…. 다른 사람들은 금요일 퇴근 후에 도대체 뭘 할까 싶어 주위를 두리번거렸다. 모두가 자신이 가야 할 목적지를 향해 걸음을 재촉하고 있었다. 그들 사이에서 은별만이 갈 곳을 몰라 방황하고 있었다.

얼마나 됐을까. 은별은 한참 동안 벤치에 앉아 반쯤 풀린 눈으로 지나가는 사람들을 멍하니 바라보다가 자신도 모르게 한숨을 내뱉었다.

"젠장, 정말 인도코끼리나 다를 바 없네."

옛날에 인도 사람들이 코끼리를 길들일 때 그랬다지. 새끼 때부터 작은 족쇄에 묶어두면 처음에는 말뚝을 뽑기 위해 애쓰지만 결국 소용없음을 깨닫고 순응해야 할 삶으로 받아들이게 되고, 나중에 성장해서 말뚝을 뽑아버릴 수 있는 힘이 생겨도 그 작은 족쇄를 뿌리치지 못하고 그 자리에 머물게 된다고.

지금 은별이 딱 그 꼴이었다. 이제 자유의 몸이 되었음에도 아직도 학습된 무기력의 족쇄를 풀지 못하고 이렇게 안절부절못하고 있었다. 이럴 땐 누구든지 자신을 아무 데나 데려다주면 좋으련만. 아니, 데려다주기까지는 아니어도 어디로 가라고 안내라도 해주면 좋으련만. 그 흔한 아무 곳도 지금 은별의 머릿속엔 떠오르지 않았다.

갑자기 좋았던 기분이 착 가라앉았다. 그 틈을 놓칠세라 동시에 불안이 엄습해왔다. 이제 뭐 먹고 살지? 감 부장의 협박처럼 널리고 널린 게 웹디자이너이고 경쟁률도 치열한 건 부인할 수 없는 사실이었다. 당장 새 직장을 구해야 하나 싶기도 하고 오만 생각이 떠올랐다.

슈퍼울트라 LTE급으로 기분이 처지다 못해 이젠 막 비참해지려고 하는 찰나, 은별은 주먹을 꼭 쥐고 고개를 흔들어 머릿속을 비우고 다시 한번 아우 하고 고함을 질렀다. 일종의 '정신 차려'의 의미가 담긴 그녀만의 몸부림이었다. 그동안 잠이 너무 부족해서 그런 거라 스스로를 위로하며 은별은 목적지를 일단 집으로 정하고 북적이는 사람들을 비집고 집으로 가는 분당선 지하철에 몸을 실었다. 밀린 잠 좀 실컷 자고 푹 쉬고 나면 분명히 좋은 생각이 떠오를 것 같았고, 자신의 미래에 드리운 뿌연 안개도 걷힐 거라는 막연한 기대감과 희미한 확신에 발걸음이 조금은 가벼워진 듯도 했다.

3

8시가 넘어서야 집에 도착했다. 금요일 저녁의 고속도로는 되도록 피해야 한다는 교훈을 몸소 체험한 태성은 지친 표정으로 현관 도어록의 비밀번호를 눌렀다.

0503.

띠리릭 경쾌한 효과음이 들리자 태성은 순간 멈칫했다. 5월 3일, 원래대로라면 그와 지연의 결혼 예정일이었다. 이 아파트를 신혼집으로 계약한 후 매년 결혼 기념일만큼은 잊지 말자며 지연이 설정해 놓은 비밀번호였다.

집 안이 오늘따라 더욱 휑하니 썰렁하게 느껴졌다. 필요한 세간살이는 남은 한 달 동안 지연이 혼수로 하나둘씩 들여놓기로 했기에 그동안 풀옵션 회사 기숙사에서 지내던 태성이 며칠 전 옷가지와 임시로 쓸 간단한 침구와 세면도구만 챙겨서 먼저 이 집에 들어온 상태였다. 때문에 아직 소파도, TV도, 침대도, 심지어 커튼도 아무것도 없는 텅 빈 집이라고밖에는 할 수가 없었다.

대학시절부터 늘 혼자 살아와서 본질적 외로움에 대한 항체가 생겼을 법도 한데, 막상 다시 혼자가 되고 보니 쓰나미처럼 밀려드는 외로움은 중공군이 썼다는 인해전술처럼 아무리 쳐내도 끄떡 않고 점점 더 태성을 압도했다.

그나마 위안이 되는 건 거실 창가에 우두커니 서서 창밖을 바라보며 변함없이 태성을 맞아주는 큐피드와 그의 친구들뿐이었다. 어릴 적부터 꿈꿔왔던 별 관측을 위해 신입사원 시절 짠돌이 소리를 들어가며 몇 달치 월급을 모으고 또 모아 큰마음 먹고 장만한 천체망원경이었다. 얼마나 애정이 남달랐으면 자신을 밤하늘의 별과 사랑에 빠지게 했다는 의미로 천체망원경에 '큐피드'라는 이름까지 붙여주었을까.

TV가 없어도 심심하지 않을 수 있었던 건, 침대나 소파가 없어도 편안하게 잠들 수 있었던 건, 커튼이 없어도 오히려 아늑하고 행복할 수 있었던 건 바로 이 녀석 덕분이라고 해도 과언이 아니었다. 이 녀석이 아니었다면 지연이 떠난 빈자리가 더 크고, 그 상실감 또한 견딜 수 없었을 터였다. 큐피드야말로 태성이 진정으로 사랑하는 저 하늘의 별을 질투하지 않고 오히려 죽도록 바라볼 수 있게 해주는 유일한 아군이자 든든한 지원군이었다. 그렇기 때문에 지연이 가장 마음에 안 들어한 녀석이기도 했다.

　태성이 지친 발끝으로 큐피드 앞에 섰다. 오늘 하루의 고단함을 위로라도 받으려는 듯 아이피스eyepiece(별을 관측할 때 배율을 정해주는, 직접 눈으로 보는 렌즈)를 향해 허리를 굽혔다. 별이 보일 리 없었다. 아직 9시도 안 된데다 서울을 벗어났다고는 하지만 서울이나 다를 바 없이 복잡하고 화려한 이 도시의 금요일 밤은 눈부신 조명과 화려한 네온사인 때문에 태성이 그토록 사랑하는 별의 등장을 어김없이 가로막고 있었기 때문이다. 얼마나 낮처럼 환하게 밝혔으면 불타는 금요일이라는 표현까지 나왔을까.

　그러나 태성에게는 불타는 금요일이 아니라 별을 볼 수 없어 애타는 금요일일 뿐이었다. 태성은 저 하늘의 위대한 별이 아니라 인위적으로 만들어낸 스타들을 보며 열광하는 사람들이 안타까웠다. 그런 사람들 무리에 파묻혀 자꾸 시야가 흐려지는 자신도 싫었다. 어쩌면 그래서 더 늦기 전에 과감히 사표를 내던진 것인지도 몰랐다. 세상의 가식적인 빛으로 인해 아름다운 별을 보는 눈마저 잃게 될까봐, 다람쥐 쳇바퀴 도는 바쁜 일상에서 하늘 한 번 제대로 쳐다볼 여유마저 잃게 될까봐….

　하늘에서 빛나는 진짜 별이 얼마나 아름답고 인상적인지 한 번이라도 경험하게 된다면 누구라도 나처럼 별과 사랑에 빠질 수밖에 없을 거야. 태성의 이런 생각을 응원이라도 하듯 그의 스마트폰이 경쾌하게 울렸다.

"Twinkle twinkle little star ♪"

누가 별 마니아 아니랄까 태성은 벨소리마저 티나게 설정해놓았다. 그는 빙긋 웃으며 잠시 뜸을 들였다. 친구 석진이었다. 안 봐도 뻔했다. 파혼 이야기를 들은 거겠지. 처음에 지연을 소개해준 녀석이 석진이었으니 태성의 이런 상황이 의아하기도 하고 놀랍기도 하고 또 괜히 미안하기도 할 터였다. 태성이 부드럽게 통화 버튼을 터치했다.

"야, 별종, 괜찮냐? 어디야? 집이지? 또 별 보고 있냐?"

성질 급한 석진다웠다. 마치 CCTV라도 보고 있는 것처럼 빈틈없는 친구의 속사포가 태성의 쓰린 마음에 반창고를 살짝 붙여주는 느낌이었다. 실연당한 친구를 위로할 때 보통은 구질구질하게 위로의 말을 늘어놓거나 함께 침울해하며 만취가 되도록 마셔주는 게 일반적이지만, 석진은 오히려 아무 일도 아닌 듯 쿨하게 반응하고 있었다. 어쩌면 이런 석진의 쿨함을 가장한 덤덤한 배려가 지난 15년 동안 절친으로 지낼 수 있게 한 가장 큰 이유였는지도 몰랐다. 태성이 뭐라고 답도 하기 전에 성질 급한 석진이 또 먼저 치고 들어왔다.

"내일 나랑 어디 좀 가야겠다. 시간 비워놔."

다짜고짜 시간을 비우라는 석진의 말에 태성은 토를 달지 않았다. 석진이 그러는 데는 항상 타당한 이유와 납득할 만한 상황이 있었다. 그렇기에 굳이 꼬치꼬치 묻지 않는 것이 친구 석진에 대한 태성의 무한 신뢰의 증거이기도 했다.

갑자기 피곤함이 몰려왔다. 태성은 입었던 양복과 양말을 거실 바닥에 흩뿌리듯 벗어던지고는 씻지도 않고 바로 안방으로 들어갔다. 아침에 몸만 쏙 빠져나온 게으름의 흔적이 고스란히 이불 동굴로 형상화되어 있었다. 태성은 그 동굴 속으로 다시 몸을 쏙 들이밀었다. 스르르 눈이 감겼다.

4

"이봐요, 일어나요!"

나이가 지긋한 오십 대 남성이 분당선 지하철 가장자리에 앉아 약 먹은 병아리처럼 꾸벅꾸벅 졸고 있는 은별의 어깨를 톡톡 쳤다. 그러나 은별은 꿈쩍도 하지 않았다.

"이봐요, 일어나요, 종점이에요!"

안 되겠는지 남자가 이번엔 힘을 주어 어깨를 흔들자 은별은 간신히 눈을 떴다. 그녀는 본능적으로 감사하다는 인사를 꾸벅 하고 아직 반쯤 감긴 눈으로 두리번거리다 화들짝 놀라 문이 닫힐세라 후다닥 밖으로 달려나왔다. 낯선 풍경이었다. 이런, 정자역에서 내렸어야 하는데 종점까지 와버렸다.

시계는 벌써 8시를 넘어 9시를 향해가고 있었다. 반대편 전철을 타고 다시 정자역까지 가는 데 대충 계산해도 삼십 분은 더 걸릴 터였다. 제길, 도돌이표는 악보에나 그리는 줄 알았는데 지하철 노선에도 이렇게 어이없는 도돌이표를 그리게 될 줄은 미처 몰랐다. 자신이 생각해도 한심했는지 은별이 쉿소리 섞인 웃음을 터뜨렸다.

*

결국 9시가 다 되어서 집에 도착했다. 그래도 금요일 이 시간에 집에 들어와본 건 몇 년 만인 듯싶었다. 아니, 정확히 3년 만이었다. 아버지와 단둘이 살던 이 집에 새로운 식구, 그러니까 대놓고 계모 티는 내지 않지만 썩 편하지 않은 새어머니와 평탄치 않은 가정사로 살짝 삐딱해진 까칠한 대학생 여동생과 반항기 가득한 사춘기 중학생 남동생이 들어오면서부터였다.

세상 모든 것이 그렇듯, 질량 보존의 법칙에 따라 얻는 것이 있으면 잃는 것도 있는 법. 아버지가 오랫동안 비워둔 아내의 빈자리를 채우는 행복을 택한 대신, 그 선택의 대가로 은별은 하나뿐이었던 자식의 자리를 누군가에게 내주어야 했다. 당시에는 점점 외롭게 늙어가는 아버지의 행복을 위해 은별이 할 수 있는 최선의 방법이라고 생각했다.

분당의 오래된 32평 아파트라고 해봤자 달랑 방 세 개인 이곳에 성별이 다른, 그것도 까칠하고 예민한 배다른 남매가 새로운 가족이라는 이름으로 들어오면서 은별은 수십 년 자기만의 공간이었던 방을 그들과 공유할 수밖에 없었다. 객관적으로 아름답게 표현하자면 공유였지만 주관적으로 거침없이 표현하자면 은별의 입장에서는 침략이나 다름없었다. 침대 위치부터 옷장과 책상 분할까지, 어쩔 수 없이 반 이상은 내줘야 하는 연장자로서의 불편함 때문에 어쩌면 일부러 금요일과 주말마다 야근을 자처했는지도 몰랐다.

가끔 여동생과의 영역 분쟁으로 말다툼이라도 있을라 치면 은근 결혼 적령기가 지난 은별이 독립 선언이라도 했으면 바라는 눈치였다. 그럴 때면 마치 자신이 이 가족의 불청객이 된 것 같아 은별은 아무도 깨지 않는 새벽에 나가 모두 잠든 새벽에 들어오는 새벽 별 보기 운동을 본의 아니게 해온 것이었다. 그것조차 불편해 주말에는 야근을 핑계로 아예 밖으로만 돌았다. 보이지 않는 가족들의 불편한 시선을 뒤로하고 발길을 돌린 곳은 언제나 그 지긋지긋한, 그러나 집보다는 그나마 편안한 사무실이었다. 물론 이제는 그마저도 갈 수 없게 되었지만.

이런 낯섦은 은별의 것만이 아니었다. 그녀가 현관에 들어서는 순간, 식구들의 뚱한 표정이 그걸 말해주고 있었다.

"설마, 벌써 퇴근한 건 아니지?"

여동생의 까칠한 말투에 은별은 차마 그렇다고 대답할 수가 없었다. 사표를 냈다고, 그래서 오랜만에 칼퇴근을 했다고, 그래서 오늘 밤부터는 야근 같은 거 안 하고 주말 내내 집에서 밥도 먹고 잠도 자고 푹 쉴 거라고.

'설마'라는 단어에 대한 거부감 때문일까. 은별은 아주 잠시 머뭇거렸다. 여동생의 '설마'라는 말 속에는 아니길 바란다는 마음이 숨어 있다는 걸 그녀는 직감적으로 알고 있었다.

예전에 한 소설책에서 '설마'와 '혹시'의 뉘앙스에 대해 크게 공감했던 적이 있었다. 사랑하는 남자의 아이를 임신한 여자에게 남자가 '설마… 임신?'이라고 하자 여자가 어떻게 '설마'라는 단어를 쓸 수 있냐며 상처를 받는 장면이었다. 여자 주인공이 듣고 싶었던 말은 '혹시… 임신?'이었던 거다.

그게 무슨 말장난 같은 소리냐고 할지도 모르지만 전자에는 임신이 아니기를 간절히 바라는 거부와 부정의 의미가 담겨 있었고, 후자에는 임신이기를 간절히 바라는 기쁨과 긍정의 의미가 담겨 있었다. 아주 극단적인 상황이긴 했지만 설마와 혹시의 뉘앙스 차이가 듣는 사람에게는 얼마나 큰 상처가 되는지, 반대로 얼마나 큰 기쁨이 되는지 단적으로 보여주는 대목이었다.

은별도 지금 그 소설 속 여주인공의 마음과 다르지 않았다. 그녀가 듣고 싶었던 말은 그래서 더더욱 '설마… 퇴근?'이 아니라 '혹시… 퇴근?'이었는지도 몰랐다.

"어, 당연히 아니지. 야근 때문에 옷 좀 갈아입으려고."

은별은 억지스럽게 뒤셴 미소(19세기 프랑스의 신경심리학자 기용 뒤셴이 관찰한, 도저히 인위적으로는 지을 수 없는 자연스러운 미소)까지 지어가며 도망치듯 방으로 들어갔다. 그녀는 얌전히 방문을 닫고 또다시 쇳소리 섞인 헛웃음을 웃었다.

보통은 금요일 이 시간쯤 퇴근을 하면 가장 먼저 밥은 먹었냐고 물어보는 게 화목한 가족의 대화법이 아닌가? 아니면 고생했다라든가, 어서 오라든가, 할 말은 넘쳤는데 따뜻하고 정겨운 그 많은 말 대신 하필이면 "설마… 아니지?"라니! 원래 무뚝뚝했던 아버지이기에 살가운 표현 따윈 바라지도 않았지만, 아직도 낯선 엄마와 동생들이기에 따뜻한 애정 표현 따윈 바라지도 않았지만, 그래도 가족인데…. 은별은 처음으로 외롭다는 생각이 들었다. 아까 지하철에서 졸고 있을 때 걱정스레 어깨를 흔들어 깨워준 이름 모를 아저씨의 따뜻한 마음과 손길이 새삼 그리워졌다.

오늘 밤은 동네 찜질방에서 찜질이나 실컷 해야겠다 싶어 은별은 주섬주섬 짐가방을 싸들고 현관을 나섰다. 역시나 조심해라, 밥 챙겨 먹어라, 건강 챙겨라 같은 따뜻한 말은 한 마디도 들려오지 않았다. 철컥 등 뒤로 현관문 닫히는 소리에 은별은 울컥했다. 현관문이 닫히는 게 아니라 마음의 문이 닫히는 소리로 들렸다. 자신이 유기견이 된 듯 처량한 기분이 들었다.

엘리베이터를 타고 내려가는 동안 뿌연 거울에 비친 자신의 모습을 물끄러미 들여다보았다. 고등학교 때 엄마가 돌아가신 이후 한 번도 울지 않았다. 아무리 힘든 일이 있어도 다른 사람들 앞에서는 늘 유쾌하고 밝은 모습으로 슬픔과 아픔을 습관적으로 꼭꼭 숨겨놓았다. 그런 그녀의 눈에 어느새 눈물이 그렁그렁 맺혔다. 이렇게 4월은 또 그녀에게 잔인한 기억을 남기고 있었다.

"4월은 가장 잔인한 달, 죽은 땅에서 라일락을 키워내고, 추억과 욕정을 뒤섞고, 잠든 뿌리를 봄비로 깨운다…."

T. S 엘리엇의 시구가 떠올랐다. 제1차 세계대전의 포연이 멎은 전쟁터의 전사자 무덤 위에 공허하게도 찬란하고 아름답게 피는 꽃들을 보고 '잔인한 4월'이라는 역설적인 표현을 생각해냈다지. 은

별도 그랬다. 만물이 소생하고 생명의 부활을 알리는 찬란한 계절이건만 공허한 추억으로 가득한 4월은 은별에겐 가장 고통스러운 시기였다.

고 3때 엄마가 하늘나라로 떠난 것도, 풋풋한 첫사랑을 떠나보내야 했던 가슴 아픈 기억도, 가장 좋아했던 홍콩배우 장국영이 세상을 등진 것도, 정신적·정서적 지주였던 위대한 시인 칼릴 지브란이 생을 마감한 것도, 그리고 3년 전 아버지가 낯선 새 식구를 집에 들인 것도 바로 찬란한 4월이었다. 더불어 청년 백수의 대열에 합류하게 된 지금 이 순간 또한 미래의 은별에게 잔인한 4월로 기억될 터였다. 이런 구질구질한 기분이 드는 날에 예전처럼 단짝 친구 수정이라도 가까이 있었으면 술이나 거하게 마시고 된통 취해버렸을 텐데.

은별의 마음속에 잔인한 4월의 외로운 생채기가 또 하나 생기려고 할 즈음, 텔레파시가 통한 걸까? 휴대전화에서 극적인 구원의 소리가 들려왔다.

"I was born to love you — With every single beat of my heart — Yes, I was born to take care of you — Every single day — ♪"

발신자를 확인하고도 일부러 전화를 받지 않았다. 지금은 그녀를 위로해주는 그 따뜻한 구원의 소리, 퀸의 노래를 더 들어야 했다.

엄마가 가장 좋아했던, 그래서 뜻도 모르면서 어릴 적부터 자장가 대신 듣고 자란 노래였다. 영어를 배우면서부터는 그 뜻을 이해하려고 교과서에 있는 문장보다 더 많이 보고 외우고 입에 달고 다녔다. 가사의 의미를 알고 난 후에는 왜 엄마가 가장 좋아하는 노래였는지 이해가 됐고, 왜 늘 자신에게 그 노래를 들려주었는지도 비로소 깨달았다. 그것은 바로 엄마가 세상에 하나뿐인 분신인 은별에게 하는 말로, 언젠가 딸을 떠난 후에도 영원히 그녀에게 하고 싶은 말이었다는 것을 알려주고 싶었던 거였다.

전화벨이 끊기고 다시 울리기를 두 번 반복하는 동안 은별은 놀이터 한가운데 서서 고개를 젖히고 그리운 누군가를 향해 하늘을 응시했다. 흐릿한 하늘에서 뭔가 반짝하고 그녀의 그리움에 응답하고 있었다. 은별의 얼굴에 엷은 미소가 번졌다. 그게 진짜 별이든 인공위성이든 지나가는 비행기든 상관없었다. 지금 이 순간, 그녀의 애틋한 외침에 응답하는 그 반짝임 자체가 가장 큰 위로가 되어주고 있었다.

다시 세 번째 벨이 울렸다. 은별은 이번에는 가벼운 마음으로 전화를 받았다. 텔레파시의 주인공, 언제나 언니처럼 든든한 단짝 친구 수정의 쩌렁쩌렁한 목소리가 휴대폰 밖으로 새어나왔다.

"야, 강은별, 너 자꾸 내 전화 씹을래?"

"왜 이래, 아닌 거 알면서."

"알지, 첫 번째에 받으면 별일 없다는 거고, 두 번째에 받으면 열받았다는 거고, 세 번째에 받으면 완전 심각하다는 건데! 너 지금, 구원투수 완전 필요하지?"

같은 동네에서 초·중·고등학교를 함께 다니면서 자매처럼 지냈기에 눈빛만 봐도, 목소리만 들어도 서로의 감정을 파악할 수 있는 유일한 친구였다. 감 부장 덕분에 세상에서 '수정'이라는 단어를 가장 싫어하게 되었지만, 아이러니하게도 세상에서 가장 좋아하는 친구의 이름이 바로 수정秀晶이었다. 그런 수정이 작년에 서울로 이사를 가는 바람에 예전처럼 자주 얼굴 보기가 힘들어졌고, 두 사람 사이에 물리적 거리가 멀어지면서 이젠 목소리를 듣기 전에 휴대폰 벨소리 횟수로 서로의 감정 상태를 가늠할 수 있을 정도의 요령이 생겼다. 오랜 우정이 만들어낸 둘만의 암호 같은 것이었다.

"너 나랑 힐링 캠프에 가야겠다."

"힐링 캠프?"

"응, 답답한 가슴이 뻥 뚫리는, 뭐 그런 데 있어. 너 지금 어디야? 일단 우리 집으로 와."

듣던 중 반가운 제안이었다. 수정이 말하는 힐링 캠프가 뭔지는 모르지만 그런 곳에 굳이 가지 않아도 이미 수정의 위로만으로도 은별은 가슴이 뻥 뚫리고 편안해지는 힐링을 맛보고 있었다. 은별이 서둘러 서울행 광역버스 승강장을 향해 깡충깡충 내달렸다.

그들만의 비상구

1

강원도 인제군 북면 한계리 1526-8.

태성은 석진이 알려준 대로 내비게이션에 찍은 주소를 향해 달렸다. 주말의 교통 체증을 염려해 일찍 출발하라는 석진의 성화에 휴게소도 한 번 안 들르고 열심히 달린 끝에 세 시간 만에 흐드러지게 핀 벚꽃길을 지나 목적지에 도착했다. 내비게이션이 일러주는 대로 좌회전 우회전 직진을 반복하다 도착한 곳은 오토캠핑장이었다.

그렇지. 지금 생각해보니 석진이 얼마 전 캠핑 동호회에 가입했다고 한 기억이 났다. 여름에는 스쿠버 동호회에서 매주 다이빙을 가고, 가을에는 등산 동호회에서 매주 산행을 하고, 겨울에는 스키 동호회랍시고 스키장에서 살다시피 하더니, 이제 시즌 끝나고 따뜻한 봄날이 왔다고 캠핑까지 섭렵한 모양이었다.

이미 태성 말고도 동호회 회원들의 차량이 도착해 삼삼오오 모여 있었다. 승용차부터 지프에 승합차까지 다양한 종류의 차들이 빡빡한 현실에서 도망치듯 지붕 위에 큼직한 루프박스를 싣고 먼 길을 달려온 걸 보니 괜스레 가슴이 찡했다. 그중에 내셔널지오그래픽 스티커가 크게 붙은 석진의 개조된 지프 차량이 한눈에 들어왔다. 태성이 자신의 승용차를 그쪽으로 세우자 석진이 그를 발견하고 손을 흔들었다.

"어이, 별종, 왔냐? 여기 어때, 죽이지?"

석진의 말대로 정말 죽이는 곳이었다. 마치 겸재 정선의 산수화 속에 들어와 있는 느낌이 들 정도로 사방이 수려한 산세로 둘러싸여 있고, 캠핑장 아래로는 맑은 개울이 흐르고, 구름 한 점 없이 맑은 하늘은 또 어찌나 청명하고 높은지.

아! 그 순간 태성이 뭔가 아쉬운 듯 머리를 쥐어박았다. 이런 곳에 오는 줄 진작 알았으면 큐피드를 갖고 오는 건데, 그랬으면 오늘 밤 사랑하는 별을 실컷 볼 수 있었을 텐데. 아쉬움에 탄식이 터져나왔다.

"야, 별종, 별 볼 생각 그만하고 이거나 좀 끼워."

석진이 텐트의 중심이 될 폴대들을 창던지기라도 하듯 뭉텅이로 태성에게 휙 던졌다. 키를 훌쩍 넘기며 뒤쪽으로 떨어지는 폴대를 주우려고 돌아서는 순간 태성의 눈이 동그래졌다.

"어? 어, 안 되는데!!"

태성이 폴대를 채 줍기도 전에 조그만 경차 한 대가 주차를 위해 후진으로 엉덩이를 들이밀다가 그만 우지끈하고 폴대를 밟아버린 뒤였다. 태성이 다급했는지 경차의 엉덩이를 치며 운전자에게 물러나라 경고하자 그 소리에 창문이 내려가고 양쪽으로 빼꼼 내민 두 여자의 얼굴이 나타났다. 은별과 수정이었다. 영문을 몰라 하며 차에서 내리는 은별과 수정을 보며 태성이 말 대신 난처한 표정으로 바퀴에 깔린 폴대로 시선을 끌어왔다. 은별과 수정은 그제야 아차 싶었는지 미안함과 난처함에 양볼에 바람을 가득 넣으며 눈치를 살폈다.

심상치 않은 일동의 행태에 석연찮은 석진이 냉큼 달려와 보고는 반사적으로 입이 떡 벌어졌다. 제대로 활약 한 번 못 해보고 바퀴 밑에서 그대로 순직한 폴대를 보니 경악할 노릇이었다. 이번 캠핑을 위해 새로 구입한, 오늘 처음 개봉한 그야말로 신상이었음을 아무도 알 리 없었다. 그러나 객관적으로 누구를 원망할 상황이 아닌지라 네 사람은 그저 눈알을 굴리며 울상도 웃음도 아닌 알쏭달쏭한 표정으로 말을 아끼고 있었다. 이때 캠핑장 한가운데서 한 남자의 묵직한 음성이 들려왔다.

"캠핑 레전드 카페 회원 여러분, 이제 다 오신 거 같은데 일단 가운데로 모여주세요. 먼저 단체사진부터 한 장 찍고 시작하겠습니다."

산적 두목처럼 터프하게 생긴, 아마도 동호회 회장인 듯싶은 건장

한 남자가 흩날린 벚꽃처럼 캠핑장 여기저기에 흩어져 있는 열댓 정 명의 사람들을 불러 모았다. 태성과 석진, 은별과 수정도 지금 이 난 처한 상황을 일단 피하고 보자 싶었는지 어색한 웃음과 눈빛을 교환했다. 말은 안 했지만 다들 속마음은 이랬을 터였다.

'에라 모르겠다, 어차피 이렇게 된 거 어떻게 되겠지 뭐.'

네 사람은 누가 먼저랄 것도 없이 슬금슬금 사람들 틈으로 섞여들었다. "캠핑 레전드 열 번째 번개 캠핑"이라고 쓰인 조그만 플래카드 뒤에 재빨리 몸을 반쯤 숨기고 하나, 둘, 셋 소리에 맞춰 반사적으로 억지 미소를 지으며 얼떨결에 단체사진에 흔적을 남겼다.

"번개 캠핑이라 오늘은 새로 오신 분들도 몇 분 보이네요. 새로 오신 분, 손 좀 들어보세요."

남자의 말이 끝나기 무섭게 수정이 손을 번쩍 들었다. 수정 말고도 서너 명 정도가 손을 들었다.

"새로 오신 분들은 이따 한 분씩 소개 듣기로 하고요, 일단 기존 회원 분들은 오늘 처음 오신 초보 캠퍼들 텐트나 플라이 치는 것 좀 도와주세요. 자, 오늘도 신나게 힐링 한번 해봅시다!"

남자의 파이팅에 정겹게 혹은 어색하게 박수를 치며 흩어지는 사람들을 보아하니 아마도 열댓 명 모두가 정식 회원은 아닌 듯싶었다. 태성이나 은별처럼 아무 생각 없이 친구 따라온 사람도 있고, 커플끼리 낭만적인 여행 삼아 온 사람도 있고, 개중에는 정말 힐링이 절실해 보이는 사람도 있었다.

"야, 너 뭐야? 힐링 캠프 어쩌고 엄청 자랑하더니 처음이야?"

"오프라인 번개 캠핑으로는 처음이지만 온라인에서는 그래도 나 골드 멤버야. 내가 원래 정보 수집은 CIA급이잖아."

수정의 귀여운 뻔뻔함에 은별은 그냥 웃고 말았다. 하긴 수정이 뭐든 온라인으로 하는 것에 익숙한, 그야말로 디지털 유목민의 전형적인 인물이라면, 웹디자이너라는 직업의 특성상 온라인에 더 익숙해야 할 은별은 오히려 아날로그 감성을 더 좋아하는 쪽이었다.

"그나저나 저거 어떻게 하나?"

은별이 턱 끝으로 가리키는 사건 현장에는 이미 태성과 석진이 기다리고 있었다. 수정이 난처한 듯 머리를 긁적이자 은별이 은근슬쩍 장난기를 발동시켰다.

"오늘 왠지 힐링 캠프가 킬링 캠프 되는 거 아냐?"

키득거리며 웃음을 참는 은별을 향해 수정이 눈을 흘겼다.

"설마 같은 동호회 회원끼리 이렇게 아름다운 자연에서, 그것도 골드 멤버한테 함부로 하겠냐? 이수정, 주눅 들지 말고! 미소 유지! 오케이?"

은별이 수정의 어깨를 툭툭 치며 도발인지 격려인지 모를 말을 하고는 사건 현장을 향해 수정을 앞세우고 걸어갔다.

"저기… 죄송해서 어떡하죠?"

수정이 먼저 최대한 불쌍하고 미안한 표정으로 석진을 향해 고개를 떨구었다. 옆에서 은별도 팔자 눈썹을 만들며 마치 영화 〈장화 신은 고양이〉의 주인공 고양이마냥 안절부절 두 손 꼭 모은 제스처로 미안함을 표시했다.

"괜찮아요. 일부러 그런 것도 아닌데요, 뭐."

체념한 듯 덤덤한 석진의 말투에 수정은 한결 마음이 가벼워진 듯 표정이 밝아졌다.

"아, 그럼 제 비상 폴대 지원해드릴게요. 어차피 갖고 계신 한 두 개로는 안 될 거 같으니까."

"아까 보니까 오늘 처음 오셨다더니, 잘 아시네요?"

"제가 오프라인 번개 캠핑은 처음인데 캠핑 정보로는 카페에서 골드 멤버거든요. 닉네임 '헬로키키'라고 아시려나?"

"어? 그쪽이 '헬로키키' 님이세요? 와, 반가워요. 저 헬로키키 님이 올리는 캠핑 정보들 다 섭렵했어요. 그런 고급 정보들은 도대체 어디서 얻는 거예요?"

온라인 캠핑 동호회 신참 멤버인 석진과 골드 멤버 수정이 아이디와 닉네임을 교환하며 동지애를 확인하는 동안, 아이디도 닉네임도 없는 태성과 은별은 뻘쭘하게 서서 어색한 웃음만 짓고 있었다. 그 침묵을 먼저 깬 건 은별이었다.

"거기도 친구 따라 오셨나봐요?"

태성이 고개를 끄덕이며 미소로 답했다. 또다시 침묵이 흘렀다. 또 무슨 말을 해야 할까. 처음 본 사이에 소개팅도 아닌데 대뜸 호구 조사를 할 수도 없고, 그렇다고 딱히 뭘 해야 할지 난감해하는 순간, 수정의 차에서 캠핑 장비를 꺼내던 석진과 수정이 동시에 태성과 은별을 불렀다. 어색한 침묵을 깨는 반가운 외침이었다. 태성은 석진을 도와 캠핑 장비를 옮겼고, 은별은 수정이 차를 앞으로 빼는 동안 바퀴에 깔린 폴대를 구조해내는 데 성공했다.

*

회원들이 텐트를 거의 다 설치했을 무렵 트럭을 닮은 커다란 차량 한 대가 캠핑장으로 여유롭게 들어섰다. 모두의 시선이 그 차에 집중되었다. 캠퍼들의 로망, 캠핑카였다. 주로 텐트와 루프톱을 이용해 캠핑을 하는 이들에게 캠핑카는 가격부터 감히 엄두도 내지 못할 궁극의 아이템이었다. 태성과 은별도 TV나 영화에서나 보던 캠핑카가 신기하긴 마찬가지였다.

누가 먼저랄 것도 없이 사람들이 캠핑카 주변으로 모여들었다. 캠핑카에서 내린 사람들은 중년의 부부였다. 캠핑 레전드 회원은 아니었지만 캠핑이라는 공동의 관심사 덕분인지 중년 부부는 마치 명예회원이라도 되는 양 금세 사람들 속으로 스며들었다. 퇴직금으로 마련한 캠핑카로 부부가 함께 여행을 시작한 지 이제 석 달째에 접어든다고 했다. 부부의 부러운 여행 이야기를 듣고 나서 모두 기다렸다는 듯 캠핑카 즉석 견학을 시작했다.

석진과 수정은 친구도 내팽개친 채 발빠르게 가장 먼저 휙 둘러보고는 캠핑카에 대해 정보 교류를 시작했고, 다른 회원들도 메뚜기 떼처럼 캠핑카를 한바탕 휩쓸고 지나갔다. 비회원인 태성과 은별만이 마지막에 한가한 틈을 타 설레는 마음으로 캠핑카에 쭈뼛쭈뼛 들어섰다. 둘은 "우아" 하고 감탄사를 동시에 터뜨렸다.

7인승 제일모빌 ES 600. 조금 전 사람들에게 주워들은 바로는 흔히 이야기하는 '캠핑카'의 가장 기본이 되는 차라고 했다. 정말 TV나 영화에서 보던 그 모습이었다. 부부만 다니는데 왜 7인승까지 필요할까 생각이 드는 순간, 독심술이라도 쓴 것처럼 어느새 나타난 중년 부부가 미술관의 도슨트마냥 친절한 설명을 덧붙이기 시작했다.

　4~5인용 캠핑카에 비해 넉넉한 공간 활용성을 자랑하는 ES 600 캠핑카는 동급의 캠핑카 중에서도 실내 공간이 가장 넓다고 했다. 공간 활용성도 뛰어나서 리빙룸 공간은 취침 모드시 침대로 간단하게 변환해 사용할 수 있다는 설명과 함께 중년 부부는 직접 시범까지 보여주었다. 테이블을 내리고 소파 쿠션을 살짝 앞으로 당겨주는 작업만으로 금세 침대로 변신하자 태성과 은별은 어린아이처럼 또 "우아" 하고 환호했다.

　두 사람의 반응이 즐거웠는지 중년 부부는 흥겹게 설명을 이어갔다. 내부 상단에 붙박이장을 만들어 많은 수납도 가능하고, 무엇보다 채광, 환기 등을 전혀 신경 쓰지 않아도 된다고 했다. 사방에 자리잡은 창들과 지붕의 환기구를 통해 통풍이 완벽히 되는데다 실내는 반영구적인 LED 조명이 대낮처럼 환히 밝혀주기 때문이라나.

　설명을 들으면 들을수록 태성과 은별의 눈이 점점 별처럼 빛났다. 새로운 신세계를 경험했을 때의 짜릿함이랄까, 떨림이랄까. 그러나 거기서 끝이 아니었다. 캠핑카 견학의 하이라이트는 바로 2층 벙커 베드룸이었다. 아이들이 있다면 가장 좋아할 만한 그 공간은 성인 두 명과 어린이 한 명 정도는 충분히 누울 수 있는 넓이였다.

그뿐 아니라 샤워실과 화장실, 주방과 침대까지 웬만한 원룸 저리 가라였다.

태성은 문득 지난겨울 번개 관측을 가서 추위에 떨었던 기억이 새삼 떠올랐다. 그때 이런 캠핑카가 있었다면 매일 밤 어디든지 별을 보러 다녔을 텐데, 아쉬움이 들었다.

독립을 강요받는 은별도 만감이 교차하기는 마찬가지였다. 이제는 정말 집에서 독립을 하기는 해야 할 터였다. 하지만 언제, 어디로, 어떻게, 살 곳을 구해야 할지 그동안 한 번도 생각해본 적이 없었다. 만일을 위해 매달 꼬박꼬박 부어둔 적금은 있었지만 아직 전세나 월세 시세도 알아보지 못한 상태였다. 이제 회사에 매인 몸도 아니니, 누구의 눈치도 보지 않을 수 있는 이렇게 자유로운 공간이 허락된다면 얼마나 좋을까 싶었다.

"이거 얼마예요?"

태성과 은별이 마치 약속이라도 한 듯 동시에 외쳤다. 이 자유로운 공간에 대한 서로 다른 로망이 같은 궁금증을 낳은 건지도 몰랐다. 태성과 은별의 눈이 마주쳤고, 괜히 쑥스러웠는지 둘은 어색하게 웃으며 중년 부부에게로 시선을 돌렸다. 부부도 두 사람의 마음을 읽은 듯 온화한 미소를 지었다. 그리고 대답 대신 약간은 조심스럽고도 겸연쩍게 집게손가락 하나를 살며시 들어올렸다.

으허어… 억?! 캠핑카 가격에 놀랐는지 태성과 은별이 이번에는 소리 없이 입 모양만으로 '오아' 하고 감탄사를 내뱉었다. 은별의 얼굴엔 실망이, 태성의 얼굴엔 약간의 설렘이 묻어났다.

2

　어느덧 사방의 어스름이 짙어지면서 해가 산 중턱을 힘겹게 넘어가려 하고 있었다. 캠프파이어가 마련된 캠핑장 한가운데 동호회 회원들이 삼삼오오 포틀럭 파티를 준비하고 있었다.

　동네 맛집에서 공수한 곱창볶음부터 집에서 직접 만들어온 주먹밥에 각종 주류는 기본이고 캠핑에 빠질 수 없는 바비큐와 라면까지, 웬만한 뷔페 못지않은 메뉴로 테이블이 가득했다. 태성과 은별이 동시에 "오!" 감탄사를 내뱉었다. 석진과 수정이야 온오프라인 카페 활동을 통해 수없이 봤을 장면이었지만 태성과 은별에게는 모든 것이 신기하기만한 첫 경험이었다.

　은별은 그동안 이런 낭만과 여유를 즐길 틈이 없어서 그렇다지만 그래도 태성은 은별보다 이런 야외 캠핑에 조금은 익숙했다. 자주는 아니었지만 천체 관측 동호회에서 관측을 위해 캠핑을 몇 번 해본 경험이 있었다. 하지만 거의 대부분 별 관측이 주목적이다보니 이런 낭만이나 여유를 위한 먹을거리보다는 천체망원경 같은 장비에 더 심혈을 기울인 게 사실이었다. 밤하늘의 별을 기다리고 관측하는 내내 빵 한 조각만으로도 배고픔을 느낄 수 없었던 건 바로 별이 주는 충만감 때문이었다. 마치 자식들이 먹는 것만 봐도 배부르다는 엄마들의 마음처럼 태성도 별이 꼬물거리고 반짝거리는 것만 봐도 배가 불렀다. 그러나 오늘은 정말 배가 부르게 생겼다.

42

*

　어느덧 하늘에는 봄을 대표하는 목동자리의 아르크투루스, 처녀자리의 스피카, 사자자리 레굴루스 등이 밝게 빛나고 있었다. 물론 태성만이 알아차린 밤하늘의 신호였다.

　모든 음식이 바닥을 보일 즈음 자연스럽게 모닥불 주위로 열댓 명의 사람들이 원을 그리듯 모여 앉았다. 타닥타닥 피어오르는 모닥불만 있어도 왠지 센티멘털해지는 봄날 저녁, 처음 캠핑에 참가하는 사람들을 위한 소개의 시간이 마련되었다. 이미 서로 알고 지내는 회원들도 있었지만 처음 온 사람들을 위해 모두들 한 사람씩 돌아가며 간단히 자기소개를 하는 번거로움을 감수해주었다. 석진에 이어 마지막으로 수정이 소개를 마치고 마침내 비회원인 태성의 차례가 되었다.

　"안녕하세요, 저는 한태성이라고 하구요. 이 친구 따라 오늘 처음 왔습니다. 와보니 참 좋네요. 별도 잘 보이고. 아, 저는 별을 관측하는 천체 관측 동호회에 있어요. 활동은 거의 못 하지만…. 아무튼 거기선 다들 저를 큰별이라고 불러요. 제 이름이 클 태, 별 성, 큰별이라는 뜻이라서…. 물론 저 스스로도 큰 별 같은 존재가 되고 싶기도 하구요. 아, 혹시 우리 눈에 보이는 별들 중에 가장 큰 별이 뭔지 아세요? 지금 하늘을 보면…."

　또 눈치 없이 태성이 별 이야기를 꺼내자 석진이 황급히 친구의 옷깃을 잡아당겼다. 그제야 태성은 아차 싶었는지 서둘러 마무리 인사를 하며 겸연쩍은 듯 앉았다. 다음은 은별 차례였다.

"안녕하세요, 저는 강은별이라고 합니다. 저도 친구 따라 왔구요, 덕분에 오늘 정말 힐링 제대로 하는 것 같습니다. 캠핑 레전드, 파이팅!"

회원도 아니면서 넉살 좋게 주먹을 불끈 쥐고 파이팅을 외치는 은별 특유의 서글서글함에 사람들이 박수와 함께 환호를 보냈다. 사람들의 호의적인 환호를 받는 은별을 보며 태성은 부러운 표정을 지으며 혼자만의 생각에 잠시 빠져들었다.

'은별? 이름에 별이 들어가는 건 나랑 비슷하네? 저 사람도 별에 관심이 있으려나? 아까 진작 이름을 물어볼걸 그랬나? 그랬으면 별 얘기를 좀더 나눌 수 있었을 텐데. 근데 처음 본 사람들한테도 아무렇지 않게 대하는 걸 보니 참 성격이 좋은 사람이구나. 그나저나 오늘 밤은 별을 실컷 볼 수 있겠는데? 아! 큐피드만 갖고 왔으면 정말 환상적인데…. 잠깐, 폴라리스가 어디 있더라, 오리온자리는 저기 있고….'

역시 석진의 위로법이 제대로 먹힌 듯했다. 이별의 아픔을 치유한답시고 술잔을 부딪치며 주저리주저리 늘어놓는 식상한 말 따위는 태성에게 절대 위로가 될 수 없었다. 그보다 별에 대한 관심과 애정을 극대화시킬 수 있는 상황을 만들어 아예 슬픈 생각 자체를 망각하게 만드는 편이 훨씬 더 나았다. 그러니 별이 쏟아지는 강원도 산골에서의 캠핑만큼 좋은 방법도 없었을 것이다.

예상대로 멍하니 다른 세상 사람처럼 자기만의 생각에 사로잡혀 별보기에 한참 집중해 있는 태성의 어깨를 마치 최면을 풀 듯 석진이 가볍게 툭 쳤다.

"야, 별종, 별 그만 보고 한잔해."

어느새 사람들의 손에는 술잔이 하나씩 들려 있었다. 태성이 석진에게 술잔을 건네받자 동호회 회장이 씩씩하게 건배를 제안했다. 모두가 그렇듯 오늘만큼은 근심 걱정을 술잔에 털어넣고 제대로 힐링을 할 작정으로 보였다.

다른 사람들은 사정이 어떨지 모르지만 태성과 은별은 누구보다 먼저 버거운 현실의 무게를 내던지듯 독한 술을 목구멍 깊숙이 부어버리고 재빨리 머리 위로 술잔을 탁탁 시원하게 털었다.

"크아!"

태성과 은별이 또 합창을 했다. 그 타이밍과 제스처가 얼마나 기막히게 똑같았던지 둘은 서로를 보고 키득거렸다. 비록 한 잔의 술이지만 그들의 아픔과 슬픔은 어느새 알코올의 힘을 빌려 온몸에 따뜻한 온기로 녹아들고 있었다.

3

"대학교 1학년 땐가 뭣도 모르고 인생 공부 한답시고 머리 깎고 잠깐 절에 들어갔던 적이 있었는데요. 한여름이라 더워서 차가운 약수로 세수를 하러 새벽에 밖에 나왔는데 머리 위로 별들이 막 쏟아지는 거예요. 별빛 때문에 눈을 제대로 뜰 수가 없더라구요. 그런 경험

해봤어요? 안 해봤으면 말을 마세요. 그때의 감동이란 정말… 와! 지금 생각해도 소름이 쫙 끼치는 게, 그때 저는 알았어요. 별과 사랑에 빠지는 건 제 운명일 수밖에 없다고! 게다가 제 이름이 태성이잖아요. 클 태, 별 성, 크은 별! 아, 그때를 생각하면 아직도….”

모닥불의 열기 때문인지 술기운 때문인지 얼굴이 발갛게 달아오른 태성이 함박웃음을 지으며 신이 난 듯 일장 연설을 하고 있었다. 옆에서 자꾸 눈치를 주는데도 이미 별 이야기로 흥분된 상태라 알아차리지 못하는 태성을 보며 석진도 고개를 절레절레 젓는 것이 포기한 듯 보였다. 대학 친구인 석진이 왜 태성이라는 좋은 이름을 놔두고 그동안 별종이라고 불러왔는지 설명이 되고도 남았다. ‘별에 미친 인간 변종’의 의미이기도 했고, ‘별을 주인처럼 따르는 종從’이라는 의미이기도 했다.

사람들은 저마다 술잔을 부딪치며 화기애애한 분위기였지만 태성의 말은 그리 귀담아듣지 않는 눈치였다. 그도 그럴 것이 오늘 처음 만난데다 비회원이라고 막 대할 수도 없으니, 경청까지는 아니더라도 최소한 제지는 하지 않는 게 예의라고 생각한 듯했다. 대신 눈치껏 옆 사람과 속삭이며 담소를 나누다가도 태성과 눈이라도 마주치면 예의상 고개를 끄덕이는 배려를 잊지 않았다.

그런 줄도 모르고 눈치 없는 태성은 알코올의 힘을 빌려 점점 더 목소리를 높였다.

“아, 그리고 졸업할 무렵인가. 호주로 배낭여행을 간 적이 있었는데 호주는 원래 사람이 적고 땅덩이가 넓어서 정말 아무것도 없는 깜깜한 밤하늘을 만날 수가 있거든요. 온 하늘 가득 펼쳐진 은하수의 밝은 빛으로 제 몸 뒤로 그림자가 생기는데… 와! 진짜 충격 그 자체였어요. 아는 만큼 보인다고 하잖아요. 저 하늘의 별도 그냥 보는 단계를 넘어서 제대로 보고 많이 보려면 공부해야 하거든요. 아, 혹시 봄철 별자리가 뭔지 다들 아세요?"

순간 사람들이 난처한 표정을 지었다. 아마도 모두 같은 생각을 하고 있을 터였다. 대답하기도 곤란하고, 대답 안 하기도 난처하고, 더구나 대답의 유무와 상관없이 태성의 일장 연설이 더 길어질 것이 불 보듯 뻔해 보였기에 다들 들고 있는 술잔으로 시선을 돌렸다. 이때 마치 물이 새는 제방 구멍을 주먹으로 막은 네덜란드 소년처럼 끝없이 샘솟는 이 지루한 이야기의 샘구멍을 누군가 용기 있게 막았다.

"와, 큰별 님 진정한 스타! 킹!이시다. 정말 대단하세요."

격한 칭찬으로 일단 태성의 말문을 막은 용감한 이는 바로 은별이었다. 태성이 쑥스러운 듯 다시 별 이야기를 꺼내려는 순간, 다시 은별이 순발력을 발휘했다.

"큰별 님 말씀대로 이 어마어마한 밤하늘을 공부하려면 몇 날 며칠 밤을 새도 안 되죠. 그러니까 그건 각자 집에 가서 열심히 공부하도록 하고, 오늘은 좋은 말씀 많이 들은 기념으로 다 같이 이 술잔에 저 하늘의 별을 담아 온몸으로 별을 느껴보도록 하죠. 다들 어떠세요?"

은별이 사람들을 향해 씩씩한 동조의 눈빛을 보내자 다들 기다렸다는 듯 환호했다. 심지어 태성까지 은별의 표현에 감탄한 듯 함께 동조했다.

"와, 은별 님, 진짜 멋진 표현이네요. 술잔에 별을 담아 마신다? 이 태백 저리 가라예요. 이름에 별이 들어가서 그런가? 뭘 좀 아시네 요."

기분 좋게 태성의 입을 완벽하게 막아낸 은별이 참으로 신통했는 지 사람들이 저마다 눈빛과 고갯짓으로 슬쩍 은별을 향해 고맙다는 인사를 보내며 술잔을 들어올렸다. 은별도 그들에게 환한 웃음으로 답했다.

그러나 태성의 끈기 또한 기네스북감이었다. 사람들이 무슨 이야 기를 하든 그 말에 꼬리를 달아 자연스럽게 별 이야기로 곁가지를 치 는 솜씨가 보통이 아니었다. 더이상은 안 되겠는지 이번에는 은별이 아예 작정하고 나섰다.

"다들 술을 너무 재미없게 드신다. 그러지 말고 우리 테마주 한 잔 씩 하는 거 어때요?"

은별의 말에 사람들이 눈을 동그랗게 떴다. 그녀가 말한 '테마 주'라는 것에 대한 강한 호기심이었다. 그것이 뭔지 미처 물어보기 도 전에 이미 은별이 새 술잔을 하나 들고서 친절히 설명을 덧붙이 기 시작했다. 물론 태성이 반격할 틈을 주지 않으려는 치밀한 의도 이기도 했다.

"테마주는 이런 술자리에서 그냥 부어라 마셔라 하는 게 아니고 테 마를 갖고 술 한 잔 한 잔에 의미를 담아서 먹는 거예요. 술잔은 이거 딱 하나만 사용하는 대신 입에 대지 않고 마시는 에티켓, 중요하고요. 술잔을 받은 분이 다른 분에게 테마주를 드리는 겁니다. 아셨죠?"

마치 행사 사회를 보듯 은별이 아주 익숙하게 자리를 이끌었다. 모르긴 해도 분명 술자리에서 자주 해본 솜씨임에 틀림없었다. 오늘 처음 본 낯선 이들과의 술자리인데도 은별 특유의 당차고도 쾌활한 성격이 그대로 드러났다. 사람들이 저마다 알 듯 모를 듯 서로 다른 의미들로 고개를 끄덕이자 은별이 먼저 술잔에 술을 따랐다.

"자, 그럼 첫 번째 테마는 뭘로 할까요? 음… 그게 좋겠네요, 궁금주! 오늘 처음 오신 분들도 계시니까 여기 계신 분들에게 평소 궁금했거나 처음이라 궁금한 게 있으면 이번 기회에 다 물어보는 거예요, 아셨죠? 자, 어느 분부터 시작할까요?"

아직 테마주를 경험한 적이 없는 회원들은 쑥스러운 듯 은별의 물음에 그저 멀뚱멀뚱 마주보기만 했다. 안 되겠다 싶었는지 은별이 먼저 그중 남자 한 명을 지목해 술잔을 건네며 시작하라는 눈짓을 하자 남자는 대뜸 궁금주 술잔을 오히려 그녀에게 들이밀었다.

"아까부터 진짜 궁금했는데요, 도대체 뭐 하는 분이에요?"

남자의 물음에 일제히 공감의 박수가 터져나왔다. 하긴 자기소개를 할 때부터 난생처음 만난 사람들에게 파이팅을 외치지 않나, 차마 아무도 제지하지 못하는 태성에게 과감히 브레이크를 걸지 않나, 누구에게라도 범상치 않은 성격의 소유자로 보이니 그녀의 신상에 대한 궁금증이 생기지 않을 수 없었다.

은별이 귀엽게 혀를 날름 내밀었다. 자신에게 집중된 시선과 관심이 살짝 부담스럽기도 했고, 손님이면서 너무 나섰나 싶어 미안하고 부끄럽기도 했다. 그러나 어차피 이렇게 된 거 이제 와서 굳이 뺄 필요도 없었다.

"와! 우선 감사드립니다. 제 돌잔치 이후에 이런 관심과 시선, 처음이에요. 기분 괜찮은데요?"

은별의 농담 섞인 말에 사람들이 까르르 웃음을 터뜨렸다.

"저는 보시다시피 성격이 아주 아주 좋은 웹디자이너구요, 어제까지는 조직원이었는데 오늘부로 자유의 몸이 되었답니다. 뭐, 이젠 프리랜서, 좀더 거창하게는 1인 기업이라고 할까? 이왕 이렇게 된 거 제대로 영업 좀 해야겠네요. 앞으로 주변 분들에게 소개 많이 해주세요. 저 웹디자이너 강은별, 별처럼 반짝반짝 빛나는 아이디어로 홈페이지를 빛나게 해드리겠습니다. 꼭 기억하시고, 아니면 메모하시고, 언제든지 연락주세요. 감사합니다."

은별의 털털하면서도 센스 있는 인사말 덕분에 사람들은 거부감 없이 또 한바탕 웃음을 터뜨렸다. 이런 모임을 빙자해 보험 영업이나 생필품 다단계 판매를 목적으로 하는 영악한 사람들은 많이 봤지만 이렇게 대놓고 홍보를 해도 거부감이 생기지 않는 것은 어쩌면 은별이 오늘 사람들에게 보여준 아주 좋은 성격과 긍정의 오지랖 덕분인지도 몰랐다.

은별이 한 잔의 술을 마시고 주위를 살폈다. 누구에게 궁금주를 줄까 싶어서였다. 모두 은근 기대하는 눈빛으로 은별의 시선과 술잔에 집중했다. 그런데 단 한 사람, 태성만이 고개를 뒤로 젖히고 입을 벌린 채 넋이 나간 듯 밤하늘의 별을 바라보고 있었다. 모두가 집중하는 이 순간 태성의 남다른 행보에 은별은 순간적인 오기가 발동했다. 은별은 고개를 젖힌 태성의 머리 위로 술잔을 대뜸 들이밀더니 그와 밤하늘 사이를 가로막았다. 깜짝 놀란 태성이 얼른 고개를 바로 하고 은별을 빤히 쳐다보았다.

취기가 살짝 오른 촉촉한 눈빛으로 그녀를 바라보는 태성에게 은별이 궁금주를 따랐다.

"큰별 님, 도대체 왜 그렇게 별에 집착하세요?"

대뜸 날아온 은별의 질문에 태성의 얼굴이 갑자기 생기가 돌았다. 그 표정을 보는 순간 은별은 아차 싶었다. 이키! 또 지루한 별 이야기를 시작하겠군. 두 사람을 보고 있던 카페 회원들도 눈을 질끈 감았다. 아마도 은별과 같은 생각일 터였다. 어쨌든 대놓고 멍석을 깔아준 셈이니 건너뛰기도 애매하고 일단 대답은 들어야 했다. 태성이 술잔에 비친 밤하늘의 별들을 물끄러미 바라보며 회상에 잠기듯 입을 열었다.

"음… 아마 초등학교 1학년 때였을 거예요. 수두에 걸려서 며칠 동안 학교도 못 가고 집에 누워만 있는데, 어느 날 아버지가 제가 답답해하는 걸 아시고는 저를 업고 뒷동산으로 가셨어요. 깜깜한 북쪽 밤하늘에서 일곱 개의 별들이 국자 모양을 하고 있는 북두칠성이랑 하늘의 중심이라고 하는 북극성을 가르쳐주시면서 별에 대한 여러 가지 재미있는 이야기를 해주셨는데, 너무 재미있는 거예요. 그런데 마침 그때 별똥별이 떨어지는 걸 봤어요. 신기하고 놀라서 물었더니 아버지가 별똥별이 떨어질 때 소원을 빌면 이루어진다고 말씀하시기에 소원을 빌려고 다시 봤는데 벌써 다 떨어진 거예요. 그때 얼마나 아쉽던지…. 사실 별똥별 떨어지는 거 보는 게 쉬운 일이 아니잖아요. 그래서 틈만 나면 하늘을 쳐다보고 별똥별 떨어지기를 기다리는 게 일상처럼 되어버렸고, 그러다보니 자연스럽게 밤하늘에 새로운 별들이 자꾸만 보이는 거예요. 저 별은 뭘까, 또 저 별은 왜 저렇게 밝을까. 알면 알수록 아름답고 신기하기만 하더라고요. 그래서 별과 사랑에 빠지게 됐죠. 원래 사랑에 빠지면 보고 또 봐도 늘 보고 싶잖아요. 저한테 별이 그래요. 이를테면 첫사랑, 뭐 그런 비슷한 거죠."

태성이 수줍은 미소를 띠며 술을 털어넣었다. 다소 긴 대답이긴 했지만 그래도 예상보다 빨리 끝을 맺어서 다행이라는 생각이 드는 순간, 그가 술을 삼키고는 다시 꼬리를 달았다.

"인공적인 빛들로 가득 찬 도시에서 태어나고 자란 사람들은 밤하늘의 그런 멋진 풍경을 알 수 없을 거예요. 제가 많은 사람한테 별을 이야기하는 이유가…."

또 시작이었다. 은별이 아! 짧은 한숨을 내쉬었다. 자신이 깔아준 멍석이니 자신이 거둬야 한다는 것을 알기에 이번에도 그녀는 용기를 내어 거침없이 내뱉었다.

"그랬구나, 큰별 님의 첫사랑이 저 하늘의 별님이었구나. 좋으시겠다. 차일 염려도 없고, 늘 밤하늘에 있으니까. 나도 귀찮은 남자 말고 내가 쳐다보기만을 기다리는 별을 사랑해볼까봐요."

은별의 농담에 사람들이 웃음을 까르르 터뜨리자 순간 태성의 표정이 살짝 굳어졌다. 문득 지연이 떠올랐던 것이다. 그러나 은별은 그런 그의 미세한 표정 변화를 알아차리지 못했다.

"자, 시간 관계상 앞으로 대답은 짧고 간결하게, 오케이? 그럼 큰 별 님은 누구한테 궁금주를 주고 싶으신지?"

또다른 별 이야기를 꺼내기 전에 은별이 서둘렀다. 태성이 다시 빙긋 웃으며 주위를 두리번거렸다. 여전히 사람들은 아까 은별에게 그랬듯 설레는 표정으로 그의 시선에 집중했다. 그들의 눈은 저마다 하늘의 별만큼이나 무수한 궁금증으로 가득 차 있었다.

*

"그럼 마지막 테마주는 아름답게 마무리하는 차원에서 감사주로 할게요. 감사주는 누군가에게 감사한 일이 있을 때, 그동안 미처 감사한 마음을 얘기하지 못한 사람에게 주는 술이에요. 자, 이번엔 저부터 시작합니다."

사람들의 호기심 어린 표정과 기대감이 섞인 눈빛을 응시하며 은별이 거침없이 친구에게 술잔을 건넸다.

"수정아, 항상 내가 힘들 때마다 나의 유일한 비상구가 되어주어서 너무 고마웠어. 그리고 이렇게 좋은 곳에 데려와줘서 더 고맙구. 받아라."

오랜 친구였지만 은별은 한 번도 수정에게 고맙다는 이야기를 제대로 해본 적이 없었다. 그저 늘 마음속으로만 고마움을 간직했을 뿐. 수정도 그런 은별의 마음을 익히 알고 있었지만 이렇게 공개적으로 감사의 말을 들으니 저도 모르게 울컥 감정이 북받쳤다. 보는 사람들도 그 뭉클함을 함께 느끼는 듯했다. 수정이 벅찬 표정으로 술잔을 받아 가볍게 털어넣자 사람들이 박수와 함께 공감의 환호성을 질렀다. 이번엔 수정의 차례였다.

"그러고 보니 저도 감사할 분들이 참 많네요. 저에게 감사주를 준 은별이한테도 정말 고맙지만 오늘만큼은 더 고마운 분이 계셔서 그분에게 드리도록 하겠습니다."

수정이 술잔을 건넨 사람은 바로 석진이었다.

"아까 제가 실수로 신상 폴대를 망가뜨려서 정말 죄송했는데, 너그럽게 이해해주셔서 정말 정말 감사드려요."

뜻밖의 감사주에 석진도 놀라는 눈치였다. 한 번도 제 역할을 하지 못하고 즉사한 신상 폴대에게는 미안했지만 감사주를 받는 이 순간의 감동에는 비할 바가 아니었다. 석진도 기분 좋게 술잔을 받아들었다. 별것도 아닌데, 그저 술 한 잔에 따뜻한 감사의 말 한 마디를 더했을 뿐인데, 화선지에 먹물 스미듯 감동이 사람들의 가슴에 예쁘게 번져가고 있었다. 석진은 누구에게 감사주를 줄까 곰곰이 생각하다가 빈 술잔을 태성에게 건넸다.

"제가 참 많은 원망을 들어야 할 입장인데, 오히려 제가 미안할 정도로 저를 전혀 원망하지 않는 친굽니다. 제가 멜론으로 메주를 쑤었다고 우겨도 묵묵히 믿고 따라주는 친구에게 감사하다는 말을 하고 싶네요. 고맙다, 태성아."

이번엔 태성이 흠칫 놀랐다. 아마도 석진의 입을 통해 너무도 오랜만에 들어보는 자신의 이름 때문인지도 몰랐다. 석진은 대학시절 이후 지금까지 줄곧 '별종'이라는 애칭으로만 불러왔다. "고맙다, 태성아"라는 한마디에는 친구를 향한 석진의 우정이 에스프레소처럼 진하게 묻어났다.

카! 태성은 술이 너무나 달콤하게 느껴졌다. 은별이 시작한 감사주는 이 쓰디쓴 술을 달콤한 꿀물처럼 변화시키고 사람들의 마음을 녹이는 촉매제 역할을 톡톡히 해내고 있었다.

"저는 이런 기회를 만들어주신 캠핑 레전드 카페 회장님께 감사드립니다. 저야 오늘 처음 뵙는 거지만 어쨌든 덕분에 별도 많이 보고, 친구와도 함께 좋은 시간을 보낼 수 있게 해주셨으니까요. 감사합니다."

태성이 카페 회장에게 술잔을 건넸다. 회장은 또다른 회원에게 술잔을 건넸고, 그렇게 술잔이 돌고돌아 뫼비우스의 띠처럼 다시 은별에게로 돌아왔다. 이런 훈훈한 술자리를 갖는 계기를 마련해준 은별에게 고맙다며 누군가 은별에게 감사주를 건넨 것이었다. 그녀는 달달한 술을 홀짝 마시고는 달콤한 미소를 지었다.

4

강원도 깊은 산골의 아침은 도시의 빌딩 숲에서 맞는 그것과는 차원이 달랐다. 호화로운 스펙으로 무장한 최고급 하이엔드 스피커,

마르텐 헤리티지 시리즈로도 들을 수 없는 원음 그대로의 새소리와 물소리, 바람 소리는 기분 좋게 아침잠을 깨우는 자연의 알람 그 자체였다.

어젯밤 은별이 시작한 궁금주를 시작으로 극찬주, 사랑주, 배움주, 자랑주, 감사주 등 온갖 테마주를 섭렵했지만, 술에 취하기보다는 즐거운 분위기에 취해서인지 평소처럼 숙취에 몸부림치는 일 없이 모두 상쾌한 아침을 맞은 듯 밝은 얼굴로 인사를 건넸다.

은별과 수정은 그동안 밀린 이야기들을 하느라 밤새 소곤거렸고, 바로 옆 텐트의 석진과 태성도 마찬가지였다. 비록 한숨도 못 자 퀭한 눈으로 아침을 맞았지만 그 어느 때보다 편안한 아침이었다.

칼칼한 라면 냄새가 산속 나무들이 내뿜는 피톤치드를 물리치고 뭉게뭉게 퍼지고 있었다. 여행지에서의 아침은 늘 그렇듯 얼큰한 라면으로 간단하게 배를 채우고 서둘러야 했다. 일요일 고속도로의 교통지옥을 피하려면 어젯밤처럼 여유를 부릴 수 없는 상황인지라 모두 다음을 기약하며 아쉬움을 뒤로하고 장비를 챙겨 차에 올랐다.

은별과 수정도 태성과 석진의 도움으로 텐트를 철수하고 트렁크에 짐을 실었다. 일행과 인사를 나누고 은별이 잠시 화장실에 간 사이 수정이 먼저 차에 올라 밤새 이슬을 맞은 경차에 시동을 걸었다.

"크릉, 크릉, 크르릉. 크릉크릉 커걱!"

어딘가 심상치 않은 경차의 비명이 들려왔다. 깜짝 놀라 다시 시동을 걸어보았지만 끄르륵 끄르륵 하는 소음이 잠시 들리더니 곧바로 덜커덕, 뭔가 생명의 마침표를 찍는 소리가 났다. 수정은 드디어

올 것이 왔구나 하는 표정으로 눈을 한 번 질끈 감고는 차에서 내려 앞쪽으로 가 보닛을 열어젖혔다. 멈춰버린 알람 시계도 어디가 고장인지 알 수 없는 판에 그보다 몇천, 아니 몇만 배는 더 복잡한 자동차 내부를 들여다본다고 뭘 알 수 있는 건 아니었지만 그래도 답답한 마음에 무슨 시늉이라도 해야 할 것만 같았다. 멍하니 보고 있는 그녀 옆에 어느새 은별이 달려와 섰다.

"뭐야? 무슨 문제 있어?"

"아무래도 장렬히 전사한 듯. 안 그래도 힘 달리는데 험한 산길을 끙끙대고 올라왔으니…. 이래서 중고차는 사지 말아야 하는 건데."

단순한 배터리 방전이라면 점프 시동이라도 시도해보겠지만 어젯밤 분명히 차의 미등과 실내등도 껐고, 변속 레버 위치도 확인했던 터라 수정의 말대로 안간힘을 다하고 장렬히 전사했다고밖에는 결론을 내릴 수가 없었다. 수정은 망설임 없이 보험회사에 전화를 걸었다. 상황을 설명하며 긴급 출동 서비스를 요청하는 사이 쓰레기를 버리러 갔던 태성과 석진이 심상치 않은 그 광경에 걱정이 되는지 다가왔다.

*

수정의 경차는 마치 도살장에 끌려가는 소마냥 견인차에 머리가 끌어올려진 채 안타까운 모습을 하고 있었다. 수정은 견인차 조수석에 올라탄 채 어이없고 한숨 섞인 웃음을 토해냈다.

"괜찮겠어? 같이 간다니까."

걱정스럽고 미안한 표정의 친구를 안심시키려는 듯 수정은 손을 내저으며 호탕하게 웃었다.

"어차피 견인차 타고 갈 건데 뭐 하러 너까지 고생해. 큰별 님, 우리 은별이 잘 좀 부탁해요."

쿨한 작별 인사를 남긴 수정이 견인차와 함께 산길 너머로 꼬리를 감춘 후에야 은별도 태성의 차에 올랐다.

"진짜 세상 좁네요. 어떻게 여기서 동네 사람을 만나지? 친구분 아니었으면 우리가 이웃사촌인지도 모를 뻔했어요. 아무튼 반가워요."

태성은 시동을 걸고 은별에게 씩씩하게 악수를 청했다. 수줍게 별 이야기를 하던 어제와는 태도가 사뭇 달랐다. 하룻밤 사이에 정말로 힐링이 된 것인지, 아니면 원래 성격이 그런 것인지는 알 수 없었지만 은별은 개의치 않았다. 다만 이웃사촌이라고는 해도 어제 처음 만난 사람의 차를 얻어 타고 세 시간 이상을 함께 가야 하는 상황이 살짝 불편하고 부담스러울 뿐이었다. 그러나 대놓고 티를 낼 수 없으니 내민 손을 쿨하게 맞잡으며 대답 대신 웃음을 지었다.

"안 그래도 혼자 가기 심심했는데 말동무가 생겨서 좋네요. 무슨 얘길 해야 하나? 아, 어제 하다 만 별 이야기 해줄까요?"

태성의 차가 울퉁불퉁한 산길을 내려가기 시작하면서 그의 별 이야기도 함께 시작되었다. 일요일의 지루한 고속도로마냥 태성의 이야기도 그러할 것이 분명했다. 은별은 몰래 작은 하품을 삼켰다.

"항상 그대로인 것 같지만 밤하늘에는 우주 운행의 오묘한 질서가 숨어 있어요. 마치 우리 인생과도 닮아 있죠. 인생이 다 거기서 거기인 것 같지만 그 안에는 어떤 질서가 숨어 있거든요. 마치 밤하늘의 수많은 별이 북극성을 중심으로 움직이듯 아, 북극성 아시죠? 폴라리스! 아무튼 우리 인생도 뭔가를 중심으로 움직이고 있죠. 어쨌든 대부분 그걸 모르고 살아가기 때문에 방황하는 거고, 그걸 발견하는 사람만이 진짜 행복한 인생을 제대로 살아가는 게 아닐까 싶어요."

살짝 흥분된 어조로 풀어놓는 태성의 이야기보따리가 은별의 귀에 제대로 들어올 리 없었다. 그녀는 창문을 조금 내리고 아주 살짝 고개를 돌려 차창 너머 풍경을 감상했다. 잔인한 4월이라고 하기에는 너무나 활기차고 아름다운 모습에 잠시 넋을 잃고 바라보는 사이 어느새 태성의 차는 국도로 접어들고 있었다. 수수한 아침 햇살과 코끝에 불어오는 상큼한 바람의 향기, 그리고 꿈속을 나는 듯한 황홀한 풍경까지 더해지자 은별의 동공이 아주 미세하게 서서히 풀리기 시작했다.

"그런 의미에서 별을 관찰하고 공부하는 것은 자기 인생을 관찰하고 공부하는 것과 비슷하다고 할 수 있어요. 저도 그 덕분에 인생의 북극성을 찾을 수 있었거든요. 그걸 알고 나니까 나 혼자만 이 비밀을 알고 있는 게 너무 안타까운 거예요. 더 많은 사람이 나처럼 인생의 북극성을 찾았으면 좋겠는데, 그걸 찾는 방법을 모르니까요. 그래서 별 전도사가 되기로 했죠. 사람들이 별에 대해서 좀더 관심을 가지면 그만큼 자기 인생에 대해서도 관심을 가지게 될 거라고 믿거든요."

옆에서 끊임없이 말하는 태성의 목소리가 점점 멀어지고 어디선가 아름다운 왈츠의 환청이 들려왔다. 은별은 눈꺼풀이 무겁고 뻐근한 느낌이 들어 눈을 껌뻑거렸다.

*

카르릉 가르륵 카르릉.

어디서부터일까, 언제부터일까. 정체불명의 코골이 소리와 함께 은별은 조수석 유리창에 오른쪽 얼굴을 판박이라도 하듯 들이민 채 세상모르게 잠에 취해 있었다. 그동안의 피로가 쓰나미처럼 밀려와 그녀의 머릿속을 순식간에 덮쳐버린 것만 같았다. 과연 제정신으로 돌아올 수 있을지 의문이 들 정도였다.

얼마나 지났을까. 은별이 꿈이라도 꾸었는지 화들짝 놀라며 몸을 들썩였다. 그 몸짓에 정작 자신이 놀랐는지 절대 뜰 것 같지 않았던 눈을 번쩍 뜨고는 양 집게손가락으로 눈을 마구 비벼댔다. 차창 밖으로 희미하게 아파트 입구가 보이자 그제야 정신이 번쩍 들어 그녀는 재빨리 주위를 살폈다. 그러나 운전석에 있어야 할 태성이 보이지 않았다. 어떻게 된 건가 멍해진 사이 누군가 밖에서 차창을 똑똑 두들겼다. 태성이 웃고 있었다.

"많이 피곤했나봐요?"

은별은 잠시 머뭇거렸다. 내심 미안하기도 하고 창피하기도 했다. 세 시간이 넘도록 말동무가 되어주기는커녕 숙녀답지 못하게 코까지 골며 숙면을 취해버렸으니 말이다. 은별이 얼른 차에서 내려 어색한 웃음으로 사과인 듯 아닌 듯 무안함과 미안함을 표시했다.

"어머, 죄송해요. 너무 피곤해서 그만…."

"아니에요, 제가 하는 별 이야기가 솔직히 재미없죠?"

태성이 캔커피를 건네며 아무렇지도 않게 자학하자 은별은 괜히 더 미안해졌다. 애써 무마해보려는 의욕이 지나쳐 그녀는 자기도 모르게 손사래를 치며 마음에도 없는 말을 내뱉었다.

"아니에요. 큰별 님이 하는 별 이야기 너무 재미있어요. 꼭 듣고 싶었는데… 제 의지가 무의식을 이기지 못했네요. 하하하."

선의의 거짓말도 거짓말인지라 은별이 다시 한번 어색한 웃음을 멋쩍게 흘리는데 태성이 오히려 반가운 표정을 지었다.

"정말 내 별 이야기가 재미있어요?"

아차차! 해서는 안 될 이야기를 해버렸다. 뭐라고 대답해야 하지? 이미 뱉은 말이니 주워담을 수도 없고. 은별은 어쩔 수 없이 보일락 말락 고개를 주억거렸다.

"잘됐네요. 그럼 나 강연하는데 거기 올래요? 오늘 자느라고 은별 씨가 못 들은 별 이야기 다시 들을 수 있어요. 다다음 주 금요일인데 시간 괜찮아요?"

순간 은별의 머릿속에 '어떡하지?'라는 문장이 둥둥 떠다니기 시작했다. 쉽게 오케이할 수도 없고, 그렇다고 단번에 거절하기도 어려운 상황이었다. 다른 사람 같으면 대충 대답하고 안 가면 그만이겠지만 하루 겪어본 바에 의하면 그랬다가는 태성의 순수한 성격에 상처받을 게 뻔해 보였다. 그렇다고 있지도 않은 스케줄을 지금 당장 만들어 알리바이를 댈 정신도 없었고, 무엇보다 사는 동네까지 같은 난처한 상황이었다.

"아, 예… 뭐… 봐서, 그러죠 뭐."

웃음으로 가린 은별의 난처한 표정과는 달리 태성의 얼굴에는 처음으로 친구가 생긴 왕따처럼 잔뜩 들뜬 표정이 가득 차올랐다.

"그럼 다다음 주 금요일에 여기서 만나요. 오후 늦은 강의니까 2시쯤 만나면 될 거예요. 다시 문자로 연락할게요. 전화번호가…?"

천진난만한 미소를 지으며 휴대전화에 연락처를 입력하려는 태성을 보며 은별은 어쩔 수 없이 국가 기밀급 정보를 발설할 수밖에 없었다. 그녀는 자신의 연락처를 받아들고 개선장군처럼 씩씩하게 모퉁이를 돌아 사라지는 태성의 차를 보며 그제야 아, 안타까움의 짧은 탄성을 내뱉었다. 설마 정말로 별 이야기가 재미있다는 말을 믿는 건 아니겠지, 진짜로 그걸 들으러 갈 거라고 생각하는 건 아니겠지, 정말로 같이 가자고 연락하는 건 아니겠지, 설마 아니겠지, 아닐 거야, 아니길 바라. 별 이야기에는 관심 없다고!

우연한 동행

1

딩동.

은별은 크로스백 하나만 달랑 어깨에 두른 채 엘리베이터를 탔다. 그리고 문이 닫히자마자 아우! 소리를 지르고는, 얼굴을 잔뜩 찌부린 채 머리를 헝클어뜨리고 신경질적으로 발을 구르며 괜한 분풀이를 해댔다. 아마도 여동생과 또 한판 한 모양이었다. 어린 동생에게 뭐라 할 수도 없고 이렇게 혼자 있는 공간에서 분풀이를 해댈 수밖에 없는 그녀를 경비실 CCTV로 본다면 미친 여자나 다름없을 터였다.

캠핑을 다녀온 지 벌써 2주나 흘렀다. 그사이 나름 많은 일이 있었다. 친구 수정이는 3년 동안 타고 다니던 중고차와 아쉬운 이별을 하고 다시 뚜벅이가 되었고, 은별은 프리랜서 웹디자이너 명함을 파고 새로운 도전을 시작했다. 그러나 말이 좋아 프리랜서지 사무실도 없이 집에서 작업을 해야 하는 신세라 코딱지만 한 방에서 여동생과 밤낮 씨름하다보니 은별도 여동생도 둘 다 신경이 날카로워지는 건 당연한 일이었다. 뭔가 대책을 세워야 하지만 그게 어디 쉬운 일인가. 사무실이 금방 구해지는 것도 아니고, 사무실은 또 누가 공짜로 임대해주나? 아직 안정적인 수입처가 없는 은별에게는 해결해야 할 문제들이 산적해 있었다. 어쨌든 당분간은 이럴 때를 대비해 모아둔 비상금으로 앞일을 도모해야 했다.

딩동.

엘리베이터가 1층에 도착함과 동시에 문자 알림음이 울렸다. 잔뜩 골이 난 은별이 이번엔 또 무슨 스팸일까 눈을 흘기는데 아, 스팸보다 더 무서운 문자가 도착해 있었다.

'한태성이예요. 지금 아파트 입구로 가고 있어요.'

맞다, 그랬지. 그녀가 고개를 푹 떨구었다. 드디어 올 것이 왔구나. 눈을 질끈 감았다. 그동안 정신이 없어 깜빡 잊고 있었는데, 아니, 솔직히 말하면 태성이 잊어주기를 바랐는데, 설마 정말 연락하겠나 싶어 방심하고 있었는데, 그 설마가 현실이 되어 이렇게 생생하게 닥쳐오다니. 이대로 끌려가기엔 왠지 컨디션이 영 시원찮았다. 게다가 당장 독립해야 할 사무실을 먼저 알아보는 게 급선무가 아니던가.

아하! 갑자기 무슨 생각이 들었는지 은별의 표정이 밝아졌다. 태성을 만나면 오늘은 사무실을 알아보러 가야 하니 강연에는 못 가겠다고 핑계를 대야지 싶었다. 먹고살 길을 찾아야 한다는 것만큼 적당하고도 절실한 핑계가 또 어디 있을까. 금세 기분이 좋아졌다. 완벽하고 정당한 알리바이가 생겼으니 당당히 가서 말하리라.

그녀는 아파트 입구에 멈춰 섰다. 태성은 아직 오지 않은 모양이었다. 하늘을 올려다보니 봄 하늘답게 화창하고 따뜻한 기운이 가득한 것이 엉덩이가 들썩들썩 봄처녀가 바람날 만한 날씨였다. 정말 아무 데나 가도 기분이 좋을 것 같았다. 그러니 이런 날에 관심도 재미도 없는 강연을 들으러 간다는 건 있을 수도, 있어서도 안 되는 일이라고 다짐 또 다짐하는 찰나, 모퉁이를 돌아 이쪽을 향해 멋진 캠핑카 한 대가 들어서고 있었다. 캠핑장에서 본 차와 거의 흡사한 모양이었다. 도심에서도 이런 캠핑카를 끌고 다니는 사람이 있구나, 은별은 부러움과 질투 섞인 시선으로 바라보았다.

누구는 집도 없고 사무실도 없고 차도 없는데 저 캠핑카 주인은 아마 모르긴 몰라도 집도 있고 차도 있겠지. 게다가 집도 되고 차도 되고 사무실도 되는 캠핑카까지 있으니 얼마나 좋을까. 당장 변두리에 다 쓰러져가는 오피스텔이라도 얻어 독립을 해야 하는 은별로서는 부럽기 짝이 없었다. 하지만 통장 잔고에는 고작해야… 에휴…. 은별은 자기 신세가 처량했는지 한숨을 푹 내쉬며 고개를 떨구었다. 그때 캠핑카가 은별 앞에 그대로 멈추어 서며 빵빵 경적을 울렸다. 비켜달라는 신호인 줄 알고 그녀는 입을 삐죽이며 얼른 두세 걸음 뒷걸음질쳤다.

"은별 씨!"

어디선가 그녀를 부르는 소리가 들렸다. 낯익은 목소리였다. 은 별은 고개를 들고 주변을 두리번거렸다. 그러나 태성의 모습이 보 이지 않았다. 잘못 들었나 싶어 시선을 거두자 다시 빵 하고 경적 소 리가 들렸다. 앞에 선 캠핑카에서 나는 소리였다. 도심 한복판에서 경적을 울려대다니, 은별은 선진 시민의식 운운하며 따끔하게 한마 디할 기세로 운전석을 향해 가자미눈을 떴다. 그런데 어? 태성이 운 전석에 앉아서 이쪽을 향해 손을 흔들고 있는 게 아닌가.

"은별 씨, 어서 타요!"

어안이 벙벙해진 그녀가 아무 말도 못 하고 서 있자 그가 더 힘차 게 손짓했다.

"일단 타요, 여기에 차 오래 세울 수 없으니 가면서 얘기해줄게요."

은별은 마치 마법에 걸린 것처럼 저도 모르게 조수석에 냉큼 올라 탔다. 신데렐라가 호박마차를 보았을 때의 느낌이 이런 게 아닐까 싶 을 정도로 정신이 몽롱해졌다. 조금 전까지 계획해둔 적당한 핑곗거 리는 캠핑카를 보는 순간 순식간에 사라져버렸다. 그렇게 그녀를 태 운 최신식 호박마차는 도심의 풍성한 가로수를 헤치고 고속도로를 향해 도로 위를 미끄러지듯 달려나가고 있었다.

2

아하아암.

66

강연장 맨 뒷줄 구석 의자에 턱을 괴고 앉은 은별이 손으로 입을 가리며 힙겹게 하품을 했다. 캠핑카에 홀려 냉큼 올라타고 여기까지 오긴 했지만 중간에 길을 잘못 들어 강의 시간에 빠듯하게 도착한 탓에, 주목적인 캠핑카 구경은 강의가 끝난 뒤로 미룰 수밖에 없었다. 결국 태성의 강의를 듣는 것이 캠핑카 구경을 위한 필수 코스가 되어 버린 셈이었다. 마치 무료 인기 동영상을 보기 위해 15초짜리 광고를 무조건 봐야만 하는 것과 같은 기분이라고 할까.

20미터 정도 앞 단상에서는 태성이 초롱초롱한 눈빛으로 열강 중이었지만 청중의 반응은 둘 중 하나였다. 은별처럼 연신 하품을 해대거나, 스마트폰으로 딴짓을 하거나. 그러든 말든 개의치 않고 정말 열심히 강의를 하는 태성이 살짝 안쓰럽게 느껴질 정도였다.

그래도 좀 아는 사람이라고 팔이 안으로 굽는 것이, 딴짓을 하는 사람들을 보니 괜스레 화가 치밀었다. 사람이 앞에서 열심히 이야기하면 열렬한 호응까지는 못 하더라도 최소한 바라봐주는 게 예의가 아닐까 싶어서였다. 물론 그게 결코 쉬운 일이 아니라는 건 안다. TV에 나오는 유명 강사도 아니고, 주제가 핫한 내용도 아니고, 내용이 재미있는 것도 아니고, 더구나 강사인 태성이 썩 유머가 있는 것도 아니고. 그야말로 평범하게 별에 대하여 자기가 아는 대로 인생에 비유해 건조하게 이야기하고 있는 터라 그 지루함을 두어 시간이나 참기란 참으로 힘들다는 것을 충분히 알고 있었다. 그럼에도 인간적으로 그러면 안 되는 거라고 하고 싶었지만, 괜한 오지랖이기에 그냥 안타까운 한숨으로 대신할 뿐이었다. 그리고 그만 한 용기를 내기에는 강의가 지루하기 짝이 없는 건 사실이었다.

드르륵 드르륵.

은별의 휴대전화도 지겨웠는지 몸부림을 쳤다. 발신자로 '사바나닷컴'이 뜨자 은별은 재빠르게, 그러나 아주 조용히 강연장을 빠져나왔다.

그렇다. 사바나닷컴은 은별이 2주 전 회사를 그만두는 날까지 맡았던 홈페이지 작업의 클라이언트였다. 회사를 그만둔 후 그곳 담당자가 은별 개인에게 홈페이지 디자인을 따로 의뢰해왔다. 프리랜서 자격으로 디자인 작업만 따로 해주는 것이 조건이긴 했지만 그래도 첫 고객사가 된 셈이었다. 어쨌거나 그녀 입장에서는 매우 반가운 일이었다. 이전 회사의 감 부장은 은별에게 광고주를 빼돌렸다는 둥 상도덕에 어긋난다는 둥 가만두지 않겠다는 둥 협박을 하며 길길이 뛰고 난리도 아니었다. 그러나 은별이 광고주를 빼돌린 것도 상도덕에 어긋나는 짓을 한 것도 아니고, 고객사 입장에서 선택한 것임을 담당자를 통해 분명히 전해들었기에 은별은 감 부장의 어깃장을 한 귀로 듣고 한 귀로 흘려버렸다.

그 사바나닷컴이 디자인 문제로 최종 수정 요청을 해온 것이었다. 아마도 이전 회사에서 작업한 내용이 마음에 들지 않은 모양이었다. 일단 메일 확인부터 해야 했다. 그런데 아차, 노트북을 집에 두고 온 것이 생각났다. 에잇, 하필이면 오늘! 은별은 어쩔 수 없이 넉살 좋게 연수원 안내 데스크에 양해를 구하고 비즈니스센터에 있는 컴퓨터 앞에 앉았다. 사바나닷컴 담당자가 보내온 몇 개의 JPG 파일들을 열어보니 가관이었다. 예상대로 감 없는 감 부장의 냄새가 팍팍 나는 후진 태곳적 디자인이 모니터를 가득 채우고 있었다. 은별이 부장의 지시에 따라 작업하던 온갖 동물들이 유치하고 촌스럽게 다닥다닥 정신없이 붙어 있었다.

은별은 한숨을 내쉬며 담당자가 보내준 디자인 체크리스트를 꼼꼼히 살폈다. 그것만 수정한다 해도 작업 시간이 만만치 않아 보였다. 아무래도 오늘은 밤샘을 각오해야 할 처지였다. 이 모든 게 감 부장 때문이기도 하고, 감 부장 덕분이기도 했다. 막말로 생고생을 해야 하는 것도 감 부장의 무능력 때문이고, 그녀가 첫 고객을 영입할 수 있었던 것도 감 부장의 무능력 덕분이니까.

시간은 벌써 6시를 향해가고 있었다. 내일까지 작업을 마치려면 서둘러 집에 가야 했다. 다행히도 얼추 강의가 끝날 시간이었고, 마침 태성이 담당자와 인사를 나누고 강연장을 나서는 모습이 보였다. 은별이 쪼르르 달려가 자초지종을 설명하자 태성은 그녀의 바쁜 마음을 알아챘는지 빠른 걸음으로 캠핑카로 향했다.

태성의 뒤를 쫓아가 차문을 열고 안으로 들어가자 지난번 보았던 그 장면이 펼쳐졌다. 하지만 지금은 감상할 마음의 여유가 없었다. 태성이 운전석 위쪽 수납장에서 또다른 노트북 하나를 꺼내 은별에게 건넸다.

"어차피 지금 출발해도 차 막혀서 일찍 도착하기는 힘들어요. 일단 내 노트북으로 작업해요. 최신 사양에 최고 스펙이라 작업하는 데는 문제없을 거예요. 그리고 캠핑카에 와이파이 공유기도 따로 있어서 인터넷이 빵빵하게 터지니까 자료 다운받기도 쉬울 거예요."

은별의 눈빛이 살짝 흔들렸다. 그래도 되나 싶었다. 아니, 솔직히 그러고 싶었다. 사실 집에 간다고 해서 문제가 해결될 것도 아니긴 했다. 여동생과의 끊임없는 신경전으로 그 코딱지만 한 방에서 작업이 제대로 될 리도 없고, 차일피일 미루다 업그레이드를 안 하고 방치해 둔 노트북도 영 믿음이 가지 않았고, 결국 프로그램이 깔려 있는 단골 PC방 지정석에서 밤새는 뻔한 시나리오가 머릿속에 그려졌기 때문이다. 하지만 태성의 제안을 선뜻 받아들이기도 살짝 미안하긴 했다.

"아니 뭐, 꼭 그럴 것까지야…."

"괜찮아요. 그리고 이렇게 공기 좋은 곳까지 왔는데 일은 일이고, 눈이라도 즐거워야죠. 이 아름다운 풍경을 두고 그냥 가는 것도 자연에 대한 모독이에요. 안 그래요?"

그렇긴 했다. 아까는 허겁지겁 시간에 맞춰 들어가느라 주변 풍경을 볼 짬이 없었는데, 이제야 캠핑카 창문 너머로 호수 풍경이 시야에 들어왔다. 탁 트인 호수 수면 위로 태양이 붉은 비단을 깔아놓은 듯 저물어가고 있었다. 캠핑카 창틀 때문인지 유명 사진작가의 근사한 작품을 보는 듯했다. 와아! 은별은 자신도 모르게 감탄사를 내뱉었다. 이런 풍경을 두고 매캐한 앞차의 뒤꽁무니를 지루하게 따라간다는 건 정말이지 해서는 안 될 짓이었다.

"그럼… 신세 좀 질게요."

"그래요. 명색이 초대한 손님인데, 그냥 가면 내가 미안해지잖아요."

은별은 못 이기는 척 노트북의 전원 스위치를 눌렀다. 오오! 와우! 감탄사가 연이어 터져나왔다. 부팅 속도부터 장난이 아니었다. 자신의 꼬질꼬질한 노트북과는 비교도 안 되는 최고급 사양인데다 태성의 말대로 와이파이 안테나도 다섯 개가 모두 떴다.

만족해하는 그녀를 보며 태성이 흡족한 듯 미니 냉장고를 열었다. 마트 이름이 적힌 비닐 봉투에 소시지며 김치며 과일이며 햇반이며 갖가지 먹을거리들이 꺼내달라고 아우성치듯 뒤섞여 있는 것이 언뜻 보였다. 그는 봉지째 꺼내들고 싱크대 위에 하나둘씩 진열하며 잠시 생각하더니 고개를 돌려 은별에게 물었다.

"오늘 저녁은 인스턴트로 간단히 해결해야겠어요, 괜찮겠어요?"

"어머, 저녁까지 해주시게요? 저야 황송하죠."

"아, 원래 계획은 근처 맛집에서 근사하게 손님 대접하면서 찬찬히 별 이야기를 더 해드리려고 했는데…. 아쉽네요."

별 이야기라는 말에 은별은 놀라는 표정을 애써 감추려 양손을 격하게 내저으며 괜찮다고, 지금도 충분하다며 함박웃음을 지었다. 그런 그녀 뒤로 저녁노을이 붉게 물들어가고 있었다.

3

까만 하늘을 도화지 삼아 별들이 금빛 수를 놓고 있었다. 캠핑카 창밖까지 별들이 마중 나온 줄도 모른 채 은별은 미동도 않고 작업에만 몰두하고 있었다. 테이블 한편에 밥풀 몇 알이 말라붙은 빈 코펠과 아쉬운 듯 덩그러니 놓여 있는 숟가락을 보니 인스턴트 저녁을 먹은 지 꽤 오랜 시간이 흐른 듯했다.

으아앗! 은별이 기나긴 겨울잠에서 막 깨어난 새끼 곰마냥 웅크린 몸을 쭉 펼치고 주먹을 비틀며 한껏 기지개를 켰다. 디자인 수정 작업을 마치고 웹 서버에 1차 완성본을 막 올리고 나니 이미 다크서클이 무릎까지 내려와 있었다. 그러나 이상하게도 전혀 피곤하지 않았다. 은별은 그제야 고개를 들어 창밖을 바라보았다.

와아! 감탄사가 절로 나왔다. 창문에 바짝 다가가 보니 도시에서는 보이지도 않던 무수한 별들이 반짝이고 있었다. 지난번 캠핑 때 봤던 강원도의 하늘만큼은 아니었지만 그에 못지않은, 그야말로 별들의 향연이었다. 잠시 밤하늘을 감상하는 사이 웹 서버에 파일들이 모두 올라갔다는 알림음이 울렸다. 은별이 서버 접속을 끊고 가뿐한 마음으로 노트북을 닫았다.

시계를 보니 벌써 새벽 4시를 가리키고 있었다. 벌써 시간이 이렇게 되었나 생각할 즈음, 퍼뜩 누군가가 떠올랐다. 바로 태성이었다. 은별은 그제야 그의 흔적을 좇기 시작했다. 자신이 무엇 하나에 집중하면 앞뒤 좌우에서 무슨 짓을 해도 보이지 않는 몰입형 인간이라는 사실을 그새 또 잊어버리고 말았다. 그 몰입이 유일하게 안 되는 곳이 바로 집이었고, 그래서 어쩌면 염치없지만 이곳에서의 작업을 택한 건지도 몰랐다.

태성은 운전석에 곧게 앉은 자세로 책을 든 채 고개를 젖히고 곤히 잠들어 있었다. 그 모습을 보니 괜히 미안해졌다. 앞뒤 상황을 곱씹어보면 아마도 은별에게 몇 번이고 말을 걸려다가 머뭇거렸을 게 틀림없었다. 그녀가 집중할 때면 모두가 그랬으니까. 그 불편함이 어떤 것인지 짐작이 가기에 가르릉거리며 쪽잠을 자는 태성을 차마 깨울 수 없었다. 지금으로서는 그가 일어날 때까지 기다리는 수밖에 없었다.

은별은 소파에 앉아 휴대전화를 확인했다. 기대도 안 했지만 부재 중 전화는 물론 문자의 흔적조차 없었다. 새벽 4시, 이 시간까지 여자가, 아니 딸이 집에 안 들어오면 가족 중 누구 하나 소재 파악을 위해 연락을 하는 게 상식적인 일이지만 밤샘 작업을 밥 먹듯 하며 외박이 잦았던 그녀에게는 가족의 이런 무관심이 오히려 다반사가 되고 말았다. 늘 그렇듯 이번에도 그녀는 자신이 무사하다고 우선 문자로 일방적인 통보를 날렸다. 밤샘 작업 때문에 못 들어가니 걱정하지 말라고.

안심 문자까지 보내고 나니 딱히 할 일이 없었다. 은별은 쿨하게 큰숨을 한 번 내쉬고는 드디어 제대로 캠핑카 구경을 할 작정으로 내부를 살폈다. 캠핑장에서 봤던 중년 부부의 캠핑카와 내부 구조는 똑같았다. 아까 이곳으로 오면서 태성이 이론적으로 설명해준 바에 따르면 저녁 내내 자신이 앉아 있었던 테이블과 소파는 침대로 변신이 가능했다. 그런데 도대체 어떻게 해야 트랜스포머처럼 변신이 되는지 아무리 살펴도 알 수 없었다. 위쪽에 있는 수납장에 비밀 스위치라도 숨어 있나 열어보니 옷가지들과 생필품들로 가득했다.

"뭐야, 정말로 집 나온 건가?"

전셋집 담보 대출금으로 캠핑카를 샀다던 태성의 말이 정말인가 싶어 은별은 다소 놀란 표정으로 입을 삐죽이며 운전석 위쪽 침대 공간으로 시선을 돌렸다. 사람 대신 망원경 몇 개와 거치대가 가족처럼 나란히 사이좋게 누워 있었다. 얼핏 보아도 꽤 비싸 보였다. 그녀는 그중 가장 부담 없는 꼬맹이 망원경 하나를 조심스레 꺼내 들었다. 나름 묵직한 무게감이 느껴졌다.

은별은 왼쪽 눈을 찡긋 감고 망원경 렌즈에 오른쪽 눈을 갖다 대고는 창밖으로 시선을 돌렸다. 보이는 거라고는 깜깜한 어둠뿐이었다. 어디에 초점을 맞춰서 봐야 하는 건지, 또 초점은 어떻게 맞추는 건지 알 수 없는 탓에 그냥 보는 흉내만 내다 다시 제자리에 올려놓을 수밖에 없었다.

구석구석 없는 게 없었다. 전자레인지, 개수대, 가스레인지, 냉장고, 그리고 화장실에 샤워실까지…. 정말 큰 바퀴가 달린 집이나 다름없었다. 화장실까지 구경을 마친 은별은 다시 털썩 소파에 주저앉았다. 이게 내 집이면 얼마나 좋을까.

초점 없는 눈으로 창밖을 바라보니 호수에 비친 달빛이 그야말로 장관이었다. 문득 이태백의 시구가 떠올랐다. 멋진 풍경을 눈앞에 두니 시원한 맥주 생각이 간절했다. 은별은 입맛을 다시며 혹시나 하고 냉장고 문을 살짝 열어보았다.

오호라! 주인이 잠든 사이 몰래 침입한 도둑이 안방 금고에서 돈 뭉치를 발견하면 이런 기분일까 싶을 정도로 짜릿함이 느껴졌다. 냉장고 안에 은빛 알루미늄 옷을 입은 캔맥주 세 개가 은별을 향해 손을 반갑게 흔들고 있었다.

뒷일 생각은 접어두고 주인의 허락도 없이 은별은 냉큼 캔맥주 하나를 집었다. 안줏거리는 필요 없었다. 그저 약간의 피곤함과 몽롱한 정신, 그리고 창밖의 야경만으로도 충분했다.

알싸하게 넘어가는 맥주의 탄산에 그동안 쌓였던 스트레스와 피로가 기포와 함께 말끔히 날아가는 것만 같았다. 차가운 맥주의 알코올 기운이 위와 장을 타고 내려가 순식간에 온몸으로 퍼져나갔다. 맥주는 손끝에서 발끝으로, 다시 머리끝까지 온몸을 돌고돌아 팍팍해질 대로 팍팍해진 가슴에 격하게 노크를 해댔다. 아주 오랜만에 느껴보는 기분 좋은 떨림이었다.

"캬, 좋다!"

어느새 은별은 히죽히죽 웃음을 흘리며 두 번째, 세 번째 캔맥주를 연이어 따서 쭉 들이켜고 있었다.

세 번째 캔맥주를 비우는 순간, 갑자기 창밖의 별들이 빛을 뿜어대기 시작했다. 별 하나가 두 개가 되고, 두 개가 다시 세 개가 되고, 세 개가 다시 불꽃놀이를 하듯 사방으로 퍼지며 밤하늘을 수놓았다. 실제 별들의 움직임이었는지, 아니면 몽롱한 착시인지 분간할 수 없었지만 은별은 잠시 북극의 오로라가 이런 모습이 아닐까 생각했다. 그리고 처음으로 밤하늘의 별이 참 아름답다고 생각했다. 그리고 또 태성이 왜 그렇게 별을 사랑하게 되었는지 아주 조금은 이해할 수 있을 것만 같았다. 창가에 쏟아지는 별빛의 눈부심 때문인지 어느새 은별의 눈꺼풀이 조금씩 아래로 내려가고 있었다.

4

누군가 따끔하면서도 따뜻한 시선을 마구 쏘아대는 느낌이었다. 눈을 감고 있는데도 눈이 부신 듯했다. 바로 4월의 따가운 햇살이었다. 넓은 창으로 비쳐드는 자외선 가득한 봄볕을 온몸으로 흡수하며 소파에 널브러져 있던 은별은 게슴츠레 눈을 떴다. 테이블 위에 뒹구는 찌그러진 맥주 캔 덕분에 그래도 숙면을 취한 듯 그녀는 상쾌한 기분으로 기지개를 켜며 일어섰다.

어젯밤 그리도 깜깜했던 밤하늘 아래 호수가 오늘은 햇살에 또 얼마나 눈부실까 싶어 창밖을 내다보던 은별의 눈이 갑자기 커졌다. 창밖으로 호수가 아닌 끝도 없이 펼쳐진 바다가 거짓말처럼 펼쳐져 있었다. 잠이 덜 깼나 눈을 비비고 또 비벼보아도 믿기지 않는 풍경에 어안이 벙벙해졌다. 공간 이동이라도 한 것일까. 분명 호수였던 풍경이 하루아침에 바다가 되어 있다니, 마치 이상한 나라의 앨리스라도 된 기분이었다.

은별은 어제에 이어 다시 태성의 혼적을 찾았다. 그러나 운전석에서 자고 있던 그가 보이지 않았다. 하긴 햇살이 들이치는 각도로 봐서는 이미 점심때가 지나가고 있을 시간이니 그때까지 태성이 자고 있을 리는 없었다. 그러나 분명한 것은 어쨌든 그녀가 잠든 사이 그가 캠핑카를 몰고 어딘지 모를 이곳까지 왔다는 사실이었다.

은별은 캠핑카에서 내려 주위를 살폈다. 발끝으로 전해지는 모래의 감촉과 코끝에 느껴지는 진한 바다 냄새, 그리고 귓속을 얕게 파고드는 파도 소리가 남아 있는 잠을 단번에 날려버렸다. 정신 차리고 말똥말똥한 눈으로 돌아보니 캠핑카 뒤쪽으로 굉장히 낯익은 풍경이 눈에 들어왔다.

"어? 저건…."

노아의 방주처럼 언덕 위에 커다란 배 한 척이 놓여 있는 풍경. 정동진 선크루즈였다. 1년 전, 수정이 서울로 이사 가기 전에 그녀의 중고차를 타고 이곳에 여행을 왔던 기억이 떠올랐다. 지금 이 상황이 은근 반갑기도 하면서 살짝 당혹스럽기도 했다.

"일어났어요?"

시원한 파도 소리와 함께 멀리서 태성의 목소리가 실려왔다. 세미 정장 차림의 그는 한 손에는 노트북 가방을, 다른 한 손에는 검은 봉지를 들고 씩씩하게 이쪽을 향해 걸어오고 있었다. 도대체 무슨 일인가 싶은 그녀 앞에 그가 검은 봉지를 들어올리며 히죽 웃었다.

"여기서 유명한 섭 해장국이에요. 은별 씨, 어제 나 몰래 과음한 거 같던데."

과음이라는 말에 은별은 살짝 속이 쓰려왔다. 평소 주량으로 치자면 과음 축에도 속하지 않는 양이었지만 어제의 몸 상태를 고려하면 안주도 없이 마신 세 캔의 맥주는 나름 치명타에 가까웠다. 섭 해장국이라는 말에 벌써부터 군침이 돌며 위산이 분비되기 시작했다.

태성이 섭 해장국을 테이블 위에 햇반과 함께 세팅해놓자 은별은 이 상황에 대한 자초지종을 묻기보다 눈앞에 있는 이 맛난 음식부터 먹어야겠다는 생각밖에 없었다. 은별은 고맙다는 말과 함께 섭 해장국을 국물부터 들이켰다.

포장을 해와서 그런지 딱 먹기 좋을 정도로 따끈따끈했다. 1년 전 수정이와 먹었을 때는 뜨거운 줄도 모르고 단숨에 들이켰다가 입천장을 홀라당 데는 참변을 당했다. 그때 일을 생각하니 자신도 모르게 웃음이 새어나왔다.

섭 해장국이 바닥을 보일 때쯤에서야 그녀는 태성에게 물었다.

"그런데 어떻게 된 거예요?"

그가 빙긋 웃었다. 상황을 간단하게 정리하면 이랬다.

은별이 수정 작업에 몰입해 있는 동안 예상대로 태성이 몇 번 인기척을 냈지만 반응이 없었고, 소심한 그는 어쩔 수 없이 작업이 끝나기를 기다리기 위해 잠깐 눈만 붙인다는 게 그대로 잠들어버렸다. 그 와중에 새벽에 은별이 일을 끝냈고, 태성을 깨우지 못해 기다리다 지쳐 냉장고에 있는 캔맥주 세 개를 들이켜고 소파에 널브러져 잠들었다. 그사이 태성이 일어났으나 시간이 애매해 집으로 가지 못하고 아침 강의가 있는 정동진으로 곧바로 차를 몰고 왔고, 나가면서 은별을 깨우려 했으나 너무 곤히 자고 있어서 그러지 못했다. 그동안 은별이 일어났고, 태성이 강의를 끝내고 오는 길에 섭 해장국을 사왔고, 그래서 이렇게 해장을 하고….

결론적으로, 엇갈리는 시간 속에 서로 눈치를 보며 배려하다가 결국 정동진까지 동행하게 되었다는 이야기였다. 어쨌거나 객관적으로 봐서는 조금 더 불편하고 신경 쓴 사람은 태성이었고, 누가 봐도 신세를 진 쪽은 은별이었다.

"죄송해요, 제가 여러모로 불편하게 해드렸네요."

"괜찮아요, 사람이 살다보면 신세도 지고 그러는 거죠. 근데 은별 씨, 혹시 오늘 처리해야 할 중요한 일이 있는 건 아니죠?"

"뭐 딱히… 말 그대로 프리랜서라 프리해요. 너무 프리해서 탈이지만…."

은별은 자기가 말해놓고도 왠지 쑥스러운지 겸연쩍게 눈알을 굴리다가 얼른 화제를 돌렸다.

"그럼 이제 집으로 가시는 거예요?"

태성이 약간 난처한 표정을 지었다.

"아니, 저는 다음 목적지가 영덕이라…."

"아! 영덕! 그럼 가시는 길에 터미널에 좀 내려주세요."

태성은 난처한 표정을 지었다.

"여긴 큰 터미널이 없는데…. 강릉 터미널로 가거나 아니면 더 아래쪽으로 내려가서 가야 해요."

"아!"

갑자기 머릿속이 복잡해졌다. 강릉까지 되돌아가려면 최소한 사십 분은 걸릴 터였다. 다음 목적지가 영덕이라는 태성에게 다시 되돌아가서 강릉으로 데려다달라고 할 경우 태성은 넉넉잡아 왕복 두 시간도 더 이동하는 수고를 해야 하는 셈이었다. 차마 그렇게 해달라고 할

염치까지는 없었다. 그렇다면 그냥 여행하는 셈치고 아래쪽에 있는 삼척이나 동해에 내려달라고 할까, 아니면 이번 참에 정동진에서 기차를 타고 느긋하게 갈까…. 어쩔까 싶은데 태성이 먼저 생각을 정리했는지 말을 건넸다.

"그러지 말고 시간 괜찮으면 영덕까지 같이 가는 건 어때요? 여기까지 동의 없이 데리고 온 것도 미안하고, 내가 영덕 대게 쏠게요."

의외의 제안이었다. 영덕까지? 어제는 가평까지만 가면 되는 줄 알았는데 어쩌다 보니 오늘은 정동진까지 왔고, 이제는 영덕까지 간다? 은별은 또다시 눈알을 굴렸다. 솔직히 나쁠 건 없었다. 아니, 더 솔직히 말하면 거절할 수 없는 제안이었다. 어차피 디자인 수정 작업도 새벽에 끝냈고, 새로운 일거리가 들어오기 전까지 그야말로 프리한 프리랜서니 급할 것도 거추장스러울 것도 없었다. 게다가 일찍 집에 가도 반가워할 사람도 없고 밖으로 빙빙 돌며 시간만 때울 텐데, 그럴 바에야 차라리 경치 좋은 곳에서 공짜 대게라도 먹는 게 백만 번은 나을 듯싶었다. 그래도 냉큼 수락하기에는 여자로서 최소한의 자존심이 허락하지 않았다.

"그래도 되려나 모르겠네?"

"되죠, 되고말고요. 나도 혼자 가기 심심하던 차에 잘됐어요. 영덕 가서 대게도 먹고 오랜만에 바람 쐰다고 생각해요."

"그럼, 그럴까요?"

은별이 못 이기는 척 제안을 받아들이자 태성도 덩달아 신이 났는지 싱글벙글했다. 그리고 그제야 생각난 듯 아까 들고 왔던 검은 비닐봉지에서 부스럭거리며 뭔가를 꺼내 내밀었다. 칫솔 세트와 클렌징 폼, 미니 로션이었다. 아마도 편의점에서 사온 모양이었다.

"남자들은 비누 하나면 다 되는데 여자들은 뭐가 필요한지 몰라서…."

은별의 얼굴에 미소가 번졌다. 사실 밤샘과 외박에 익숙한 그녀의 가방 속에 늘 구비되어 있는 것들이긴 했지만 그래도 태성을 무안하게 하기 싫어서 덥석 받았다.

"에구, 저도 비누 하나면 되는데…. 맨날 밤샘하느라 화장할 시간도 없다보니 씻으나 안 씻으나 티가 별로 안 나더라구요. 아무튼 정말 고맙습니다. 큰별 님, 너무 자상하시다."

감사의 말과 칭찬에 태성은 흡족한 표정을 지으며 그제야 은별의 얼굴을 빤히 살폈다. 그러고 보니 화장기 없는 얼굴에 뽀얀 피부가 돋보였다. 잡티 하나 없이 깨끗한 피부가 실제 나이보다 훨씬 어려 보이게 해주는 것 같았다. 그의 시선에 은별이 살짝 당황했는지 일부러 헛기침을 했다. 그 소리에 그가 놀라 머리를 긁적이며 얼른 밖으로 나가며 말했다.

"그럼 영덕으로 출발합니다."

5

허리춤을 스치고 파트너를 바꿔가며 경쾌한 왈츠를 추듯, 7번 국도를 따라 짙푸른 바다를 끼고 달려가는 캠핑카의 모습이 무척이나 자유로워 보였다. 앞 차량의 지루한 뒤태만 따라가야 하는 매캐한 고속도로에 비하면 동해안을 따라 길게 뻗은 7번 국도는 그야말로 천국으로 가는 길 같았다.

4월의 청량한 바닷가는 깊고 푸른 동해에서 불어오는 거센 바람의 유혹을 힘겹게 이겨내고 있었다. 해안선과 맞닿은 도로 아래쪽으로 연신 밀려오는 파도는 엉큼한 혀를 수시로 날름거리며 백사장을 희롱하는 것으로도 모자라, 방파제에 부딪혀 산산이 부서지는 아픔을 겪으면서도 결코 물러나지 않았다. 오히려 순식간에 더 큰 무리를 이루더니 도로를 넘어, 캠핑카를 집어삼킬 듯 덤벼들고 있었다.

한 시간 남짓 달렸을까. 어느덧 캠핑카는 낭만가도의 끄트머리인 강원도 삼척의 새천년 도로를 달리고 있었다. 기암절벽에 파도가 부딪혀 거품을 뱉어내는 절경이 길을 따라 이어지는 이곳을 스치듯 지나칠 수만은 없었다. 바다 전망대와 가장 가까운 공원 주차장 한편에 태성이 차를 세웠다. 한창 관광객이 많아야 할 시기이자 주말인데도 이상하게 사람들을 찾아보기가 힘들었다.

캠핑카에서 내린 둘은 기지개를 켜며 푸른 바다를 향해 심호흡을 크게 했다. 한눈에 담을 수 없는 멋진 파노라마를 찬찬히 스캐닝하려는 순간 은별의 눈이 동그래졌다.

"어? 저거, 사람 맞죠?"

그녀가 가리키는 손끝으로 태성의 시선이 꽂혔다. 가늘게 실눈을 뜨고 초점을 맞추어보니 공원 아래쪽 한참 떨어진 절벽 쪽에 웬 젊은 여자가 신발을 가지런히 벗어놓고 있었다. 그러고는 한 발 한 발 절벽 끝을 향해 내딛고 있었다.

"저거, 혹시?!"

태성이 놀라 외쳤다. 그는 재빨리 뛰어가 캠핑카에서 휴대용 망원경을 가지고 나와 여자의 얼굴을 클로즈업했다.

"맞는 거 같은데…?"

태성의 확신에 찬 말에 은별은 냉큼 망원경을 낚아채어 양눈에 차례로 가져다 대었다. 동그란 렌즈 안에 가득 찬 여자의 얼굴에는 눈물이 흐르고 있었다.

"어머, 어떡해! 빨리 가요!"

은별이 재빨리 망원경을 목에 걸고 태성의 팔을 힘 있게 잡아끌었다. 절벽의 여자를 향해 둘은 자갈과 바위가 즐비한 절벽 길을 빠르게 내달렸다. 두 사람 모두 고등학교 체력장 이후 이렇게 쉼 없이 달려본 적이 없으리라.

얼마나 뛰었을까. 숨을 할딱거리며 겨우 도착한 절벽 위에 다행히도 여자는 아직 아슬아슬하게 서 있었고, 몇 미터 뒤에는 그녀가 가지런히 벗어놓은 운동화 한 켤레와 조그만 다이어리, 배낭이 놓여 있었다. 한 발만 더 앞으로 나서면 심청이가 인당수에 빠진 것 같은 끔찍한 상황이 일어날 게 뻔했다. 거센 바닷바람에 여자의 가벼운 몸이 아찔하게 살짝 흔들렸다.

자칫 여자를 놀라게 하면 더 큰 참사가 벌어질 것 같아 은별과 태성은 숨을 죽인 채 눈빛을 교환하며 무언의 제스처로 사인을 주고받왔다. 둘다 고개를 끄덕이는 걸로 봐서는 서로의 작전을 알아들은 듯 싶었다. 할리우드 영화에 나오는 인질 구출 작전을 방불케 하는 조심스러운 몸짓으로 두 사람은 살금살금 여자를 향해 다가갔다.

정말 순식간의 일이었다. 여자가 고개를 숙이고 몸을 움츠려 바다를 향해 몸을 기울이는 순간, 누가 먼저랄 것도 없이 은별은 여자의 허리춤과 팔을, 태성은 낮은 포복으로 발목을 세게 잡아당겼다.

"아악!"

비명과 함께 여자가 뒤로 자빠지며 엎드린 자세의 태성 등 위로 한 번, 그리고 땅바닥으로 다시 한 번 넘어졌다. 태성과 은별이 안도의 한숨을 쉬기도 전에 여자는 발목을 삐었는지 고통스러운 듯 발목을 감싸고는 반사적으로 두 사람을 향해 날카롭게 쏘아붙였다.

"지금 뭐 하는 거예요?"

그 순간 태성과 은별은 직감적으로 알아차렸다. 아, 이게 아니구나! 태성이 살짝 난감한 표정으로 은별을 바라보자 그녀는 모른 척 외면하며 딴청을 피웠다. 두 사람을 향해 흘기는 여자의 눈이 너무 서슬 퍼래서 그들은 바늘방석에 앉은 듯 안절부절못했다.

6

"미안해서 어쩌죠?"

태성과 은별이 캠핑카 소파에 앉아 있는 여자 앞에서 어쩔 줄 몰라하며 서 있었다. 테이블에는 구급약 상자가 펼쳐져 있고 여자는 발목에 두 번째 파스를 붙이고 있었다. 여기저기 긁힌 정강이에는 시뻘건 머큐로크롬이 발라져 있었고, 무릎은 제대로 긁혔는지 연고를 바르고 밴드까지 붙였는데도 피가 벌겋게 스며나왔다.

"내가 어딜 봐서 자살하는 여자로 보여요?"

파스를 붙이다 말고 기가 막혔는지 여자는 태성과 은별을 올려다보며 한숨을 토했다. 얌전히 벗어놓은 신발에 마치 유언이라도 써놓은 것 같은 다이어리, 먼 길 떠나온 것 같은 큼직한 배낭, 그리고 눈물을 흘리던 모습까지 오해할 만한 모든 상황을 연출한 건 바로 당신이었다고 말하고 싶었지만 두 사람은 굳이 변명을 늘어놓지 않았다. 어쨌든 지금은 누가 봐도 그들이 가해자였다. 은별이 태성의 옆구리를 툭 치며 눈짓을 하자 그가 의도를 알아차린 듯 말을 꺼냈다.

"정말 죄송합니다. 치료비를 원하시면 드릴 거고, 욕을 하시면 그대로 욕 먹을게요. 다른 거 원하는 게 있으면 말씀하세요. 저희가 뭐 도와드릴 건 없나요? 혹시 어디까지 가세요? 가는 데까지 모셔다드릴게요."

태성의 두서없는 사과와 용서를 구하는 말에 여자는 쉽사리 대답이나 반응을 하지 않고 둘을 물끄러미 쳐다보기만 했다. 낯선 사람들에 대한 경계의 침묵임에 틀림없었다. 은별이 안 되겠다 싶었는지 얼른 거들었다.

"그러세요. 당분간은 발목이 제 역할을 못 할 거 같은데, 어디까지 가시는지, 이 차 타고 편하게 가시면 좋을 텐데…."

은별의 지원사격에도 여자의 눈빛은 그대로였다.

"저희 나쁜 사람들 아니에요. 진짜 위험한 상황인 줄 알고 그런 거니까 절대절대 오해는 하지 마세요. 어디까지 가시는지 말씀만 해주세요. 정말로 모셔다드릴게요. 그렇죠?"

은별이 태성의 어깨를 툭 치자 그도 얼른 고개를 끄덕였다. 두 사람의 진심 어린 읍소에 의심이 서린 여자의 눈빛이 갈등으로 살짝 흔들렸다.

"그러는 두 분은 어디까지 가는데요?"

갑작스러운 여자의 질문에 태성과 은별은 살짝 당황했다. 되묻는 걸로 봐서는 여자에겐 딱히 정해둔 행선지가 없는 듯했지만 그래도 어쨌든 질문에 대답은 해야 했다.

"우리요?"

당황한 태성과 은별이 동시에 외쳤다. 뭐라고 대답해야 할지 서로 눈치를 보다가 은별이 먼저 입을 열었다.

"아… 우리는….""

말해도 되나 싶어 태성을 바라보자 그가 말을 이었다.

"영덕에….""

태성도 같은 마음으로 은별의 눈치를 살피자 그녀가 다시 말을 받았다.

"대게 먹으러….""

기어들어가는 은별의 목소리에 태성이 다시 한번 덧붙이며 고개를 끄덕여 여자의 물음에 마침표를 찍었다.

"아, 대게, 그렇지, 대게 먹으러… 가던 중이었는데…."

두 사람의 대답이 다소 엉뚱하고 재미있었는지 여자의 눈빛이 다소 부드러워졌다. 그 표정 변화에 용기를 얻었는지 누가 먼저랄 것도 없이 태성과 은별이 동시에 외쳤다.

"같이 가실래요?"

전혀 예상치 못한 둘의 이구동성에 여자가 풋! 하고 웃음을 터뜨렸다. 태성과 은별도 웃음을 터뜨렸다. 짧은 그 웃음으로 두 사람에 대한 여자의 경계심도 함께 허물어진 듯했다. 이제야 좀 경계가 풀리는구나 싶어 은별이 재촉했다.

"그냥 조금 더 아래쪽으로 바람 쐬러 간다고 생각하고 같이 영덕 가세요. 저희 때문에 이렇게 됐는데 저희가, 아니 이분이 대게 쏜대요."

그러나 이번에도 여자는 선뜻 대답하지 않았다. 하지만 아까와는 다른, 무언의 동의 같은 침묵이었다. 태성과 은별이 여자의 대답을 기다리며 잔뜩 긴장한 표정으로 여자를 빤히 바라보았다.

잠시 후 여자가 못 이기는 척 고개를 끄덕이자 그제야 둘의 표정도 밝아졌다. 태성이 캠핑카 출입문을 닫고 재빨리 운전석에 올라 시동을 걸었다.

"자, 그럼 영덕으로 출발합니다."

두 여자를 태운 태성의 캠핑카가 다시 낭만가도를 달리기 시작했다. 강원도 고성에서 부산까지 이어진 7번 국도와 해안을 따라 난 지방도. 강원도에선 '낭만가도'라 부르고 삼척에선 '새천년 해안도로'

로, 영덕에서는 '블루로드'라고 부르지만 태성과 두 여자에게 이 길은 영덕으로 가는 '파란만장 대게로드'였다. 캠핑카 환기창으로 들어오는 바다 향기가 어느새 시큰거리는 여자의 발목에 붙인 파스의 알싸함을 시원함으로 바꿔주고 있었다.

7

삼척에서 영덕으로 가는 내내 은별은 수다를 멈추지 않았다. 캠핑카 내부 설명부터 시작해서 좋아하는 미드와 영화 정보까지. 여자를 다치게 한 가해자로서의 겸연쩍음 때문이기도 했지만, 특유의 쾌활하고 호기심 많은 성격 탓에 의미 없는 침묵의 시간을 그닥 좋아하지 않아서이기도 했다. 행여 침묵이 흐를라치면 아까 냉동실에 태성이 사다놓은 아이스크림까지 마치 제 것인 양 꺼내어 건넸지만, 여자는 그것마저 정중히 거절했다.

원래 여자들은 만난 지 오 분 만에 상대방의 집에 숟가락이 몇 개인지까지 알아내는 친화력을 본능적으로 타고난다고 하지 않던가. 하지만 삼십 분이 넘어가도 은별이 그녀에 대해 알아낸 건 정연우라는 이름과 은별보다 나이가 두 살이 더 많고 지금은 무작정 여행 중이라는 것뿐이었다. 은별이 조금은 아쉬운 듯 저 혼자 바닐라 아이스크림콘을 혀로 핥으며 말했다.

"혼자 여행 중이셨구나. 그럼 이왕 이렇게 된 거 발목 아프다는 핑계로 이 차 얻어타고 목적지까지 쭉 가세요. 저도 어제 오늘 다녀보니까 완전 좋더라고요. 교통비도 안 들고, 숙박비도 아끼고, 심심하지도 않고. 아참, 근데 어디로 가신다고 그랬더라?"

은별의 말에 연우가 그냥 빙긋 웃었다. 은별은 그녀가 아무래도 자신을 드러내고 싶어하지 않는 유형의 사람인 듯싶어 더이상은 캐묻지 않는 게 좋겠다고 생각했다. 그녀가 생각보다 굉장히 보수적이고 경계심 많은 사람이라고 확신할 즈음 이번에는 그녀, 아니 연우가 먼저 은별에게 조심스레 물었다.

"그럼 지금 은별 씨도 여행 중이에요?"

연우의 질문에 은별이 고개를 저었다가 금세 다시 고개를 끄덕였다. 여행 중이라는 건지 아니라는 건지 연우가 고개를 갸웃거렸다.

"음… 엄밀히 말하면 여행 중은 아닌데, 어쩌다 여행처럼 되어버렸어요. 하긴 따지고 보면 여행 중이기도 해요. 인생의 목적지를 찾는 여행이라고 할까? 헤헤."

은별의 나름 심오한 대답이 이해가 되는지 연우가 진지하게 고개를 끄덕였다. 그러고는 아까보다 더 조심스럽게 물었다.

"그런데 두 분은 무슨 사이예요? 연인은 아닌 것 같던데…."

연우의 질문에 은별이 고개를 갸우뚱거리며 잠시 망설였다. 생각해보니 태성과의 관계를 어디서부터 어떻게 설명해야 자연스러울지 판단이 서지 않았다. 그제야 태성과의 관계가 모호하다는 생각이 들었다. 은별은 아이스크림을 핥으며 잠시 멀뚱멀뚱 천장을 바라보며 생각에 잠겼다.

"글쎄요, 무슨 사이라고 해야 되나? 아는 사이긴 한데, 잘 아는 사이는 아니고, 모르는 건 많은데 아예 모르는 건 또 아니고, 아무튼 저도 얼마 전에 알게 된 분인데 확실한 건 나쁜 사람은 아닌 거 같아요. 좋은 분인 듯해요."

은별의 애매한 대답에 연우가 눈을 동그랗게 떴다.

"은별 씨 참 용감하다. 잘 알지도 못하는 사람이랑, 그것도 남자랑 어떻게 같이 여행을 다닐 수가 있어요?"

예상치 못한 반격에 순간 당황했는지 은별이 손사래를 쳤다.

"아, 저는 여행을 같이 다니는 게 아니구요, 뭐랄까, 어쩌다 잠깐, 아주 잠깐 동행하는 거예요, 동행! 지금 언니랑 이렇게 동행하는 것처럼… 어쩌다보니 상황이 그렇게 됐어요."

얼렁뚱땅 설명 끝에 은별은 특유의 친화력으로 대뜸 연우를 언니라고 불렀다. 사실 이상할 것도 없었다. 초면이긴 했지만 은별보다 두 살이 많았으니까.

"그럼 은별 씨는 어디까지 동행하는 거예요? 언제까지?"

연우의 호기심 가득한 물음에 은별은 잠시 생각에 잠겼다. 영덕까지야 함께 간다고는 하지만 문제는 그다음부터였다. 정말로 이젠 어떻게 해야 할까, 그리고 어디로 가야 하는 걸까, 더 나아가서는 어떻게 살아야 할까? 잠시나마 외면하고 묻어두었던 잔인한 현실이 봄날의 아지랑이처럼 피어오르자 또다시 막막해졌다. 연우처럼 자신을 둘러싼 모든 것으로부터의 거리를 두는, 그런 여행이 자신에게도 필요할지 몰랐다.

"글쎄요, 그러고 보니 저도 진지하게 생각해본 적이 없어서…. 그러니까 갑자기 나도 언니처럼 인생의 방향과 목적지를 찾을 때까지 자유롭게 여행하고 싶어지네요."

방금 전까지만 해도 유쾌 발랄했던 그녀의 어깨가 살짝 처졌다. 은별이 나직이 토해내는, 마치 자신의 그것과 닮은 한숨을 연우는 놓치지 않았다.

"은별 씨, 그럼 우리 목적지를 찾을 때까지 같이 동행하는 건 어때요? 그럼 내가 발목 핑계 대고 진상 좀 피워볼게."

행여 운전석에서 태성이 들을세라, 조심스러운 고백 같기도 하고 비밀 작전 같기도 한 연우의 제안에 은별이 눈을 커다랗게 떴다. 그도 그럴 것이 사실 지금 무엇보다 은별에게 필요한 것은 사무실이나 독립할 오피스텔보다는 앞으로 무엇을 하며 어떻게 살아갈 것인가에 대해, 그러니까 인생 전반에 대해 생각을 정리할 시간이었다. 생각을 정리하는 데 여행만큼 좋은 게 또 어디 있을까. 아마 연우도 그래서 이런 여행을 혼자 하고 있을 터였다.

생각해보면 유럽 등 외국에서는 처음 만난 배낭 여행자들끼리도 함께 캠핑카를 빌려 몇 달 동안 여행을 하는 일이 비일비재하니 이 넓은 7인승 캠핑카로 동행한다 해도 문제될 건 없어 보였다.

은별의 눈동자가 마구 흔들렸다. 역시나 그것을 연우가 놓칠 리 없었다. 이 흉흉하고 위험천만한 세상에 여자 혼자보다는 둘이 함께 여행하는 게 덜 위험하고 의지도 되리라는 건 굳이 경험해보지 않아도 충분히 알 수 있었다. 게다가 모든 것이 갖추어진 캠핑카를 타고

라면 더더욱 그랬다.

　마치 텔레파시라도 주고받은 듯 두 사람은 입가의 옅은 미소와 살짝 치켜올린 눈썹, 반짝이는 눈빛만으로 서로의 마음을 확인했다. 굳이 말이 필요 없는, 여자들만이 알 수 있는 교감과 동의의 사인이라고 할까, 뭐 그런 종류의 것이었다. 은별이 어깨를 으쓱하며 혀를 귀엽게 날름 내밀었다. 자신의 엉뚱하고 즉흥적 결정에 대한 무안함의 표시였다. 그 모습에 연우도 큭 웃음을 터뜨렸다.

　"근데 두 사람, 어떻게 동행하게 된 거예요?"

　"음… 그게 말하자면 좀 복잡한데…. 어디서부터 말해야 하나?"

　은별이 아이스크림을 다시 핥고는 오래되지 않은 지난날의 기억들을 끄집어내며 어디서부터 이야기를 풀어가야 할지 고민하는 찰나, 갑자기 캠핑카가 급정거를 했다. 끼익 하는 소리와 함께 은별과 연우가 테이블 밑으로 굴러떨어질 정도로 차가 급히 멈추어 섰다.

　"엄마얏!"

　"아얏!"

　두 여자가 동시에 서로 머리를 박았다. 그래도 탁월한 운동신경으로 간신히 소파 귀퉁이를 날렵하게 잡았으니 망정이지, 자칫하면 바닥으로 우스꽝스러운 텀블링 묘기를 쌍으로 부릴 뻔했다. 두 여자의 비명에 태성도 놀랐는지 황급히 뒤를 돌아보며 안부를 살폈다.

　"미안해요, 앞에 낙석이 떨어져 있어서…. 괜찮아요?"

　서로 부딪쳐 얼얼한 이마를 부여잡고 아파하던 연우가 은별의 얼굴을 보다가 그만 웃음을 터뜨렸다. 방금 핥았던 바닐라 아이스크림이 코와 입가뿐 아니라 입고 있던 티셔츠에도 범벅이 되어 있었다. 은별도 맞은편 차창에 비친 자기 얼굴을 보고서 풋! 하고 웃음을 터뜨렸다.

한번 터진 웃음보가 쉽사리 멈추지 않아 둘은 얼굴이 시뻘게질 때까지 끅끅대며 한참을 웃어댔다. 그런 그들에게 태성이 걱정스러운 표정으로 재차 괜찮냐고 물었고, 두 여자는 동시에 괜찮다는 손짓을 했다.

캠핑카가 다시 움직이기 시작하자 잠시 웃음을 멈췄던 둘은 또다시 끅끅대며 배를 움켜쥐었다. 은별도 연우도 오랜만에 아무 생각 없이 실컷 웃어보는 즐거운 순간이었다. 어쩌면 그동안 그녀들 모두 인생에서 이렇게 한바탕 웃을 핑계가 필요했는지도 몰랐다. 그렇게 한참을 낄낄대고 나서 둘은 심호흡을 하며 겨우 안정을 되찾았다.

찔끔 흘린 눈물까지 닦은 후에야 비로소 다시 정상적인 대화가 이어졌다. 은별도 그제야 티슈를 꺼내 옷에 묻은 아이스크림을 닦으며 웃음 가득한 울상을 지었다.

"저는 일단 옷부터 사야겠어요."

"어머, 갈아입을 옷이 없어요?"

은별이 난처한 듯 고개를 저었다. 이제 본격적인 여행을 하기로 결심한 이상, 크로스백 하나만 달랑 들고 얼떨결에 동행을 시작한 은별에게 가장 필요한 건 아무래도 쇼핑인 듯했다. 은별이 태성을 향해 큰 소리로 외쳤다.

"큰별 님, 가다가 중간에 큰 시장이나 마트에 좀 들렀다 가요. 이것저것 살 게 좀 생겼어요."

"오케이!"

뒤도 안 돌아보고 오른손을 머리 위로 흔들며 오케이 사인을 보내는 태성을 보며 은별과 연우는 또 한 번 키득거렸다.

"근데 저분은 어떤 분이에요?"

"아, 별종, 아니, 큰별 님요? 글쎄요, 어떤 분일까요? 나도 아주 조금씩 알아가고 있는 중이에요."

은별의 시선이 운전석에 앉은 태성의 뒤통수를 향하자 연우도 그 시선에 호기심을 가득 실었다.

방황하는 별들

1

아주 먼 옛날, 인디언 추장이 젊은 사냥꾼들을 데리고 부족들의 겨울나기를 위해 사냥을 하러 갔다. 그날 따라 사냥감이 좀처럼 나타나지 않아 추장과 사냥꾼들은 평소보다 숲 속 깊은 곳까지 들어갔고, 사냥을 마치고 집으로 돌아가려는데 예기치 못한 상황이 벌어졌다. 사냥에 몰두한 나머지 너무 깊은 숲 속으로 들어온 탓에 그만 길을 잃은 것이었다.

"그래서 어떻게 됐어요?"

자기 얼굴 크기만 한 대게 딱지 안에 비빈 밥을 숟가락으로 구석구석 긁어먹다 말고 은별과 연우가 눈을 깜빡이며 물었다. 뒷이야기를 궁금해하는 그녀들의 반응에 태성이 활짝 미소를 지었다.

"궁금해요?"

고개를 끄덕이는 그녀들의 고갯짓에 장단이라도 맞추듯 옆의 그릴 위에서는 강구항 어시장에서 산 대게찜에 서비스로 딸려온 싱싱한 조개들이 숯불 열기로 잇따라 입을 벌리고 있었다. 태성이 캠핑 테이블 위에 적나라하게 펼쳐진 대게 다리들을 가위로 서둘러 손질하고는 손을 가볍게 툭툭 털었다. 그러고는 두 여자의 호기심 어린 눈길을 받으며 서서히 이야기에 발동을 걸기 시작했다.

"그래서 그들은 바로 제단을 만들고 춤을 추며 조상신에게 길을 알려달라고 빌었대요. 그런데 그때 갑자기 한 소년이 나타나서는 그들에게 따라오라며 어디론가 데리고 가더니 무사히 집으로 인도해 준 거예요. 그 소년이 바로 조상신이 보낸 북쪽 하늘 별의 정령이었던 거죠. 그 후 인디언들은 북쪽 하늘의 별, 즉 북극성을 움직이지 않는 별이라 부르고 조상신이 항상 그 별 주위를 돌며 자신들을 지켜준다고 믿게 되었대요. 그때부터 북극성은 방향을 알려주는 별로 사람들에게 알려지게 됐죠."

그 옛날 화롯불 앞에서 군밤을 까먹으며 할머니의 옛날이야기에 빠져들던 어린아이처럼 대게를 발라먹으며 연신 고개를 끄덕이고 호응하는 연우와는 달리 은별은 아까보다는 조금 실망스러운 표정으로 대게 다리를 쪽쪽 빨고 있었다. 그럼 그렇지, 뭔가 다른 이야기일 줄 알았는데 결국은 또 별 이야기로 마무리되는구나 해서였다. 그래도 이전까지 태성에게서 들었던 별 이야기들보다는 좀 신선했다.

"사람이 죽으면 별이 된다잖아요. 정말 그럴까요?"

연우의 뜬금없는 질문에 태성이 빙그레 웃었다. 이 세상 사람이 얼마나 많은데, 다 죽어서 별이 된다면 밤하늘에는 셀 수 없이 많은 별들이 있어야 하는 거 아니냐고 생각한 적이 있어서였다. 아주 어릴 적에는 그런 이야기를 들으면 미친 소리라고 웃어넘겼다. 밤하늘에 별이 몇 개나 된다고! 그런데 막상 별을 공부하고 나서부터는 오히려 가능한 얘기라는 생각이 들었다.

"그럴 수도 있어요. 물론 우리가 생각하는 동화 같고 환상적인 그런 과정을 거치는 건 아니지만 어쨌든 인간이 죽으면 흙이 되고, 우리의 몸을 구성하는 탄소나 규소, 수소 같은 것들이 흙 속에 녹아든 채 이 지구별에 묻히겠죠. 그리고 수십억 년이 지나서 태양이 적색거성의 단계에 접어들고, 지구가 태양에 흡수되면서 태양의 에너지원으로 쓰이게 되면 그때 지구의 일부분을 이루고 있던 우리의 몸, 즉 흙도 태양에 흡수되는 거예요. 그걸 흡수한 태양이 머지않아 폭발하게 되면 행성상성운이 될 거고, 그러면서 우주 공간에 우리의 일부분이 담긴 가스 덩어리들이 흩어지게 되고, 그 가스 덩어리들이 다른 별이 생성될 때 에너지로 공급되면서 그 별의 일부가 되는 거예요. 그런 의미에서 인간이 죽으면 별이 된다는 말이 아주 황당한 이야기는 아닌 거죠."

백 퍼센트 알아듣지는 못했지만 태성의 설명에 연우는 어느 정도 납득이 가는 듯했다. 그러나 은별은 무슨 이유에서인지 이야기를 듣는 내내 멍하니 하늘만 쳐다보고 있었다.

"우리 은하에만 별이 천억 개가 넘어요. 아무리 많이 잡아도 지구 인구가 백억 명이 안 되니까 사람이 죽어서 저 하늘에 별이 되었다 해도 따지고 보면 정말 얼마 안 되는 거죠. 왜냐하면 한 사람이 하나의 별이 되는 게 아니니까…."

태성이 말끝을 흐리며 하늘을 올려다보자 연우도 하늘을 향해 고개를 젖혔다. 그러고 보면 참 많이 닮은 듯했다. 우리 몸이 약 60조 개의 세포로 이루어진 것처럼 하나의 별도 무수히 많은 원소들로 이루어져 있고, 인간에게 삶과 죽음이 있듯 별도 생성과 소멸을 반복한다. 그러고 보니 여러모로 별과 인간은 참 많이 닮아 있었다. 그러니 사람이 죽으면 별이 된다고 주장해도 굳이 아니라고 반박할 이유는 없었다.

은별은 잠시 눈물을 글썽였다. 태성과 연우는 알아채지 못할 정도로 아주 잠시였지만, 분명히 그랬다. 바닷가의 어둑한 밤하늘에서 가장 반짝이는 별을 향한 은별의 눈빛은 미세한 눈물의 여운으로 반짝거리고 있었다.

오래전 은별의 곁을 떠나면서 사랑하는 누군가가 그랬다. 사랑하는 사람이 죽으면 별이 된다고, 하늘에서 가장 반짝이는 별이 되어서 사랑하는 사람을 지켜준다고, 그렇게 별이 되어 늘 지켜보고 있을 거라고, 그러니 슬퍼하지 말라고.

엄마가 그랬다. 그때까지만 해도 은별은 그 말을 믿지 않았다. 아니, 믿고 싶지 않았다. 하늘에서 반짝이는 아름다운 별보다 빛나지 않아도 그저 옆에 있어주길 바랐기에.

하지만 엄마를 떠나보낸 뒤 언제부턴가 깜깜한 하늘에서 반짝이는 별 하나가 은별의 눈에 들어왔다. 이전까지 보이지 않았던 가장 반짝이는 별이었다. 아마도 그때부터였으리라. 속상하거나 외로울 때 밤하늘을 보는 습관이 생긴 것이, 별을 보며 혼잣말로 대화를 하는 것이, 그리고 그 별을 볼 때만 유독 눈물이 나오는 것이….

그리고 바로 지금, 그런 은별의 마음을 아는 듯 드넓은 밤하늘 한가운데서 그 별이 은별을 향해 유난히 반짝거리고 있었다. 은별은 입에 물고 있던 대게 살 대신 금방이라도 터질 것 같은 울음부터 꿀꺽 삼켰다.

"사람이 죽으면 사랑하는 사람에게는 마음속의 별이 되고, 그 사람을 기억하는 사람에게는 하늘에 떠 있는 별이 된대요. 그러니 저 하늘에 보이는 별들은 아마 누군가가 그리워하고 기억하는 사람들의 모습이겠죠."

마치 시의 한 구절을 읊는 듯한 태성의 감성적인 말에 가슴 한편이 아려왔다. 연우가 우와 하고 감탄사를 내뱉었다. 은별도 하늘을 향했던 시선을 거두며 언제 그랬냐는 듯 얼른 환한 표정으로 태성을 바라보며 웃었다. 두 여자의 칭찬이 가득한 반응에 태성은 수줍었는지 어쩔 줄 몰라하며 괜히 그릴 위에서 잘 익고 있는 조개를 맨손으로 불쑥 집어들었다.

"앗, 뜨거워!"

고함 소리만큼 커다란 포물선을 그리며 순식간에 조개가 공중으로 날아갔고, 동시에 태성이 엄지와 검지를 귀에 가져다 대었다. 그 모습이 어쩌나 우스운지 은별과 연우가 풋 웃음을 터뜨리더니 대게 다리를 든 채 한동안 웃어댔다. 당황한 태성의 얼굴이 잘 익은 대게 껍질보다 더 붉어졌다. 태성도 그런 자신의 어정쩡한 모습이 웃겼는지 부끄러운 웃음을 피식 웃더니 이내 간신히 참으며 앞에 놓인 캔맥주를 집어들었다. 어떻게든 이 부끄러운 상황에서 빠져나가야 했다.

"자, 우리 건배해요. 이유야 어쨌든 우리의 행복한 동행을 위하여!"

은별과 연우가 겨우 웃음을 삼키고는 태성의 제안에 동조하며 맥주를 집어 머리 위로 들어올렸다.

"위하여!"

태성은 부끄러움을 알싸한 맥주의 탄산으로 얼른 잠재우고 시원하게 감탄사를 내뱉었다.

"근데 정말 우리가 따라다녀도 괜찮아요?"

아픈 발목을 핑계 삼아 먼저 동행을 제안하긴 했지만 뜻밖에도 흔쾌히 받아들인 태성에게 연우는 은근 미안한 모양이었다. 물론 은별도 마찬가지였다.

"제가 고맙죠. 안 그래도 혼자 다니기 외로웠는데, 여행 친구가 둘이나 생겼으니 정말 운이 좋은 거죠. 내 집이라고 생각하고 편하게 지내요."

태성의 말에 은별과 연우는 정말로 편안함과 따뜻함을 느낀 듯 작은 안도의 한숨을 내쉬었다. 방황하던 가출 소녀가 마음씨 좋은 키다리 아저씨를 만나 멋진 새 인생을 막 시작하는 순간의 벅찬 느낌이 이런 걸까. 그러나 그녀들도 그땐 몰랐을 것이다. 태성이야말로 그 순간 의지할 수 있는 누군가가 절실히 필요했다는 것을.

2

테이블 위에는 먹고 난 대게 껍질이 수북이 쌓여 있는데도 아직 오동통한 대게 다리가 넉넉히 남아 있었다. 맛은 물론이고 양부터 서울에서 먹는 것과는 확연히 달랐다. 이래서 다들 먼 길 마다하지 않고 산지까지 내려와서 대게를 먹나보다 싶었다. 이번엔 그릴 위에서 잘 구워진 신선한 조개를 맛볼 시간이었다. 모두 동시에 김이 모락모락 피어오르는 조개를 향해 젓가락을 들고 돌진하는 순간.

"저기… 혹시 얘네 집이 여기인가요?"

어디선가 낯선 남자의 중저음 목소리가 들려왔다. 구워진 조갯살에 젓가락이 닿기도 전에 일동은 목소리의 진원지로 멀뚱멀뚱한 시선을 돌렸다. 웬 남자가 조금 전 태성이 뜨겁다고 던져버린 조개 하나를 코펠 뚜껑 위에 얹고 조심스레 내밀었다. 태성을 비롯한 두 여자의 시선이 조개가 아닌 남자의 얼굴에 머물렀다. 부담스러운 시선에도 능청스레 익살맞은 표정을 짓는 남자의 뒤로 1인용 텐트가 눈에 들어왔다. 옆에 버너와 라면 봉지가 뜯겨 있는 걸로 봐서는 그 역시 저녁을 준비하려는 모양이었다. 태성이 괜히 미안한 듯 벌떡 일어나 남자를 맞았다.

"미안해요, 그게 거기까지 날아갈 줄은 몰랐네요."

겸연쩍게 웃는 태성을 보며 남자도 괜찮다는 시늉을 했다. 그러더니 이내 고개를 쭉 내밀고 테이블 위에 남은 대게 다리에 시선을 고정시키고는 침을 꼴깍 삼켰다. 일부러 그러는 건지, 아니면 맛있는 것에 대한 본능적 행동인지는 애매했지만 그 모습을 보고 이렇게 말하지 않을 수가 없었다.

"같이… 드실래요?"

*

어느새 남자의 앞에 남은 대게와 조개껍데기들이 모두 모여 작은 무덤이 만들어지고 있었다. 그 옆에서는 라면이 보글보글 끓었다. 면발 사이로 적나라하게 드러난 꽤 많은 대게 다리를 보니 국물 맛이 짐작이 가고도 남았다. 그렇게 많은 대게와 조개를 먹고도 일동은 길들여진 MSG의 맛에 대한 학습 효과 때문인지 연신 군침을 삼켰다.

"만나서 반갑습니다. 저는 BK라고 합니다."

BK? 일동이 눈을 동그랗게 뜨고 남자를 바라보았다. 아마도 말은 안 했지만 모두 같은 생각을 하고 있을 터였다. 무슨 이름이 그래?

"BK가 무슨 의미예요? 설마 봉구, 뭐 이런 이름의 이니셜은 아닐 테고…. 무슨 뜻이에요?"

은별이 나름 유머랍시고 봉구라는 이름을 추측해보자 남자는 잠시 움찔하더니 호탕한 웃음을 크게 웃었다.

"하하하. 봉구라뇨, 무슨 그런 재미있는 상상을! 그런 거 아니구요, 왜 요즘 용감한 사나이, 삼단옆차기, 신사동 허리케인 등등 아시죠? 우리 쪽 일 하는 사람들이 흔히 쓰는 예명이라 저도 대외적으로 BK라는 이름을 쓰고 있는 거예요."

"어머, 그럼 작곡가세요? 멋지다, 무슨 노래 작곡하셨어요?"

BK라 불리는 남자가 멈칫했다. 다소 난처한 듯한 표정은 이내 능청스러운 웃음으로 바뀌었다.

"아니 뭐, 아직까지 정식 데뷔는 안 했지만 조만간 하게 될 거예요. 제가 써놓은 자작곡들이 어마어마하거든요. 지금 기획사를 찾고 있는 중이에요."

BK라 불러달라는 남자는 왠지 척하는 뉘앙스로 서둘러 대답을 마치고는 라면을 크게 한 젓가락 집어 후루룩 흡입을 시도했다. 그 모습이 마치 더이상 자세히 대답하고 싶지 않다는 의미로 보여 모두 더 묻지 않고 라면에만 집중했다.

아주 잠시 침묵이 흘렀다. 모두에게 어색한 순간이었지만 누가 먼저 그 침묵을 깨나 서로 눈치만 보고 있었다. 이런 어색한 침묵을 유난히 싫어하는 은별이 아무래도 자신이 나서야겠다는 생각에 입을 열려는 순간, BK가 한발 빠르게 먼저 말문을 열었다.

"제 자작곡 하나 들려드릴까요?"

모두가 동시에 크게 고개를 끄덕였다. 어색한 침묵의 공간에 음악만큼 공백을 메워주는 것도 없으니까. BK가 오토바이 옆에 세워둔 기타를 들고 와서 잠시 튜닝을 했다. 제법 익숙한 솜씨였다. 모두가 슬쩍 눈을 감고 기대하는 가운데 기타 연주가 시작되었고, 곧이어 BK의 노래가 들려왔다.

초입 부분은 나름 좋았다. 그러나 점점 클라이맥스로 갈수록 어딘가 이상했다. 좋은 것 같긴 한데 어디선가 많이 들어본 멜로디 같기도 하고, 그러다 중반 이후엔 콩나물 음표들이 어수선하게 삐걱대는 느낌이랄까, 아무튼 전체적으로 조화롭지 못하다는 느낌이었다. 굳이 비유하자면 전반부는 맛은 있으나 신선하지 않은 느낌, 이를테면 재탕, 삼탕한 김치찌개의 맛 같은 느낌이라면, 후반부는 독특하긴 한데 목구멍으로 쉽게 넘어가지 않는, 달콤한 초콜릿을 청국장에 찍어 먹는 느낌이라고 할까.

어느새 모두 감았던 눈을 말똥말똥 뜨고 있었다. 오로지 BK만이 나르시시스트처럼 자기 노래에 심취해 눈을 감은 채 여운을 느끼고 있었다. 어떻게 반응해야 할까. BK를 제외한 나머지 사람들은 눈치를 주고받으며 노래가 끝나자마자 조금은 과장된 환호성과 함께 박수를 힘껏 쳐주었다. 노래의 수준을 떠나 열창을 한 BK에 대한 예의였다. BK도 아주 만족스러운 표정으로 그들을 쳐다보았다. 멋진 감상평을 잔뜩 기대하는 눈빛이었다. 그러나 아무도 섣불리 말을 꺼내지 못했다. 분위기가 심상치 않음을 느꼈는지 눈치 빠른 BK가 먼저 방어선을 쳤다.

"아, 이 곡이 아직 미완성이라…."

"아니에요, 좋아요. 조금만 더 다듬으면 정말 멋진 노래가 될 것 같아요. 정말이에요."

본능적으로 자기방어를 하는 BK가 안쓰러웠는지 연우가 얼른 나서서 그를 응원해주었다. 왠지 모르지만 자신과 닮았다는 동병상련의 느낌이 들어서였다. 태성과 은별도 어쩔 수 없이 애써 동의를 표하자 BK는 금세 자신만만한 표정이 되었다.

"그렇죠? 완성하면 정말 대박날 곡인데…. 지금은 너도나도 유행만 따라가니 뭔가 독특하고 자기만의 색깔이 있는 음악을 하는 사람이 없어요. 정말 이런 현실이 안타깝습니다. 나의 음악성이 빛을 발하기에는 이 세상이 너무 천편일률적인 잣대를 들이댄다니까요."

BK의 음악성까지는 동의할 수 없었지만 어쨌든 틀린 말은 아니었다. 요즘은 소수의 곡들을 제외하고 거의 걸그룹이나 아이돌의 댄스음악 열풍이라 다른 노래가 나와도 그 물량 공세에 묻히기 일쑤였다. 하지만 BK의 음악은 묻히기를 걱정하기 이전에 일단 세상에 나오는 것 자체가 조금은 힘들어 보이는 게 사실이었다.

"그래도 이렇게 내 음악을 좋아해주는, 앞서가는 분들이 계시니 그게 나한테는 희망입니다."

어이없긴 했지만 그래도 BK의 자신감에 굳이 찬물을 끼얹을 필요는 없어서 모두 웃기만 했다.

"그런데 뭐 하는 분들이세요?"

BK의 질문에 태성과 은별, 연우가 서로 번갈아가며 멀뚱멀뚱 쳐다보았다. 누가 먼저, 어떻게 소개를 해야 할지 몰라서였다. 분위기도 바꿀 겸 눈치 빠른 은별이 이 틈을 놓치지 않고 먼저 제안했다.

"자, 그럼 이쯤에서 테마주 한번 할까요?"

테마주라는 말에 태성이 환한 미소를 지었다. 이미 지난번 캠핑에서 은별의 제안을 즐겁게 경험한 기억이 떠올랐기 때문이었다. 그러나 연우와 BK는 무슨 말인가 하는 눈빛으로 은별과 태성을 쳐다보았다. 은별이 캔맥주를 새로 딴 뒤 조그만 소주잔을 하나 꺼내들고 다시 한번 친절하게 테마주에 대해 설명했고, 연우와 BK는 잔뜩 호기심 어린 표정으로 은별의 손에 들린 술잔을 바라보았다. 처음의 만남이 모두 평범하지 않은 탓이었을까. 이번 테마주는 궁금주를 업그레이드시킨 진실주로 시작되었다.

"자, 그럼 지금부터 솔직하고 허심탄회하게 진실만을 말하고, 말하기 싫으면 큰 잔으로 벌주 마시기예요. 오케이?"

일동 긍정의 고갯짓을 하고는 첫 잔이 누구에게 향할까 기대 반 긴장 반으로 서로 눈치를 살폈다. 첫 술잔을 든 은별이 태성과 연우, BK를 번갈아 찬찬히 훑어보며 긴장감을 조성했다. 그러고는 잠시 고민하더니 연우를 향해 술잔을 들이밀고는 술을 반쯤 따랐다.

"언니는 뭐 하는 분이에요?"

술잔을 받아든 연우가 잠시 머뭇거렸다. 말 그대로 진실주라 대답을 해야 할지 말아야 할지 고민하는 눈치였다. 그러나 이내 옅은 미소와 함께 부끄러운 듯 말을 꺼냈다.

"음… 난 시나리오를 쓰는 작가예요. 뭐 나도 BK님처럼 아직 정식 데뷔한 건 아니지만… 언젠가는 하게 되겠죠?"

연우가 자신감 없는 표정을 감추기라도 하듯 얼른 술을 홀짝 들이켰다. 그러고는 약간 고민하는 듯하더니 태성에게 술잔을 건넸다.

"큰별 님은 왜 집 놔두고 캠핑카 여행을 하는 거예요?"

태성도 술잔을 받아들고 잠시 고민했다. 어디서부터 어떻게 설명을 해야 간단하게 대답을 할 수 있을까. 처음부터 자초지종을 말하자니 밤이 새도록 해도 모자랄 것 같고 그렇다고 대답을 건너뛰자니 벌주 마시기가 부담스러웠다.

사실 태성이 집을 놔두고 캠핑카로 전국을 떠도는 진짜 이유는 집에 있으면 자꾸 생각나는 사람 때문이었다. 그 사람이 그리워 자꾸 마음이 시끄러워지는 게 싫어서였다. 하지만 그렇게 대답하면 분명 그게 누구냐고 또 궁금해할 테고, 그것까지 대답하기 시작하면 간신히 고요해진 마음이 다시 흔들려 결국 지연을 떠올릴 게 뻔했다. 그래서 태성은 대외적인 이유를 댈 수밖에 없었다. 시간에 구애받지 않고 전국을 다니며 별도 보고 강연도 하고 싶어서라고. 그것도 진실의 일부였다. 술을 마신 태성이 뭔가 생각난 듯 다시 술잔을 연우에게 건넸다.

"아까 낮에는 도대체 절벽 위에서 왜 그러고 있었던 거예요?"

태성의 질문에 은별이 표정으로 맞장구를 쳤다. 절벽 위에서의 연우는 정말 누가 봐도 극단적인 선택을 하려는 사람처럼 보였기에 은별도 그게 정말 궁금했다. 그러나 혹시라도 그 이유를 묻는 게 상처가 될지 모른다는 생각에 그냥 묻어두었지만 여전히 입이 근질대던 차에 눈치 없는 태성이 직설적으로 물어봐주니 반갑기 그지없었다. 태성의 시선을 따라 은별도 은근 대답을 기다리며 연우를 지그시 바라보았다. 의외로 연우는 피식 웃으며 담담하게 대답했다.

"정말 오해예요. 사실은 지금 구상 중인 시나리오에서 여주인공이 극단적인 선택을 하는 상황이 있는데, 그때 어떤 느낌일까 한번 느껴보고 싶었을 뿐이에요. 그래야 좀더 리얼하게 글이 써질 것 같아서요. 물론 느껴보기도 전에 어떤 분들 덕분에 실패했지만…."

연우가 장난기 어린 표정으로 슬쩍 태성과 은별을 흘겨보았다. 둘이 멋쩍어하며 시선을 피하자 연우가 웃음과 함께 술잔을 비우고는 또다시 태성에게 건넸다.

"진짜 궁금한데요…. 큰별 님, 대기업 다닐 때보다 돈은 많이 벌어요? 강연 한 번 하면 보통 얼마나 받아요?"

이 역시 은별도 궁금한 것이었다. 국내 최고의 대기업에서 고액 연봉을 받던 연구원이 갑자기 강연가가 되겠다고 이러고 다니는 걸 보면 훨씬 더 많은 수입이 생기기 때문이라고밖에는 생각할 수가 없었다. 그게 아니라면 누가 봐도 미친 짓이나 다름없을 테니까. 태성이 빙긋 웃음을 지었다.

"유명한 분들이야 어마어마하게 받겠지만 저는 아직 초보인걸요. 뭐 구체적으로 말하기는 그렇고, 지금은 재능 기부에 가까워요. 하지만 현재 강연 시장 규모가 2조가 넘는다잖아요. 열심히 노력하면 저도 언젠가는 세계적으로 유명한 강연가가 되지 않을까요?"

태성이 고개를 젖혀 술을 들이켜는 사이 은별이 아주 미세하게 고개를 저었다. 태성의 강연을 이미 들어본바 재미없는 강연가가 유명한 강연가가 되는 게 과연 가능할까 싶어서였다. 물론 재미만으로 평가할 수는 없지만, 그리고 노력해서 안 되는 건 없다지만 그래도 지금까지 보아온바 태성의 유머 감각이 그다지 좋은 것도 아니고, 강의 내용이 재미있는 것도 아니고, 태성이 자신의 지식을 전달하는 데 서투른데다 무엇보다 사람들에게 감동을 주는 방법을 아직 잘 모르는 것 같았기 때문이다. 이런 객관적 사실을 아는지 모르는지 그는 해맑은 표정으로 은별에게 술잔을 건넸다.

"그런 의미에서 은별 씨, 내 강의 어땠어요? 객관적으로 솔직하게 평가 좀 해줄 수 있어요?"

조개를 집어먹던 은별은 갑자기 사레가 들렸다. 무슨 독심술이라도 쓰는 건지 하필이면 지금 그런 질문을 하다니. 난감하기 이를 데 없었다. 솔직하게 평가해달란다고 정말 솔직하게 이야기하면 상처받을 것 같고, 그렇다고 대답을 거부하면 더 상처받을 것 같고, 마냥 좋다고는 차마 양심상 말할 수 없을 것 같고…. 그야말로 진퇴양난, 사면초가였다.

"아하하… 한 번 들어보고 아나요, 뭐. 근데 어쨌든 내용은 좋았어요. 그래도 굳이 조언을 해주자면 내 생각엔 조금만 더 재미있으면 어떨까, 논리적이고 이론적인 얘기보다는 좀더 흥미로운 에피소드가 가미되면 어떨까 싶어요."

은별은 말을 뱉어놓고는 자기도 모르게 숨죽이며 태성의 눈치를 살폈다. 명색이 진실주인데 차마 거짓말을 할 수는 없었다. 조언이라는 핑계로 최대한 기분 나쁘지 않게 하고 싶은 말을 해야 했다. 예상과는 달리 성격 좋은 태성은 진지하게, 그리고 긍정적으로 받아들이는 듯 고개를 끄덕였다.

"아… 재미있는 에피소드…. 은별 씨 말이 맞는 거 같아요. 연구 좀 해봐야겠어요. 진짜 고마워요."

은별은 다행이다 싶었다. 괜히 내뱉은 말에 혹시라도 언짢아하면 어쩌나 싶었는데, 이렇게 긍정적으로 반응해주니 이럴 줄 알았으면 더 적나라하고 구체적으로 얘기해줄걸 그랬나 하는 짓궂은 생각까지 들었다. 은별은 편안한 마음으로 술잔을 비웠다. 그러고는 다시 술잔이 연우에게로 향하려는 찰나 흐름을 깨는 고함이 들려왔다.

"저기요, 잠깐만요!"

한껏 상기된 목소리의 주인공은 BK였다. 쌍꺼풀 진 느끼한 눈을 동그랗게 뜬 그는 얼굴에 잔뜩 불만 섞인 표정으로 앞에 앉은 세 사람을 동시에 번갈아보았다.

그러고 보니 진실주가 여러 번 오가는 동안 BK는 윔블던 테니스 경기를 관람하는 구경꾼마냥 옮겨지는 술잔을 따라 소리 없이 좌우로 고개만 움직이고 있었다. 세 사람 모두 만남이 평범하지는 않았기에 그들만의 이야기에 심취해 잠시 BK의 존재를 잊고 있었다.

"혹시 난 투명인간인가요? 나한테도 진실주 좀 주셔야 나도 여러 가지를 물어볼 텐데…. 진짜 너무들 하신다."

BK의 불만 섞인 능청스러운 투정에 그제야 일동은 아차 싶었다. 은별이 재빨리 들고 있던 술잔을 건네며 달랬다.

"미안, 미안해요, 대신 BK 님 진실주는 트리플로 해드릴게요, 일 타 삼 피. 한 번에 세 명한테 동시에 물어볼 수 있게…. 오케이?"

못 이기는 척 BK가 입가에 미소를 지으며 술잔을 받아들었다.

"좋아요, 그렇다면 뭐…. 뭐 하는 분들인지는 대충 알겠고…."

또 잠시 침묵이 흘렀다. BK는 막상 진실주를 하겠다고 술잔을 받아놓고 보니 딱히 궁금한 게 생각나지 않았다. 통성명은 이미 했고, 지금까지의 이야기를 들어보면 세 사람이 무슨 일을 하는지, 어떻게 여행을 함께 하게 되었는지는 대충 알 것 같았기 때문이다. 그는 잠시 숨을 골랐다.

"음… 그렇다면 원초적인 질문 하나 할까요? 지금 이 순간 가장 보고 싶은 사람은? 자, 형님부터!"

언제 봤다고 BK는 태성을 형님이라 부르며 능청스러운 표정을 지었다. 그의 질문이 떨어지자마자 아마도 세 사람 각자의 머릿속에는 반사적으로 한 명씩이 떠올랐을 터였다. BK와 두 여자가 호기심 어린 눈빛으로 바라보자 태성이 쓸쓸한 표정을 지었다. 그러고는 잠시 머뭇거리더니 보통 술잔보다 배로 큰 벌주 잔에 술을 따랐다.

"난 그냥 벌주 마실게요."

지연이 생각났다. 이 아름다운 바닷가에, 맛있는 음식과 좋은 사람들과 함께하는 이 순간에 평생을 함께하기로 약속했던 그녀가 함께였다면 얼마나 좋았을까. 겨우겨우 묻어두었던 감정이 BK의 질문 하나로 다시 뭉클 솟아올랐다. 그게 진실이고 또 진심이었다. 은별은 아주 짧은 순간 태성의 미세한 감정의 울림을 어렴풋이 감지했다. 아픔이 있구나, 들키고 싶지 않은 뭔가가 있구나. 그제야 그동안 눈치 채지 못했던 태성의 네 번째 손가락에 끼워진 소박한 실반지 하나가 눈에 들어왔다.

"이런! 이제 보니 실연당하셨구나. 에이, 인생살이가 다 그런 거죠 뭐. 세상의 반은 여자라잖아요. 보세요, 여기도 형님이랑 저, 남자 둘에 연우 씨랑 은별 씨, 여자 둘, 딱 반반이잖아요. 세월이 약이에요. 기운 내세요, 형님."

원래 남의 연애사는 강 건너 불구경처럼 말하기는 쉬운 법이기도 하지만, 아주 능청스레 태성의 어깨를 툭툭 치며 격려까지 해주는 BK의 모습은 누가 봐도 참 변죽이 좋은 사람이구나 싶었다.

이제는 은별 차례였다. 이미 은별을 제외한 나머지 세 사람이 벌써 대답을 기다리고 있었다. 은별도 싱긋 웃기만 했다.

"헤헤… 저도 벌주."

은별도 태성처럼 큰 벌주 잔에 술을 따랐다. 이 순간 가장 보고 싶은 사람은 역시나 하늘에서 반짝이는 엄마였다. 엄마라는 말을 입 밖으로 꺼내는 순간 울컥 솟구칠 뭔가를 지금은 참아낼 자신이 없었다.

"뭐야, 은별 씨도 형님처럼 실연당했어요?"

그녀가 말도 안 된다는 표정으로 고개를 가로저으며 맥주를 들이켜자 BK가 이번에는 쓸데없는 상상을 했다.

"그럼 혹시 해서는 안 될 사랑? 친구의 친구를 사랑했네, 가질 수 없는 너, 뭐 그런 거?"

얼마나 어이가 없었는지 은별이 막 삼키려고 입에 가득 머금은 술을 풉 하고 분수처럼 뿜어냈다. 눈을 동그랗게 뜨고 그녀 앞에 바짝 얼굴을 들이민 채 어설픈 상상 중이던 BK가 그 파편들을 그대로 맞왔다. 그 모습이 얼마나 웃겼던지 모두 박장대소했다. 은별이 간신히 웃음을 참고 BK에게 미안하다며 주머니에서 티슈를 꺼내 얼굴을 닦아주자 그가 능글맞게 대꾸했다.

"괜찮아요, 저에 대한 격한 환영의 표시 또는 호감의 표시라고 생각할게요."

정말 능청스럽고 변죽이 좋은 성격이었다.

"에이, 그럼 나도 벌주!"

차례를 기다리고 있던 연우도 덩달아 외쳤다. BK가 입을 삐죽거렸다.

"아, 진짜 뭐예요! 물어보라고 할 땐 언제고 정말 이러기예요? 와, 학교 다닐 때도 안 당해봤던 왕따를 여기서 당하네. 이 아름다운 곳에서, 이런 식으로, 어이없이! 아, 외롭다! BK 인생이 이렇게 하루아침에 왕따 인생이 되는구나."

BK는 끼어들 틈도 없이 속사포로 신세 한탄을 했다. 일부러 들으라는 듯 조금은 과장된 어조로 말하는 모습이 밉상이라기보다는 오히려 귀여웠다.

"에이, 왜 그래요? 그럼 다른 거 물어봐요. 이번에는 제대로 대답해줄게요. 응?"

은별이 애교 섞인 말투로 그를 달래자 태성과 연우도 오케이 사인을 보냈다. 잠시 망설이던 BK가 또 뜬금없는 질문을 했다.

"음… 그럼 세상에서 제일 무서운 게 뭐예요? 일단 나는 뱀. 뱀이 혀를 날름거리는 거 생각만 해도, 으으으!"

BK가 정말 무섭고 싫은지 몸서리를 치자 모두 의외라는 듯 웃었다.

"형님은 뭐가 제일 무서워요?"

"나는 물이 제일 무서워요. 아주 어릴 적에 외갓집에 갔을 때 동네 개울가에서 놀다가 물에 빠져 죽을 뻔한 적이 있었거든요. 그 트라우마 때문인지 그때부터 물이라면 마시는 거랑 그냥 보는 거 빼고는 다 무섭더라구요. 바다도 그냥 바라보는 게 좋지, 한 번도 들어가보진 못했어요."

"그럼 수영장도 안 가세요?"

"에이, 수영장이 다 뭐예요, 목욕탕 가면 탕에도 잘 안 들어가는걸요. 부끄럽지만 그래서 아직도 수영을 못 해요."

태성답지 않은 의외의 대답이었다. 역시 진실주의 매력은 새로운 의외의 사실을 알게 된다는 것이었다. 술잔이 연우에게 건네졌다.

"나는 뭐니 뭐니 해도 귀신이 제일 무섭더라. 언제 어디서 어떻게 튀어나올지도 모르고, 또 안 보이니까 더 무서운 거 같아."

"으흐흐, 네 눈엔 내가 BK로 보이니? 내 다리 내놔."

이 좋은 기회를 놓칠세라 장난기 많은 BK가 눈을 희번덕거리며 귀신 흉내를 냈고, 그러자 연우가 눈을 감고 귀를 막으며 하지 말라고 고개를 마구 흔들었다. 태성과 은별이 BK를 말리자 그녀는 그제야 눈을 뜨고 약이 바짝 오른 듯 그를 흘겨보았다. BK가 얼른 양손을 모으고 미안하다는 제스처를 취했다. 그러고는 은별에게 술잔을 건넸다.

"은별 씨는 딱 보면 무서운 게 없을 것 같은데…."

BK의 예리한 추측에 은별의 눈이 동그래졌다.

"빙고! 어떻게 아셨어요? 솔직히 무서운 게 별로 없어요. 그래도 굳이 하나만 꼽으라면 사람이 제일 무서운 거 같아요. 물이나 귀신이나 뱀이야 안 가고 안 보고 조심하면 되지만, 사람은 그게 안 되잖아요. 사람이라서 좋은 것만큼 사람이기 때문에 더 무서운 거 같아요. 만나는 것도 무섭고, 보내는 것도 무섭고, 사랑하는 건 더 무섭고…. 요즘 또 워낙 흉흉한 세상이라… 헤헤헤."

"은별 씨 나름 철학적인데?"

"제가 좀 그렇긴 해요. 히힛."

이번에는 세 사람 모두 BK의 진실주에 충실히 답을 주었다. 나름 만족스러웠는지 진실주에 재미 붙인 BK가 다시 진실주를 따랐다.

"좋아요, 그럼 하나 더, 이번엔 다시 원초적인 질문 들어갑니다. 이 다음에 커서 뭐가 되고 싶어요?"

일동 멍해졌다. 이미 다 컸는데 이 다음에 커서 뭐가 되고 싶냐니. 엉뚱한 질문이었다. BK가 그럴 줄 알았다는 표정으로 혀를 차며 고개를 가로저었다.

"봐라, 봐라, 표정들 봐라. 이미 다 컸는데 뭔 말이냐 싶은 이 표정들. 저기요 여러분, 지금 인생 100세 시대거든요? 아직 인생 반도 못 사신 양반들이 왜 이러실까? 지금 이대로 죽을 때까지 살 거 아니잖아요. 앞으로 뭐 할거냐고요, 꿈, 드림! 언더스탠드?"

정말 원초적인 질문이었다. 일동은 다시 멍해졌다. 생각해보니 그랬다. 지금까지 살아온 30여 년 안팎의 세월들이 꽤 오래되었다고 생각했는데, 따지고 보면 얼마 안되는 시간들이었다. 태성도 은별도 연우도 갑자기 한숨이 깊어졌다.

3

그랬다. 꿈이라는 건 십대 때나 품는 건 줄 알았다. 아름답고 신비로운 무지개 같은, 생각만으로도 가슴 벅찬, 나이가 들면 자연스럽게 내 것이 되는 그런 것. 그런데 막상 이십대가 되니 그 무지개는 손에 닿을 수 없는, 가까이 가면 보이지 않는, 멀리서 바라볼 때만 아름다운 것이라는 허무한 깨달음이 왔다. 살아남기 위해 치열하게 싸우다 보니 꿈이란 건 말 그대로 꿈속에서나 마음대로 꾸고 이룰 수 있는 거라고 생각했다.

삼십대가 되어서는 꿈에 대해서 생각해본 적도, 꿈을 꿔본 적도, 아니 심지어 꿈꿀 시간조차 없었다. 무리하게 전력 질주한 나머지 브레이크가 고장나버렸으니까. 꿈은 이룰 수 없는 희망사항이 되어버렸고, 기억 속에서 아름답고도 허망하게 영영 묻혀버리고 말았다.

밤하늘의 별들이 북극성을 중심으로 질서정연하게 움직이듯 우리 인생도 자신의 꿈을 중심으로 한 땀 한 땀 박음질하듯 올곧게 움직여준다면 얼마나 좋을까. 꿈을 잃어버린 그 시절부터 어쩌면 우리는 우주를 정처 없이 떠돌아다니는 외로운 소행성처럼 언제 소멸될지 모르는 시한부 인생을 살고 있는지도 몰랐다.

BK의 다소 진지한 질문 덕분인지 모두 지난밤이 어떻게 흘렀는지도 몰랐다. 각자 복잡해진 마음과 머릿속을 비우기 위해 술잔이 하염없이 돌고 또 돌고 뫼비우스의 띠처럼 끝없이 돌았다. 자신의 꿈이 뭔지, 앞으로 무엇을 하고 싶은지, 어떤 사람이 되고 싶은지, 자신이 잘하는 것은 무엇인지…. 마치 하룻밤 사이에 각자 자기계발서 몇 권쯤은 쓰고도 남을 만큼의 생각들을 하고 또 했을 터였다. 그러나 애석하게도 아무도 답을 얻지는 못한 듯했다.

*

차는 계속 남쪽을 향해 달렸다. 오늘은 태성이의 강연도 없는 날이라 무계획이 계획이었다. 발길 닿는 대로 해안도로를 따라 가다가 멋진 곳이 나오면 그곳에서 캠핑을 하기로 했다.

아침 일찍부터 부지런한 태성이 끓인 해장 라면을 먹고 BK와 헤어진 지 얼마나 되었을까. 그리 빠르지 않은 캠핑카의 속도가 불만인지 뒤쪽에서 자꾸만 시끄러운 경적 소리가 들려왔다. 청소년 폭주족 관련 뉴스에서 많이 본, '빠라 빠라 빠라밤' 하는 요란한 소리였다. 태성은 사이드 미러를 힐긋 보았지만 이상하게도 뒤차는 보이지 않았다. 하지만 요란한 소리가 계속 이어졌고, 그는 매너 좋게 캠핑카를 도로 가장자리로 바짝 붙이며 먼저 가라는 수신호를 해주었다.

바로 그 순간 뒤쪽에서 불쑥 나타난 것은 자동차가 아니라 스쿠터였다. 순식간에 스쿠터가 캠핑카 옆으로 돌진해오더니 또다시 '빠라 빠라 빠라밤' 소리를 사정없이 울려대며 캠핑카를 향해 손을 마구 흔들어댔다. 그 소리가 얼마나 요란했는지 소파에서 책을 읽던 은별과 연우가 살짝 약오른 얼굴로 창밖을 흘겨볼 정도였다. 헬멧을 쓴 라이더가 그들을 향해 마구 손을 흔들고 있었다. 은별과 연우는 헬멧 안으로 보이는 능글맞은 미소를 단번에 알아보았다.

"BK?"

창밖으로 캠핑카와 나란히 달리며 미친 듯이 경적을 울리는 이는 조금 전 캠핑장에서 헤어진 BK였다. 태성도 그제야 그를 알아보고 반갑게 손을 흔들었다. 하지만 BK의 손짓은 단순한 인사가 아니라 일단 차를 세워보라는 간절한 제스처 같았다.

딱히 차를 세울 만한 곳이 없어 한참을 더 달린 끝에 도로변에 있는 작은 쉼터가 나타났다. 쉼터라고 해봐야 겨우 차 두세 대 정도가 들어갈 공간에 바닥에 자잘한 자갈이 깔린 곳이었다.

뜨르륵. 캠핑카가 육중한 마찰음을 내며 미끄러지듯 쉼터에 들어서자 바로 뒤이어 BK의 스쿠터가 따라라락 방정맞은 마찰음을 내며 들어섰다.

태성과 은별, 연우는 무슨 일인가 싶어 캠핑카에서 내려 BK를 맞았다. 헬멧을 벗고 일행에게 다가오는 BK의 얼굴엔 나름 비장함이 감돌고 있었다. 그것은 필시 아주 중요한 뭔가를 깜빡 잊고 놓고 갔다가 다시 허겁지겁 찾으러 온 사람의 다급한 표정 같은, 그런 것이었다.

"뭐 놓고 간 거 있어요?"

연우가 먼저 걱정스레 묻자 BK는 고개를 끄덕이며 진지하게, 그러나 아주 능청스럽게 대답했다.

"아주 중요한 걸 놓고 갔어요."

그게 뭘까 일행이 갸웃거리는 동안 BK가 외쳤다.

"내 마음이요!"

소리는 지르지 않았지만 그의 닭살 돋는 말에 태성도 은별도 연우도 어이없다는 듯 손가락을 오그려 팔뚝을 벅벅 긁어댔다.

"형님, 우주에는 질량 보존의 법칙이 존재한다고 그랬죠? 그런 의미에서 저는 형님을 혼자 이렇게 보낼 순 없을 것 같습니다."

무슨 말인가 싶어 태성이 멍한 표정을 지었다.

"어제 보니까 이 여자 두 분, 기가 보통 센 게 아니던데…. 형님 혼자 감당하시겠어요? 저는 아니라고 봅니다."

정말 쌩뚱맞은 소리였다. 이번에는 은별과 연우가 멍한 표정을 지었다. 졸지에 기가 센 여자가 되어버린 게 어이없는지 BK를 살짝 흘겨보자 여전히 능청스럽게, 그러나 밉지 않게 BK가 말을 이었다.

"그런 의미에서 형님을 위해, 음양의 조화, 우주의 질서를 위해 이 한 몸 희생하기로 결심했습니다."

도대체 무슨 말인지 빙빙 돌려 말하는 BK가 답답했는지 은별이 나섰다.

"그러니까, 결론이 뭐예요?"

BK가 잠시 머뭇거리며 고개를 숙였다. 그러더니 지금까지와는 전혀 다른 눈빛과 내려가지도 않는 팔자 눈썹을 억지로 만들어가며 최대한 불쌍한 표정으로 고개를 들었다.

"저도 같이 데려가주시면 안 돼요?"

4

마치 엄마 등에 업힌 갓난아기처럼 BK의 스쿠터는 캠핑카 뒤에 매달린 채 도로를 질주하고 있었다.

"자, 그럼 프라이버시를 위해 2층 벙커룸은 아리따운 우리 시스터스가, 그리고 아래쪽 소파 베드는 머슴 같은 우리 브라더스가 사용하기로 해요. 여자는 하늘, 남자는 땅, 오케이?"

조수석에 탈 줄 알았던 BK는 소파 한가운데에 앉아 자기 짐을 한쪽 구석으로 쌓아 올리며 시키지도 않은 공간 배분을 먼저 나서서 하고 있었다. 누가 보면 차 주인으로 착각할 정도로 그는 정확하고 일사불란하게 상황을 정리하고 금세 익살스러운 표정으로 은별과 연우에게 맞장구를 쳐주며 수다 삼매경에 빠져들었다. 가끔씩 자작곡을 들려준다며 기타를 튕기다가도 은별과 연우의 표정이 아니다 싶으면 바로 요즘 유행가나 팝송으로 바꿔 부르는 순발력을 발휘하기도 하며 능청스러운 여유도 부렸다. 이렇게 또 한 명이 이 엉뚱한 여행에 동참하고야 말았다.

차는 벌써 간절곶에 다다랐다. 동해안에서 가장 먼저 해가 뜨는 곳, 일출로 유명한 정동진보다 오 분 먼저, 포항의 호미곶보다는 일

분이나 먼저 멋진 일출이 시작되는 곳, 우리나라에서 가장 먼저 해가
뜨는 곳이었다. 모두 캠핑카를 뛰쳐나가며 환호성을 질렀지만 태성
의 표정은 왠지 그리 밝지만은 않았다.

간절곶이라는 이름의 유래가 먼바다에서 바라볼 때 긴 간짓대처
럼 보인다는 데서 왔다고는 하지만, 그보다는 간절한 마음으로 소원
을 빌면 이루어진다는 의미로 해석하고 싶은 이들이 더 많으리라. 그
때문일까. 간절곶에 들어서자마자 눈에 띈 건 사람 키의 세 배는 족
히 더 돼 보이는 커다란 소망 우체통이었다. 누가 먼저라고 할 것도
없이 그들은 소망 우체통을 향해 달려갔다. 넷 중 그나마 날랜 은별
이 간발의 차로 먼저 우체통에 다다랐다.

간절한 소망과 염원을 소망 우체통을 통해 기원할 경우 성취될
수 있다는 의미… 편지(엽서) 쓰기를 통해 말로 표현하기 어려
웠던 가슴속 이야기들을 글로 표현하므로 디지털 시대에 생각
하는 사고력 및 인성 함양에 기여….

소망 우체통의 자세한 이력과 의미가 쓰인 안내판을 훑어보고 은
별은 우체통 안으로 날쌔게 들어갔다. 엽서는 근처 매점에서 배포한
다는 안내문에 살짝 허망해져 돌아서는 순간, 그녀의 얼굴에 따뜻한
미소가 흘렀다.

출입문 밖으로 동해의 맑은 물결이 출렁이고 있었고, 그 옆 유리
창엔 그동안 그곳을 방문한 수많은 사람이 적어놓은 소원과 희망의

말들이 푸른 바다와 하늘을 배경으로 빼곡했다. 마치 한 장의 포토 에세이를 보는 느낌이었다.

'수정, 은진, 민종 왔다감.'

'일 년 뒤에 다시 같이 올래?'

'지영아 사랑한다. 나랑 결혼해주라.'

다닥다닥 쓰인 글들을 읽는 재미도 쏠쏠했다. 아마도 은별처럼 아무 채비 없이 후다닥 들어왔다가 유리창을 엽서 삼아 썼으리라. 평소 같았으면 선진 시민의식 운운 하며 마구 지적했겠지만 이런 낭만은 또 낭만대로 즐겨야 하는 법. 은별은 주머니를 뒤적거렸다. 다행히 늘 갖고 다니는 네임펜이 손에 잡혔다. 음, 어디쯤이 좋을까. 워낙 많은 사람이 써놓은지라 유리창에는 도무지 빈틈을 찾아보기 힘들었다.

마땅한 자리를 찾느라 빼곡한 유리창을 좌우 사방으로 스캔하던 은별의 시선을 누군가의 낙서가 잡아챘다.

'지연♡태성 Forever.'

은별은 잠시 생각했다. 설마 내가 아는 그 태성은 아니겠지. 세상에 어디 태성이 한둘일까. 그렇게 따지면 아까 낙서에서 본 수정이라는 이름도 친구 수정일 수 있는 것을. 은별은 괜한 추측에 피식 웃고는 다시 본래의 목적에 집중했다.

이렇게 좁은 땅 덩어리에도 사람이 살 곳은 찾아보면 어디든 있듯이 조그만 유리창에 어느 한구석 한 마디 정도 남길 공간은 있기 마련이었다. 은별의 눈이 반짝였다. 귀신같이 빈 공간을 찾아낸 은별이 네임펜 뚜껑을 열고는 설렘에 숨을 크게 내쉬었다. 그런데 무슨 말을 써야 할까. 잠시 고민하던 그녀는 아주 조그맣게, 그리고 아주 간단하게 여섯 글자를 적어 내려갔다.

'강은별, 힘내라.'

*

어느새 관광객들이 주차장에 속속 도착하고 있었다. 가장 인기 있는 포토존인 소망 우체통 앞에는 벌써부터 사진을 찍기 위해 하나둘씩 사람들이 줄을 서기 시작했다. 젊은 연인들이 서로를 찍어주거나 함께 셀카를 찍으며 좋아하고 있는 가운데 한 커플이 실랑이를 하고 있었다. 자신의 얼굴이 마음에 들지 않는다며 남자친구에게 여자가 연거푸 세 번이나 사진을 다시 찍어달라고 하고 있었다. 그들의 모습을 보는 태성의 얼굴에 씁쓸한 미소가 떠올랐다.

결혼을 약속하고 처음 이곳으로 여행 왔을 때 지연이 꼭 저랬다. 너무 뚱뚱하게 나왔다며, 함께 찍은 셀카도 자기 얼굴이 더 크게 나왔다며, 다시 찍어달라기를 무려 다섯 번이나 했다. 그러고도 결국엔 모든 사진이 마음에 안 든다고 투덜거렸다. 그리고 결국 셀카 모드로 소망 우체통을 배경으로 얼짱 각도로 사진을 다시 찍었다. 그때 태성은 정말 여자들이 금성에서 온 게 틀림없다고 확신했다.

태성은 소망 우체통을 뒤로하고 반대쪽 해변을 향해 걸음을 옮겼다. 한 걸음 한 걸음이 마치 다리에 모래주머니를 찬 것처럼 무겁기만 했다.

그사이 BK와 연우는 해안가 절벽 위의 돌탑 앞에서 돌을 쌓고 있었다. 은별에게 선수를 놓친 소망 우체통 대신 돌탑을 쌓으며 소원을 비는 모양이었다.

연우가 먼저 돌탑 꼭대기에 겨우 겨우 작은 돌 하나를 올려놓고 뭐라고 중얼거리며 두 손 모아 눈을 꼭 감았다. BK도 냉큼 그 위에 돌을 얹겠다고 돌무더기를 향해 투박한 발걸음을 내밀었다.

그 순간 자르르 소리와 함께 연우가 올려놓은 돌은 물론이고 아래쪽 돌무더기까지 무너져버리고 말았다. BK도 당황했는지 그 자리에 선 채 얼음처럼 굳은 표정으로 눈알만 겨우 굴려 연우를 힐긋 보았다. 이미 그녀는 가자미눈을 하고 두 주먹을 불끈 쥔 채 그를 흘겨보고 있었다. 누군들 안 그랬을까. 간절한 소망을 담아 정성스레 올려놓은 마음을 한순간에 무너뜨렸는데. 정말 한 대 쥐어박고 싶은 심정이리라.

"BK! 정말 이러기예요?"

화가 난 연우가 원망의 고함을 지르며 거친 주먹질을 할 기세로 달려들자 BK는 냅다 달음박질로 도망쳤다. 그 뒤를 끈질기게 쫓으며 연우가 고함을 질러댔다. 미안하다는 말을 연신 해가며 잡힐 듯 말 듯 적당한 거리를 유지하며 내빼는 BK의 장난기에 연우는 더욱 열받는 듯했다.

그 모습을 보고 있자니 은별은 웃음이 나왔다. 자초지종을 모르고 멀리서 보면 분명 "나 잡아봐라" 뛰어다니는 닭살 연인으로 보일 게 뻔한 장면이었다. 그도 그럴 것이 은별이 봐도 동갑내기인 두 사람이 토닥거리는 게 제법 잘 어울려 보이긴 했다.

은별은 BK와 연우가 등대 쪽으로 사라지고 나서야 문득 주위를 살폈다. 그러고 보니 태성이 보이지 않았다. 해안가 쪽으로 발길을 돌렸다. 얼마쯤 걸었을까. 한적한 해안가 절벽 벤치에서 바다를 바라보는 한 남자의 뒷모습이 눈에 들어왔다. 태성이었다. 순간 은별은 멈칫했다.

참 오랜만이었다. 남자의 그런 뒷모습을 보는 게. 10여 년 전 엄마의 유골을 산에 뿌리고 나서 조그만 바위 위에 걸터앉아 산 아래를 내려다보며 어깨를 축 늘어뜨렸던 아빠의 외로운 뒷모습과 닮아 있었다. 사랑하는 사람을 떠나보낸 뒤 낯선 그리움만을 간직한, 남은 자의 뒷모습. 은별은 마음이 짠해졌다.

아마 태성도 예전에 아빠와 같은 그런 마음이겠지. 그래서 이렇게 여행을 핑계 삼아 방황하고 있는 거겠지 싶었다. 문득 아까 소망 우체통 유리창에 쓰인 이름이 어쩌면 정말 태성일지도 모른다는 생각이 들었다. 그렇다면 태성에게 이곳은 아름답고도 슬플 수밖에 없는 장소일 터였다. 그러고 보니 지금 이 순간 태성의 뒷모습이 어쩐지 더 쓸쓸해 보였다. 은별은 저도 모르게 토닥여주고 싶은 마음이 앞서서 멀찍이 보이는 태성의 실루엣을 향해 가만히 손을 뻗어 어루만졌다.

BK와 연우가 여전히 시끄러운 실랑이를 하며 이쪽을 향해 달려오고 있었다. 소리가 얼마나 컸던지 태성이 인기척을 느끼고는 문득 뒤를 돌아보았다. 은별과 눈이 마주친 태성이 씩 미소를 짓자 당황한 그녀는 어색한 웃음과 함께 뻗었던 손을 얼른 흔들어 인사했다.

BK와 연우가 태성을 가운데 두고 둥글게 원을 그리며 술래잡기라
도 하듯 빙글빙글 돌았다. 마치 여자아이의 고무줄을 끊고 달아난 장
난꾸러기 남자아이가 여자아이의 약을 잔뜩 올리며 짓궂게 구는 모
습 같아서 천진난만하고 행복해 보였다. 태성도 그런 두 사람에게 본
의 아니게 시달리면서도 즐거워 보였다.

은별은 다시 마음이 짠해졌다. 저렇게 웃고 있는 저들도, 그리고
이렇게 보고 있는 자신도 결국엔 어디로 가야 할지 모르는, 길 잃은
처량한 아이에 불과한 것을, 궤도를 못 찾고 우주 속을 방황하는 별
들인 것을.

결국 BK가 연우에게 옷깃을 잡혀 꿀밤을 몇 대 맞고야 기나긴 추
격전은 끝이 났다. 그래도 능청스레 무너뜨린 돌탑 대신 연우의 소망
을 자신이 언젠가는 꼭 들어주겠다며 큰소리를 치는 모습이 무척 귀
여웠다. 그 말에 말도 안 되는 소리 말라며 또다시 연우가 주먹을 불
끈 쥐고 BK를 쥐어박았다. 아무래도 지금 상황에서는 은별이 그를
구해줘야만 할 것 같았다.

"잠깐! 여기까지 왔는데 멋진 여행을 시작하는 의미에서 단체로
기념 셀카 한 방 찍죠?"

"콜!"

이때다 싶었는지 BK가 꿀밤 세례를 피해 얼른 태성의 어깨동무를
하며 돌아섰고, 동시에 다른 팔로 연우의 어깨도 감싸며 능글맞게 씩
웃었다. BK의 능청에 어이가 없었는지 연우가 쥐었던 주먹을 차분
히 내려놓았다. 은별도 연우 옆에 얼굴을 바짝 가져다댔다. 은별이

셀카 모드로 바뀐 스마트폰을 있는 힘껏 멀찍이 들고는 등 뒤로 조그마하게 보이는 소망 우체통을 배경으로 "김치"를 외치자 찰칵 소리와 함께 갖가지 표정의 사진이 연달아 일곱 장 파노라마로 찍혔다.

BK가 어깨동무를 풀며 혹시라도 또 꿀밤을 맞을까 잽싸게 연우에게서 성큼 떨어졌다.

"친구, 정말 미안! 소원이 뭔지는 모르지만 대신 내가 다른 소원이라도 꼭 들어줄게. 응?"

연우도 지쳤는지 어이없는 웃음을 터뜨렸다. 하긴 이미 무너져버린 돌탑을 어찌할까. 꿀밤을 때린들 굴러떨어진 소망의 돌이 다시 세워질 리도 없고, 그렇다고 소원을 들어준다는 그의 말을 믿을 수도 없었다.

그러나 어찌 보면 소망이라는 건 자기 자신에 의해서도, 다른 누군가에 의해서도, 또는 알 수 없는 불가사의한 신비한 힘에 의해서도 이루어질 수 있는 것이 아닐까. 정말 중요한 건 누구의 소망이든 그것이 결국 기적처럼 이루어질 수도 있다는 사실이니까.

어쩌면 이 여행이 각자의 기억 속에 묻어둔 소중한 꿈을 찾아 떠나는 여행이 되어줄지도 몰랐다. 어젯밤 BK의 질문에 쉽사리 대답할 수 없었기에, 그리고 아직은 답을 찾지 못했기에, 세상 어딘가에 있을 자기만의 폴라리스를 발견하는 여정이 될지도 모르는 일이었다. 외로워 보이고 철없어 보이고 위태로워 보이고 안타까워 보이는 이상한 프리랜서 네 명의 파란만장한 여정이 이렇게 시작되고 있었다.

궤도를 수정하다

1

"보여요?"

"도대체 어디 있다는 거예요?"

넷은 캠핑카 지붕 위에 쪼르르 앉아 깜깜한 밤하늘을 뚫어져라 쳐다보고 있었다. 태성이 세팅해놓은 천체망원경을 아무리 들여다보아도 그를 제외한 나머지 세 사람의 눈에는 도무지 보이지 않는 모양이었다. 자세히 보면 육안으로도 보이는 별인데 망원경으로도 도무지 보이지 않는다니 답답할 노릇이었다. 게다가 이곳 밀양 표충사는 남쪽에서도 별이 잘 보이기로 유명한 곳이 아닌가. 태성은 답답한 마음으로 벌써 세 번째 똑같은 설명을 반복하고 있었다.

"북두칠성은 그냥 눈으로도 보이죠? 그 국자 모양 손잡이의 두 번째에 위치한 미자르 별을 자세히 봐요. 바로 옆에 작은 별이 하나 붙어 있는 거 보여요? 그 별이 바로 알코르예요. 자, 다시 한번 잘 봐요."

태성이 망원경의 아이피스를 아예 그 별에 맞추고는 BK에게 먼저 와서 보라는 손짓을 했다. BK가 한쪽 눈을 질끈 감고 열심히 망원경을 들여다보는 사이 은별은 다섯 손가락을 이용해 동그랗게 손가락 망원경을 만들어 양눈에 대고는 숨은 그림 찾기를 하듯 태성이 말한 알코르 별을 찾고 있었다. 연우도 눈을 최대한 가늘게 뜨고 그 별을 찾으려 애썼다.

"어? 보인다, 보여."

망원경의 힘을 빌린 BK보다 은별이 먼저 그 별을 찾은 모양이었다. BK와 연우가 부러운 듯 하늘에서 눈을 떼고 은별을 보았다. 태성도 놀랐는지 감탄했다.

"와, 은별 씨 시력이 굉장히 좋은가봐요. 원래 저 별이 시력 검사의 별로 잘 알려져 있거든요."

"시력 검사의 별요?"

"고대 로마에서는 병사를 선발하기 위해 시력 검사를 할 때 저 별을 이용했대요. 별이 보이면 합격, 안 보이면 탈락!"

"앗싸, 그럼 나는 합격! 둘은 탈락!"

은별이 신이 났는지 BK와 연우를 놀려대자 둘은 다시 시선을 하늘로 향하며 시력 검사를 자청했다. 그러나 BK와 연우는 아무리 봐도 안 보이는지 망원경을 이리저리 움직여보며 조급해했다.

"어? 보인다!"

BK가 먼저 외치자 연우가 덩달아 바빠져서는 되물었다.

"어디? 어디?"

그러나 BK는 하늘을 뚫어져라 쳐다보는 연우를 향해 음흉한 미소를 지으며 말했다.

"바로 네 뒤에 있는 귀신, 으흐흐."

귀신이라는 말에 연우가 으악 비명을 지르며 눈을 감은 채 손을 마구 내저었다. 그 모습을 보며 BK가 또 깔깔대며 배를 움켜쥐었다. 장난에 속아 넘어간 게 약이 올랐는지 연우가 얄미운 BK를 향해 또다시 있는 힘껏 꿀밤을 날렸다.

＊

별 찾기에 실패한 BK와 연우가 티격태격하며 핸드드립 커피를 내리고 있었다. 그 옆에서 노트북으로 뭔가 골똘히 작업하고 있는 태성이 보였다. 은별이 슬금 태성의 뒤로 돌아가 살짝 엿보니 내일 강의할 자료인 것 같았다.

그런데 가만히 지켜보던 은별의 표정이 점점 일그러졌다. 태성이 만든 강의안 디자인이 감 부장에 맞먹는 수준이었던 것이다. 세상에 감 부장처럼 미적 감각이 형편없는 사람이 또 있구나 생각하는데, 또다시 은별의 입이 떡 벌어졌다. 디자인적으로 말도 안 되는 페이지들이 속속 등장하고 있었다. 미술 전공의 웹디자이너 은별로서는 더이상 두고 볼 수 없었다. 강의하는 사람이 재미가 없으면 스크린에 띄우는 슬라이드라도 예뻐야 그나마 봐줄 것 아닌가.

"저기… 큰별 님, 제가 살짝만 손 좀 봐드리면 안 될까요?"

참을 수 없는 안타까움에 그녀는 태성의 눈치를 살폈다.

"뭐가 이상해요?"

태성이 약간은 걱정스러운 얼굴로 은별을 쳐다보았다. 그녀는 괜히 난처해졌다.

"아니, 이상하다기보다는 아주 조금만 손을 보면 더 좋을 것 같아서…. 직업병이죠 뭐. 신경 쓰지 마세요."

은별이 괜한 소리를 했나 싶어 돌아서려는데 태성이 얼른 그녀를 붙들어 세웠다.

"아니에요, 디자이너가 봐준다면야 저야 고맙죠."

태성은 흔쾌히 노트북을 넘겨주었다. 물 만난 고기처럼 은별은 아주 능숙한 손놀림으로 눈 깜짝할 사이에 촌스럽고 정신없었던 페이지를 세련되고 깔끔하게 둔갑시켰다. 물론 빡빡한 텍스트 자체를 바꾼 건 아니지만 바탕 화면의 컬러와 글씨체, 몇 가지 아이콘과 그림 추가만으로도 느낌이 확 달라 보였다. 마치 마법이라도 부린 듯한 변화에 태성은 감탄했다. 언제부터 지켜봤는지 BK와 연우도 커피를 건네며 환호했다.

"와, 브라보! 형님이 엄청 배우셔야겠네."

모두의 칭찬에 으쓱해진 은별이 아예 전체를 다 수정해도 되겠냐는 의미의 눈짓을 건넸다. 태성이 그 제안을 반기지 않을 리가 없었다. 은별은 첫 페이지부터 다시 손을 대기 시작하면서 피식 웃음이 나왔다. 회사를 그만두고 나와서도 이렇게 감 부장처럼 감 없는 사람 때문에 지긋지긋한 '수정' 작업을 또 하는구나 싶어서였다. 이런 게 피할 수 없는 운명이자 타고난 팔자인가 싶은 생각에 그녀는 아랫입술을 살짝 깨물었다.

"전문가의 손길이 진짜 다르긴 다르네요. 내 딴에는 잘 만든다고 한 건데 갑자기 막 창피해지려고 해요. 아, 은별 씨처럼 미적 감각이 좋으면 나만의 멋진 홈페이지도 만들고 그럴 텐데…. 나도 열심히 배우면 은별 씨처럼 할 수 있을까요?"

태성이 아쉬움과 부러움 섞인 귀여운 투정을 하자 은별이 냉큼 되받아쳤다.

"에이, 기술적 능력은 연습하면 되지만 예술적 감각은 타고나야죠. 그림 연습 많이 한다고 다 될 것 같으면 아무나 고흐고, 다 피카소게요?"

자신감과 자만심 사이를 아슬아슬하게 줄타기하는 그녀의 당돌한 대답에 일동이 잠시 멈칫했다. 은별도 너무 잘난 체한 게 아닌가 살짝 쑥스러워졌다.

"헤헤, 뭐 극단적으로 말하면 그렇다는 거죠. 큰별 님, 어차피 내용 때문에 크게 손댈 수는 없을 것 같고, 전체적인 디자인만 요 정도로 통일감 있게 수정해드릴게요."

은별의 재빠른 손놀림에 일동은 감탄하며 지켜보았다. 참 신기했다. 글씨체 하나, 색깔 하나만 바꿔도 전혀 다른 느낌을 줄 수 있다는 것이. 생각해보면 사람도 헤어스타일 하나 바꾸고 옷 하나 바꿔 입었을 뿐인데 분위기가 전혀 다른 사람이 되는 것처럼 은별이 지금 하는 작업도 그랬다. 결국 세상 모든 일은 우리의 인생과 닮아 있다는 어느 철학자의 말이 실감났다.

태성의 강의안이 하나 둘씩 변할 때마다 밤하늘의 빛깔도 조금씩 변해가고 있었다. 우리의 인생이 그렇듯 어느 별은 더 밝게 빛을 발하고, 어느 별은 더 어둡게 빛을 잃어가고 있었다.

"언제 우리 형님 강의 한번 들어봐야겠네."

"저두요."

BK와 연우의 기대 섞인 바람에 태성이 매우 반가운 표정을 지었다. 그러나 은별만은 혼자 고개를 가로저으며 차마 말은 못한 채 안타까움에 입술을 깨물었다. 들어보면 분명 후회할 텐데.

"뭐 어려울 거 있나? 내일 강의할 때 다 같이 와서 들어요. 그럼 나도 평소보다 더 재미있게 해야겠네?"

2

원래 기대가 크면 실망도 큰 법. 아니 실망은 기대한 자의 몫이 분명했다. BK가 반쯤 풀린 눈으로 고개를 막 떨구려는 순간, 연우는 휴대전화를 손에 꼭 쥔 채 최대한 고개를 돌려 크게 하품을 하고 있었다. 그럴 줄 알았다는 표정으로 은별만이 담담하게 태성의 강연을 듣고 있었다. 들을 때마다 어쩜 그리 지루하고 재미없는지, 어젯밤 수정해준 슬라이드는 태성의 지루한 말솜씨 덕분에 무용지물이 되어 버렸다.

"서양 사람들은 북극성을 폴라리스라고 합니다. 어쨌든 북극성을 중심으로 하늘의 별들이 돈다는 거 아시죠? 여러분도 여러분 인생의 북극성을 찾아보세요. 그게 사람이든, 목표든, 장소든 상관없어요. 어떻게 살아야 할지, 어디로 가야 할지 방향을 알려주는 북극성만 찾을 수 있다면 이미 여러분은 성공한 인생이에요…."

내용만으로는 주옥 같았지만, 백여 명쯤 되는 시청 공무원들의 관심은 태성의 이야기보다는 월요병 극복에 있는 듯했다. 아마도 매주 월요일마다 한 시간씩 참석하는 의례적 행사라 반응이 시큰둥할 수밖에 없었을 것이었다. 마치 월요일 아침마다 억지로 들어야 했던 교장 선생님의 훈화 말씀을 듣는 시간이나 다름없기에, 굳이 독심술 따위 쓰지 않아도 지겨운 월요일을 지루한 강의로 시작하는구나, 일주일을 또 어떻게 버틸까, 점심은 뭘 먹을까 하는 생각들로 머릿속을 채우고 있을 터였다.

한 시간이 정말 한 달처럼 더뎠다. 연우도 손에 든 휴대전화를 수시로 보고 확인했다. 강당에 크게 걸린 동그란 시계가 고장인가 싶을 정도로 시곗바늘은 천하태평 거북이걸음보다 느렸다. 시청 직원들도, BK와 연우도, 심지어 은별마저 지칠 대로 지칠 무렵, 드디어 태성이 강연에 마침표를 찍는 인사를 했다. 그리도 반응이 없던 청중들은 끝이라고 하니 그제야 우레와 같은 박수를 보냈다. BK와 연우도 마찬가지였다. 잘 들었다는 박수가 아니라 어쨌든 끝내줘서 고맙다는 박수였다.

우르르 몰려나가는 시청 직원들 사이로 태성이 일행을 향해 윙크를 날렸다. 분명 잘 들었냐는 무언의 질문일 터였다. 그러나 그 누구도 섣불리 반응하지 못했다. 그저 입가에 미세한 경련이 이는 억지웃음으로 화답할 뿐이었다.

*

캠핑카 소파 한가운데 태성이 공개 재판이라도 받듯 앉아 있고, 좌우로 BK와 연우, 그리고 은별이 그런 태성을 난처한 표정으로 바라보고 있었다. 어디서부터 어떻게 이야기해야 할까. BK는 연우에게로, 연우는 은별에게로, 은별은 다시 BK에게로 눈알을 굴렸다. 영문을 몰라 어리둥절한 표정을 짓고 있는 태성이 그 시선을 촘촘히 따라다니고 있었다. 드디어 BK가 입을 열었다.

"이대로는 안 되겠어요, 형님."

태성이 무슨 말인가 눈을 더욱 크게 뜨자 은별과 연우가 BK의 말에 동의한다는 듯 말없이 고개를 끄덕였다.

"보니까 이게 형님이 잘하는 일은 아닌 거 같아. 안 그래요?"

또다시 두 여자가 끄덕였다. 태성은 여전히 무슨 말인가 싶은 표정이었다. 말귀를 못 알아듣는 태성이 답답했는지 이왕 터진 말문,

BK가 총대를 멨다.

"재미없다구요, 형님 강의가."

또다시 두 여자가 고개를 끄덕였다. 그제야 태성도 아, 짧은 탄식을 내뱉었다. 그러면서도 그는 BK의 말이 사실이 아니길 바라는 마음인지 은별과 연우를 처량하게 바라보았다. 한 번 더 확인하고 싶은 모양이었다.

"그렇게 재미없어요?"

사람이 살다보면 상대에게 용기를 주는 하얀 거짓말도 필요하겠지만 이번에는 그 하얀 거짓말이 오히려 태성에게 독이 될 것이 분명했다. 은별과 연우는 냉정한 눈빛으로 태성을 보며 안타까운 듯 고개를 끄덕였다. 태성이 살짝 움츠러들었다.

"형님, 이래서 어디 시간당 몇백만 원, 아니 몇억씩 받는다는 세계적인 유명 강연가가 되겠어요?"

"나는 돈보다도 내가 들려주고 싶은 이야기를 하는 게 좋아서…."

그게 문제였다. 태성의 가장 큰 문제는 상대가 듣고 싶은 이야기를 하는 것이 아니라 자신이 하고 싶은 이야기만 한다는 거였다.

"형님, 아무리 재미있는 이야기도 상대가 원하지 않으면 그저 소음일 뿐이에요. 청중이 듣고 싶은 얘기를 해야 해요."

맞는 말이었다. 그러나 아이러니하게도 그 말을 듣는 순간 BK 자신을 비롯한 모두가 뜨끔했다.

그렇다. 대중이 듣고 싶은 음악이 아니라 자신이 하고 싶은 음악을 하는 BK나, 사람들이 읽고 싶은 글이 아니라 자신이 쓰고 싶은 글을 쓰는 연우나, 클라이언트가 원하는 디자인이 아니라 자신이 만족하는 디자인을 고집하는 은별이나, 그리고 지금의 태성이나… 따지고 보면 다 같은 처지였다.

잠시 침묵이 흘렀다. 태성의 문제로 둘러앉았지만 모두 지금 이 순간만큼은 자기반성의 시간이 필요했다. 그러나 반성과 고민이 깊어질수록 우울해지는 법, 그 전에 이 침묵을 얼른 깨야 했다.

"그러니까, 조금만 더 재미있게 하라는 거예요. 예를 들어서 아까 큰별 님이 했던 얘기 중에…."

숨 막힐 것 같은 분위기가 답답했는지 은별이 딱히 묶을 것도 없는 짧은 단발머리를 꽁지처럼 묶고 벌떡 일어났다.

"방향을 알려주는 폴라리스만 찾으면 성공한 인생이다라는 내용을 그냥 논리적으로 말로 하지 말고, 큰별 님만의 스토리로 엮어보라는 거예요."

누가 봐도 '어떻게?'라는 표정으로 태성이 그녀를 쳐다보았다. 말로는 도저히 이해를 못 시킬 듯한 멍한 표정이었다.

"음… 그게 무슨 얘기냐면요. 나도 자세한 내용은 잘 모르지만 일단 생각나는 대로 막 해볼게요."

은별이 마치 자신이 강연가라도 된 듯 흠흠 목을 풀더니 세 사람을 청중 삼아 이야기를 시작했다.

"이집트 배낭여행을 갔을 때 사막을 혼자서 여행한 적이 있었어요. 그런데 멋진 풍경에 정신을 팔다보니 어느새 날이 저물었고, 그만 길을 잃어버린 거예요. 깜깜한데 주변에는 아무것도 없고 초행길이라 가진 정보도 없었어요. 그때 여기서 이렇게 비참하게 죽고 말겠구나 싶은 생각에 태어나서 처음으로 엉엉 울었어요. 그런데 내가 그곳을 어떻게 빠져나왔을까요? 어떻게 그 황량한 사막 한가운데서 살아 돌아왔을까요?"

은별이 이야기를 시작하면서부터 태성을 비롯해 BK와 연우까지 호기심 어린 눈으로 집중을 하더니 그녀의 질문에 침을 꼴깍 삼켰다.

"바로 밤하늘의 폴라리스를 찾았기 때문이에요. 그리고 그 별이 마치 내비게이션처럼 가야 할 방향을 알려주었죠. 만약 그때 폴라리스를 찾아내지 못했다면 아마 지금 이 자리에 여러분과 함께 있을 수 없었을 거예요. 먼 미래에 이집트 사막 어딘가에서 화석으로 발견됐을지도 모르죠. 우리 인생도 마찬가지예요. 우리 모두는 제가 죽을 뻔했던 이집트 사막보다 더 막막하고 파란만장한 인생 여행을 하고 있잖아요. 하지만 인생의 중심이 되고, 방향을 알려줄 자기만의 폴라리스를 찾는다면 여러분도 제가 사막에서 살아 돌아왔듯이 이 롤러코스터 같은 인생에서 멋지게 승리하고 성공하는 분들이 될 거라고 믿습니다. 자, 지금부터 여러분 인생의 내비게이션이 될 수 있는 여러분만의 폴라리스를 찾아보세요. 감사합니다."

은별이 태성의 강연을 요약해 짧은 삼 분 스피치를 마치자 세 사람의 청중은 곧바로 와 하는 감탄사와 함께 박수를 쳤다. 특히 태성이 놀라워했다. 잠깐이긴 했지만 그는 은별의 이야기에 몰입했다. 이야기하는 시간이 전혀 지루하지 않았으며, 마치 옛날이야기를 듣는 것처럼 재미있었다. 심지어 조금 더 듣고 싶다는 생각이 들 정도였다. 아마도 은별이 지난번에도 이야기했던 것처럼 다양한 표정과 제스처를 가미한 덕분인 듯했다.

"오, 대박! 우리 은별, 이런 재주가 또 있었네. 형님, 은별 씨가 형님보다 훨씬 나은데요?"

"그래, 은별 씨, 정말 잘한다. 대단해."

연우도 연이어 감탄사를 내뱉으며 은별을 칭찬하자 태성도 그녀를 향해 두 엄지손가락을 치켜올렸다. 청중의 과한 반응에 쑥스러웠는지, 아니면 태성에게 미안했는지 은별이 혀를 날름 내밀었다.

"에에, 그 정도까지는 아니구요. 어쨌든 큰별 님이 이런 식으로 스토리텔링을 하면 전보다 훨씬 반응도 좋지 않을까 싶네요."

세 사람 모두 격하게 고개를 끄덕였다. 그러나 의욕만 있다고 당장 태성이 은별처럼 할 수 있을까가 문제였다. 그도 그게 걱정인 모양인지 수심에 잠겼다.

"원래 중이 제 머리 못 깎는다잖아요. 은별 씨가 우리 태성 형님, 명강사 반열에 오르도록 힘 좀 보태야겠는데? 디자인부터 표정, 제스처, 스토리까지, 스파르타! 오케이?"

BK가 장난기 가득한 얼굴로 스파르타식 교육을 상징하듯 채찍을 휘두르는 시늉을 하자 은별이 부담스러웠는지 난처한 듯 눈을 질끈 감았다. 오히려 주먹을 불끈 쥐고 파이팅을 외치는 쪽은 태성이었다.

은별이 태성과 함께 강의안 디자인을 대대적으로 수정하며 그에게 강의 코칭을 하는 동안 연우는 옆에서 묵묵히 시나리오 작업을 하고 있었다. 그러나 그녀는 좀처럼 집중하지 못하고 계속 휴대전화를 만지작거리며 초조해하고 있었다. BK가 장난 삼아 슬쩍 엿보려고 몸을 기울이면 연우는 자동적으로 거부 반응을 일으키며 누가 볼세라 얼른 문서 창을 닫아버렸다.

그동안 모두 태성의 강의에 신경 쓰느라 눈치 채지 못했지만, 그러고 보니 오늘 아침부터였다. 마치 집주인이 오기를 기다리는 강아지마냥, 대학 입시 합격자 발표를 기다리는 수험생마냥, 그녀의 얼굴엔 설렘과 불안의 그림자가 시시때때로 영역 싸움을 하고 있었다. 그리고 태성의 공개 비판이 끝난 이 시점에서 BK가 그녀의 초조함을 알아차렸다.

"어이, 친구, 뭐 기다리는 전화라도 있는 건가?"

BK의 장난스러운 말투에 연우가 애써 웃음을 지었다. 묵묵부답인 그녀의 표정에서 그 초조함의 크기를 BK는 어렴풋이 읽을 수 있을 것 같았다. 때마침 연우가 들고 있던 휴대전화가 크게 진동했다. 순간적으로 깜짝 놀란 그녀는 누가 볼세라 들을세라 얼른 전화기를 들고 저만치 앞쪽으로 뛰어가 전화를 받았다. 눈치 빠른 BK가 슬쩍 일어나며 그쪽을 향해 시선을 옮겼다. 흘긋 본 발신자 표시에 ○○영화사라고 찍힌 걸로 봐서는 아마도 시나리오에 대한 평가를 기다리고 있었던 게 틀림없었다.

방금 전까지만 해도 바짝 긴장한 탓에 봉긋 솟아 있던 그녀의 어깨가 전화를 끊자마자 힘없이 축 처졌다. 또 퇴짜를 맞은 모양이었다.

벌써 몇 년째던가. 국문과를 졸업하고 시나리오를 쓰겠다고 이 바닥에 뛰어든 것이. 그때 모두들 그랬다. 회사 다니면서도 얼마든지 시나리오 같은 거 써도 되지 않냐고, 어떤 변호사는 제 할 일 다하며 틈틈이 쓴 소설로 일억 원짜리 문학상에 당선되었다는데, 또 어떤 간호사는 피곤한 삼교대 근무를 하면서도 동화 작가로 데뷔했다는데, 왜 남들 다 하는 취직도 안 하고 시나리오만 써야 하는 건지 도무지 이해를 못 하겠다고.

하지만 그녀는 집중하고 싶었다. 이미 대학에서 국문학을 전공할 때부터 꿈은 시나리오 작가였다. 부모님 성화에, 남의 눈 의식하는 사회적 잣대에 못 이겨 직장생활을 해볼까도 했지만 한 편의 영화라도 더 볼 수 있는 시간을 갉아먹는 것 같아 도저히 용납이 되지 않았다.

그런데 몇 년째 영화사에서 거절만 당하다보니 이젠 그녀도 조금씩 지쳐가고 있었다. 작가로서 재능이 부족한 건지도 모른다는 불안한 생각들이 꿈을 조금씩 갉아먹고 있었다. 아까 태성에게 한 말처럼 자신이야말로 하고 싶은 일과 잘하는 일이 정말 다른 사람인지도 몰랐다. 그렇다면 이 얼마나 처절한 상황인가. 간절히 하고 싶은 일이 자신이 가장 못 하는 일이라니. 눈물이 왈칵 쏟아질 것만 같았다. 특히나 이번에는 나름 심혈을 기울여 쓴 시나리오였는데, 이렇게 또 단

칼에 거절을 당하고 보니 그나마 남아 있던 자신감과 자존심이 한꺼번에 바닥을 드러내 보이는 것만 같아 견딜 수가 없었다.

BK가 그녀 뒤에서 잠시 멈칫했다. 문득 어제 간절곶 돌탑 위에 소망 돌을 얹으며 연우가 그토록 빌었던 소망이 혹시 이것이 아니었나 하는 생각이 들었다. 만약 그렇다면 그 돌을 무참히 무너뜨린 철없는 행동이 몹시 미안해지는 순간이었다.

BK가 그녀의 어깨에 가만히 손을 얹었다. 미안함과 안쓰러움이 뒤죽박죽 엉켜버린 마음 탓인지 어떤 위로의 말도 입 밖으로 나오지 않았다. 그러나 굳이 말로 하지 않아도 연우에게는 따뜻한 위로와 토닥임이 전해지는 듯했다.

"나도 결국 그런 거겠지? 사람들이 뭐라든 내가 쓰고 싶은 글만 고집하는, 실력은 없고 고집만 센 무명작가 나부랭이."

오랜 기다림과 절망에 지친 탓인지 연우의 입에서 극단적인 자학의 말들이 쏟아져나왔다. 평소 같았으면 이런 말들을 아무한테나 함부로 내뱉지 않았지만 오늘따라 왠지 BK 앞에서 마치 주술에라도 걸린 듯 술술 자신의 마음을 풀어내고 있었다. 그런 마음을 아는지 그는 아무 말 없이 연우의 말을 들어주었다.

"어떻게 해야 할까? 나도 남들이 뭘 좋아하는지 눈치부터 살펴야 할까? 아니면 여기서 그만 포기해야 하는 걸까? 내 시나리오를 사람들이 왜 좋아하지 않을까? 내가 너무 이상한가?"

연우는 정답이 없는 질문들을 쏟아냈다. BK에게 하는 질문이라기보다는 자기 자신에게 하는 질문들이었다.

"아씨, 정말 쪽팔린다…."

급기야 참았던 눈물이 왈칵 쏟아졌다. 듣고만 있던 BK도 지금 이 순간만큼은 어떤 위로의 말이든 건네야 했다. 그동안 장난기로 똘똘 뭉쳐 있던 그가 장난기가 싹 가신 진지한 표정으로 그녀의 어깨를 감쌌다.

"이상한 것도 아니고, 쪽팔릴 것도 없어. 예술하는 사람이 그러는 건 당연한 거야. 예술가는 자기만의 색깔이 분명해야 돼. 남들이 원하는 대로 이리 흔들리고 저리 흔들리다보면 죽도 밥도 안 되는 거거든. 너무 실망하지 마. 그리고 포기하지도 마. 중요한 건 언젠가는 네가 쓰고 싶은 글을 많은 사람이 좋아해주는 날이 분명히 올 거라는 거야."

그가 건네는 위로의 말은 연우를 위한 것이기도 했지만, 그 자신을 위한 것이기도 했다. 어떤 식으로든 누군가에게 자신의 꿈이 거절당하는 것만큼 비참한 일이 없음을 누구보다 잘 알기에, 그도 자신이 하고 싶은 음악을 언젠가 많은 사람들이 좋아할 날이 올 거라고 굳게 믿고 싶기 때문이었다.

연우는 입술을 꼭 깨물며 꿈을 삼키는 대신 눈물을 삼켰다. 그런 연우가 안쓰러웠는지 BK가 살며시 안아 토닥거렸다. 어제까지만 해도 유난히 반짝이던 하늘의 별 하나가 오늘따라 짙은 구름 사이에 가려 그 빛을 발하지 못하고 있었다.

추운 겨울이 다가와 힘겨울지도 몰라—
봄바람이 불어오면 이제 나의 꿈을 찾아 날아—
날개를 활짝 펴고 세상을 자유롭게 날 거야—
노래하며 춤추는 나는 아름다운 나비— 워우워—

BK의 신나는 기타 연주와 노랫소리가 숲 속의 아침을 깨웠다. 어제는 캠핑장이 아닌 한적한 계곡 근처에서 머물러 큰 소리를 내도 신경 쓸 주변 사람들도 없었다. 은별과 연우는 캠핑카 창문을 열고 고개만 빼꼼 내민 채 BK의 노래를 감상하며 고개를 흔들면서 리듬을 타고 있었다. 노래 자체도 흥겨웠지만 특히 연우에게는 더없이 위로가 되어주었다. 어제 자신을 따뜻하게 보듬어준 것도 그렇고, 왠지 BK가 일부러 용기를 주기 위해 불러주는 것만 같아 고맙기까지 했다. 노랫말처럼 날개를 활짝 펴고 세상을 자유롭게 나는 나비처럼 포기하지 말고 꿈을 펼쳐보라는 응원의 메시지가 틀림없었다.

밤늦게까지 은별과 익숙하지 않은 연습과 작업을 한 탓인지 부지런함의 대명사인 태성은 밖에 펼쳐놓은 텐트에서 둔한 몸을 간신히 빼내고는 크게 기지개를 폈다. 어제까지만 해도 큐피드를 비롯한 망원경들의 아지트였던 벙커룸을 은별과 연우의 잠자리로 양보하고 태성과 BK는 아래층 소파 베드를 이용했다. 그러나 아무래도 캠핑카 공간을 성별이 다른 여자들과 나눠 쓴다는 게 익숙지 않아서인지 태성은 오히려 텐트에서의 야외 취침이 더 편안하게 느껴졌다.

위층 벙커룸과 아래층 소파 베드를 아무리 커튼으로 분리해놓았다고 해도, 아무리 은별과 연우가 성격이 좋다고 해도, 남자인 자신보다는 여자들이 더 신경이 쓰일 것 같았다. 그래서 정작 자신이 차주인임에도 여자들에 대한 신사적인 배려 차원에서 어젯밤은 BK와 함께 야외 취침을 택한 것이었다. 그리고 그래야 그의 마음이 훨씬 더 편하기 때문이기도 했다. 이유야 어쨌든 방음이 되는 캠핑카보다는 조금 더 자연의 소리에 귀를 기울이고 그걸 온몸으로 느낄 수 있는 야외 취침이 매력적으로 다가왔다.

"BK, 노래 좋네요. 지난번에 들려준 것보다 지금 부른 게 훨씬 더 좋은데요? 완전 대박이다."

태성의 극찬에 BK는 실망 가득한 시큰둥한 얼굴이 되었다.

"형님, 이 노래 모르시죠?"

모르는 게 분명했다. BK의 표정이 심상치 않자 그가 어수룩한 표정으로 조심스레 되물었다.

"BK 자작곡… 아닌가?"

BK가 어이없어서 고개를 푹 떨구었다. 생각이 없다고 해야 하나, 순진하다고 해야 하나. 어디 외계에서 온 사람도 아니고, 이 노래를 모른다니. 하긴 사람마다 취향이 다르고 매일 쏟아져나오는 음악들이 넘쳐나니 모를 수도 있었다. 태성의 말대로 이 노래가 정말 BK 자신의 자작곡이었으면 좋겠다는 생각도 사실이었다. 그러나 정말 바람일 뿐, 현실은 이미 유명해진 노래를 카피해서 부르는 신세였다.

익숙하고 신나는 노래니 들으면 좋을 수밖에.

"그거 YB 노래잖아요."

은별과 연우도 어이가 없었는지 동시에 외쳤다.

"아, 미안 미안. 내가 대중가요를 잘 몰라서…. 그런데 노래 진짜 잘하네요, 작곡가 말고 가수해도 되겠어요."

위로라고 하는 건지, 사과라고 하는 건지 알 수 없는 태성의 말에 BK가 체념의 한숨을 내쉬더니 다시 노래를 부르기 시작했다. 마치 스트레스를 푸는 듯 아까보다 더 힘차게 목청을 높였다. 그 모습이 조금은 안쓰러웠는지 은별과 연우가 큰 소리로 "우유 빛깔 BK 짱! 사랑해요 B-K!" 응원을 했다. 괜히 멋쩍어진 태성은 서둘러 아침 준비를 시작했다.

BK. 사실은 무명 가수, 아니 무명 작곡가였다. 엄밀히 말하면 작곡을 하며 노래도 하는 싱어송라이터였다. 물론 앞에 '무명'이라는 수식어가 붙어야겠지만. 밥벌이를 위해 어쩔 수 없이 동네 호프집을 전전하며 노래를 불러온 지도 꽤 되었다. 그나마도 요즘은 그렇게 노래를 부를 수 있는 공간마저 찾기 힘들었다. 디지털에 익숙해진 사람들은 라이브 기타 연주를 듣는 것보다 스마트폰으로 아이돌의 뮤직 비디오 보는 걸 좋아하고, 경기장에 가기보다 대형 TV 화면을 통해 스포츠 경기 보는 것을 즐겨 하는 시대가 되었으니까.

물론 오디션 프로그램에도 참가해보았다. 그러나 나이도 문제였지만 무대공포증 때문인지 카메라만 켜지면 노래나 연주가 삐끗하기 일쑤였고, 평상시 실력도 제대로 보여주지 못했다. 누가 들으면 핑계라고 말하겠지만 사실이 정말로 그랬다.

그래서 자신이 직접 작사 작곡한 노래를 나름 심혈을 기울여 녹음하거나 동영상으로 직접 찍어 대형 기획사에 보내보기도 했다. 그러나 지금까지 긍정적인 답변을 보내온 곳이 한 군데도 없었다. 행여 연락이 와도 반응은 토씨 하나 안 틀리고 동일했다.

'죄송합니다. 저희 회사와는 맞지 않는 것 같습니다.'

그럴 때마다 곡을 고쳐 쓰고 다듬다보니 그동안 만든 노래들이 무려 서른 곡이 넘었다. 문제는 그 곡들이 그의 USB 안에서만, 그리고 BK의 머릿속에서만 존재하고 그의 입을 통해서만 전해진다는 사실이었다.

이런 사실을 누가 알까. 알아주길 바라지도 않지만 굳이 티내며 알리고 싶지도 않았다. 아니, 다른 사람들은 모르게 하고 싶었다. 그건 자존심 문제니까. 어쩌면 어제 연우의 마음도 그러했으리라. 그래서 더욱 그녀의 상처가 자신의 상처처럼 느껴졌는지도 몰랐다. 그래서 더 담담하게 그녀를 위로할 수 있었는지도.

어느새 연우가 옆에 다가와 앉아 있었다. 장난기 가득한 BK의 능글맞은 얼굴에 숨겨놓은 진솔함이 노래를 부르는 순간 그대로 묻어나는 것 같다고 그녀는 생각했다. 그를 물끄러미 바라보는 그녀의 표정에는 이전과 다른 따뜻함이 감돌고 있었다. 꽁꽁 언 흙을 뚫고 돋아나는 봄날의 새싹처럼, 어느새 연우의 마음엔 뭔지 모를 애틋한 감정의 씨앗이 싹을 틔우고 있었다.

달랑 하나 남은 큼직한 소시지 조각을 태성이 집어들려는 순간, 연우가 젓가락으로 냉큼 가로채어 BK의 밥그릇 위에 슬쩍 올려주었다. 뜻밖의 행동에 BK를 비롯한 태성과 은별이 놀란 눈으로 연우를 보았다. 그런 시선이 부담스러웠는지 그녀가 얼른 핑계를 댔다.

"멋진 노래 들려줘서 고맙다고, 친구."

연우가 수줍게 웃으며 시치미를 떼자 BK가 평소처럼 다시 장난기 어린 얼굴로 느끼하게 한쪽 눈을 찡긋하며 엄지손가락을 치켜세웠다.

"역시 친구밖에 없네. 누구는 알지도 못하는 노래라는데…."

그가 은근히 태성을 지목하며 보란 듯 소시지를 한입에 넣고 우물거렸다. 그 모습에 연우가 흐뭇한 표정을 지었다. 우스꽝스러운 BK의 얼굴을 보던 은별도 피식 웃음이 났다. 오직 태성만이 미안함에 몸 둘 바 몰라 하고 있었다.

"미안해요. 정말 몰랐어요."

태성을 놀리는 데 재미가 붙었는지 이번에는 BK가 귀여운 협박을 했다.

"이 다음에 나 유명해지면 우리 태성 형님, 그때 가서 얼마나 후회하실까. 아, 그때 BK에게 상처 주는 말은 하지 말았어야 했는데, 아, 그때 내가 왜 그랬을까 하고…."

두 여자가 연신 키득거렸다. 장난스럽게 놀리는 능청스러운 BK와 그걸 또 심각하게 받아들이는 진지한 태성은 코미디 프로그램의 엉뚱한 콤비나 다름없었다.

"BK, 정말 정말 미안하다니까요."

"형님, 정말 미안하긴 한 거예요?"

태성이 격하게 고개를 끄덕였다.

"그럼 부탁 하나만 들어줘요."

이번엔 그가 무슨 말을 하든지 토 달지 않고, 어떤 부탁이라도 목숨 걸고 들어줄 요량으로 태성이 눈을 빛내며 BK를 응시했다.

"말 좀 낮추세요. 형님이 우리들한테 자꾸 존댓말하니까 왠지 거리감 느껴지고 솔직히 좀 불편해요. 그리고 숙녀분들한테 괜히 저만 버릇없는 놈처럼 보이잖아요. 안 그런가, 시스터스?"

은별과 연우가 귀엽게 입을 모으며 끄덕였다. 태성은 약간 쑥스러운 듯 머리를 긁적였다.

"만난 지 얼마 되지도 않았는데 반말하기도 그렇고 해서 그런 건데…. 그게 불편하다면 뭐, 그럴…까?"

태성이 조심스레 눈치를 살피며 말을 놓자 세 사람도 그제야 빙긋 미소를 지었다.

그때 태성의 휴대전화가 울렸다. 태성이 들고 있던 젓가락을 놓으며 공손하게 통화하는 걸로 봐서는 어디선가 강연 요청이 들어온 모양이었다. 그렇게 지루하고 재미없어도 섭외가 꾸준히 들어오는 걸보면 그저 신기할 따름이었다.

그러나 태성의 통화 내용을 듣고 조금만 짐작해보면 그런 의구심은 간단히 풀렸다. 장소 불문, 시간 불문, 비용 불문. 캠핑카가 있으니 전국 어디든 가능하고, 몸담고 있는 조직이 없으니 언제나 가능하고, 지금은 그저 좋아서 하는 재능 기부나 다름없다니 껌값을 준다 해도 달려갈 수 있는, 그야말로 섭외하는 입장에서는 가장 만만한 전국구 프리랜서인 셈이었다. 정해진 빠듯한 예산에 한 번 특강으로 듣고 말 것을 힘들게 검증까지 해가며 섭외하는 담당자는 생각보다 많지 않기 때문이기도 했다.

이유야 어쨌든 태성은 예전 직장생활에 비하면 이 모든 게 즐거웠다. 돈보다 더 값진 자유와 마음의 여유를 얻었으니 말이다. 그는 신이 나서 깡충깡충 일행에게 돌아왔다. 그를 바라보는 일행도 덩달아 설레었다. 다음 목적지는 또 어딜까.

"다들 통영 가봤어요? 아니, 가봤어?"

다음 목적지는 통영인 모양이었다. 정동진부터 시작해 운 좋게도 동해안을 따라 울진, 영덕, 울산까지 쭉 달려온 길, 그 옛날 김정호가 걸어서 지도를 완성했다면 태성 일행은 캠핑카로 이미 대한민국 해안 지도를 반 정도는 완성한 셈이었다.

5

태성 대신 BK가 운전대를 잡았다. 한국의 나폴리라는 통영을 향해 액셀러레이터를 신나게 밟았다. 아직 며칠의 여유가 남아 있었기에 내친 김에 거제도까지 한 바퀴 둘러보자는 계획을 세웠다. 처음 가보는 곳에 대한 설렘 때문인지 너도나도 마음이 한껏 들떠 있었다. BK가 오디오 볼륨을 최대치로 높였다. 평소 같았으면 시끄럽다 불평할 만한 데시벨이었지만 아무도 뭐라고 하지 않았다.

태성은 오랜만에 운전석을 벗어나 캠핑카 뒷좌석의 여유를 만끽했다. 창밖 풍경이 운전석에서 보는 것과는 또 다른 느낌이었다. 인생도 이렇겠지. 이래서 현자賢者들이 어리석은 인간들을 향해 한 걸음 떨어져서 자신을 객관적으로 바라보라는 이야기를 하는구나 싶었다. 어느 곳에서 어떻게 바라보느냐에 따라 인생관, 가치관도 달라질 수 있다는 말일 테지. 보이지 않던 길도 멀찍이 떨어져서 바라보면 길이 보인다는 말일 테지. 아등바등 힘겨운 삶도 한 걸음 물러나서 바라보면 그렇게 매달릴 게 아니라는 걸 알게 될 테지.

문득 지연과의 일이 떠올랐다. 어쩌면 그도 지연도 두 사람의 문제에서 한 걸음 떨어져 볼 수 있는 시간이 필요한지도 몰랐다. 태성은 생각했다. 지연도 막상 결별 선언을 하고 마음이 아팠을 테지. 어디선가 이렇게 나처럼 마음을 추스르고 있겠지. 그리고 지금의 나처럼 우리의 관계를 좀더 이성적으로 생각하겠지.

사실 태성과 지연의 문제엔 가해자도 피해자도 없었다. 아니, 두 사람 모두 가해자이자 피해자일지도 몰랐다. 중요한 건 누가 가해자이고 누가 피해자인지가 아니라 두 사람 모두 상처받았다는 것이고, 상처엔 치유의 시간이 반드시 필요하다는 것이었다. 그 시간이 지나고 상처가 아물면 비로소 알게 될 터였다. 자신의 결정이 맞았는지

틀렸는지를. 그러니 서로가 감당할 수 있는 때가 올 때까지 기다리는 수밖에 없다고 태성은 생각했다.

자신도 모르게 빙긋 웃음이 나왔다. 스스로가 기특하고 대견해서 였다. 운전석에서 뒷좌석으로 1미터 남짓 이동했을 뿐인데 이전까지 는 생각지도 못했던 이런 인생의 깨달음을 얻게 되다니. 이런 것이 바로 여행에서 얻을 수 있는 최고의 수확이었다.

은별은 오랜만에 수정에게 문자를 날렸다. 캠핑 레전드 골드 멤버 니 전국의 오토캠핑장과 다양한 캠핑 정보를 다 꿰고 있을 터였다. 아니나 다를까, 거제도 쪽의 다양한 캠핑 정보와 사진들이 은별의 휴 대전화로 속속 날아왔다. 몸과 마음이 자유로운 프리랜서를 부러워 하는 샐러리맨의 애환이 담긴 절절한 문자와 함께. 그에 대한 피드백 으로 은별은 지난 며칠 휴대전화로 간간이 찍어둔 바다 풍경이며 밤 하늘의 별이며 소망 우체통 등 보여주고 싶은 풍경들을 수정에게 전 송했다. 행여 조직에 매인 몸에게는 위로가 아닌 염장이 될지도 모르 지만, 적어도 진심은 충분히 전달되리라 생각하면서.

사실 즉흥적이고도 다소 황당한 이번 여행을 수정에게 이야기했 을 때 그녀는 크게 토를 달지 않았다. 물론 자신이 함께 하지 못하는 것에 대해 무척 아쉬워했지만 모 보험사의 광고 카피처럼 묻지도 따 지지도 않고 그럴 만한 사정이 있겠거니, 그런 시간이 친구에게 필요 하겠거니 이해했다.

태성의 친구 석진도 그랬다. 신혼집으로 마련한 전셋집을 담보로 대출을 받아 캠핑카를 사서 전국을 떠돌아다니고 싶다는 친구의 엉뚱한 결정을 아무 말 없이 지지해주며 가끔씩 괜찮냐는 안부만 물어왔다. 살점이 뜯겨나간 상처에는 새살이 돋을 때까지 기다리는 수밖에 없다는 것을 알기에, 상처가 치유되면 스스로 돌아오리라는 것을 알기에, 굳이 태성을 걱정하지도 닦달하지도 않았다.

한편, 연우는 아까부터 다이어리에 뭔가를 꾹꾹 눌러 적어 내려가고 있었다.

'나만의 색깔… 그래, 흔들리지 말자, 실망하지 말자, 포기하지 말자. 나만의 색깔을 찾는 거야.'

BK가 한 말이었다. 어제와 오늘, 이틀 내내 종일 그의 말을 곱씹고 또 곱씹었다. 말 한마디에 천 냥 빚도 갚는다고 했던가. BK의 한마디로 연우는 새로운 용기와 자신감을 얻은 기분이었다. 그 위력은 천 냥 빚 갚음에 비할 바가 아니었다.

연우는 수첩에 깨알같이 적은 리스트들을 쭉 훑어 내려갔다. 이미 수없이 많은 리스트에 빨간 줄이 그어져 있었다. 결국 오늘 또 하나의 리스트에 빨간 줄을 미련 없이 그어버렸다. 그러고는 다음 리스트에 힘차게 동그라미를 쳤다.

'미로 영화사 시나리오 수시 공모전.'

비장한 표정으로, 의욕에 넘치는 얼굴로 그녀는 노트북을 열고 USB를 꽂았다. 새로 쓰기 시작한 시나리오가 모니터에 떴다. 열 손가락을 몇 번 오므렸다 폈다 하고는 깍지 낀 두 손을 반복적으로 돌리며 워밍업을 했다. UFC 격투기 선수 반다레이 실바가 링에 오르기 전 현란하게 손목 관절을 풀며 카리스마를 뿜어대는 것처럼 의기양양한 모습이, 마치 앞으로 그 어떤 절망이 와도 한 방에 날려버리겠다는 강한 투지의 표현 같았다.

*

다시 태성이 운전대를 잡았다. 인생에서 필요한 깨달음은 한 시간으로도 충분했는지, 아니면 아무래도 캠핑카 운전에 익숙지 않은 BK가 불안했는지, 출발한 지 한 시간만에 휴게소에 들러 교대를 자청했다. 이번에는 은별이 조수석에 앉았다. 수정이 알려준 거제도 캠핑장을 비롯해 여러 가지 보물 같은 정보들을 알려주며 끊임없이 재잘댔다.

은별의 재잘거림에 장단이라도 맞추듯 BK가 뒷좌석에서 홍얼거렸다. 작곡을 하는 건지, 기타 줄을 튜닝하는 건지 구분이 잘 가지는 않았지만 그래도 귀에 거슬릴 정도는 아니었다.

열중한 듯 입술을 깨물어가며, 때로는 머리를 헝클어가며, 또 때로는 지문이 닳도록 말없이 타이핑만 치던 연우가 잠시 숨을 골랐다. 그러고는 슬쩍 BK의 눈치를 살폈다.

"BK, 이거 한 번만 읽어봐줄 수 있어?"

BK가 의외라는 표정을 지었다. 어제까지만 해도 슬쩍 엿보려고만 해도 문서창을 닫아버리고, 아예 혼자 구석에서 작업하는 등 자기 글을 감추기 바빴던 연우가 아니었던가. 그런데 지금은 대놓고 읽어봐달라니 고개를 갸웃하지 않을 수 없었다.

"뭐지? 왠지 수상한 스멜이 느껴지는데?"

순순히 그러마 응할 수도 있었지만 장난기 많은 그가 그냥 넘길 리 없었다. 어차피 읽어봐줄 거였지만 그래도 한 템포 쉬었다 수락해야 더 모양새가 좋은 법이다. 이런 게 BK식 밀당이었다.

"그런 거 없구, 그냥 BK라면 솔직하게 얘기해줄 수 있을 거 같아서 그래. 친구 좋다는 게 뭐야."

"오케이! 대신 뭐라고 해도 상처받기 없기다."

연우가 고개를 끄덕였다. 이미 그로부터 충분한 치유를 받았기에 그런 그의 입에서 그 어떤 말이 나온다고 해도 받아들일 수 있을 것 같았다. 그것이 태성도, 은별도 아닌 BK를 지목한 이유였다. 그리고 무엇보다 자신이 쓴 시나리오를 제일 먼저 그에게 보여주고 싶은 이유는 따로 있었다. 그것은 새로 산 예쁜 원피스를 마음속에 있는 누군가에게 가장 먼저 보여주고 싶은 여자의 마음과도 같은 것이었다. 물론 그 마음을 BK가 알 턱이 없지만.

BK의 표정은 카멜레온처럼 수시로 변했다. 어느 부분에서는 흐뭇한 미소를 지었다가 어느 부분에서는 미간을 잔뜩 찌푸리고, 또 어떤 부분에서는 한숨을 내쉬거나 반대로 감탄사를 내뱉었다. 그의 표정 변화에 따라 연우의 표정도 함께 변화무쌍하게 바뀌었다. BK의 표정이 좋을 때에는 연우의 표정도 밝았다가 BK가 찡그리면 그녀의 표정도 어두워졌다.

한 시간도 채 되지 않아 어느새 BK는 마지막 페이지까지 다 읽었다. 잔뜩 긴장한 표정의 연우가 BK를 뚫어지게 보았다. 도대체 무슨 말이 나올까. 입이 바짝바짝 타들어갔다.

"어…때?"

잠시 BK가 곰곰이 생각하더니 어렵게 말문을 열었다.

"널 닮았어. 근데 너랑 안 어울려."

연우가 어리둥절한 표정을 지었다. 뜬금없이 자신을 닮았다는 건 뭐고, 안 어울린다는 건 또 무슨 말인가?

"전체적으로 좀 어두운 느낌이 있어. 의미도 좋고, 주고자 하는 메시지도 분명하긴 한데…. 개인적인 생각으로는 좀더 밝게 풀면 훨씬 더 좋을 것 같아. 작가님 생각은 어떠신지?"

BK의 나름 근거 있는 평가에 연우는 잠시 주춤했다. 글에 대한 평가보다는 자신에 대한 평가가 더 마음에 거슬렸다.

"내가… 어두워? 뭐가 안 어울린다는 건데?"

"이봐, 이런 거. 뭐 하나 지적하면 바로 소심해지고 주눅드는 거. 이런 걸 닮았다고, 바보야."

하아! 연우가 갑자기 작은 한숨을 내쉬었다. 그렇게 오랫동안 퇴짜를 맞고 비주류 백수 신세로 살다보니 만날 나오는 건 한숨뿐이요, 찡그린 표정뿐인 건 사실이었다. 그래도 학창 시절까지는 명랑 소녀였는데 왜 이 모양이 됐는지 씁쓸했다. 습관은 제2의 천성이라고 했던 프랑스의 수학자 파스칼이 왜 그런 말을 했는지 이제야 실감이 났다. 한숨과 어두운 표정이 습관이 되어버린 지금, 결국 그것들이 자신의 글에도 고스란히 그대로 묻어난다는 얘기였다.

절대 틀린 말이 아니었다. 특히 문학이나 음악, 미술 등 예술을 하는 사람들은 그 사람의 작품을 보면 그의 성향은 물론, 살아온 인생까지도 알 수 있다고 하지 않은가. 그건 굳이 의도하지 않아도 본능적으로 자기 인생과 가치관을 글과 음악, 그림 속에 담아내기 때문일 거다.

"이건 너랑 어울리지 않는 색깔이야. 원래의 네 색깔을 찾아봐."

"원래의 내 색깔?"

"이 시나리오는 우울하고 무거운 회색 같은 느낌이야. 그런데 내가 보기에 너는 회색이 안 어울리거든. 너한테는 음… 핑크, 그렇지, 핑크 중에서도 인디언 핑크가 훨씬 더 어울린단 말이야. 너무 가볍지도, 그렇다고 너무 우울하거나 무겁지도 않은 인디언 핑크."

듣고 보니 그럴 듯했다. 정말 사람마다 어울리는 색깔이 있는 걸까 생각하는 찰나 BK가 바로 부연을 했다.

"난 사람마다 각자 자기만의 색깔을 갖고 있다고 생각하거든. 널보면 인디언 핑크가 떠오르는 것처럼 다른 사람들도 분명 자기만의 색깔이 있어. 그래, 은별 씨를 한번 떠올려봐. 무슨 색깔이 어울릴 것 같은지."

연우가 조수석에서 발랄하게 수다를 떨고 있는 은별을 바라보았다. 봄 햇살에 반사되어 찰랑이는 단발머리가 그녀의 명랑함을 더욱 빛내주고 있었다. 상큼한 레몬 또는 봄소식을 알리는 개나리가 동시에 떠올랐다. 레몬처럼 청량감도 있고, 그렇게 화려하지도 향기가 진한 것도 아니지만, 봄이 되면 어김없이 가장 먼저 봄을 알리는 데 적극적인, 꽃은 꽃이지만 대놓고 티내지 않는, 소탈하면서도 씩씩한 개나리. 참 신기하게도 BK 역시 연우의 생각과 크게 다르지 않았다. 그렇다면 태성은 어떨까. BK와 연우의 시선이 태성에게로 향했다.

"하늘색?"

"하늘색!"

마치 이구동성 게임이라도 하듯 동시에 외쳤다. 한 사람을 두고 두 사람이 동시에 같은 색깔을 떠올린다는 것은 정말 사람마다 갖고 있는 자기만의 색깔이 있다는 방증이기도 했다.

"그럼 나는 무슨 색인 것 같아?"

BK가 능글맞은 눈빛으로 그녀를 보았다. 연우는 그를 요리조리 살피며 한참을 고심하더니 빙긋 웃었다.

"무지개!"

연우에게 BK는 무지갯빛이었다. 장난칠 때에는 천진난만한 악동 같다가 능청을 떨 때는 특유의 여유가 돋보이고, 그러다가도 어제처럼 진지할 때에는 나이답지 않은 어른스러움이 묻어나는 다양한 스펙트럼을 갖고 있었다. 무엇보다 무지개는 누구나에게 희망을 주지 않는가.

"오, 그거 맘에 드는데? 무지갯빛 BK, 우유 빛깔 BK보다 맘에 들어. 그런 의미에서 이 무지개 오빠가 아이디어 좀 내볼까?"

연우의 무지개 비유가 마음에 들었는지 BK가 약간은 들뜬 표정으로 그녀의 시나리오에 대해 이런저런 아이디어를 덧붙이기 시작했다. 주인공의 캐릭터가 어떻게 보완되었으면 좋겠는지, 어떤 상황들이 어떻게 바뀌면 좋을지, 이런 반전이 있었으면 좋겠다든지, 엔딩은 이렇게 바꾸면 어떨지 등등 지극히 개인적인 의견들이었지만, 연우의 귀를 쫑긋하게 만들 만큼 신선하고 재미있는 아이디어들도 많았다.

연우는 신들린 타이핑 실력으로 하나도 빠짐없이 메모란을 채워 나갔다. 과거 유명한 작가들은 말로 구술하면 문하생이 받아 적어 정리해서 작품이 완성되었다고도 하는데 지금 그들의 상황이 그랬다. 얼핏 보면 BK가 시나리오를 쓰는 메인 작가이고 연우가 보조 작가처럼 보일 정도였다. 그래도 연우는 좋았다. 이처럼 누군가와 시나리오에 대해 허심탄회하게 열띤 토론을 하고 진지한 평가를 받아본 적이 없었다. 그저 숨기고 숨으려고만 했고, 영화사에서도 왜 연우의 시나리오가 마음에 들지 않는지 피상적인 대답만 해줄 뿐이었다. 그렇기 때문에 지금 이 순간의 경험은 연우에게 매우 신선하고도 흥분되었다.

BK 덕분에 그동안 괴로웠던 시나리오 작업이 앞으로는 즐거운 이벤트가 될 것 같았다. 그녀의 마음에 오랜 장마 끝 선명한 무지개가 떠올랐다.

이상한 내비게이션

1

"어떡하지?"

해안가 절벽에 위치한 길가에 조심스레 차를 세우고 나와서 캠핑카 바퀴를 살펴본 태성과 BK는 동시에 난처한 표정을 지었다. 펑 하는 둔탁한 소리와 함께 차가 한쪽으로 기우뚱한다 싶었는데 아니나 다를까, 펑크가 난 거였다. 상황이 심상치 않음을 느꼈는지 은별과 연우도 차에서 내려 보고는 금세 걱정스러운 얼굴이 되었다.

태성이 캠핑카 회사에 전화를 걸었다. 차를 산 지 얼마 되지 않아 무상 수리 서비스가 가능하다고는 했지만 그러기 위해서는 회사에서 지정한 정비소까지 견인차를 불러서 가야 했다. 게다가 그곳이 대구라는 게 문제였다.

그렇다면 보험회사의 도움을 받을 수밖에 없었다. 그러나 이상하게도 몇 번씩 전화를 해도 연결조차 되지 않았다. 마냥 기다릴 수도 없고 이제는 어쩔 수 없이 근처에서 가장 가까운 정비소를 찾아 타이어부터 교체하는 게 급선무였다. 다행히도 아직 바퀴에 바람이 완전히 다 빠진 상태가 아니었기에 아주 짧은 거리 정도는 이동이 가능할 듯했다. 문제는 그 짧은 거리 안에 정비소가 있어야 한다는 거였다. 그러나 이런 한적한 해안가에 정비소가 있을까 하는 생각이 들 무렵 은별이 뭔가를 발견하고는 소리를 질렀다.

그녀가 손끝으로 가리킨 곡선 도로 가장자리에는 마치 기다렸다는 듯 표지판이 하나 서 있었다. 말이 표지판이지, 투박한 나무를 말뚝 삼아 땅에 박아놓은 것이었다. 하지만 분명히 "자동차 정비소 70미터"라는 단어와 화살표가 또렷이 쓰여 있었다.

순식간에 일행의 얼굴에 반가움이 퍼졌다. 70미터라면 코너를 돌면 바로 정비소가 있다는 말이었다. 타이어에 바람이 더 빠지기 전에 일행은 서둘러 차에 올랐다. 그리고 표지판이 일러주는 대로 코너를 돌았다. 그러나 반가움도 잠시, 모두의 얼굴에 알 수 없는 실망감이 밀려왔다.

분명 정비소는 있었다. 그러나 정비소라고 하기엔 너무나 허름해서 타이어 교체조차 할 수 있을까 싶을 정도로 믿음이 가지 않는 모습이었다. 하지만 겉모습이 어떻든 지금 이 상황에서는 선택의 여지가 없었다. 엔진이나 다른 복잡한 부품 고장이 아닌 게 천만다행이라고 생각하는 수밖에 없었다.

그들은 차에서 내려 조심스레 정비소를 살폈다. 그러나 인기척조차 없었다. 역시나 하고 포기하려는데, 은별이 또다시 뭔가를 발견한 듯 손짓을 했다. 쪽지였다. 정비소 문 앞에 붙여진, 바닷바람에 팔락거리는 손바닥만 한 쪽지에는 아주 짤막한 안내 문구가 쓰여 있었다.

'출장 중. 한 시간 후에 돌아옴.'

태성이 초조한 듯 시계를 보았다. 강의 시간이 한 시간 정도밖에 남지 않았다. 게다가 이미 펑크가 난 타이어는 결국 주저앉아버리고 말았다. 정비사는 정확히 언제 올지 몰랐고, 그렇다고 마냥 보험회사와 전화 연결이 될 때까지 기다릴 수도 없었다. 여러 가지로 애매하고 복잡한 타이밍이었다. 난처해하는 태성을 보다 못한 BK가 제안을 했다.

"형님, 일단 제 오토바이로 가시죠."

*

말쑥한 양복 차림에 귀여운 헬멧을 쓴 태성이 노트북 가방을 둘러멘 채 BK의 허리를 두 팔로 꽉 안았다. 아무래도 오토바이는 처음 타보는지라 다소 긴장한 듯 보였다. 그러나 스쿠터로 전국 일주 중인 BK는 오히려 간만에 타보는 바이크에 살짝 흥분된 듯했다.

"형님 모시고 얼른 다녀올 테니까 두 사람은 캠핑카 지키면서 자유를 만끽하세요."

부릉. 경쾌한 소음을 내며 BK와 태성이 저 멀리 사라져갔다. 차주인도 없고 펑크 난 타이어로 이동도 할 수 없으니 은별과 연우는 어쩔 수 없이 캠핑카를 지키는 신세였다. 어쨌거나 일단 한 시간만 지나면 정비사가 돌아올 테니 그때까지만 심심함을 달래자 싶었다.

*

은별은 그동안 미루어두었던 개인 홈페이지 작업을 다시 시작했다. 자기만의 산뜻한 홈페이지를 만들어놓으면 그것이 곧 온라인상에서는 하나의 번듯한 웹디자인 회사나 다름없었다. 그래도 사표 쓰고 여행 시작하기 전까지 밤낮없이 공들여 만든 덕에 어느 정도 틀은 완성되어 있었다.

"개인 홈페이지야? 멋있다. 확실히 개인 블로그하고는 느낌이 다르구나."

옆에서 시나리오 작업을 하던 연우가 신기한 듯 흘긋 보았다.

"아직 완성되려면 멀었어요. 그래도 다른 사람들 같으면 돈 주고 맡겨야 하는 일을 내가 직접 마음대로 할 수 있으니까 그건 진짜 좋은 거 같아요."

"그러게, 큰별 님처럼 감각이 영 꽝인 사람들은 좀 안됐지?"

연우가 지난번 태성의 강의를 생각하며 웃음을 터뜨렸다. 은별도 따라 웃었다. 조금은 안타까운 웃음이었다. 지난번 강의안을 수정해줄 때 그가 했던 말이 떠올랐다.

"은별 씨처럼 미적 감각이 좋으면 나만의 멋진 홈페이지도 만들고 그럴 텐데…. 나도 열심히 배우면 은별 씨처럼 할 수 있을까요?"

강사 중개 사이트에 회원 가입을 하고 자기 프로필을 올려 강연 요청을 받는다는 태성에게 자신만의 홈페이지가 있다는 건 강사로서 굉장히 큰 장점임에 틀림없었다. 태성처럼 중개 사이트에 가입한 회원 수만도 수천 명이 넘는다고 했으니 경쟁률이 오죽하겠는가. 그들 대부분이 자기만의 홈페이지를 가지고 있으면 훨씬 더 유리하다는 사실을 알고는 있겠지만, 홈페이지 제작과 관리에 적지 않은 비용이 들다 보니 어쩔 수 없이 손쉬운 중개 사이트를 이용하는 것일 터였다. 아마 태성도 그중 하나일 테고.

그러나 공대생 출신의 연구원이 얼마나 연습해야 멋진 그림을 그리고 멋진 디자인을 뽑아낼 수 있을까? 문득 은별은 미대 오리엔테이션에서 어느 교수님이 한 말이 떠올랐다. 공대생은 수학 공식을 보면 저 공식으로 무엇을 만들고 응용할 수 있을까를 생각하지만 미대생은 수학 공식 자체를 멋진 디자인, 아름다운 그림이라고 생각한다고. 태성은 수학 공식을 어떻게 풀 수 있을까만 생각하는 전형적인 공대생 부류였다. 그런 그가 자기 홈페이지를 직접 디자인해 만든다는 건 기술적으로는 가능하겠지만 그 결과물은 가히 짐작이 가고도 남았다.

"언니는 어때요? 시나리오 잘돼가요?"

"그럭저럭. BK가 많이 도와주고 있어."

"BK가요?"

"그렇지? 은별 씨도 놀랍지? 의외로 아이디어가 많더라구. 아는 것도 많고, 이해력도 뛰어나고, 장난만 치는 철부지인 줄 알았더니 나름 심오한 구석이 있더라구. 오빠처럼 자상한 면도 있고, 또…."

연우의 이야기를 듣는 동안 은별은 문득 뜬금없는 생각이 들었다. 그녀가 이렇게 말이 많은 사람인가 싶어서였다. 자신을 잘 드러내지도 않는 편인데다 뭘 물어봐도 한 마디 이상 대답한 적이 거의 없던 연우가 수다쟁이처럼 BK에 대해 신이 나서 재잘거렸다. 확실히 처음 만났을 때보다 요 며칠 사이 훨씬 밝아진 것임에는 틀림없었다. 어느새 연우의 얼굴이 발그레해졌다. 눈치 빠른 은별이 이런 변화를 모르고 지나칠 리 없었다.

"그래요? 진짜 의외네요. 나름 매력 있다, BK. 근데 그런 스타일이 전형적인 나쁜 남자, 바람둥이 스타일 아닌가?"

은별이 슬쩍 눈치를 살피며 운을 떼자 아나나 다를까 연우가 바로 반응을 했다.

"나쁜 남자? 바람둥이? 정말 그래?"

방금 전까지 발그레하던 표정에서 웃음기가 싹 가시며 추궁하듯 진지하게 묻자 은별이 서둘러 무마했다.

"아니, BK가 그렇다는 게 아니구요. 그만큼 치명적인 매력이 있다는 거죠. 대신 그런 스타일들이 한 여자한테 꽂히면 일편단심이라잖아요. 아무튼 제 스타일은 아니에요."

"그…래?"

은별이 아예 못을 박아버리자 연우는 다소 안심이 되는 표정이 되었다. 그녀의 얼굴에 다시 서서히 미소가 번졌다.

"은별 씨는 어떤 스타일 좋아해?"

"저는 듬직한 스타일이 좋아요. 아빠처럼 푸근하고, 안정감을 주는 스타일이요. BK처럼 들떠 있는 사람은 좀 정신없어서 별루예요."

"BK가 항상 들떠 있는 건 아니야."

연우는 자기도 모르게 BK 편을 들었다. 은별이 그녀를 의아하다는 듯 바라보자 아차 싶었는지 연우는 얼른 화제를 돌렸다.

"은별 씨는 좋아하는 사람 없어?"

뜬금없는 질문에 은별이 눈알을 굴리며 기억을 더듬었다. 그러고 보니 첫사랑을 떠나보낸 후 누군가를 좋아해본 적이 없는 것 같았다.

스물세 살 미대 졸업반 시절, 함께 유학을 떠나자던 같은 학교 선배를 쿨한 척, 괜찮은 척 미련 없이 떠나보냈다. 그 사람을 좋아하지 않은 건 아니었지만, 그리고 유학도 너무 가고 싶었지만 당시에는 그럴 수밖에 없었다. 아빠를 홀로 남겨두고 갈 수 없었으니. 그 선배도 은별도 결국 이별을 택할 수밖에 없었던 건 지금 생각해보면 서로의 입장에 대한 배려가 부족한 탓이었는지도 몰랐다. 아니, 서로에게 절실할 만큼 사랑하지 않은 건지도. 더 간단히 말하면 인연이 아닌 것이었다.

"없어요. 그러는 언니는요?"

다시 공이 넘어갔다. 연우는 잠시 머뭇거리더니 얼버무렸다.

"아니, 나도 뭐…."

그녀가 빙긋 웃으며 모르겠다는 듯 어깨를 가볍게 으쓱했다. 섣불리 이야기할 수 없는 건지, 아니면 혹시라도 은별이 눈치 챌까 두려운 건지 다시 얼른 화제를 돌렸다.

"근데 큰별 님은 잘 도착했을라나?"

2

"아, 미치겠네. 도대체 어디서 흘린 거야?"

오토바이가 세워져 있는 강당 앞에서부터 '○○여자 고등학교'라고 쓰인 정문까지 바닥을 살피며 BK가 주머니를 뒤지고 있었다. 휴대전화를 어디에 떨어뜨린 모양이었다. 그러나 학교 안으로 들어온 동선대로 아무리 훑어도 없는 걸로 봐서는 거제도에서 통영까지 오는 길 어딘가에 흘린 것이 분명했다.

태성이 강의를 마치고 나오려면 최소 한 시간 이상은 걸릴 터, BK는 급한 대로 정문 수위실을 노크했다. 육십대로 보이는 인상 좋은 수위 아저씨가 조막만 한 창문을 빼꼼 열고 그를 경계하며 쳐다보았다.

"와, 아저씨, 수염 멋지네요. 얼굴도 잘생기시고, 영화배우 하셔도 되겠어요."

뜬금없는 칭찬에 수위 아저씨가 흐뭇한 미소를 짓자 그는 이때를 놓치지 않았다.

"혹시 전화 한 통만 쓸 수 있을까요?"

그 특유의 능청스러운 부탁이었다. 칭찬은 고래도 춤추게 한다 했던가. 수위 아저씨도 멋지다는 말에 기분이 좋았는지 약간은 터프하게 난 턱수염을 스윽 한번 매만지고는 처음 보는 BK에게 전화기를 선뜻 내밀었다. 그것도 맞은편에 있는 BK가 사용하기 좋게 방향까지 바꿔서.

BK는 서둘러 자기 휴대전화 번호를 눌렀다. 그러나 신호만 갈 뿐 아무도 전화를 받지 않았고 음성 사서함으로 넘어가버렸다. 그렇다면 분명히 도로 위 어딘가에 떨어져 아무도 발견하지 못하고 있을 터였다. 어쩔 수 없이 왔던 길 그대로 돌아가면서 바닥을 훑는 방법이 최선인 듯싶었다.

*

몽글몽글한 돌들이 파도에 쓸려 자그락자그락 화음을 내고 있었다. 한 시간 후면 온다던 정비사는 두 시간에 다 되어도 소식이 없었다. 캠핑카 안에만 있기가 답답했는지 은별과 연우는 도로 아래쪽에 있는 몽돌 해변가를 거닐었다. 관광객들이 많이 찾는 곳이라 해변 중간중간에 몽돌로 쌓은 소망 돌탑들이 서 있었다. 도대체 무슨 소원들이 그리도 많은지, 산이든 바다든 들판이든 어딜 가나 이런 돌탑이 꼭 있다는 게 참 신기했다. 그리고 그걸 보면 절대 그냥 지나치지 않는 사람들의 심리는 또 뭔지.

은별과 연우는 누가 먼저랄 것도 없이 각자 취향의 예쁜 몽돌을 하나씩 주워들었다. 연우가 먼저 소망 돌탑을 향해 손을 뻗자 은별도 간절히 기원했다. 연우의 소망이 무엇이든 그것이 이루어지게 해달라고, 꼭 이루어졌으면 좋겠다고. 이번에는 은별이 소망 돌을 꼭대기에 올려놓을 차례였다. 그러나 그녀는 잠시 머뭇거리다 이내 뻗은 팔을 거두었다.

"왜?"

은별의 행동이 의아했는지 연우가 물었다.

"위태로워 보여서요."

"뭐가?"

"다들 이렇게 간절한 마음으로 탑을 쌓았는데, 살짝만 잘못 건드려도 무너지는 거잖아요. 마치 인생 같아요."

은별과 연우는 말없이 돌탑을 바라보았다. 진짜 인생이 그렇긴 했다. 모두의 소망은 다 아름답고 소중해서 꼭 이루어져야 하지만, 뒤집어 생각해보면 누군가의 소망은 다른 누군가의 소망으로 깨지고 무너질 수도 있으니까.

은별은 높이 쌓인 돌탑 무더기 옆에 앉아 몽돌들을 주워 모았다. 그러고는 아주 조그맣게, 낮지만 자기만의 소망이 담긴 돌을 쌓아 올렸다. 마지막 한 개의 돌을 올린 그녀는 매우 흡족한 듯 빙그레 웃었다. 연우의 눈에는 그런 은별의 모습이 참 기특하고 예뻐 보였다. 자신보다 나이는 어려도 한참 더 어른스럽게 느껴졌다.

*

딩딩동. 딩딩동.

어디선가 휴대전화 벨소리가 울렸다. 해변에서 산책을 마치고 연우보다 앞서 올라오던 은별이 캠핑카 뒤쪽에서 나는 소리를 향해 다가갔다. 길 잃은 어린아이마냥 주인을 기다리는 휴대전화가 연신 울어대고 있었다. BK의 휴대전화였다. 아마도 아까 오토바이를 내리다가 떨어뜨린 듯싶었다. 휴대전화를 주워들자 벨소리가 뚝 멈추었다. 잠시 후 다시 딩동 하는 알림음과 함께 문자메시지가 떴다.

'K엔터테인먼트입니다. 이번 신입 작곡가 모집과 관련하여 귀하와 인연을 맺지 못하게 되었습니다. 당사에 대한 관심과 성원에 감사드리며 또다른 기회에 만나뵐 수 있기를 기원합니다.'

은별의 낯빛이 어두워졌다. 보지 말았어야 할 비밀문서를 읽은 듯, 열지 말았어야 할 판도라의 상자를 연 듯했다. 하필이면 자신이 이런 문자를 보게 되다니. 좋은 소식이라야 신나서 전해줄 수 있을 텐데. 아무리 장난기 많고 밝은 BK라도 이 소식을 들으면 한없이 바닥으로 가라앉을 것만 같았다. 게다가 은별이 이 사실을 안다는 것도 무척이나 자존심이 상할 것이었다. 그렇다고 모른 척하기에는 너무 뻔한 거짓말 일테고, 그렇다고 연우와 상의하기도 그랬다. 어쩔 수 없이 보게 된 자기야 그렇다 쳐도 일부러 연우까지 이 사실을 알게 할 필요는 없었다. 자칫 잘못하면 BK의 자존심을 뭉개버리는 상황이 될 수도 있었다.

은별은 생각이 많아졌다. 일단 보관했다가 모른 척하고 주웠다고 슬쩍 넘겨줄까, 아예 캠핑카 구석 어딘가에 놔두고 그때 발견한 것처럼 할까, 원래 떨어져 있던 자리에 그대로 두고 BK가 스스로 찾게 할까. 어떤 방법을 쓴다 해도 그가 자존심 상하는 것은 뻔한 일이었다.

그때였다. 어디선가 부릉 하고 익숙한 소음이 들려왔다. 돌아보니 태성과 BK가 캠핑카를 향해 달려오고 있었다. 휴대전화를 어찌할 새도 없이 오토바이가 앞에 와서 섰다.

"형님, 정말 눈 크게 뜨고 보신 거 맞죠?"

"정말 없었다니까. 도로에 떨어졌으면 보였겠지."

아무래도 휴대전화 이야기를 하는 듯싶었다. 당황한 은별이 손에 전화기를 든 채 어찌할 바를 모르고 어색하게 두 사람을 맞았다.

"잘 끝났어요?"

"어? 그거…?"

BK가 단번에 자신의 휴대전화임을 알아차렸다. 은별은 얼른 아무렇지 않은 듯 모른 척 휴대전화를 건네며 어색한 변명을 늘어놓았다.

"아, 이거! 방금, 여기서 주웠거든요. 지금 방금. BK 거였어요? 아하하, 몰랐네."

누가 봐도 어색한 연기였다. 그러나 BK는 전화기를 다시 찾은 것이 다행스러웠는지 오히려 고마움의 느끼한 윙크를 날렸다.

"잃어버린 줄 알고 식겁했네! 은별, 쌩유!"

BK가 휴대전화를 확인하려 하자 은별은 화들짝 놀라 저도 모르게 막아섰다.

"저기, 잠깐!"

갑작스러운 은별의 외침에 태성과 BK가 놀란 토끼 눈으로 보았다. 일단 BK의 관심을 딴 데로 돌려야 했다.

"저기 연우 언니 와요."

마침 연우가 몽돌을 한 움큼 주워들고 총총 걸어오며 손을 흔들었다. 남자 둘이 연우를 향해 손을 흔들어 화답했다. 다시 BK가 휴대전화를 확인하려 하자 은별은 다시 다급하게 제지했다.

"아니, 잠깐! 우리 타이어 펑크 난 거, 그거부터 처리해야죠."

은별의 말에 다행히도 깜빡 잊고 있었던지 아하! 하며 태성과 BK가 펑크 난 타이어 상태를 다시 살피기 위해 앞쪽으로 이동했다. 은별은 BK가 바지 뒷주머니에 휴대전화를 넣는 모습을 보고야 가슴을 쓸어내리며 몰래 뒤돌아 자신의 머리를 쥐어박았다. 삼류 연기도 바보 같았지만 어차피 BK가 아는 건 시간문제일 텐데 너무 티나게 오지랖을 부렸나 싶어서였다. 이젠 정말 모른 척 시치미 뚝 떼고 입 다무는 게 상책이었다.

"정비사 아저씨는?"

태성의 물음에 은별이 고개를 저었다. 말로만 듣던 함흥차사가 이런 것이리라. 태성이 한숨을 내쉬며 다시 보험회사에 전화를 걸었다. 여전히 연결이 되지 않았다. 이런 경우는 처음이었다. 예전부터 변함없이 같은 보험회사를 이용해왔지만, 자잘한 사고에 출동이 늦은 적은 몇 번 있었어도 이렇게 전화 연결 자체가 안 된 적은 한 번도 없었다. 뭔가에 홀린 기분이었다. 태성보다 오히려 BK가 뿔이 난 듯 무슨 보험회사가 그러냐며 흥분해 투덜댔다.

태성도 참 별일이다 생각하는 순간 정비소 안으로 낡고 오래된 지프 하나가 탈탈거리며 들어섰다. 일행이 그토록 기다리던 함흥차사가 드디어 돌아온 모양이었다.

3

그대로 푹 주저앉아버린 타이어를 살피던 중년의 정비사는 타이어 교체는 제쳐두고 캠핑카 구석구석을 살피며 점검을 자청했다.

"차가 멋지네. 얼마나 됐수?"

언제 봤다고 은근슬쩍 말부터 놓는 정비사가 살짝 못마땅했지만 지금으로선 유일한 구세주였기에 태성은 순순히 물음에 답했다.

"아, 예… 아직 한 달도 안 됐어요."

그러나 정비사는 한 달도 안 된 캠핑카가 못마땅한 듯 입을 삐죽거리더니 대뜸 보닛도 열어보고, 운전석에도 앉아보고, 시동도 걸어보고, 공회전도 시켜보며 캠핑카를 이리저리 안팎으로 훑는 것이었다.

"저기, 다른 데는 괜찮고요. 얼른 타이어 좀…."

"거, 젊은 양반이 보채기는…. 어련히 알아서 안 해줄까."

정비사의 짱짱한 카리스마에 태성 일행은 움찔하며 더이상의 요구도 못 하고 눈치만 살폈다. 사실 처음 이 정비소를 보자마자 그런 생각이 들었다. 정말 미치지 않고야 이런 곳에 누가 차를 정비하러 올까. 인내심을 갖고 계속 보험회사에 전화를 해보고 기다릴걸 그랬나 뒤늦게 후회가 밀려왔지만, 이제 와서 돌이키기엔 정비사의 카리스마가 막강했다.

정비소 한편에서 태성 일행은 벙어리 냉가슴 앓듯 말도 못 하고 그저 의심스러운 눈빛으로 정비사의 움직임을 관찰할 뿐이었다. 바닷가 절벽 아래 인적이라고는 드문 이런 곳에 정비소가 있는 것도 의아했지만, 희끗희끗한 턱수염과 덥수룩한 머리의 산적 두목 같은 터프한 정비사도 영 못미더워 보였다. 그는 정비소보다는 깊은 산속 오두막에서 자연을 벗 삼아 살아가는 자연인의 모습에 가까웠다.

"내비게이션도 업그레이드해야겠네. 요즘 젊은 친구들한테 딱 맞는 내비게이션이 있는데, 어떻게 이번 참에 업그레이드하겠수?"

여전히 반말도 존댓말도 아닌 애매하고도 터프한 말투로 그가 태성에게 외쳤다. 왠지 안 하면 안 될 분위기였다.

"아, 예, 뭐, 해주시면 좋죠. 그런데 타이어부터 좀…."

초조한 마음에 태성이 다시 재촉하자 정비사는 못마땅한 듯 그를 쳐다보았다. 너무 재촉하지 말라는 눈빛이었지만 이미 기선을 제압당한 태성 일행에게는 한 번만 더 잔소리하면 가만두지 않겠다는 협박의 시선으로 느껴졌다. 지금 상황에서는 정비사가 갑이고 태성 일행이 을이니, 어쩔 수 없이 그가 하는 대로 지켜볼 뿐 아무도 재촉이나 요구 따위는 할 수 없었다.

태성과 BK는 그저 흘긋흘긋 눈으로만 정비사의 일거수일투족을 좇을 뿐이었고, 은별과 연우는 시간 때우기로 아까 연우가 주워온 몽돌에 유성 사인펜으로 네 명의 얼굴을 각각 그려넣기 시작했다. 앞면에는 웃는 얼굴, 뒷면에는 찡그린 얼굴. 둘은 재미난 듯 그림을 그리며 키득거렸다.

딩동. 어디선가 알림음 소리가 들려왔다. 반사적으로 각자 자신의 휴대전화를 꺼내들고 확인했다. BK도 뒷주머니에서 휴대전화를 꺼내들었다. 순간 은별은 침을 꼴깍 삼켰다. 이럴 땐 모르는 게 약이라는 말이 진리였다. 그제야 아까 온 문자 메시지를 확인한 BK의 표정이 서서히 일그러졌다. 그의 표정이 심상치 않자 연우가 물었다.

"무슨 일 있어?"

BK는 말없이 휴대전화만 보고 있었다.

"왜? 무슨 일인데?"

더 걱정이 된 연우가 다그쳤다. 태성도 마찬가지였다. 특히나 은별은 더더욱. 그 문자를 보면 얼마나 상심할까 싶어 한숨이 절로 나왔다. 모두의 시선이 집중된 가운데 BK가 크게 한숨을 몰아쉬고는 어렵게 입을 열었다.

"후, 큰일이네. 정말 미치겠다."

큰일이라는 말에 일행이 걱정스러운 눈빛으로 그를 주시했다. 은별의 한숨도 더 깊어졌다. 속상함이 가득한 BK의 표정과 아슬아슬한 침묵 때문에 시원한 바닷바람이 서늘하게 느껴질 정도였다. 도대체 그의 입에서 무슨 말이 나올지 잔뜩 긴장한 일행은 각자의 자리에 망부석처럼 서서 그를 빤히 쳐다보았다. 잠시 후 BK가 힘겹게 입을 열었다.

"아울렛 사상 최대 90퍼센트 초특가 세일이 오늘까지라잖아."

"뭐? 에이, 진짜!"

허무하기 짝이 없는 대답에 태성과 연우가 야유와 꿀밤 세례를 퍼부었다. 장난스럽게 혀를 날름거리며 빙긋 웃는 BK였지만 은별은 그 모습이 더 애처로워 보였다. 실제 그런 문자였을지 몰라도 어쨌든 분명 보았을 텐데 굳이 티내고 싶지 않은지 장난스레 상황을 넘기는 모습이 연우가 말한 대로 마냥 철부지만은 아닌 듯했다. 은별은 연우에게 말하지 않은 게 다행이다 싶었다. 모른 척해준 게 잘한 일이었다.

BK가 태성과 연우의 꿀밤 세례를 피해 저만치 기암절벽 아래쪽으로 도망치듯 달려가자 은별은 슬쩍 눈치를 살폈다. 태성은 정비사의 뒤를 졸졸 따르기 시작했고, 연우는 화장실로 들어갔다. 은별은 자연스럽게 BK가 내달린 곳으로 걸음을 옮겼다.

기암절벽 아래 BK가 먼바다를 향해 어깨를 축 늘어뜨리고 서 있었다. 아마도 마음을 추스르고 있는 거겠지. 아는 척할 수는 없지만 그 사실을 아는 유일한 한 사람으로서 은별은 그를 위로해주고 싶었다.

"풍경 죽이죠?"

인기척에 BK가 돌아섰다. 다시 장난기 가득한 표정이다.

"뭐야, 풍경이 아니라 날 죽이려는 거 같은데? 다가오지 마."

BK는 또 꿀밤을 맞을까 두 팔로 방어 자세를 취하며 자신을 엄호했다.

"저기 절벽 위에 소나무들 보여요? 진짜 대단한 거 같아요. 어떻게 저기에 뿌리를 내릴 생각을 했을까?"

은별이 가리킨 곳에 깎아지른 듯 수직으로 날이 선 기암절벽을 따라 소나무들이 듬성듬성 바위에 뿌리를 내리고 해풍을 맞으며 버티고 서 있었다.

"처음엔 작은 씨앗이었겠죠? 우리가 상상도 할 수 없을 만큼 무수히 많은 해풍과 파도를 맞았을 텐데, 저렇게 큰 소나무가 될 때까지 견뎌낸 걸 보면 정말 대단해요."

뜬금없이 따라와서 무슨 말이냐는 표정으로 BK가 그녀를 바라보았다. 그녀는 차마 그를 똑바로 보지 못하고 기암절벽 소나무에 시선을 고정한 채 말을 계속 이어갔다.

"아마도 포기하지 않아서일 거예요. 비옥한 땅속에 있든, 깎아지른 절벽에 있든, 태풍이 불어오든, 파도가 치든, 그 작은 씨앗이 소나무가 되고자 하는 꿈, 그걸 끝까지 포기하지 않았기 때문에 저렇게 절벽에서도 멋진 소나무가 될 수 있었던 거 아닐까요?"

나름 용기를 북돋아줄 은유적 표현을 다하고 머쓱하게 소나무만 바라보는 그녀를 BK는 물끄러미 쳐다보았다.

이 녀석, 아는구나.

그러고 보니 아까 은별이 휴대전화를 주워들고 어색하게 건네주던 모습이 떠올랐다. 한참 동안 그가 반응을 보이지 않자 은별은 슬쩍 고개를 돌렸다. BK가 자신을 뚫어져라 보고 있었다. BK와 눈이 마주치자 그녀는 당황해 얼른 시선을 피했다. 괜히 말했나 싶기도 하고, 자신의 이야기를 BK가 어떻게 받아들일까 걱정도 되었다. 그녀가 그토록 싫어하는 침묵이 잠시 흘렀다. 분위기 전환이 필요했다.

"오, BK 오라버니, 감동했구나. 내가 좀 시적이긴 하죠?"

그러나 그는 여전히 무표정하게 은별을 바라보기만 했다.

"에이, 포기하지 마요. 기회는 언제든지 와요. 아울렛 초특가 세일 그거, 조만간 또 할 거예요. 안 하면 내 손에 장을 지진다. 진짜예요."

은별은 어쨌든 끝까지 모른 척하고 싶어 아울렛 세일 문자를 빗대어 발랄하게 마무리했다. BK도 그런 은별의 임기응변에 기가 막혀 피식 웃음을 터뜨렸다. 그 웃음에 다행이다 싶었는지 은별이 짧은 한숨을 내뱉었다.

"진짜지? 세일 안 하면 강은별 각오해."

그가 모른 척 맞받아치자 은별은 알았다는 듯 오케이 사인을 보냈다.

"거기서 뭐 해? 빨리 와."

타이어가 다 교체되었는지 태성과 연우가 함께 소리치며 빨리 오라는 손짓을 했다.

*

크르앙. 시동 걸리는 소리가 오늘따라 크고 웅장했다. 굉장히 명쾌하고 깨끗한 소리였다. 쭉정이처럼 바닥에 짝 달라붙어 있던 타이어는 통통하게 살이 오른 새우등처럼 매끈하게 변신해 있었다. 정비사의 실력에 대해 미심쩍게 생각한 것이 미안해지는 순간이었다. 고맙다는 인사라도 하고 싶었지만 정비사는 오늘 할 일은 다 끝냈다며 정비소 문을 미련 없이 닫고 안으로 들어가버려 그럴 기회조차 없었다.

"자, 그럼 이제 어디로 갈까?"

태성의 질문에 모두 아무 생각이 없는 듯했다. 지금까지는 태성의 강연 일정을 따라다녔지만 다음 목적지는 아직 정해지지 않은 상태였다. 살짝 막막해졌다.

"아, 기분 전환도 할 겸 어디 좋은 데 없을까요, 형님?"

조수석에 앉은 BK가 반강제적으로 새로 업그레이드한 내비게이션을 살펴보며 투덜댔다.

"뭐 딱히 좋아진 것도 없구먼."

그러더니 뭔가 발견한 듯 들뜬 목소리로 외쳤다.

"형님, 이건 뭐예요?"

태성이 BK가 가리키는 내비게이션을 주목했다. 은별과 연우도 운전석 뒤로 쪼르르 달려와 고개를 빼꼼 내밀었다. 내비게이션 목적지 리스트에 뜬 글자를 보고 합창하듯 외쳤다.

"아무 데나?"

정말 내비게이션 화면에는 '아무 데나'라고 쓰여 있었다.

"형님, 예전에도 이런 거 있었어요?"

"글쎄? 이런 건 없었는데…."

"밑져야 본전인데 한번 눌러보죠, 뭐."

BK가 리스트에 있는 '아무 데나'를 거침없이 눌렀다. 내비게이션 화면이 북극의 오로라처럼 신비한 빛을 내다가 별들이 하나둘씩 모이면서 세 줄의 문장으로 변했다.

'반경 30킬로미터 이내에 있는 아주 특별한 곳으로 안내합니다. 계속하시겠습니까?'

처음 보는 신기한 기능에 모두 신기해서 어안이 벙벙해졌다. 아마 근처에 있는 유명 관광지나 숨은 여행지를 알려주는 새로운 애플리케이션 기능인 듯했다. BK는 고민할 여지도 없이 '예'를 눌렀다. 몽환적인 피아노 소리와 함께 내비게이션이 바로 길 안내를 시작했다.

'아주 특별한 곳으로의 여행을 환영합니다. 유턴하십시오.'

내비게이션이 일러주는 대로 가야 하나 어쩌나 하는 표정으로 BK가 일행을 보았다. 모두 표정을 보아서는 이견이 없는 듯했다. 태성은 내비게이션이 시키는 대로 과감하게 핸들을 돌렸다.

"10킬로미터 직진 후 다음 삼거리에서 좌회전하십시오."

모두의 눈이 흥분으로 빛났다. 말은 안 했지만 아마도 공통적으로 생각하고 있을 터였다. 정말 아무 데나 데려다주는 걸까? 그 아무 데나는 도대체 어디일까? 일행의 궁금함을 예견이라도 한 건지, 아주 단순한 지도 위에는 일반적인 내비게이션처럼 지역 표시도 안 되어 있고 복잡한 화면과는 다르게 가야 할 길만 한 줄로 표시되어 있었다. 그리고 가끔씩 안내 멘트가 나올 때마다 오로라 같은 몽환적인 화면으로 바뀌며 문장이 뜨는 게 전부였다. 그래서 더욱 궁금했다. 그 아무 데나가 도대체 어디일지.

*

내비게이션이 안내해준 길 양쪽 옆으로는 만발한 벚꽃이 커다란 터널을 이루고 있었다. 영화의 한 장면처럼 벚꽃 잎이 흩날리는 모습이 마치 천국으로 가는 길에 들어서는 것 같았다.

"와우, 이런 곳이 다 있었네. 여기가 어디쯤이지?"

은별과 연우도 창밖 풍경에 연신 감탄하며 도대체 이곳이 어디쯤 일지 스마트폰으로 검색을 해보았지만, 도무지 알 수가 없었다. 다만 확실한 건 아까 몽돌 해변 근처에서 출발했으니 반경 30킬로미터 이 내라면 거제도를 벗어날 정도의 거리는 아니라는 거였다. 가는 내내 지나가는 차 하나 보이지 않을 정도로 한적한 도로에는 그 흔한 신호 등도 하나 없었다.

벚꽃 터널을 지나니 진짜 터널이 나타났다. 캠핑카가 터널로 진입 하자 일행의 입에서 우와 하는 감탄사가 동시에 터져나왔다. 보통 터 널이라면 깜깜하고 어둡기 마련이지만 이 터널은 달랐다. 처음 진입 했을 때만 아주 잠시 깜깜하다가 순식간에 사방이 화사해졌다. 천장 과 좌우에 달린 조명등이 마치 터널 안에도 벚꽃이 피어 있는 듯 착 각을 불러일으킬 정도였다. 태어나서 처음으로 구경하는 신기한 장 면이었다.

터널 안의 진풍경은 한참 동안이나 계속되었다. 가도 가도 터널 끝이 보이지 않았다.

"우와, 이렇게 긴 터널은 처음 봐. 우리나라에 이렇게 긴 터널이 있었나?"

BK가 또다시 감탄했다. 물론 나머지 세 사람도 마찬가지였다. 터 널 치고는 굉장히 길고 또 길었다. 오 분이 넘도록 계속된 터널 안 풍 경은 마치 사계절의 변화를 파노라마로 보는 듯했다. 봄날의 벚꽃처럼 화사했다가 여름날의 싱그러움처럼 푸르렀다가 또 가을날의 단풍처럼 낭만적이었다가 겨울날의 눈처럼 포근하기를 반복했다. 그런 오묘한 풍경을 감상하다보니 마치 시간이 멈춰버린 것 같은 착각이 들었다.

정말 사람들에게 알려지지 않은 숨은 여행지가 맞다고 생각할 즈음 드디어 터널의 끝이 보였다. 마치 블랙홀에서 튀어나온 것처럼 순식간에 터널을 빠져나가자 내비게이션이 또다시 주문을 했다.

"잠시 후 우회전하십시오. 곧이어 목적지입니다."

목적지라는 말에 모두 표정이 상기되었다. 긴장감과 기대감이 한데 섞인 묘한 설렘을 안고 우회전을 한 후 슬그머니 오솔길로 접어들자 저만치 앞쪽에 커다란 대문이 하나 보였다. 아마도 그곳이 내비게이션이 안내한 '아무 데나'라는 목적지인 듯했다.

'상연사想緣寺.'

고풍스러운 대문 현판에 크게 쓰인 흘림체의 뜻풀이를 해보자면 '인연을 생각하는 곳' 정도로 해석할 수 있었다. 캠핑카에서 내린 일행이 조심조심 대문을 향해 걸어가자 쿠아앙 하는 웅장한 소리와 함께 대문이 열리며 환영 축포라도 쏜 듯 머리 위로 벚꽃비가 흩날렸다. 그 광경이 얼마나 환상적이었는지 모두 넋을 잃고 감탄했다. 본 적은 없지만 만약 무릉도원이 있다면 이런 모습이 아닐까 싶을 정도였다. 그 사이로 마치 이들이 오기를 기다린 듯 청색빛이 살짝 감도는 회색 승복을 입은 노승이 다가와 염화미소로 일행을 향해 합장했다.

"어서 오십시오. 이곳은 처음입니까?"

일행이 고개를 끄덕이자 노승은 매우 익숙한 몸짓으로 모두를 안내하며 앞장섰다. 다소 몽환적이고도 묘한 엄숙함에 그들은 신기한 듯 주변 풍광을 훑으며 노승의 뒤를 따랐다. 아무리 알려지지 않은 숨은 여행지라 해도 관광객이나 다른 사람들의 모습은 한 명도 보이지 않는 것이, 이상하리만큼 고요했다.

*

입구에서부터 크고 작은 돌탑들이 마치 울타리처럼 양쪽으로 길을 만들어주고 있었다. 바위 틈에도, 잔디 위에도, 연못가에도 돌이 놓일 틈만 있으면 돌탑이 쌓여 있는 게 신기했다. 한 걸음 한 걸음이 조심스러웠다. 발끝에 차이는 이 작은 돌 하나가 누군가의 소망 하나일 텐데, 그렇다면 우리는 하루에도 수없이 많은 소망들을 밟고 차고 다니는 셈이지 않은가. 돌멩이 하나도 허투루 여기지 말라는 말이 이런 연유에서 나온 게 아닐까.

얼마쯤 올라갔을까. 대형 아파트의 거실 크기만 한 넓은 제단이 나타났다. 그 위에는 낮은 소망 돌탑들이 빼곡히 들어차 있었다. 어떤 것은 3단, 어떤 것은 7단, 또 어떤 것은 사방으로 아슬아슬하게 쌓여 있어 수십 단에 이르는 것들도 있었다. 손톱 크기의 작은 돌멩이부터 머리보다도 더 큰 암석까지 각양각색의 돌들이 켜켜이 쌓여 있는 모습이 진풍경을 연출했다. 일행의 발밑에도 수많은 돌들이 잔디처럼 깔려 있었다. 마치 아주 오래전부터 있어온 듯 서로의 모난 빈

틈 사이사이를 크고 작은 돌들이 메우고 있는 모습이 아주 편안하고 익숙해 보였다. 일행이 넋을 놓고 돌탑들을 바라보는 사이 노승이 빙그레 웃으며 말했다.

"이 중에 여러분이 놓아둔 돌이 있습니다. 한번 찾아보시지요."

농담이지 싶었다. 그들은 내비게이션에 이끌려 오늘 처음 이곳에 온 터였다. 자신이 놓아둔 돌을 찾으라는 노승의 말이 의아하게만 들렸다. 와본 적도 없는 곳에서 놓아둔 적도 없는 돌을 대체 어떻게 찾아보라고 하는 것인지 도무지 감이 잡히지 않았다.

"저희 여기 처음 왔는데…."

은별이 애교 섞인 웃음과 나지막한 목소리로 이르자 노승은 예견한 듯 미리 준비한 대답을 내놓았다.

"세상에 이유 없이 존재하는 것은 없습니다. 자세히 들여다보면 절로 마음이 가는 곳이 있을 겁니다. 마음이 간다는 건 언젠가 미리 마음을 놓아두었기 때문이지요. 그러니 일단 한번 찾아보세요."

알 듯 모를 듯 아리송한 이야기에 일행은 더 대꾸하지 못했다. 노승이 시키는 대로 허리를 굽혀 마음이 가는 돌을 찾기 시작한 지 오 분쯤 지났을까. 그들은 각자 취향에 맞는 돌 하나씩을 주워들고 노승 앞으로 모였다. 태성은 손바닥처럼 넓적하고 매끈한 회색빛 돌을, BK는 검고 거친 면이 있지만 반짝반짝 윤이 나는 돌을, 연우는 끝이 뾰족하게 생긴 살구빛 돌을, 은별은 단단하기 이를 데 없는 동그란 하얀 차돌을 노승 앞에 내밀었다. 모두 다른 색깔과 모양의 돌이었지만 신기하게도 각자와 닮은 구석이 있는 돌이기도 했다.

"보세요, 다들 마음 둔 곳이 하나씩 있지 않습니까. 허허."

노승이 익살맞게 웃으며 말했다. 그냥 눈에 띄는 것, 좋아하는 취향의 돌을 골라 들었을 뿐인데, 그것이 정말 마음을 두어서인지, 아니면 그냥 노승이 의미를 부여해준 것인지는 알 수 없었다. 넷은 노승이 시키는 대로 손에 든 돌들을 제단 위에 차례로 올려놓으며 그들만의 4단 돌탑을 쌓아올렸다.

"내가 무엇에 마음을 두기 시작하면 그 순간 그것은 온전히 내 것이 됩니다. 하지만 그것에 대해 바라기 시작하고 욕심이 생기기 시작하면 그것은 더이상 내 것이 아니지요. 자, 이 돌탑이 소망의 탑이 될지 욕망의 탑이 될지는 이제 여러분에게 달려 있습니다."

여전히 알 수 없는 심오한 말을 전하며 노승은 다시 앞장섰다. 제단 뒤쪽의 언덕바지에는 사람 키보다 훨씬 높은 어마어마한 돌탑 수십 개가 정렬해 있었다. 방금 일행이 쌓은 돌탑처럼 수많은 사람들이 오랜 세월 쌓아 올린 소망의 탑일 터였다. 그러나 누군가에겐 간절한 소망이고, 다른 누군가에겐 헛된 욕망일 수도 있는 것이었다.

*

궁금한 것도 많고 하고 싶은 이야기도 많은데 아무도 먼저 입을 열지 않았다. 고요한 선사의 분위기 때문인지, 아니면 노승의 은근한 카리스마 때문인지는 모르겠지만 오히려 지금은 그저 이 고요한 침묵에 머무르는 게 편하고 좋았다.

그들의 시선이 노승의 손짓 하나하나를 따라다녔다. 얌전한 찻잔에 찻물이 채워지고 벚꽃 잎이 하나 띄워지자 노승이 일행에게 마셔보라 손짓했다.

"속세의 번뇌를 잠시나마 잊게 해주는 묘약이랍니다. 허허."

농담인 듯 진담인 듯한 말과 함께 허탈하게 웃는 노승의 표정은 마치 안동 하회탈을 보는 듯했다. 정말 이 한 잔의 차로 세상 번뇌를 잊을 수 있다면 얼마나 좋을까. 그들은 자기 안의 수많은 고민과 잡다한 생각들을 다시 한번 되새기며 한 모금씩 차를 들이켰다. 플라세보 효과 때문인지 신기하게도 정말 마음이 평온해지는 것 같았다. 온몸이 포근해지는 기분 좋은 느낌이랄까.

"자, 그럼 이제 인연의 실타래를 한번 찾아볼까요?"

노승의 제안에 무슨 말인가 모두 어리둥절한 표정을 지었다.

"이곳에 오신 분들은 꼭 한번 들르는 곳이지요."

다시 한번 노승의 안내를 받으며 마당을 가로질렀다. 절 뒤쪽으로 가운데가 봉긋 솟은 커다란 지붕의 팔각형 전각이 눈앞에 펼쳐졌다. 사방으로 뚫린 전각의 한가운데 한 아름이 넘는 둥글고 오래된 나무 기둥이 세워져 있고, 그 위에 오색찬란한 빛깔의 가느다란 실타래들이 여인네의 삼단 같은 머리처럼 늘어져 있었다. 세상에 이렇게 많고 아름다운 빛깔이 있었나, 넷은 형용할 수 없는 광경에 또 한 번 입이 벌어졌다. 경이로운 아름다움에 온몸으로 전율이 퍼져나갔다. 그들의 표정을 예상이라도 한 듯 노승이 웃음을 머금은 잔잔한 목소리로 실타래의 의미를 설명하기 시작했다.

"이것은 인연의 실타래랍니다. 사람은 태어나면서부터 수많은 인연의 끈을 갖고 태어나지요. 그리고 반드시 그 끈의 끝자락에 연결된 또다른 인연이 있답니다. 자기와 연결된 인연의 끈을 찾아내기 위해 어떤 이는 평생을 헤매기도 하고, 어떤 이는 지구 반대편으로 날아가기도 하고, 또 어떤 이는 안타깝게도 다른 인연의 끈을 부여잡고 힘들어하기도 합니다. 세상 모든 것이 그렇듯 동전의 양면처럼 결국엔 하나에서 시작되는 둘이지요. 시작과 끝도, 슬픔과 기쁨도 결국엔 하나에서 시작하여 끝을 맺듯 사람도 마찬가지입니다. 자신의 실타래 끝에 인연을 완성시키는 누군가 반드시 있기 마련이지요. 어느 것과 어느 것이 연결되어 있을지, 양쪽으로 갈라진 그 하나의 실타래가 어느 것인지는 그걸 잡고 있는 사람만이 알겠지요. 자, 그럼 이제 인연의 끈을 한번 찾아보시지요."

노승의 설명을 들으며 은별과 연우는 격하게 고개를 끄덕였다. 여자들은 대부분 어린 시절 사랑점을 치던 경험이 있어 빨리 이해가 되었을 터였다. 휴지를 길게 돌돌 말아 끈처럼 만들어 두 개씩 묶어놓고 묶인 부분을 가린 채 좋아하는 사람을 생각하며 제비뽑기를 했다. 그중 두 개를 선택해 뽑았을 때 그것들이 하나로 묶여 연결되어 있으면 그 사람과의 사랑이 이루어지고, 연결되어 있지 않으면 이루어질 수 없는 사랑이라며 울고 웃던 기억들이 떠올랐다. 그러나 태성과 BK는 무슨 소리인가 어리둥절해 보였다.

"이 많은 데서 그걸 어떻게 찾아요?"

노승이 빙긋 웃었다.

"당연히 어렵지요. 그래도 운 좋게 여러분 중 하나로 연결된 실타 래를 찾는 분이 있다면 제가 가진 아주 귀한 선물을 드리지요."

원래 사람이란 물욕 앞에서는 의욕이 샘솟는 법. 귀한 선물이라는 말에 모두 귀가 솔깃해졌다. 그러나 한편으로는 도대체 몇 개인지 상상조차 할 수 없을 만큼의 어마어마한 양의 실타래 중 하나로 연결되어 있는 두 가닥을 찾아야 한다는 생각을 하니 막막하기도 했다. 실타래의 양쪽을 동시에 잡아당겨야 확인이 되는 만큼 어차피 혼자서 찾기는 무리였다. 협력이 필요했다. 은별이 먼저 황금 빛깔의 실타래 하나를 덥석 잡았다.

"내가 이걸 잡고 있을 테니까 다들 이것저것 잡아당겨보세요. 그게 확률이 높지 않겠어요?"

은별의 말에 나머지 셋은 사방으로 흩어졌다. 그러고는 닥치는 대로 실타래들을 잡아당겼다. 그러나 예상대로 쉬울 리가 없었다. BK와 연우가 안 되겠는지 은별의 반대편에 있는 실타래들을 집중 공략했다. 아무래도 그쪽에 있을 확률이 높아 보였다. 태성도 빠른 속도로 실타래들을 잡아당겨보았지만 헛수고였다.

삼십 분쯤 흘렀을까. 여전히 은별은 황금 빛깔의 실타래를 쥔 채였고, BK와 연우도 여전히 맞은편에서 지친 표정으로 실타래들을 잡아당겼다. 그리고 태성은 어느새 은별의 옆까지 다다라 있었다.

"에이, 형님, 그쪽은 너무 가깝잖아요."

BK의 핀잔에도 태성은 묵묵히 실타래를 차례로 잡아당겨보았다. 그런데 그 순간 은별이 외쳤다.

"어? 찾았다!"

순간 세 사람은 동작을 멈추었다. 지금 잡고 있는 세 가닥 중 은별의 실타래와 연결된 것이 있다는 얘기였다.

"자, 한 사람씩 당겨봐요. 먼저 BK부터."

BK가 조심스러우면서도 힘 있게 실타래를 당겼다. 그러나 은별이 잡고 있는 것에는 아무 변화가 없었다. 연우의 것도 마찬가지였다. 그렇다면? 태성이 힘껏 실타래를 잡아당겼다. 실타래를 잡고 있던 은별의 팔이 위로 쑥 딸려 올라갔다. 확인하는 차원에서 은별이 자신의 실타래를 끌어내리듯 세게 잡아당기자 이번에는 태성의 팔이 쑥 딸려 올라갔다.

"얏호! 찾았어요, 찾았어. 이렇게 연결된 거였구나."

은별과 태성은 신이 났는지 폴짝폴짝 뛰었다. BK와 연우는 아쉬운 표정이었다. 당연히 반대편에 있을 줄 알고 그쪽에서만 찾았는데 바로 옆에 있었다니, 허를 찔린 느낌이었다. 하지만 그보다는 이 많은 가닥들 중에 하나로 연결된 걸 찾았다는 게 모두 신기하기만 했다.

어느새 곁에 와 있는 노승이 흐뭇한 표정으로 그들을 바라보고 있었다. 그의 손에는 뭔가가 들려져 있었다. 귀한 선물이라는 것임이 틀림없었다. 태성과 은별의 눈이 반짝거렸다. 도대체 무슨 선물일까. 반대로 BK와 연우는 실망이 가득한 눈빛이었다.

"두 분은 인연의 실타래를 찾으셔서 기쁘지요?"

태성과 은별이 활짝 웃으며 고개를 끄덕였다. 노승이 빙긋 웃더니 손에 쥔 것을 태성과 은별이 아닌 BK와 연우에게 내밀었다.

"그럼 선물은 이 두 분에게 드리겠습니다."

일동은 어안이 벙벙했다. 분명히 인연의 실타래를 찾는 사람에게 준다더니 이게 무슨 반전인가.

"무엇을 시도해서 이루어낸 기쁨보다 큰 선물은 없습니다. 심적으로 이미 충만한 사람이 물질까지 탐하면 그것은 욕심인 게지요. 그러니 두 분의 기쁨을 이분들과 나눈다고 생각하십시오."

과연 스님다운 말씀이었다. 이미 어려울 것만 같았던 것을 해냈는데 물질이 더 필요할까. 다소 실망스럽긴 했지만 그래도 BK와 연우가 좋아하는 모습을 보니 오히려 태성과 은별도 뿌듯했다. 노승이 조심스레 뭔가를 BK와 연우의 손바닥 위에 살그머니 내려놓았다.

"이게 뭐예요?"

BK와 연우의 눈이 동그래졌다. 손바닥 위에 손가락 두 마디 정도의 조그만 동자승 인형이 올려져 있었다.

"저도 아주 어렵게 구한 것이니 요긴하게 쓰십시오."

이런 산사에서 노스님이 주는 귀한 선물이라면 뭔가 분명 의미 있는 물건일 텐데, 그렇다면 이것에는 무슨 의미가 담겨 있을까, 혹시 신비한 능력이 있는 행운의 부적 같은 건 아닐까, 오만가지 생각이 드는 가운데 노승이 먼저 말문을 열었다.

"요즘 속세에서 많이 쓰는 거라던데, 뭐라더라? 아, 유에스…비!? 동자승 머리를 이렇게 쑥 잡아당기면 된답니다. 이게 무슨 기가, 기가 하던데 암튼 기가 막히게 좋은 거랍니다. 허허."

노스님이 BK의 손바닥에 있는 동자승 인형의 머리와 몸통을 거침없이 분리해내며 해맑은 미소를 지었다. 모두 웃음이 터질 뻔한 걸 간신히 참았다. 신비한 염주라든가 아니면 하다못해 오색실 팔찌처럼 좀더 의미 있는 선물일 줄 알았는데, 동자승 유에스비라니. 하긴 속세와는 연을 끊고 거의 해탈의 경지에 이른 노스님에게 최신식 캐릭터 유에스비는 쉽게 찾아볼 수 없는 귀하디귀한 물건일 수도 있었다.

4

상연사 현판 아래에서 태성 일행은 노승에게 합장을 하고 돌아섰다. 쿠아앙. 출입문이 닫히면서 처음 들어갈 때처럼 벚꽃비가 흩날리기 시작했다. 문이 완전히 닫히자 화사한 벚꽃비가 거짓말처럼 그치면서 순식간에 어둠이 번졌다. 산사 안에서 그리 오래 머문 것 같지도 않은데 벌써 밤하늘엔 별들이 반짝이고 있었다. 마치 꿈을 꾼 듯했다.

"아, 사진!"

은별은 그제야 생각났는지 안타까움의 탄성을 질렀다. 아까 실타래가 있던 전각을 배경으로 기념 사진이라도 찍었어야 했는데, 아니면 카리스마 있는 노승과 인증 샷이라도 찍었어야 했는데 뭐에 홀린 듯 생각조차 하지 못한 게 아쉬웠다. 그녀는 지금이라도 늦지 않았다며 상연사 현판 아래로 셋을 불러 모았다. 지난번 간절곶 소망 우체통을 배경으로 셀카를 찍은 것처럼 이번에도 얼굴을 오밀조밀 모으고 상연사 현관을 배경으로 김치를 외쳤다.

찰칵 소리와 함께 마치 우주선 발사체가 분리되듯 네 사람이 일제히 흩어졌다. BK가 손에 들고 있던 동자승 유에스비를 보더니 웃음을 터뜨렸다. 노스님 앞이라 웃음을 겨우 참았던 연우와 은별, 태성까지도 연달아 웃음을 터뜨렸다. 배를 움켜쥐고 끅끅대는 은별에게 BK가 동자승 유에스비를 불쑥 내밀었다.

"자, 내가 선심 쓴다."

은별은 살짝 당황한 표정으로 BK를 처다보았다.

"가져. 어차피 난 필요도 없고, 그리고 신사 체면이 있지, 숙녀분한테 양보해야지. 안 그래요, 형님?"

태성이 고개를 끄덕이며 동조했지만 은별은 잠시 눈치를 살폈다. 왠지 연우의 반응이 살짝 신경 쓰였다.

"에이, 됐어요. 저는 성공의 기쁨을 얻었잖아요. 그냥 두 분이 커플 유에스비로 쓰세요."

연우의 마음을 아는 은별은 둘을 엮어주고 싶었다. 커플이라는 말에 연우의 얼굴에 살짝 화색이 돌았다. 그러나 이내 BK가 산통을 깨버렸다.

"에이, 커플은 무슨. 가져. 오빠가 주면 동생은 받는 거야."

BK가 그녀의 손바닥에 강제로 동자승 유에스비를 얹어놓고 캠핑카로 들어갔다. 은별이 어찌 할 바를 몰라하며 살짝 연우를 처다보자 연우는 애써 웃으며 캠핑카에 올랐다. 은별은 머리를 흔들어 생각을 털어냈다. 하긴 이깟 유에스비 하나로 뭐가 어찌되는 것도 아닌걸.

살아남은 자의 슬픔

1

오랜만에 도심으로 돌아왔다. 모처럼 파릇파릇한 청춘들의 낭만과 열정을 온몸으로 느껴보고 싶어 대학교 잔디밭 한가운데 앉아 일광욕을 즐겼다. 그러나 예전처럼 대학의 낭만은 찾아보려야 찾을 수 없는 분위기였다. 바늘구멍보다 좁은 취업문을 통과하기 위해 모두 도서관에 틀어박혀 있어서인지 밝은 얼굴로 지나다니는 학생들조차 손에 꼽을 정도였다. BK는 아예 기타를 베개 삼아 벌러덩 누웠다. 물론 그 자리에 태성은 없었다.

그 시각 태성은 소강당에서 대학생들을 대상으로 재미없는 특강을 진행하고 있었다. 이번 특강의 주제는 대학생들에게 인생 선배로

서 들려주는 취업과 꿈에 대한 이야기였다. 아직 강의 경력이 짧은 태성에게 이런 특강을 의뢰한 것은 강연료가 예산에 맞기도 했겠지만 그가 명문대를 나온 전직 대기업 연구원 출신이라는 출중한 이력 때문이었다. 남부러울 것 없는 스펙을 가진 사람이 꿈을 위해 직장을 떠나 전국을 떠돈다는 독특한 이력이 교육 담당자에게 큰 매력으로 작용한 듯싶었다. 어제 밤새도록 은별이 태성을 훈련시키긴 했지만 과연 잘하고 있을지는 의문이었다.

상연사에 다녀온 후 이상하게도 요 며칠 정신없이 바빴다. 태성은 운 좋게도 연달아 강연 일정이 잡혔고, 그런 그를 스파르타식으로 트레이닝 시키느라 은별도 녹초가 되었다. 연우는 틈만 나면 BK에게 시나리오에 대한 조언을 구하며 치열한 논쟁으로 티격태격 밤낮없이 분주한 나날을 보냈다. 그러는 동안에도 은별은 자기 홈페이지 제작에 열을 올렸고, BK는 새 곡을 만드느라 머리를 쥐어짜며 밤마다 기타 줄을 튕겼다. 연우는 시나리오 탈고를 마치고 거의 탈진한 상태였다. 정말 눈코 뜰 새 없이 바쁘다는 말이 실감나는 날들이었다.

그러나 여전히 태성의 강의는 재미없었고, 어찌 된 게 연습을 시키는 은별의 강의 솜씨만 늘어갈 뿐이었다. BK의 곡은 계속 미완성 상태로 좀처럼 진도가 나가지 않았다. 탈고한 시나리오를 영화사에 보낸 연우만이 유일하게 여유로운 모습이었다. 하지만 몰골은 말이 아니었다. 아무래도 여유로운 자연을 떠나 요 며칠 빡빡한 도심에서만 있다보니 마음뿐 아니라 머리까지 탁해진 듯했다.

BK가 뭔가 영감이 떠오른 듯 벌떡 일어났다.

"이것 좀 들어봐."

그리고 기타 연주를 시작했다. 멜로디는 허밍으로 불렀다. 나름 괜찮은 것 같긴 한데 뭔가 아쉬운 듯 은별과 연우는 고개를 갸웃거렸다.

"어때? 요즘 만들고 있는 곡인데."

"BK, 처음 도입부는 이런 멜로디가 더 낫지 않을까? 나나나 — 나나 — 나나나 —."

그나마 마음의 여유가 있는 연우가 즉석에서 생각난 듯 흥얼거렸다. 괜찮았다.

"어? 괜찮은데? 다시 해봐."

연우가 다시 허밍으로 흥얼거리자 BK의 얼굴에 화색이 돌았다. 지금까지 머리를 쥐어짜도 풀리지 않던 실타래가 풀린 것 같았다. 그동안 조용히 혼자만 기타 줄을 튕기며 고뇌하던 그가 모처럼 신이 났다.

"오, 친구. 제법인데? 좋아, 좋아. 계속 해봐."

BK가 들뜨자 연우도 덩달아 기분이 좋아졌다. 그의 칭찬을 받아서이기도 하지만 그에게 도움을 줄 수 있다는 것 자체가 행복했다. BK가 아니었으면 자신의 시나리오는 완성하지 못했을 터, 그에 대한 보답을 어떤 식으로든 하고 싶었기에 지금 상황이 연우에게는 너무 즐겁고 신이 났다.

자신의 허밍을 BK가 기타 반주로 따라가며 더듬더듬 멜로디를 만들어가는 지금 이 순간, 오로지 음악에만 몰입하고 있는 그의 모습이 그녀의 눈에는 봄햇살보다 더 눈부셨다.

"은별, 어때? 괜찮은 것 같아?"

짧은 마디마디가 완성될 때마다 BK가 감상평을 물었고, 그녀는 그럴 때마다 괜찮다, 좋다라는 말로 응원했다. 그러나 사실 은별의 귀에는 BK의 노래가 들어오지 않았다. 그녀의 신경은 온통 태성에게 가 있었다. 어제 연습한 대로 잘하고 있을지, 실수하지는 않았을지, 혹시 다른 문제는 없는지 여간 걱정스러운 게 아니었다. 왜 자신이 그런 걱정까지 하고 있는지 스스로도 이해가 안 됐지만, 어쨌든 아이를 물가에 내놓은 엄마마냥 불안하기 그지없었다. 반면 BK는 딴생각을 하고 있는 듯한 은별이 살짝 서운하기까지 했다.

연우와 BK의 합작품이 더이상 진도를 나가지 못하고 다시 막힐 즈음 잔디밭으로 태성이 터덜터덜 걸어왔다. 과외 선생님의 심정이라고 할까, 웅변대회에 내보낸 엄마의 심정이라고 할까, 은별이 가장 먼저 태성을 발견하고 궁금해했다.

"어땠어요? 잘했어요?"

BK와 연우도 연주와 노래를 멈추고 그를 바라보았다. 태성이 미안한 듯 멋쩍은 미소를 지었다. 표정을 보아하니 어제 연습한 대로도 못한 듯싶었다. 역시나 강의 중간에 해야 할 말이 생각나지 않아 어색한 침묵의 시간이 몇 번이나 발생했다는 이실직고에 은별이 안타까운 한숨을 내쉬었다.

"아, 그러게 외우지 말라니까요. 외워서 하다보면 내공이 안 생겨요. 자연스럽게, 말하듯이, 키워드만 순서대로 기억해서 스토리로 풀어가라니까요. 그게 그렇게 안 되나? 아우, 답답해. 내가 대신

할 수도 없고."

며칠 동안 은별에게 귀에 딱지가 앉도록 수없이 들은 말이었다. 그러나 이미 오랜 주입식 교육과 암기 학습의 피해자이자 모범생의 피가 흐르는 태성에게 그런 습관이 쉽게 생길 리 없었다. 모범적인 두뇌형 연구원의 전형이었다. 하긴 그런 모범생이 안정적인 직장을 벗어나 새로운 도전을 시작하기까지 35년이 걸렸는데, 하루아침에 바뀌기를 바라는 것 자체가 도둑놈 심보나 다름없었다. 은별은 고개를 절레절레 흔들었다.

"그래도 이전보다 반응은 훨씬 좋았어요. 은별 씨한테 훈련받은 효과가 있는 거 같아요. 앞으로도 잘 부탁해요."

미안한 건 미안한 거고 고마운 건 고마운 거였다. 그래도 은별의 트레이닝 덕분에 예전처럼 대놓고 졸거나 딴전 부리는 사람은 없었다며 해맑게 웃는 태성의 미소에 답답하게 꽉 막혀 있던 은별의 가슴은 스르르 녹아내렸다. 태성의 그런 순수함이 언제부턴가 그녀의 마음을 무장해제시키며 꼼짝 못 하게 붙들고 있었다.

BK가 자기도 모르게 한숨을 내쉬었다. 은별의 딴생각이 태성이었구나 생각하니 가슴 한편이 싸해졌다. 하지만 아무도 눈치 채지 못했다. BK의 행동에 민감한 연우도 그의 한숨이 은별 때문이라고는 생각지도 못했다. 심지어 BK 자신조차 그 한숨의 의미를 온전히 이해하지 못하고 있었다.

띠리링. BK가 기분 전환이라도 하듯 기타로 극적인 효과음을 내며 주의를 집중시키자 모두의 시선이 그에게 쏠렸다.

"안 되겠어! 우리 머리 좀 식히러 갑시다."

"어디로?"

*

운전석의 태성과 조수석의 BK, 그리고 뒷자리에서 운전석 쪽으로 고개를 빼꼼 내민 은별과 연우 모두가 기대에 찬 눈빛으로 내비게이션을 응시했다. BK가 거침없는 손놀림으로 목적지 리스트를 불러내더니 역시나 '아무 데나'에서 멈췄다. 나머지 세 사람을 차례로 둘러보니 모두 고개를 끄덕였다.

BK는 대범하게 화면을 터치했다. 또다시 내비게이션 화면이 북극의 오로라처럼 신비한 빛을 내다가 별들이 하나 둘 모이면서 세 줄의 문장으로 변했다.

'반경 30킬로미터 이내에 있는 아주 특별한 곳으로 안내합니다. 계속하시겠습니까?'

한 번 해봤기에 이제는 고민 없이 바로 예를 눌렀다.

"아주 특별한 곳으로의 여행을 환영합니다. 직진하십시오."

이번에는 또 어디일까. 혹시나 싶어 화면을 살폈지만 역시나 복잡한 길 표시 대신 단순한 외길만 표시되어 있었다. 평소에는 3D 영상으로 주변 도로와 건물, 심지어 동네 이름까지 상세히 나오는데, 아주 단순하게 오로지 가야 할 길만 표시되어 있었다. 신기했다. 어쩌면 그래서 내비게이션이 인도하는 미지의 장소가 더 궁금해지는지도 몰랐다.

내비게이션을 보는 그들은 각자 많은 생각이 들었다. 그들 역시 잡념도 갈등도 많은 나약한, 매 순간 선택의 기로에서 곤란해하는 사람들이었다. 어떤 선택을 해야 할지, 어떤 선택이 옳고 그른 것인지조차 판단하기 힘들 때면 누군가 알아서 선택해주기를 바라며 자포자기 심정으로 가장 만만한 아무거나 혹은 아무 데나라고 외쳐왔다. 너무 무책임한 말이라 우왕좌왕 혼란스러울 것만 같았는데, 정작 그 '아무 데나'가 지금은 명확한 목적지가 되어 방황하는 그들을 기다리고 있다고 생각하니 참 아이러니했다.

누가 이런 아이디어를 생각해서 이런 프로그램을 개발했는지 기발하다고 생각하는데, 또다시 내비게이션 안내 멘트가 흘러나왔다.

"500미터 앞 터널입니다. 터널 통과 후 좌측 내리막길입니다. 곧이어 목적지입니다."

오 분도 채 오지 않았는데 벌써 목적지라니 넷의 얼굴은 설렘으로 한껏 상기되었다. 멀리 보이는 터널 입구에 '축 개통'이라는 커다란 플래카드가 걸려 있는 것으로 보아 개통한 지 얼마 되지 않은 모양이었다. 그래서일까. 웬일인지 터널을 이용하는 차량들이 하나도 보이지 않았다.

캠핑카가 터널로 진입하자 순식간에 캄캄한 암흑천지가 되었다. 마치 블랙홀로 빨려들어가는 느낌이었다. 순간적으로 놀란 태성이 급브레이크를 밟았다. 네 명의 얼굴이 그려진 몽돌이 창가에서 또르륵 굴러 소파 위로 떨어졌다.

일행이 잠시 당황하는 찰나 터널 양쪽으로 태양처럼 밝은 조명이 순차적으로 쏟아졌다. 방금 전까지만 해도 블랙홀 같았던 터널이 이번에는 화이트홀로 변신한 것 같았다. 그러더니 이내 빛이 서서히 줄어들며 여느 터널처럼 은은한 주황색 불빛으로 바뀌었다. 일행은 아무래도 개통한 지 얼마 되지 않아 아직 조명 시스템이 불안정해서라고 생각했다.

은별과 연우가 몽돌을 주워 원래 자리에 올려놓자 태성이 다시 액셀러레이터를 밟으며 서서히 터널을 달렸다. 어둠과 주황색 조명의 묘한 조화 때문인지 터널을 달리는 내내 몽환적인 기분이 들었다.

아마 우리 인생도 이렇지 않을까. 암흑처럼 눈앞이 깜깜했다가도 하루아침에 눈부신 날이 되고, 언제나 더 밝은 곳을 향해 끊임없이 내달리는, 어둠과 빛이 공존하는 이 터널을 통과하듯 행복과 불행, 희망과 절망이 공존하는 기나긴 인생이라는 터널을 지나고 있지 않은가. 누군가에게는 힘겨운 이 터널이 다른 누구에게는 설렘의 과정일지도 모르고, 누군가에게는 기나긴 이 세월이 다른 누구에게는 너무도 짧은 순간일지도 모르듯, 같은 인생의 터널을 지나더라도 사람마다 느끼는 감정은 모두 다를 터였다. 그러나 중요한 것은 언젠가 끝에 다다르게 된다는 것 아닐까. 중간에 멈추지만 않는다면.

얼마나 달렸을까. 보통 터널들은 길어야 2, 3킬로미터, 아무리 길다 해도 4, 5킬로미터인데, 그 정도의 길이면 짧게는 일 분, 길게는 삼사 분 이내에 벌써 터널을 빠져나가고도 남을 시간이었다. 하지만 태성 일행은 오 분이 넘도록 계속 터널을 달리고 있었다. 지난번 상연사를 갈 때도 그랬지만 도심 한가운데 이렇게 긴 터널이 있나 싶을 정도로 끝이 보이지 않았다. 강원도 쪽에 국내 최장 터널이 있다고는 들었지만 이곳은 충청남도가 아니던가. 반경 30킬로미터 이내의 곳이 강원도일 리 없었다. 어쩌면 그동안 새로운 최장 터널이 이곳에 개통되었는지도 몰랐다.

하지만 어느 누구도 의아해하지 않았다. 그보다는 내비게이션이 데려다줄 아무 데나가 도대체 어디일지만 궁금할 뿐이었다.

한참을 더 달리고 나서야 터널의 끝이 보이기 시작했다. 어둠으로 가득했던 터널 끝의 밝은 구멍이 점점 커지더니 드디어 밝은 세상으로 캠핑카가 모습을 드러냈다.

"좌측 내리막길입니다. 곧이어 목적지입니다."

내비게이션이 다시 한번 안내했다. 터널을 통과하자마자 태성은 좌측 내리막길을 향해 핸들을 힘차게 꺾었다. 내리막길이라 그런지 액셀러레이터를 밟지 않아도 캠핑카는 부드럽게 속도를 높여갔다.

*

'정글 서바이벌.'

내리막길 끝에 암갈색 나무 조각으로 된 커다란 표지판이 보였다. 아마도 그것이 가리키는 곳이 내비게이션이 말하는 아무 데나인 듯했다.

캠핑카가 미끄러지듯 표지판 앞에 섰다. 주변을 살펴보니 '정글 서바이벌'이라는 표지판에 걸맞게 사방이 울창한 숲으로 둘러싸여 있었다. 마치 놀이공원에 있는 사파리 입구처럼 사람 키의 두 배도 넘는 커다란 철문이 태성 일행을 기다리고 있었다. 당연히 그 안쪽은 보이지 않았다. 그 앞에 가이드로 보이는 젊은 한 남자가 나타나 일행을 맞이했다.

"어서 오십시오. 이곳은 처음이십니까?"

그들이 고개를 끄덕이자 남자가 빙긋 웃으며 미리 준비해놓은 바구니를 하나씩 내밀었다. 서바이벌 게임을 위한 옷과 장비였다.

"저기, 입장료는…?"

"오늘 처음 방문한 고객은 무료입니다."

역시나 공짜라는 말에 다들 웬 떡이냐 싶었다.

"이곳은 자연과 함께하는 서바이벌 게임 정글입니다. 게임 규칙은 다들 알겠지만, 각자 다른 입구에서 출발해 마지막까지 남은 일 인이 우승을 하는 것입니다. 정글 안에 들어가면 여러 종류의 다양한 동물들과 마주치게 될 겁니다. 여러분이 걱정할 만큼 위험한 동물들이 아니니 놀라지 말고, 동물들은 그들 나름의 서바이벌 게임 중이니 여러분도 그냥 자기만의 게임을 즐기면 됩니다."

일행의 눈이 동그래졌다. 동물들도 서바이벌 게임을 한다? 난생처음 들어보는 소리였다. 물론 자연 생태계 자체가 서바이벌이나 마찬가지이긴 하지만 이런 게임장 안에서 동물이 사람과 섞여 게임을 한다는 것이 잘 상상이 되지 않았다.

"어렵게 생각할 필요 없습니다. 약육강식의 본능에 따른 것이 동물들의 서바이벌 게임이라면, 그 본능을 넘어 희로애락이라는 감정에 따른 것이 인간의 서바이벌 게임인 것이죠. 동물의 세계에서는 육체적으로 강한 놈이 살아남는다면 인간들의 세계에선 감정에 강한 사람이 살아남지 않을까요?"

듣고 보니 그랬다. 호랑이가 토끼를 잡아먹을 때 배가 고파서 잡아먹는 것이지, 토끼의 불쌍한 눈망울을 보고 잡아먹을까 말까를 고민한다는 건 있을 수 없었다. 반대로 약해빠진 토끼가 살기 위해 강한 호랑이를 물어 죽이겠다고 덤벼도 결국 희생하는 쪽은 토끼가 될 수밖에 없었다.

하지만 사람이라면 충분히 고민하고 갈등하는 상황일 것이다. 또 인간세계에서는 토끼 같은 다윗이 호랑이 같은 골리앗을 얼마든지 무너뜨릴 수도 있다. 물리적 강자가 골리앗이라면 감정적 강자가 바로 다윗일 수 있다. 어쩌면 그것이 바로 동물의 세계와 인간의 세계가 근본적으로 다른 점일지도 몰랐다. 남자의 설명을 듣다 말고 BK가 물었다.

"혹시 우승 상품도 있나요?"

남자가 입꼬리를 살짝 올리며 수수께끼 같은 묘한 웃음과 함께 넷의 표정을 하나하나 훑었다.

"우승 상품이 뭔지는 게임이 끝난 다음에 알게 될 겁니다. 그것이 서바이벌의 묘미죠."

여전히 알쏭달쏭한 말을 하고 남자는 일행을 탈의실로 안내했다.

"자, 그럼 모두 옷을 갈아입고, 이제부터 여러분만의 신나는 게임을 즐겨보길 바랍니다."

남자가 사라지고, 탈의실로 들어가려는 일행을 BK가 덥석 잡아 멈춰 세웠다.

"우리 내기할까?"

"내기?"

뜬금없는 제안에 나머지 셋이 갸웃거렸다.

"우승자에 대한 특전을 모르니까 의욕이 안 생기잖아. 우리끼리라도 만들자구."

"어떻게?"

"우승한 사람 소원 한 가지 들어주기. 묻지도 따지지도 않고 무조건 들어주기, 어때?"

나쁠 건 없었다. 확률은 25퍼센트. 해볼 만한 내기였다. 누구든 설마 인간으로서 도저히 불가능한 소원을 말하진 않을 터였다.

"코올!"

갑자기 의욕이 불끈 솟았는지 모두들 신나는 표정이 되어 탈의실 안으로 재빨리 모습을 감추었다.

2

가장 재빠른 은별이 먼저 정글에 들어섰다. 우아아! 밖에서 상상했던 것 이상의 풍경이 펼쳐져 있었다. 놀이공원에 있는 사파리쯤으로 생각했는데 막상 마주친 풍경은 아프리카 사바나 못지않았다. 바로 앞에는 넓은 초원이 펼쳐진 가운데 얼룩말들이 떼지어 풀을 뜯고 있었다. TV 다큐멘터리에서 흔히 봐온 장면이었다. 우리나라에도 이런 곳이 있었나, 잠시 혼란스러웠다.

멍하니 넋을 놓고 있는 것도 잠시, 평화롭게 풀을 뜯던 얼룩말들이 갑자기 혼비백산 떼지어 도망을 치기 시작했다. 저 멀리서 사자 몇 마리가 날카로운 이빨을 드러내며 전속력으로 달려오고 있었던 것이다. 은별은 깜짝 놀라 눈을 비볐다. 아이맥스 영화관에서 3D 다큐멘터리를 보고 있는 것처럼 눈앞에서 생생하게 펼쳐지는 장면이었다. 공간 이동을 하는 초능력을 빌리지 않고는 이런 곳에 있다는 것이 불가능에 가까웠지만 분명한 건 지금 이 순간, 이 상황이 꿈이 아니라는 것이었다.

얼룩말들이 사자를 피해 초원에서 모습을 감춘 후에야 은별은 정신을 차리고 주변을 살폈다. 바로 옆에서부터 시작된 울창한 숲이 넓은 초원을 둘러싸고 있었다. 이 넓은 데서 단 네 명만이 서바이벌을 해야 한다니, 시작도 하기 전에 입이 떡 벌어졌다. 그러나 어쨌든 게임은 시작되었으니 일단 몸을 숨겨야 했다.

헤치고 들어간 숲 속은 마치 아마존 정글 같은 느낌이었다. 은별의 얼굴에 긴장이 역력했다. 아무리 게임이라고는 하지만 언제 어디서 누구를 마주칠지 모르는 상황이기에 경계를 늦춰서는 안 됐다. 어쨌든 서바이벌 정글에 들어온 이상 살아남아야 하고, 그건 곧 자신을 제외한 다른 사람들을 제거해야 한다는 뜻이었다.

누구부터 제거해야 할까. 이런 게임에서 강자는 분명 남자인 태성과 BK일 테고, 약자는 여자인 은별과 연우임에 틀림없었다. 그렇다면? 답은 간단했다. 그녀는 결심한 듯 주변을 살폈다.

부스럭.

어디선가 귀를 쫑긋 서게 만드는 소리가 들렸다. 마른 낙엽 밟는 소리 같기도 하고 사람의 움직임 소리 같기도 한 소리가 동시에 들려왔다. 은별은 소리가 나는 쪽으로 조심조심 발걸음을 옮겼다. 커다란 나무 뒤에 몸을 숨기고 소리가 나는 쪽을 향해 최대한 고개를 빼고 상황을 살폈다.

어머! 앙증맞은 토끼 한 마리가 깡충깡충 달려와 풀을 뜯고 있었다. 그 모습이 얼마나 귀엽던지 입에서 절로 감탄사가 터져나왔다. 다가가 손으로 쓰다듬고 싶은 마음에 한 걸음 옮기려는 순간 움직임을 눈치 챈 듯 토끼가 귀를 곤추세우고 두리번거렸다. 은별도 멈춰서서 얼음이 되었다. 그러자 다시 토끼가 경계를 풀고 풀을 뜯었다. 다시 토끼를 향해 접근하려는데 저 멀리 토끼를 노려보는 시선이 느껴졌다. 족제비였다. 그러나 토끼는 전혀 눈치를 채지 못한 채 풀을 뜯는 데 여념이 없었다. 서바이벌의 희생양은 토끼가 될 게 뻔했다. 안타까운 마음에 은별은 토끼를 먼저 쫓으려 팔을 내저으려다 섬뜩한 기운에 그대로 멈칫했다.

"꼼짝 마!"

누군가 뒤에서 은별을 겨누고 있었다. 그녀는 그제야 아차 싶었다. 토끼에게 정신이 팔린 사이 발각되고 만 것이었다. 나직한 목소리였지만 분명 남자 목소리였다. 은별이 아주 천천히 고개를 돌렸다. 태성이 해맑은 표정으로 웃고 있었다. 장난감 총이긴 하지만 총을 든 사람의 표정이라고는 믿기지 않을 정도로 천진난만함이 그대로 얼굴에 묻어나 있었다.

"아우, 큰별 님. 간 떨어질 뻔했잖아요. 아휴, 다행이다."

"뭐가 다행이야?"

은별이 멋쩍은 듯 싱긋 웃었다. 다른 사람이 아닌 태성에게 먼저 발각된 것이, 아니 태성을 먼저 만난 것이 다행이었다. 애초부터 은별은 태성이 아닌 BK가 타깃이었다. 인간세계의 서바이벌은 감정에 따른 것이라 했던가. 모두가 적이긴 하지만 그래도 은별은 태성이 살아남기를 바랐다. 아니 할 수만 있다면 태성이 살아남을 수 있도록 그를 보호하고 싶었다. 그러기에 은별의 제거 대상 1호는 태성에게 가장 위협이 될 수 있는 사람, 바로 BK였다. 그러니 제거 대상보다 보호 대상을 먼저 만났다는 것이 얼마나 천만다행인가. 하지만 문제는 그 보호 대상이 지금 자신을 제거하기 위해 총구를 겨누고 있다는 사실이었다.

"큰별 님, 나 쏠 거예요?"

은별이 최대한 불쌍한 표정을 지으며 조심스레 태성의 눈치를 살폈다.

"아무리 서바이벌이라지만 그래도 어떻게 연약한 여자를 먼저 제거하겠어. 에잇, 살려준다."

마음 약한 태성다운 판단이었다. 역시 이 순간 감정의 약자는 태성이었다. 은별이 가슴을 쓸어내리며 제안을 했다.

"큰별 님, 그러지 말고 우리 연합해요. 하나보다는 둘이 힘을 합치면 우승 가능성이 더 있잖아요. 안 그래요?"

"그럴까?"

은별은 눈을 동그랗게 뜨고 물었다.

"그럼 누구부터 제거할까요?"

"BK?!"

"BK!"

공공의 적도 생겼고, 연합군까지 이루었으니 천군만마가 생긴 기분이었다. 확률은 두 배로 높아진 셈이었다. 둘은 조용히 하이파이브를 하며 파이팅을 외쳤다.

토끼를 노리던 족제비가 오히려 태성과 은별의 기척에 놀라 일찌감치 도망가고 풀을 뜯던 토끼는 뭐가 그리 신기한지 한참 동안 그들을 바라보다 여유롭게 숲 속으로 사라졌다.

*

'태성… 은별… BK.'

BK는 흙바닥에 총구로 셋의 이름을 썼다. 태성을 걱정하던 은별의 모습이 자꾸 떠올랐다. 자신의 노래를 건성으로 들어 넘기던 그녀의 모습과 자꾸 비교가 되었다. 수학 공식이 사람 사이에 존재한다면 아마도 지금 은별의 마음은 태성 쪽으로 부등호가 열려 있으리라. 그는 천천히 부등호를 그려넣었다.

'태성〉은별〉BK'

이게 은별의 마음이라고 생각하니 왠지 모를 섭섭함이 밀려왔다. 살짝 뿔이 난 듯 그는 발로 흙바닥의 글씨를 마구 문질러 지워버렸다. 이런 생각을 하는 자신이 쪼잔하기도 하고, 이런 생각을 한다는 것 자체가 스스로를 혼란스럽게 만들었다. 하지만 한 가지 분명한 건 이제 제거 대상 1호가 정해졌다는 것이었다. 감정의 피라미드 가장 꼭대기, 그리고 부등호의 우위에 놓인 한 사람, 바로 태성이었다.

강자가 약자를 잡아먹는 게 동물의 세계라면 강자가 약자를 보호해야 하는 게 인간세계인 거다. 더 많이 좋아하는 쪽이 덜 좋아하는 쪽을 보호하는 게 인간세계인 거다. 그런 의미에서 BK는 본능적 강자이면서 동시에 감정적 약자나 다름없었다. BK는 벌떡 일어나 수풀이 우거진 쪽으로 발길을 돌렸다. 제거 대상을 찾으러 가는 것인지 보호 대상을 찾으러 가는 것인지 알 수 없는 미묘한 표정과 함께.

*

허리를 잔뜩 숙인 채 연우는 덤불 사이에 몸을 숨기고 있었다. 아마도 잠복을 택한 것 같았다. 그러나 그런 그녀 앞으로 기다리는 일행이 아닌 한 마리 사슴이 수풀에서 나와 따뜻한 봄볕을 만끽했다. 그 뒤꽁무니를 뿔이 달린 다른 사슴이 졸졸 따라다니고 있었다. 짝짓기를 하려는 모양인지 끊임없이 뒤꽁무니를 비벼보지만 암사슴은 관심도 없다는 듯 꿈쩍도 하지 않았다. 짝짓기 철이 한참 지났는데도 일편단심인 수사슴의 구애는 처절해 보이기까지 했다.

사랑은 방향과 타이밍이라고 하지 않던가. 서로의 마음이 향하는 방향과 타이밍이 맞아야 이루어질 수 있는 법. 사랑에서만큼은 동물과 사람은 다르지 않은 듯했다.

연우는 씁쓸한 표정으로 한참 동안 사슴들의 실랑이를 지켜보다가 한 눈을 찡긋하며 입술을 꽉 깨물었다. 너무 오랫동안 한 자세로 있어서인지 다리가 저려왔다. 혀를 내밀고 손끝에 침을 발라 코끝에 묻혀보아도 소용이 없었다. 저린 발을 살짝 움직여 저릿함을 풀어보려다 그만 균형을 잃고 말았다. 큰 소리를 내지 않으려고 버둥거리는 그녀의 우스꽝스러운 기척을 느꼈는지 사슴들이 후다닥 덤불을 빠져나가 저만치 달려갔다. 연우는 그 자리에 철퍼덕 쓰러지듯 주저앉았다. 다리가 더 저려왔다. 이럴 바에야 차라리 잠복보다는 찾아 나서는 게 나을 듯싶었다.

*

만약 정글에서 사자와 호랑이가 만나면 누가 이길까? 밀림의 왕인 호랑이와 백수의 왕인 사자가 실제 마주칠 확률은 현실적으로 거의 불가능하다고 한다. 서로 서식지도 다르고 생활 패턴도 전혀 다르기 때문에 만나는 것은 물론이고 싸울 확률은 더더욱 없다고 한다. 그러나 사람들은 가끔 그 희박한 확률에 물음을 던지기도 한다. 호랑이와 사자가 싸우면 누가 이길까?

하지만 인간세계에서는 호랑이와 사자, 두 강자가 만나는 일이 비일비재하다. 전혀 다른 분야, 전혀 다른 부류의 사람이라도 이 얽히고설킨 세상 속에서 살아남기 위해서는 언젠가 한 번쯤은 마주칠 수밖에 없는 게 현실이다. 바로 지금처럼.

"어? 이게 누구신가?"

BK가 빙긋 웃으며 태성을 향해 총구를 겨누었다. 태성이 미처 총을 들기도 전이었다. BK가 방아쇠를 당기면 물감 총에 맞아 태성이 바로 아웃이 될 만큼 가까운, 2미터도 채 되지 않는 거리였다. 둘 사이에 팽팽한 긴장감이 돌았다. 드라마나 영화를 보면 적과 대치 중일 때 바로 방아쇠를 당기면 간단하게 상황이 종료될 것을, 이런저런 이야기를 주고받다가 상대를 제거할 타이밍을 놓치는 게 이해가 가지 않았다. 그러나 막상 BK도 이런 여유로운 상황에 맞닥뜨려보니 상대를 제거하기 위해 손가락이 움직이기보다는 입부터 열리는 게 신기했다. BK가 싱긋 웃었다.

"형님, 죄송하게 됐습니다. 마지막으로 할 말 없습니까?"

영화의 주인공마냥 그가 여유를 부리며 태성에게 물었다.

"어? 뱀이다."

나름 속임수를 쓴다고 태성이 극약 처방을 써봤지만 너무 어색한 연기 탓에 BK가 아주 잠시 움찔했을 뿐이었다. 그 얕은 수에 오히려 BK는 더 자신만만해졌다.

"형님, 정말 유치합니다. 이러면 내가 더 미안해지는데…."

"아니, 내가 더 미안해, BK."

태성이 오히려 빙긋 미소를 지으며 팔자 눈썹을 만들었다. 나름 미안하다는 안타까움의 표시였다. 방금 전과는 달리 이번에는 정말 실감나는 표정이었지만 BK는 여전히 기세등등했다. 나름 태성의 연기가 훌륭했다고 생각했는지 그가 왼손 엄지를 치켜들며 동시에 오른손에 든 총을 발사하려는 순간이었다.

'딱!'

간발의 차였다. BK의 입가에서 미소가 사라지고 얼굴에 어이없는 표정이 떠올랐다. 분명 태성은 총을 들지도, 방아쇠를 당기지 않았는데 BK는 자신이 물감 총에 맞았음을 느꼈다. 황당하다는 듯 BK가 태성을 바라보았고, 태성은 BK의 어깨 너머 뒤쪽으로 누군가에게 찡긋 윙크를 날렸다. 그제야 돌아보니 등 뒤에 은별이 총구를 겨눈 채 혀를 쏙 내밀고 웃고 있었다.

"뭐야, 비겁하게 등 뒤에서 쏘는 거 있기, 없기?!"

"헤헤, 미안해요, BK."

완벽한 연합 작전의 승리였다. BK가 허무함과 분함에 눈을 질끈 감는 사이 태성과 은별은 하이파이브를 하며 두 번째 타깃을 향해 숲 속으로 사라졌다.

*

두 번째 타깃 제거는 순식간에 이루어졌다. 숲 속으로 들어가자마자 마침 잠복을 포기하고 일행을 찾고 있던 연우와 마주쳤고, 태성이 재빨리 먼저 연우에게 물감 총을 쏘며 미안해했다. 아무것도 해보지 못한 채 연우도 BK처럼 정글을 빠져나와야만 했다.

연우가 터덜터덜 정글 입구에 다다르자 허탈하게 앉아 있는 BK와 마주쳤다. 그를 보는 순간 그녀의 얼굴에 반가움이 가득 차올랐다. 그러나 그녀를 본 그의 얼굴엔 씁쓸함이 퍼져나갔다.

"뭐야, BK, 벌써 아웃된 거야?"

"연합군에 밀렸어. 에잇, 그럴 줄 알았으면 우리도 친구끼리 뭉치는 건데, 그렇지?"

연우가 빙긋 웃었다. 비록 서바이벌에서 살아남진 못했지만 덕분에 BK와 좀더 많은 시간을 함께할 수 있게 되었으니 그걸로 충분했다.

"그럼 형님이랑 은별이 살아남은 거네?"

"그렇지, 근데 둘 중 누가 살아남을까?"

"글쎄?"

사실 BK도 연우도 누가 우승할지에는 관심이 없었다. 누가 우승하든 지금 각자의 머릿속에는 전혀 다른 생각들로 가득 차 있었다.

"아, 아깝다. 소원 하나 또 날아갔어."

"또라니?"

"기억 안 나? 지난번 BK가 내가 쌓은 소망 돌탑 무너뜨렸잖아! 그때 내 소원 하나 붕 날아갔지 아마?"

연우가 입을 삐죽거리며 귀엽게 응석을 부리자 BK는 그때 기억을 떠올리며 새삼 미안함에 두 손을 모으고 눈을 질끈 감으며 용서해달란 시늉을 했다. 익살스러운 그 모습에 연우는 웃음을 터뜨렸다. 그러고는 눈을 질끈 감은 그의 머리를 사랑스럽게 쓰다듬으며 드라마 여주인공의 흉내를 내보았다.

"너의 죄를 사하노라!"

어이없는 표정으로 BK가 눈을 뜨자 큭 하고 터지는 웃음을 참는 연우의 얼굴에 화색이 돌았다. BK가 옷을 툭툭 털며 자리에서 일어나는데, 따라 일어나려던 연우가 그의 발쪽을 가리키며 소리를 질렀다.

"어? 뱀이다!"

연우의 실감나는 외침에 BK는 정말 눈 깜짝할 사이에 비명을 지르며 그녀의 등 뒤로 와 업히듯 바짝 얼굴을 대고 방정맞게 다리를 번갈아 들어올렸다 내렸다를 반복했다. 그 모습에 이번에는 연우가 배를 움켜쥐고 까르르 웃어댔다. 그제야 발밑을 확인하고 장난인 줄 안 BK가 코를 벌름거리며 씩씩거렸다.

"에이, 진짜!"

"인과응보 몰라? 메롱."

연우가 혀를 날름 내밀고는 도망치듯 달려갔다.

"정연우, 너 이리 안 와? 잡히면 죽었어!"

씩씩거리며 연우의 뒤를 쫓으면서도 혹시나 하는 마음에 계속 발밑을 조심하는 BK의 모습이 재미있었다. 이렇게 그들만의 진짜 서바이벌은 다시 시작되었다.

"이제 어쩌죠?"

은별이 태성을 뚫어지게 보며 물었다. 태성이 난처한 듯 머리를 긁적였다. 연합을 할 때까진 좋았으나 막상 타깃 둘을 제거하고 나니 두 사람이 서로의 타깃이 되어버렸다. 이제는 의리가 아니라 누가 먼저 배신할지에 대한 선택의 문제만이 남아 있었다. 그러나 태성도 은별도 섣불리 결정할 수 없었다.

"그럼 이렇게 하는 건 어때요?"

역시 아이디어 뱅크 은별이 좋은 생각이 떠오른 모양이었다.

"아까 가이드가 그랬잖아요. 감정에 강한 사람이 살아남는 거라고. 그러니까 서로 화나게 해서 화를 끝까지 참는 사람이 이기는 걸로 해요. 어때요?"

"그럼 먼저 화내는 사람을 쏘면 되는 거네?"

"그렇죠! 감정을 제어하고 인내하는 사람이 이기는 거라는 말씀!"

"오케이! 그럼 일발 장전하고, 은별 씨가 먼저 시작해."

태성이 신사답게 공격권을 먼저 은별에게 넘겼다. 은별은 태성을 향해 물감 총을 장전하고 회심의 미소를 지으며 눈썹을 씰룩거렸다. 어떻게 하면 태성의 약을 올릴 수 있을 것인가.

"음… 큰별 님은 강의를 너무 못해요."

태성이 피식 웃었다. 그 정도로 약이 오르거나 화가 날 리 없었다. 그건 이미 자신도 알고 있고 또 인정하는 사실이었다. 선제 공격권을 먼저 양보한 것치고 공격이 너무 가벼운 듯싶어 예의상 태성도 약하게 펀치를 날렸다.

"은별 씨는 너무 많이 먹어."

은별도 역시 기대 이하라는 듯 표정 변화가 없었다. 많이 먹는 것 역시 사실이니까. 이번엔 은별이 조금 더 강도를 높였다.

"큰별 님은 너무 소심해요."

태성이 흥 귀엽게 콧방귀를 뀌었다. 약간 자신을 들킨 것 같아 움찔하긴 했지만 따지고 보면 소심한 것도 사실이긴 했다.

"은별 씨는 말술이야."

"큰별 님은 패션 감각 꽝이에요."

은별과 태성의 공격이 핑퐁 게임처럼 팽팽하게 이어졌다.

"은별 씨는 잘 때 코를 너무 심하게 골아."

순간 은별의 눈빛이 살짝 흔들렸다. 당혹스럽고 아차 싶었다.

"그건 피곤할 때만 그런 거지, 만날 그러는 건 아니라구요."

자기도 모르게 언성이 높아졌다. 동서고금을 막론하고 남자에게 여자는 언제 어디서든 신비스러운 존재여야 한다고 누가 그랬던 것 같은데, 그런 신비감을 홀딱 깨버리는 걸쭉한 코골이를 들려주었으니 체면이 말이 아니었다.

"어? 지금 화낸 거 아닌가?"

태성이 눈을 동그랗게 뜨고 은별에게 묻자 은별이 눈을 더 동그랗게 뜨고 고개를 사정없이 흔들며 양 볼에 억지웃음을 가득 넣었다.

"아-니요! 화내긴요, 그냥 사실을 말한 거예요. 화낸 거 절대 아니에요."

태성이 못이기는 척 고개를 끄덕이자 은별은 그를 살짝 흘기며 어떤 공격을 할까 곰곰 생각했다.

"큰별 님은요…."

태성은 잔뜩 긴장한 표정으로 그녀의 입에서 무슨 말이 나올까 주시했다. 그러나 기대와는 달리 공격은 시시했다.

"좀 둔한 것 같아요. 눈치가 없어요."

뭐라고 심한 말을 할 수가 없었다. 말 그대로 눈치도 없고 둔한 태성이지만 쉽게 상처받고 쉽게 낫지 못하는 성격인 줄 알기에 은별도 적당한 선에서 공격할 수밖에 없었다. 은별 딴에는 그에 대한 일종의 배려였다. 그러나 역시 눈치 없는 태성이 그런 마음을 알 리 없었다. 여전히 천진난만한 표정으로 오히려 그녀를 약올리는 여유를 부렸다.

"오, 대박! 나 둔하고 눈치도 없는 거 어떻게 알았지? 은별 씨 진짜 족집게다."

은별은 살짝 당황했다. 순진할 줄만 알았던 태성도 이렇게 누구를 약올릴 줄 아는구나. 그 순간 태성이 회심의 미소를 지었다. 막판 강펀치를 날릴 모양이었다.

"은별 씨 선머슴 같아. 연우 씨는 참 여성스럽고 참한데 은별 씨는 여성적인 매력이 없어."

세상 그 누구도 흔들리지 않을 수 없다는 비교 폭탄에 은별의 얼굴이 붉으락푸르락해졌다. 늘 명랑하고 활발해서 학창 시절부터 선

후배들에게 선머슴 같다는 얘기를 많이 듣긴 했지만 지금 태성에게 듣는 것과는 의미가 달랐다. 왠지 섭섭하고 약이 올랐다. 다른 사람에게는 선머슴 같다는 말을 들어도 좋지만 태성에게만큼은 여성스럽다는 말이 듣고 싶었는데. 그녀는 간신히 화를 참으며 입바람으로 앞머리를 훅 불고는 결연한 표정으로 되물었다.

"혹시나 해서 다시 물어볼게요. 내가 정말 여성적인 매력이 없어요?"

은별의 표정을 보아하니 조만간 터질 듯한 분위기였다. 태성이 의기양양하게 고개를 끄덕였다.

"그러니까 연우 언니가 나보다 더 여성스럽고 매력 있다는 거죠?"

조금만 더 자극하면 화가 폭발할 것 같았다. 태성은 빙긋 미소를 지으며 더욱 장난스럽게 약을 올렸다.

"당연하지!"

"에이, 진짜!"

은별은 한 치의 망설임도 없이 태성을 향해 물감 총을 쏘아댔다. 한 번으로는 분이 안 풀렸는지 연발로 몸통에 뿌려대다시피 했다.

"뭐야? 먼저 화낸 건 은별 씨잖아. 내가 쏴야 하는 건데 이건 반칙이지."

"아이, 몰라 몰라. 어쨌든 큰별 님이 총 맞았으니까 내가 이긴 거예요. 끝!"

은별이 토라지듯 홱 돌아서더니 정글 입구를 향해 성큼성큼 걸어갔다. 물감 세례를 받은 태성은 어이없다는 표정으로 그런 그녀를 바라보았다. 기가 막히기도 하고, 너무 심했나 싶기도 하고, 저렇게까지 화낼 일인가 싶기도 하고 그의 머릿속이 혼란스러웠다. 하지만 명랑 쾌활의 대명사였던 은별의 저런 싸늘한 반응으로 봐서는 진짜 화가 난 것 같기도 했다. 머쓱해진 그는 서둘러 수습에 들어갔다.

"은별 씨, 미안 미안. 그냥 장난으로 한 말이야."

뒤늦게 따라오며 외치는 태성에게 은별은 더 약이 올랐는지 뒤도 안 돌아보고 맞받아쳤다.

"됐거든요!"

은별은 심통이 난 얼굴로 콧김을 내뿜었다. 다른 사람도 아닌 태성에게 자신은 많이 먹고 말술에 코골이를 심하게 하는 선머슴 같은 매력 없는 여자로 인식되어버렸다고 생각하니 기가 막히고 코가 막혀서 숨까지 턱 막혔다.

이래서 여자들이 평소에 남자 앞에서는 내숭을 떨어야 한다는 둥 이미지 관리니 어쩌니 하는구나 싶었다. 여자는 자고로 죽을 때까지, 아니 죽어서도 남자에게는 천사 같은 모습으로 기억되어야 한다고 했던 수정의 말이 떠올랐다. 이래서 그런 말들을 하는 거였구나. 젠장, 바보같이 이제야 깨닫다니.

으어어! 오랜만에 질러보는 짜증 섞인 괴성이었다. 은별은 고개를 마구 내저으며 머리를 헝클어뜨렸다.

하아아. 처음부터 뭐 이럴 줄 알았나. 한숨이 절로 나왔다. 이젠 어쩌나. 이미 구겨질 대로 구겨진 이미지, 괜히 그런 게임을 제안해서 긁어 부스럼을 만들었다고 생각하니 더 약이 올랐다. 자업자득이 이런 거겠지.

서바이벌의 우승자가 되었지만 남은 건 상처뿐인 영광이었다. 이 억울하고 얼토당토않은 상황을 누가 알랴. 감정에 강한 자가 살아남는다고 했지만 결과적으로 은별은 스스로 패자임을 확인하고야 말았다. 결국 서바이벌에서는 아무도 승자가 되지 못했다.

3

캠핑카 밖으로 침낭이 휙 던져졌다. 태성과 BK가 황당한 듯 멀뚱히 쳐다보자 은별이 새침한 표정으로 말했다.

"묻지도 따지지도 않고 소원 들어주기로 했잖아요."

공식적인 우승 상품은 없었다. 다만 그들끼리의 내기에서 우승 특전은 분명히 있었다. 서바이벌에서 은별이 최후 생존자로 결정이 났으니 소원을 들어주어야 하는 건 당연했다. 그러나 다짜고짜 침낭을 집어던지며 태성과 BK에게 소원을 들어달라니 무슨 영문인가 싶었다. 옆에 있던 연우도 어리둥절한 표정으로 은별에게 물었다.

"은별 씨, 무슨 소원인데?"

태성과 BK도 의문 가득한 얼굴로 은별을 쳐다보았다.

"오늘 남자 두 분은 밖에서 주무세요. 그게 내 소원이에요."

어이가 없었다. 아니 황당했다. 무슨 거창한 소원도 아니고, 누군가에게 이로운 소원도 아니고, 그저 오늘 하루 남자 둘이 밖에 텐트에서 자는 게 소원이라니, 선뜻 이해가 가지 않았는지 BK가 되물었다.

"뭐야, 무슨 소원이 그래?"

"내 맘이에요. 묻지도 따지지도 않는다면서요."

잔뜩 뿔이 난 듯 입을 삐죽거리는 은별이 캠핑카 문을 쾅 닫았다. 아까 태성과의 말싸움 이후 괜히 부아가 치밀어오르는 것에 대해 뭔가 특단의 조치가 필요한 모양이었다. 그래서 생각해낸 것이 일종의 소심한 복수라고나 할까, 캠핑카의 주인인 태성을 밖으로 내모는 거였다.

물론 숨겨진 이유는 자신의 코골이를 오늘 밤 태성에게 또 들려주고 싶지 않아서였다. 왠지 오늘은 분에 못 이겨 이까지 갈지도 모른다는 불안감까지 살짝 들었기 때문이기도 했다. 그럴수록 함께 있는 연우와 더욱 비교될 게 뻔하니 그런 상황은 처음부터 아예 차단하고 싶었다. 괜히 같은 남자인 BK까지 덤터기를 쓰게 되었지만 어쩌랴. 이번 참에 여자들끼리 오붓하고 편안하게 잠을 자보는 것도 나쁘지는 않을 듯했다.

평소답지 않게 심술을 부리는 은별이 궁금하기도 하고 걱정되기도 했는지 연우가 은별에게 슬쩍 운을 떼었다.

"왜 그래? 아까 정글에서 무슨 일 있었어? 왜 뿔이 난 거야?"

연우에게까지 새침하게 굴 필요는 없었지만 은별은 어떻게 이 상황을 자연스럽게 납득시킬지 좀처럼 생각나지 않았다. 그보다는 오히려 궁금했다.

"언니, 나 잘 때 코 많이 골아요?"

다소 엉뚱한 질문에 연우가 당황스러운 표정을 지었다.

"글쎄, 나도 잠을 깊게 자는 편이라 잘 모르겠는데? 왜?"

"내가 너무 많이 먹어요? 주량도 너무 센 거 같죠?"

"뭐든 잘 먹으면 좋지. 근데 왜?"

"아니에요."

은별은 금세 시무룩해졌다.

"뭐야, 평소답지 않게 왜 그래?"

"그럼 언니, 여자 대 여자로 정말 솔직하게 말해줄 수 있어요?"

"뭘?"

"나… 여자로서 매력 없죠…?!"

연우가 갑자기 웃음을 터뜨렸다. 정말 은별답지 않은 질문이라는 생각이 들어서였다. 그러나 은별은 여전히 진지했다.

"언니처럼 얌전하지도 않고, 나긋나긋하지도 않고, 솔직히 너무 선머슴 같아서 좀 그렇죠?"

입을 삐죽 내밀고 정말 궁금한 듯 진지하게 묻는 은별이 연우의 눈에는 오늘따라 무척 귀엽게 보였다.

"누가 그래? 큰별 님이 은별 씨더러 선머슴 같대?"

"아니, 아니, 그건 아니구요…."

행여나 마음을 들킬세라 은별이 거세게 부인했다.

"누가 뭐랬건 절대 아냐! 은별 씨 얼마나 매력 있는데. 명랑하고 쾌활하고, 내가 부러울 정도로 예쁘고 사랑스러운데?"

"치, 그래도 여성적인 매력은 없는 거잖아요."

"바보, 그게 은별 씨만의 매력이야. 정말 모르겠어?"

연우는 진심을 말하고 있었지만 은별에게는 그다지 위로가 되지 않았다. 연우의 눈에 그렇게 비치면 뭐 하나 싶었다. 다른 사람의 눈에는 결국 코골이에 말술을 퍼먹는 매력 없는 선머슴인걸.

*

"형님 제정신이에요? 여자한테 그런 말을 하면 어떡해요?"

BK가 텐트를 치다 말고 버럭 소리를 질렀다.

"난 그냥 게임이니까 장난으로 한 건데."

"이 형님이 진짜 뭘 모르시네! 무심코 던진 짱돌에 개구리가 맞아 죽는다는 말 모르세요? 아무리 장난이라도 여자한테는 말을 가려서 해야죠. 테레사 수녀님도 그런 얘기 들었으면 핵주먹 날아왔을걸요?"

"그런 거야?"

BK가 고개를 절레절레 흔들었다. 어쩐지 서바이벌 게임 이후 은별이 내내 말도 없이 뾰로통하게 심통이 난 이유를 이제야 알 것 같았다. 정말 눈치가 없어도 너무 없는 태성이었다. 여전히 긴가민가하는 그를 보고 답답했는지 BK가 한마디 덧붙였다.

"이러니까 형님이 실연을 당하는 거예요."

이크. 해서는 안 될 말을 해버렸다. 은별이 은근 상처받았을 걸 생각하니 저도 모르게 울컥 치밀어오른 모양이었다. BK도 태성도 순간 멈칫했다. 잠시 정적이 흘렀다. 주워담을 수 없는 말을 이미 뱉어 버린 BK는 어떻게든 수습을 해야 했다.

"형님, 그게 아니구요, 내 말은…."

"아냐, 맞는 말이야. 내가 여자 마음을 진짜 모르긴 했어. 바보같이 그걸 이제야 알았네."

태성의 자학 모드에 BK는 몸 둘 바를 몰랐다. 하지만 태성은 일부러 자학을 하는 것도, 빈정거리는 것도 아니었다. 진심이었다. 정말로 그 사실을 지금에야 깨달았다.

생각해보니 왜 지연이 자신을 떠났는지 한 번도 그 마음을 헤아려 보려 하지 않았다. 아니, 몰랐다. BK의 말대로 여자의 마음을 그리도 몰랐으니 지연도 지난 3년간의 서운함이 터지고 만 것이리라. 원래 활화산보다 휴화산이 폭발하면 그 규모나 폭발력이 상상을 초월한다고 하지 않던가. 태성이 결혼을 앞두고 회사를 그만둔 건 그래서 어쩌면 지연에게 아주 좋은 핑계가 되었는지도 몰랐다.

태성은 손가락에 끼고 있던 약혼반지를 만지작거렸다. 너무 쉽게 생각했다. 언젠가 지연이 돌아올 거라고 믿고 있었던 자신이 바보 같았다. 다시 돌아온다 한들 자신이 지연의 마음을 완벽하게 헤아릴 수 있을까도 겁이 났다. 솔직히 자신이 없었다.

여자들은 남자들이 자신만을 바라봐주길 바란다지. 그런데 태성은 지연을 바라보는 시간보다 하늘의 별을 바라보는 시간이 더 많았다. 보통의 남자들이 여자친구의 눈 속에서 별을 찾고 있을 때 그는 진짜 하늘의 별만 찾고 있었다. 그런 남자를 바라보는 것도 인내심이 필요했을 터였다. 그리고 언제나 인간의 인내심에는 늘 한계가 있기 마련이다. 그 한계점에 지연이 폭발해버린 것이었다. 그런 마음을 태성은 알아주지 못했다. 헤아려주지 못했다. 그래서 미안하고, 그래서 더 쓸쓸해졌다.

*

태성은 오랜만에 큐피드를 세팅했다. 은별과의 동행이 시작되던 날부터 2층 벙커 베드의 넓은 중앙에서 쫓겨나 한쪽 구석에 처박힌 신세가 되었지만, 오늘은 태성의 야외 취침 덕분에 제대로 실력 발휘를 할 수 있게 되었다. 그러나 아직 별이 보이려면 한참 더 어두워져야 했다.

"형님, 미안해요. 내가 괜한 얘기를 했네요."

"괜찮아. 사실인데 뭐. 아, 오늘은 오랜만에 별을 실컷 볼 수 있겠네."

태성이 어른답게 활짝 웃어 보였다. 하지만 BK의 마음은 편치 않았다. 달리 더 할 말이 없었는지 머쓱해진 태성은 아직 별이 보이지도 않는 하늘을 향해 큐피드를 끌어안고 초점을 맞추었다. 그러나 하늘 저편에서는 구름들이 점점 세력을 넓혀가며 하늘과의 영토 싸움을 벌이고 있었다.

*

창가에 나란히 놓인 납작한 몽돌들의 얼굴은 모두 웃고 있었다. 물끄러미 몽돌을 바라보던 은별은 자신의 몽돌을 찡그린 얼굴이 되게 뒤집어놓았다. 그러고는 태성의 웃는 얼굴에 사인펜으로 콧수염과 칼자국 등을 낙서처럼 그려넣으며 화풀이를 했다. 자신의 기분을 이렇게라도 드러내야 화가 좀 풀릴 것 같았다.

"은별 씨, 심술이 단단히 났구나? 기분도 풀 겸 우리 술이나 한잔할까?"

예전 같으면 신이 나서 바로 콜을 외쳤을 텐데, 은별은 곧바로 고개를 저었다. 이런 기분이라면 태성의 말처럼 말술을 퍼마실 게 뻔했다.

"그럼 야식이라도 먹을까? 아까 저녁도 별로 안 먹었잖아."

역시나 이번에도 은별은 고개를 저었다. 역시 이런 기분이라면 태성의 말처럼 분명히 많이 먹을 게 뻔했다.

"그럼 일할래?"

일이라고 해봤자 연우는 또다른 시나리오 구상을 하고 은별은 개인 홈페이지를 만드는 것이지만, 어쨌든 지금은 일할 기분도 아니었다.

"그럼… 일찍 자자. 푹 자고 나면 심술도 풀릴 거야. 아, 오늘은 남자들이 없으니 맘 놓고 편하게 잘 수 있겠다. 그렇지?"

그랬다. 마음 놓고 코도 골고 이도 갈고 심지어 잠꼬대해도 될 것 같았다. 함께 여행을 다니면서 2층 벙커 베드와 아래 소파 베드를 커튼으로 분리하긴 했지만 어쨌든 남녀가 한 공간에서 취침을 한다는 게 신경 쓰이는 건 당연했다. 물론 이전까지는 은별은 솔직히 신경 쓰이지 않았지만 오늘부터는 엄청 쓰이게 생겼다는 게 문제였다.

"근데 오늘 밤부터 비 온다고 했는데 괜찮을까?"

연우가 걱정이 되었는지 창가의 커튼을 제치고 하늘을 올려다보았다. 아직은 비 올 기미가 보이지 않았다. 은별도 살짝 걱정이 됐다. 막상 밖으로 내쫓긴 했지만 엄연히 캠핑카의 주인을 강제로 야외 취침시키려니 마음이 영 편치 않았다. 아까의 일을 생각하면 이 정도 복수는 애교나 다름없었지만.

"장마철도 아닌데요, 뭐. 우리 일찍 자요."

은별이 이불을 덮고 눕자 연우도 어쩔 수 없이 불을 끄고 잠자리에 들었다. 사방이 고요했다. 은별은 안 오는 잠을 억지로 청하며 눈을 있는 힘껏 감고는 이불로 얼굴을 덮어버렸다.

그러나 그것도 잠시 그녀는 신경질적으로 이불을 휙 젖혔다. 눈을 동그랗게 떴다가 이내 질끈 감았다. 하아아. 입에서 한숨이 새어나왔다. 또 뭔가 생각이 난 모양이었다. 전에는 신경도 안 쓰이고 자연스럽게 행동했던 모든 것이 겨울철 피부 각질 올라오듯 셀 수 없는 기억의 부스러기로 머릿속에 떠올랐다.

아침에 일어나 눈곱도 안 떼고 배고프다며 숟가락부터 들었던 일, 아침마다 운동한답시고 돗자리 깔고 민망한 자세로 스트레칭했던 일, 고기 굽다 바닥에 떨어진 걸 훅훅 불어 아무렇지 않게 입속에 넣었던 일, 상추와 깻잎 위에 고기를 몇 점씩 올리고 쌈을 싸서 하마처럼 입을 벌리고 먹었던 일, 아무도 안 보는 줄 알고 차 뒤쪽에서 수시로 가스를 분출했던 일…. 이루 말할 수 없는 엄청난 일들이 줄줄이 딸려나왔다.

하긴 태성을 처음 만난 날도 은별이 나서서 테마주를 돌리고, 그의 차를 타고 오는 내내 코를 고는 것으로도 모자라 침을 흘려가며 차창에 머리를 박고 잠을 잤으니 첫인상이 오죽했을까. 그때부터 이미 태성에게 은별은 말술 먹고 코고는 이상한 여자였을 게 분명했다. 그녀는 생각도 하기 싫다는 듯 이불을 뒤집어썼다.

사랑은 봄비처럼

1

크어엉. 크어억.

은별은 천둥 소리보다 더 요란한 코고는 소리에 눈을 떴다. 게슴 츠레한 눈으로 시계를 보니 새벽 6시를 넘어가고 있었다. 옆에 있는 연우는 얌전히 쌔근쌔근 자고 있는데, 도대체 이 소리는 뭔가 싶어 은별은 벙커 베드의 커튼을 제치고 아래를 내려다보았다. 언제 들어 왔는지 BK가 소파 베드에서 대자로 뻗어 자고 있었다. 아마도 잠결 에 캠핑장 공중 화장실에서 볼일을 보고 습관적으로 안으로 들어온 모양이었다.

은별은 커튼 사이로 고개를 쭉 내밀고 운전석 쪽으로 머리를 들이

밀었다. 아무도 없었다. 다시 소파 베드 쪽으로 시선을 훑었지만 BK의 옆자리는 비어 있었다. 그 말은 곧 태성이 여전히 텐트에서 자고 있다는 이야기였다.

따닥 따닥 따다닥.

은별은 천장에서 나는 소리에 귀를 쫑긋 세웠다. 비 오는 소리였다. 벙커 베드 양옆으로 난 쪽창으로 밖을 살폈다.

"어머, 어떡해!"

캠핑카 밖의 상황은 말 그대로 처참했다. 장마철도 아닌데 무슨 봄비가 그리도 많이 왔는지 캠핑장 바닥은 물이 흥건한 채 찰랑대고 있었고, 아니나 다를까 태성이 자고 있는 텐트 하단은 이미 물에 잠긴 채였다.

은별은 벌떡 일어나 서둘러 사다리를 내려갔다. 잠자고 있는 BK를 밟을까 싶어 건너뛰려던 게 오히려 그의 팔을 사정없이 밟고 말았다.

"아얏!"

짧은 비명과 함께 잠에 취한 BK가 옆으로 돌아누웠다. 그러나 은별에게는 그의 비명 소리가 들리지 않았다. 그보다는 텐트에서 태성이 어찌하고 있을지가 궁금했다. 그녀는 다급하게 소파 베드를 건너 캠핑카 출입문을 벌컥 열어젖히고는 신발을 신고 뛰쳐나갔다. 이미 바닥에 물이 가득한 상태라 발을 딛는 족족 사방으로 흙탕물이 튀었다. 서둘러 텐트 안을 살폈다. 태성이 몸을 잔뜩 웅크린 채 비에 젖은 침낭 안에서 떨고 있었다. 은별은 얼른 그를 흔들어 깨웠다.

"큰별 님, 괜찮아요?"

태성이 찌푸린 얼굴로 간신히 눈을 뜨고 은별을 쳐다보았다.

"일어났어?"

"왜 여기서 자요, 비 오는데 안 들어오고."

"이렇게 많이 올 줄 몰랐지. 그리고 소원 들어주기로 했잖아."

은별은 어이가 없었다. 아무리 소원이라고 했기로서니 이렇게 비가 오는데 미련하게 밖에서, 그것도 비에 젖은 침낭 안에서 자고 있다니. 정말 융통성이 없어도 너무 없었다. 물론 침낭에 물이 들어온 줄도 모르고 밤새 자다보니 이렇게 된 것이겠지만, 어쨌든 밤새 얼마나 추웠을까 생각하니 순간 울화가 치밀었다. 아니나 다를까, 태성은 파래진 입술로 오들오들 떨고 있었다. 아무리 봄이라지만 비 오는 날의 새벽 공기는 차기 마련이었다.

은별은 얼른 캠핑카로 들어가 BK가 덮고 있던 담요를 휙 잡아빼서 태성에게 건넸다. 담요를 두르고 좁은 텐트에서 일어나는 태성이 잠시 휘청했다. 밤새 눅눅하게 젖은 침낭이 다리에 휘감기면서 균형을 잃은 것이었다. 은별은 반사적으로 얼른 그를 부축했다. 괜찮다며 애써 웃었지만 태성은 벌써 기침을 하기 시작했다.

*

고소한 수프 냄새가 캠핑카 안에 진동했다. 은별은 조용하게 냄비에 수프를 끓였다. 대자로 뻗어 있던 BK가 게슴츠레 눈을 떴다. 연우도 살며시 기지개를 켰다. 어제 서바이벌 게임이 나름 긴장되고 힘들었는지 모두 일찍 잠이 들어 숙면을 취한 듯했다. 단 한 사람 태성만 빼고.

"어머, 두 사람 왜 여기 있어요? 밖에서 자기로 한 거 아니었나?"

연우가 커튼을 열고 나오려다 깜짝 놀라 묻자 BK도 그제야 자신이 언제 들어왔는지 기억을 더듬었다. 그러나 도무지 기억이 나지 않는지 머리를 긁적이자 수프를 끓이던 은별이 그를 노려보았다.

"BK, 비가 오면 깨워서 같이 들어와야지, 혼자만 달랑 들어와서 편안하게 코 골고 자면 좋아요?"

갑작스러운 날선 공격에 BK가 잠시 당황하는 듯 보였다. 연우도 은별이 왜 저러나 싶어 눈을 껌뻑였다.

"큰별 님 좀 보세요. 완전 만신창이가 됐잖아요."

소파 베드 구석 자리에 태성이 담요 몇 개를 덮어쓰고 오들오들 떨고 있었다. 그의 이마 위에는 은별이 얹어놓은 것으로 보이는 물수건이 올려져 있었다. 누가 봐도 아픈 사람의 몰골이었다. 그 옆에는 큐피드가 마른 수건에 칭칭 감긴 채 얌전히 놓여 있었다.

"어? 형님 왜 이래요? 와, 열이 펄펄 끓네?"

그제야 태성의 상태를 알아차린 BK가 그의 이마와 얼굴 여기저기에 손을 대보고는 놀라서 되물었다. 은별이 한숨을 폭 내쉬며 얄미운 듯 BK를 흘겨보았다.

"몰라서 물어요? 밖을 좀 보라구요."

연우가 얼른 커튼을 걷고 창밖을 보고 경악했다.

"어머, 비가 저렇게 많이 온 거야?"

비는 그쳤지만 땅바닥은 빗물이 흥건한 채였다.

"새벽에 일어나보니 BK 혼자 소파 베드에서 코 골고 자고 있는 거예요. 밖을 보니까 큰별 님 혼자 비에 쫄딱 젖은 침낭에서 자고 있구. BK, 진짜 실망이에요."

은별이 괜히 애꿎은 BK를 원망하자 BK가 뭐라고 변명도 하기 전에 연우가 먼저 나섰다.

"솔직히 BK가 잘못한 건 아니지. 밖에서 자라고 한 건 은별 씨잖아."

"그건 그렇지만…."

은별은 더이상 대꾸하지 못했다. 연우의 말이 틀린 건 아니기 때문이었다. 괜히 애꿎은 BK에게 투덜댄 것도 사실은 은별 자신에게 하는 원망이나 다름없었다.

실랑이가 오가는 가운데서도 태성은 꿈쩍도 하지 않고 신음 소리를 내며 끙끙대고 있었다. 밤새 그러고 있었으니 몸에 이상이 없는 게 오히려 이상할 정도였다. 은별은 수프를 조그만 그릇에 담아 숟가락으로 휘휘 저으며 입김으로 열기를 식혀 태성에게 가져왔다.

"큰별 님, 일어나보세요. 따뜻한 게 들어가면 좀 나아질 거예요."

그녀가 태성을 부축해 앉히려고 하자 BK가 얼른 끼어들어 그를 부축했다. 태성에게 미안한 것도 있었지만 은별이 더 신경 쓰여서였다.

"내가 할게."

BK가 반강제적으로 은별에게서 수프 그릇을 뺏어들고는 태성을
일으켜세웠다. 태성의 이마 위에서 떨어지는 수건을 재빨리 받아들
고 이마에 송글송글 맺힌 식은땀을 닦아주는 은별의 얼굴에는 수심
이 가득했다.

"해열제 없어?"

연우가 비상약 통을 뒤적거리며 말했다.

"없어요. 내가 아까 다 뒤져봤어요. 아무래도 시내에 나가서 약을
좀 사와야 할 거 같아."

"근데 오늘이 일요일이라 문 연 데가 있을까 모르겠네? 검색해볼
까?"

연우는 휴대전화를 열고 인터넷 접속을 시도했다. 그러나 전파가
잡히지 않았다. 은별이 기대에 찬 표정으로 연우를 쳐다보았지만 연
우는 고개를 저었다. 은별의 얼굴에 실망한 빛이 역력했다.

어제 서바이벌을 끝내고 태성의 다음 강연 일정이 있는 충남 보령
근처의 한 캠핑장으로 왔다. 새로 생긴 지 얼마 안 되어서인지 시설
도 깨끗하고 환경도 좋았지만, 문제는 휴대전화가 안 터지고 DMB도
안 되는 시골이라는 것이었다. 시내까지 적어도 10킬로미터는 나가
야 했다. 이런 시골에 읍내라 해도 약국 하나 있을까 말까 한데 서울
처럼 당번 약국 제도가 제대로 시행되고 있는지도 의문이었다. 하지
만 태성의 상태를 보아 어쨌든 약국을 찾아보긴 해야 할 것 같았다.

"내가 오토바이 타고 다녀올게."

"그럼 올 때 배랑 콩나물도 좀 사다줄래요? 그리고 또 뭐가 있더

라…?"

은별이 감기 몸살에 좋은 음식들이 잘 생각이 나지 않는지 미간을 잔뜩 찌푸렸다.

"그러지 말고 같이 갔다 오자."

BK가 슬쩍 제안했다. 그러자 대뜸 연우가 나섰다.

"아냐, 나랑 같이 가. 은별 씨는 큰별 님 간호해야지. 그렇지?"

은별이 고개를 끄덕였다. 아무래도 연우가 BK와 함께 가고 싶어 하는 것 같아서였다. 그러나 솔직히 연우를 위한다기보다는 자신의 심술 때문에 이 지경이 된 태성을 옆에서 보살펴주고 싶었다. BK의 얼굴에 미세하게 실망과 불안의 그림자가 드리워졌다.

"약국이 없으면 더 멀리까지 갔다 와야겠네. 시간 좀 걸리겠어. 그 동안 큰별 님 잘 간호하고 있어."

연우가 은별을 다독이며 BK를 끌고 나갔다. 마지못해 캠핑카를 나서는 BK의 얼굴에 미안함과 알 수 없는 걱정이 뒤섞여 있었다.

*

부르릉. BK의 오토바이가 출발하는 소리가 들려왔다. 은별은 식은땀을 흘리며 자고 있는 태성을 물끄러미 내려다보았다. 미련하기는! 미안했다. 안쓰러웠다. 솔직하게 말한 게 죄도 아니건만 자신이 너무 못되게 굴었다는 생각이 들었다. 가슴 위에 얹어놓은 손을 이불 속으로 넣어주다 문득 그의 손가락에 시선이 멈췄다. 지금까지 끼고 있던 반지가 보이지 않았다. 가느다랗게 선명한 반지 자국만이 남아 있을 뿐이었다. 그녀는 이불 속으로 태성의 손을 집어넣고 목 아래까지 덮어주었다.

BK와 연우가 언제 돌아올지 몰랐다. 은별은 잠든 태성의 얼굴을 한참 바라보다 무슨 생각이 났는지 노트북을 펼쳤다. 귀를 쫑긋 세운 채 수시로 시선을 태성에게 던지며 그녀는 빠른 손놀림으로 뭔가 작업을 시작했다.

*

일요일에 시골에서 약국을 찾기란 쉽지 않았다. 그나마 하나 있는 허름한 약국은 예상대로 굳게 닫혀 있었다. BK와 연우는 더 큰 도심 쪽으로 오토바이를 돌려세웠다. 뒷자리에 앉아 BK의 허리를 꼭 안은 연우의 표정이 비 갠 뒤 하늘마냥 맑고 청명했다. 둘 다 헬멧을 쓰고 있어서 이동하는 내내 제대로 된 대화를 나눌 수는 없었지만 연우는 오히려 그것이 더 좋았다. 말없이 꼭 안은 양팔과 가슴에서 BK의 따스함이 그대로 전해지고 있었기 때문이다.

2

"어떡하지? 일정을 취소해야 하는 거 아닌가?"

236

태성을 가운데 두고 세 사람이 걱정스러운 표정으로 대책 회의를 했다. 어제 한 시간이 넘도록 찾아헤맨 끝에 겨우 약을 사오긴 했지만 좀처럼 태성이 차도를 보이지 않았다. 기침이 오히려 더 심해지고 목소리까지 쩍쩍 갈라져 도저히 강연을 할 수 없는 최악의 상황이었다. 그렇다고 당일에 강연을 취소하는 건 더더욱 무책임한 일이었다. 가래 섞인 기침을 두어 번 하던 태성이 아픈 목을 부여잡고 겨우 말을 꺼냈다.

"약속인데 어떻게든 가야 해."

그러나 지금 이 상태로는 강단에 올라설 힘도 없어 보였다. 목소리는 또 어떻고. 지금 그의 목소리는 말하는 사람도 듣는 사람도 모두 괴로울 쇳소리에 가까웠다. 뾰족한 수가 나지 않아서인지 침묵이 흘렀다. 그러다 갑자기 연우가 큰 소리로 외쳤다.

"아! 그 방법이 있었네."

모두 눈을 동그랗게 뜨고 궁금한 표정으로 연우의 다음 말을 기다렸다.

"은별 씨가 대신하면 어때?"

의외라는 듯 모두 연우를 보았다.

"지난번에 큰별 님이 연습했던 내용이랑 같은 주제라면서요. 은별 씨가 연습시켰으니까 내용은 다 알 거고, 강의 스킬도 은별 씨가 더 좋으니까 한 시간 정도는 큰별 님 대신 충분하지 않을까?"

은별을 제외한 세 사람의 눈빛이 반짝였다. 지금 상황에서는 가장 좋은 의견이자 유일한 대안이었다. 태성이 기운 없는 와중에도 은별을 향해 빙긋 웃었다. 말은 안 했지만 그래 주면 정말 고맙겠다는 무언의 압력이었다.

은별은 고개를 흔들며 강하게 거부해보았지만 소용이 없었다. 물론 딱히 다른 방법이 없음을 그녀 자신도 알고 있었다. 하지만 아무리 연습을 시켰다고 해도, 그래서 내용을 다 알고 있다고 해도, 연습 리허설과 실제 강단에 서서 많은 사람들을 앞에 놓고 강의를 한다는 것은 차원이 다른 문제였다. 아무리 은별이 대범하고 적극적인 성격이라 할지라도 태어나서 처음으로 시도해보는 크나큰 도전이기에 그녀는 선뜻 동의할 수가 없었다.

"할 수 있어. 지난번에 보니까 형님보다 훨씬 낫던데 뭘."

"그래, 잘할 거야."

BK와 연우가 때를 놓칠세라 은별을 추켜세웠다. 태성도 눈을 크게 뜨고는 동의한다는 듯 그녀를 향해 고개를 끄덕였다. 하아아. 은별은 크게 한숨을 내뱉었다. 어쩔 수 없었다. 이유야 어떻든 태성을 무책임한 사람으로 만들 수가 없었다. 그리고 지금 태성을 이 꼴로 만든 자신이 모든 책임을 져야만 했다.

＊

"그럼 지금부터 강은별 강사님의 강연을 듣도록 하겠습니다. 모두 뜨거운 박수로 맞이해주시기 바랍니다."

짝짝짝. 행사 관계자의 소개가 끝나자 조그만 강당이 떠나가라 우렁찬 박수가 울려퍼졌다. 청중 대부분이 나이 지긋한 노인들이라 그런지 파릇파릇한 은별의 등장에 더욱 환호를 보냈다. 처음 무대에 오르는 은별에게는 어쩌면 다행스러운 일이었다. 만약 태성이 등장했다면 이런 반응은 없었을 것이 분명했다.

은별은 잔뜩 긴장한 채 조심스레 강단 위에 올라 크게 심호흡을 하고는 인사를 꾸벅한 뒤 마이크를 집어들었다. BK와 연우는 맨 뒷자리에 앉아 나름 떨리는 마음으로 휴대전화를 들고 은별의 동영상을 찍기 시작했다. 여전히 캠핑카에서 이불을 싸매고 누워 있는 태성에게 보여주기 위해서였다.

"안녕하세요, 강은별이라고 합니다. 너무 씩씩하게 맞아주셔서 저는 젊은 대학생들이 앉아 계신 줄 알았어요."

하하하. 청중들이 젊다는 말에 기분이 좋은지 간간이 박수를 치며 웃음을 터뜨렸다. 은별 특유의 친화력이었다. 웃음이 잦아들 무렵, 은별은 좌에서 우로 청중들과 눈맞춤을 한 후 다시 입을 열었다.

"여러분은 혹시 길을 잃어보신 적이 있으신가요? 그럴 때 어떻게 했는지 기억나세요?"

막상 강연을 시작하자 그녀는 언제 그랬냐는 듯 긴장한 기색 없이 능청스럽게 이야기를 풀어나가기 시작했다. 그 모습이 얼마나 자연스러운지 연우가 감탄을 했다.

"와, 은별 씨 무대 체질인가봐."

"그러게, 진짜 프로 강사처럼 진행하는데?"

BK도 은별에게서 시선을 떼지 못했다. 정말 누가 보면 은별이 원래 섭외된 강사인 줄 알 정도였다. 청중들의 반응도 태성 때와는 달랐다. 물론 같은 이야기도 은별이 재미있게 풀어서 그런 것도 있지만 아가씨가 와서 옛날이야기하듯 강의를 하니 누가 딴청을 피울 수 있겠는가. 중간중간 박수와 자잘한 웃음이 번갈아 반복되는 적극적인 반응에 은별도 신이 났는지 태성을 가르치던 때보다 더 흥이 나서 제스처도 커지고 목소리도 높아졌다.

처음에 태성 대신 대타로 왔다는 이야기에 노심초사, 자포자기의 표정을 적나라하게 드러내던 관계자도 의외의 반응에 얼굴이 활짝 펴기 시작했다.

*

한 시간이 어떻게 흘렀는지도 모르게 훌쩍 가버렸다. 박수를 받으며 무대를 내려오는 은별에게 행사 관계자가 다가와 인사를 했다.

"너무 재미있게 잘 들었습니다."

"별말씀을요. 대타로 와서 제가 잘했는지 모르겠네요."

"고생했는데 커피 한잔 하고 가시죠."

처음에는 대타라고 눈길 한 번 안 주던 관계자가 강의를 듣고 나서는 태도가 180도 달라져 커피 대접까지 하겠다며 과잉 친절을 베풀었다. 그만큼 은별의 강의가 만족스럽다는 이야기였다. 은별은 살짝 부담스러워 일행이 있다며 핑계를 댔지만 관계자는 일행도 함께 대접하겠다며 사무실로 안내했다. 마지못해 BK와 연우도 사무실로 향했다.

　모처럼 청중의 반응과 만족도가 좋은 강의에 관계자도 체면이 섰는지 잔뜩 들뜬 모습이었다. 종이컵에 믹스커피를 타서 테이블에 내려놓으며 묻지도 않은 말들을 쏟아내기 시작했다.

　오늘처럼 강사가 강연 당일 펑크를 내는 일은 비일비재하다고 했다. 그래도 태성처럼 대타로 다른 사람을 보내는 건 정말 양반이었다. 어떤 이는 펑크를 내고도 연락조차 되지 않는가 하면, 어떤 이는 더 비싼 강의료를 주는 곳에 가기 위해 부친상을 당했다는 거짓말까지 하기도 하고, 어떤 이는 정말로 오는 길에 사고가 나서 병원에 실려가는 일도 있었다는 것이었다. 유명하다고 해서 비싼 돈을 들여 초청했더니 자기 잘난 척만 하다 가서 직원들한테 원망을 들은 적도 한두 번이 아니고, 저렴한 강사를 섭외하면 저렴한 대로 강의 수준이나 청중의 만족도가 낮아 언제나 이래저래 욕먹느라고 고달프다는 하소연도 했다. 오늘처럼 저렴하게 섭외했는데도 이렇게 반응이 좋은 건 처음이라고 했다.

　"오늘 강의에 비하면 너무 약소합니다. 저희 예산이 워낙 박하다 보니…."

　관계자가 미안한 듯 봉투를 내밀었다. 아마도 태성이 받을 강의료를 미리 현금으로 준비한 듯싶었다. 봉투를 열어보진 않았지만 안에 아무것도 안 들어 있는 듯 티가 안 나는 걸로 봐서는 정말 저렴한 액수인 것만큼은 확실했다.

　"다음에 모실 기회가 있으면 그때는 제가 좀더 힘써보겠습니다."

처음과는 달리 극진하게 돌변한 관계자의 태도가 은별은 다행스러웠다. 적어도 태성에 대한 안 좋은 이미지를 남기진 않았으니까.

정중하게 인사를 하며 입구까지 배웅하던 관계자가 건물 안으로 들어가는 것을 보고 은별은 휘청했다. 그제야 긴장이 누그러졌는지 다리가 풀린 모양이었다. 조금 전까지 무슨 일이 있었는지 기억이 나지 않을 정도로 잠시 정신이 멍했다. 후우우. 길고 큰 한숨을 내뱉는 그녀를 향해 BK와 연우가 엄지를 동시에 치켜들었다. 그 모습에 은별은 자기도 모르게 부끄러운 듯 혀를 쏙 내밀었다. 잘 끝나서 정말 다행이었다.

*

"진짜 멋졌다니까요. 대타로 갔다가 홈런 쳤어요. 담당자도 좋아가지고 입에 침이 마르도록 칭찬하는데, 와! 앞으로 형님, 아프거나 다른 문제가 생겨도 은별 씨가 있으니 안심해도 되겠어요."

BK가 태성에게 휴대전화로 찍은 동영상을 보여주며 연신 은별에 대한 자랑을 늘어놓았다. 태성은 기침을 콜록거리며 동영상을 보다 말고 은별을 향해 엄지를 들어 보였다. 누구보다 태성의 칭찬을 들으니 은별은 기분이 더욱 좋았다.

"그나저나 몸은 좀 괜찮아요?"

칭찬보다도 지금은 태성의 몸 상태가 걱정되었다. 그나마 다행스럽게도 약 기운이 늦게 나타난 건지, 아니면 어제 오늘 은별이 끓여준

콩나물국과 배숙이 효과가 있었는지 기침도 꽤 가라앉고 오한도 사라진 모양이었다. 은별이 빙그레 웃으며 담당자에게 받은 봉투를 내밀었다. 그러자 태성은 정색을 하며 다시 그녀에게 봉투를 내밀었다.

"이걸 내가 왜 받아."

"난 대타였잖아요."

"펑크 날 뻔한 걸 은별 씨가 대신해줬으니 은별 씨가 받는 게 맞아."

"아니에요. 나는 그냥 흉내만 낸 건데요 뭐."

둘이 봉투를 가운데 두고 실랑이를 벌이자 보다 못한 BK가 봉투를 획 가로챘다.

"둘 다 갖기 싫으면, 방법은 하나다."

일동 BK를 쳐다보았다.

"이걸로 회식하지 뭐. 형님도 몸보신 좀 해야 하고, 은별 씨 성공적인 강사 데뷔 축하도 하고, 어때? 콜?"

태성과 은별, 연우가 서로의 눈치를 살폈다. 그러고는 마치 약속이라도 한 듯 동시에 외쳤다.

"코올!!"

*

CIA급 정보를 자랑하는 수정의 도움으로 오랜만에 캠핑카에서의 저녁 만찬은 접어두고 보령의 숨은 맛집을 찾아냈다. 인적이 드문 도로변에 조그만 식당 간판을 내세운 허름한 가정집 분위기의 마당에 들어서자 벌써부터 맛있는 냄새가 코를 자극했다. 사람들에게 잘 알려지지 않은 맛집이라고는 했지만 그래도 동네에서는 꽤 유명한 식당인 듯싶었다. 다행히 저녁 시간을 지나 들어선지라 이미 손님들이 한차례 쓸고 지나간 뒤였다.

착한 가격에 감격한 그들은 키조개 두루치기, 어죽에 허브 쌈밥까지 배가 터지도록 만찬을 즐기고도 모자랐는지 아직 몸 상태가 좋지 않은 태성을 제외한 세 사람은 굴 구이에 축하주까지 거하게 곁들이며 그야말로 파티 분위기를 만끽했다. 기분도 좋고 긴장도 풀리고 거나하게 취한 탓인지 모두 10시가 되기도 전에 녹초가 되어 잠이 들어버렸다.

*

어제 저녁에는 어두워서 잘 보이지 않았던 풍경이 아침 햇살 아래 찬란하게 펼쳐졌다. 식당 주차장 옆에서 좀 떨어진 공터에서 하루 캠핑할 수 있도록 식당 주인에게 허락받은 게 얼마나 큰 행운인지 보여주는 풍경이었다. 살랑이는 봄바람에 물결치는 노란 파도가 쉴 새 없이 캠핑카를 향해 다가왔다. 멀찍이서 보면 흐드러지게 핀 유채꽃들에 둘러싸인 모습이 마치 캠핑카가 하나의 섬이 된 것 같았다.

유채꽃 물결에 눈이 홀렸다면 이번에는 향긋한 모닝커피 향기가 코끝을 간질였다. 일찍 일어난 누군가 밖에서 커피를 내리고 있었다. 그 어떤 알람보다 효과가 좋은 달콤한 커피 향기에 은별이 가장 먼저 문을 열고 나왔다. 기지개를 펴다 말고 화들짝 놀랐다.

"어머, 큰별 님, 괜찮아요?"

태성이 웃으며 고개를 끄덕였다. 어제의 즐거운 몸보신 덕분인지 평소의 모습으로 돌아와 있었다. 며칠 앓은 탓에 약간 수척해 보이기는 했지만 그래도 목소리, 혈색, 미소 모두가 아프기 전 그대로였다. 은별은 반가운 표정을 지으며 풀밭 위 의자에 사뿐히 앉았다. 오늘따라 그녀는 노란 유채꽃과 정말 잘 어울렸다.

"와, 향기 좋다."

"은별 씨 덕분에 몸보신도 하고 감기도 나았으니, 보답을 해야겠지? 자, 특별 서비스 들어갑니다."

태성답지 않게 능청을 떨며 커피를 머그컵에 쪼르르 따랐다. 그러고는 목에 감고 있던 하얀 수건을 왼팔에 걸고 그녀 앞으로 다가왔다. 은별이 낯선 태성의 모습에 그를 물끄러미 바라보았다. 그러자 태성은 마치 호텔 룸서비스맨처럼 정중히 머그컵을 내밀었다.

"아가씨, 모닝커피 룸서비스입니다. 맛있게 드세요."

그 모습이 얼마나 능청스럽고 귀여운지 은별은 까르르 웃으며 손뼉을 쳤다. 태성에게도 이런 면이 있었나, 신기하고 새로웠다. 서바이벌 게임 후 태성에 대한 서운함과 어색함, 미안함이 단번에 가시는 듯했다.

은별의 깔깔거리는 웃음에 잠이 깬 BK와 연우가 기지개를 펴며 부스스한 얼굴로 나오다 말고 눈앞에 펼쳐진 노란 물결을 보고 동시에 감탄사를 연발했다. 그사이 은별은 얼른 태성에게서 머그컵을 받아들고 눈을 찡긋했다. 늘 마시던 커피였지만 오늘따라 더 향기롭고 맛있는 모닝커피였다.

3

식당 옆 야외 수돗가 주변에도 유채꽃이 한가득이었다. 노란 꽃물결 속에 시커먼 머리 두 개가 조용히 움직이고 있었다. BK가 태성과 함께 아침 먹은 그릇들을 설거지를 하며 투덜댔다.

"그릇까지 다 먹어치우는 그런 캠핑용품은 개발 안 되나? 다 좋은데 설거지가 제일 골치야. 안 그래요, 형님?"

"그럼 매번 캠핑용품을 새로 사야 하는데도?"

"아! 그 생각을 못 했네. 역시 형님이 한 수 윕니다."

얼토당토않은 생각으로 아침부터 헛소리를 했다며 자아비판을 하던 BK가 문득 생각났는지 넌지시 물었다.

"참, 형님. 은별 씨한테 사과는 했어요?"

"무슨… 사과?"

"이 형님, 또 뭘 모르신다. 아니, 고마운 건 고마운 거고, 미안한 건 미안한 거죠. 다른 건 몰라도 많이 먹는다느니, 말술이라느니 여자한테 그런 심한 말 한 건 사과해야죠. 여자들이 그런 거에 얼마나 예민한데요. 죽어도 못 잊어요, 아니, 안 잊어요."

"그런 거야?"

여전히 해맑은 표정으로 몰랐다는 듯 대꾸하는 태성을 보며 BK가 또 고개를 가로저었다.

"아휴, 형님이 끙끙 앓은 이유가 있었네, 있었어. 여자가 한을 품으면 4월에도 뜬금없이 폭우가 내릴 수 있지. 암, 그렇고말고."

BK가 장난기 가득한 표정으로 놀리자 태성은 잠시 심각해졌다. 그러고 보니 어제 강의를 대신해준 것에 대해서는 고맙다고 몇 번이나 얘기하고 회식도 했지만 정작 서바이벌 게임 때 자신의 말 때문에 은별이 마음 상한 것에 대해서는 사과는커녕 일언반구 한 마디도 안 했다.

솔직히 장난으로 한 말이기도 하고, 또 따지고 보면 사실이기도 한 말이라 그렇게까지 은별이 상처받았을까 싶기도 했다. 하지만 다시 곱씹어보니 그때 이후로 은별이 평소와는 다르게 뗙뗙거리며 매사 딴지를 걸었다. 그래서 소원이 밖에서 자라고 쫓아낸 거였구나 하는 생각이 이제야 들었다. 그 스스로 생각해도 자신의 눈치 없음은 기네스북감이었다.

"결자해지. 알죠, 형님? 꼭 사과하세요."

눈치 백단 BK는 알고 있었다. 은별이 태성의 그 말에 마음이 상했음을, 그래서 그렇게 삐딱하게 굴었음을, 그리고 그건 태성이 반드시 풀어주어야 한다는 사실을.

"Twinkle twinkle little star ♪"

태성의 휴대전화가 울렸다. 물기 묻은 손을 털고 태성이 휴대전화를 받으며 BK를 바라보자 BK는 설거지 정리는 알아서 하겠으니 편하게 통화하라는 듯한 제스처로 손을 내저으며 그를 안심시켰다. 태성은 고맙다는 눈짓과 함께 물 묻은 손을 옷에 닦으며 통화하기 위해 수돗가를 빠져나갔다.

BK는 그릇을 헹구다 말고 문득 눈앞에 펼쳐진 유채꽃에 시선이 멈췄다. 개나리를 닮은, 노란색이 어울리는, 그래서 유채꽃도 어울리는 누군가가 생각이 났다.

*

BK가 깨끗이 뽀드득 씻은 그릇들을 들고 캠핑카를 향해 걸어갔다. 그릇 위에는 몇 송이 노란 유채꽃이 담겨 있었다. 마침 은별이 캠핑카 창을 열고 노란 파도를 감상하고 있었다. 광합성하는 해바라기마냥 태양을 향해 얼굴을 높이 쳐든 채 지그시 눈을 감고 봄 햇살을 느끼는 은별의 모습이 더욱 반짝여 보였다.

그는 그릇 위에 담긴 유채꽃들을 한 손에 움켜쥐고는 조심조심 은별을 향해 다가갔다. 나름 그녀의 기분 전환을 위한 깜짝 선물을 하기 위해서였다. 그러나 이내 그의 표정이 굳어지며 그는 10미터 정도 앞에서 발걸음을 멈추었다. 언제 불쑥 튀어나왔는지 앞서 태성이 먼저 은별 앞에 나타난 것이다. 순간 당황한 BK는 얼른 유채꽃을 든 손을 등 뒤로 숨긴 채 그 광경을 지켜보았다.

태성이 유채꽃 한 송이를 등 뒤에 숨긴 채 말없이 은별을 바라보왔다. 눈을 감고 있던 은별은 뭔가 느낌이 왔는지 눈을 떴다. 눈앞에 태성이 웃고 있었다. 살짝 당황한 그녀가 물었다.

"왜… 왜요?"

태성이 대답 대신 꽃을 내밀자 은별의 눈이 휘둥그레졌다.

"미안해, 은별 씨. 지난번에 심한 말을 했네. 일부러 그런 건 아니니까 은별 씨가 용서해주면 좋겠다. 정말 미안해."

은별은 머뭇했다. 마음이 상한 건 맞지만 그러려니 마음을 비운 상태였다. 그런데 태성이 아직도 마음에 담아두고 있었다니, 그동안 마음이 얼마나 편치 않았을까 생각하니 괜히 미안해졌다.

"아니, 뭐 이렇게까지 할 필요는 없는데…."

꽃을 슬쩍 받아든 은별이 좋으면서도 괜히 쿨한 척 감정을 숨겼다.

"어떻게 사과해야 할지 몰라서, 여자들은 꽃 받는 거 좋아한대서…. 마땅한 꽃이 이것밖에는 없더라구."

쑥스러워 머리를 긁적이는 태성을 보니 살짝 장난기가 발동했다.

"이왕 줄 거면 다발로 줘야지, 겨우 한 송이?"

"아, 그게… 이것도 살아 있는 생명인데 내 욕심 차리자고 차마 많이는 못 꺾겠더라고. 미안."

"하긴, 나처럼 매력 없는 여자가 다발이든 한 송이든 꽃을 뭐 알기나 하겠어요?"

그녀의 장난기 다분한 말투에 순진한 태성이 다시 안절부절 어쩔 줄 몰라 했다.

"은별 씨, 그런 게 아니라…."

난처해하는 그를 보며 은별이 까르르 웃음을 터뜨렸다. 순진한 태성은 어안이 벙벙해졌다.

"좋아요, 사과 받아들일게요. 그런데 이걸로는 안 되겠는데."

태성이 바짝 긴장한 표정이 되었다. 뭘 더 어떻게 해야 그녀의 화가 다 풀릴까 도무지 생각나지 않았다.

"앞으로 일주일간 모닝커피 룸서비스, 콜?"

뭔가 엄청난 게 있을 줄 알았던 태성은 그제야 안도의 한숨을 내쉬며 표정이 밝아졌다.

"그거라면 당연히 들어줘야지."

"좋아요, 그럼 계약 성립된 걸로 하고 쿨하게 잊어드릴게요."

"땡큐."

유채꽃 향기를 맡으며 즐거워하는 은별과 그런 은별을 보며 다행인 듯 바라보는 태성을 BK가 한참 우두커니 서서 바라보고 있었다. 무슨 이야기가 오고 갔는지 자세히 들리진 않았지만 어쨌든 둘의 모습은 정다워 보였고, 은별이 꽃을 받고 무척 좋아한다는 건 표정만으로 충분히 알 수 있었다. BK는 등 뒤에 숨긴 유채꽃을 든 손을 어찌할 줄 몰라 계속 힘을 줬다 뺐다를 반복하기만 했다.

"거기 서서 뭐 해?"

그를 깜짝 놀래준 건 연우였다. 얼마나 놀랐으면 그 반동에 들고 있던 코펠 식기 중 맨 위에 올려져 있던 하나가 바닥에 떨어졌다. 얼른 잔디 위에 떨어진 그릇을 주워 닦고 건네던 연우는 슬쩍 뒤로 감춘 BK의 오른손에 호기심이 갔다.

"뒤에 감춘 게 뭐야?"

"어? 어….."

지금 와서 꽃을 버릴 수도 없고, 그렇다고 사실대로 말할 수도 없는 난처한 상황이었다. 그는 어쩔 수 없다는 듯 대뜸 연우에게 손에 쥔 유채꽃을 내밀었다. 뜬금없는 꽃 선물에 그녀의 눈이 커졌다.

"뭐야?"

"뭐긴, 꽃이지."

"지금 나 주는 거야?"

연우가 얼굴이 발그레해진 채 미소를 띠며 BK를 올려다보았다.

"그럼 여기에 너 말고 누가 있냐?"

"와, 감동이다."

"오버하지 마셔. 봄이니까 캠핑카 안에 꽂아두라고."

"쳇, 그래도 좋아."

BK가 무슨 이유를 대든 연우는 좋았다. 그러나 그런 그녀의 표정을 보는 그의 마음은 그다지 밝아 보이지 않았다.

*

어느새 창틀에 놓인 몽돌이 모두 웃는 얼굴로 바뀌어 있었다. 비록 태성의 콧수염은 없어지지 않았지만 그것을 애써 지우려고 한 흔적만은 남아 있었다. 테이블 가운데에는 아까 BK가 연우에게 건넨 유채꽃이 꽃병을 대신한 큰 머그컵에 소박하게 꽂혀 있었다.

운전석에 앉은 태성도 즐거워 보였다. 어쨌든 BK의 조언대로 은별에게 사과를 했고, 그녀도 화가 풀린 것 같아 마음이 가뿐했다. 은별은 조수석에 앉기를 자청하고 끊임없이 재잘대며 다음 행선지와 태성의 강의에 대해 이것저것 물어보았다.

그러나 뒤쪽에 앉아 건성으로 기타줄을 팅기는 BK는 도무지 집중이 안 되는지 같은 멜로디만 반복하고 있었다. 연우가 그런 그를 한참 동안 쳐다보았다.

"무슨 고민 있어? 작업이 잘 안 풀려?"

예민할 정도로 그의 컨디션을 꿰뚫고 있는 연우의 걱정에 BK는 애써 웃음 지으며 감정을 숨겼다. 그러나 그녀에게는 소용이 없었다. 정확히 그 감정이 뭔지까지는 알지 못했지만 그 쓴웃음 속에 석연치 않은 뭔가가 있음을 직감적으로 느낄 수 있었다.

*

충청도 서해안에서 강원도로 가는 길은 생각보다 멀었다. 동서를 가로지르는 대장정이나 다름없었다.

도로 중간에 차가 거의 멈춰 서다시피 했다. 평일에는 국도가 한산하기 마련인데 오늘따라 국도변에 차들이 줄지어 서행하고 있었다. 마치 꽉 막힌 도심에서 꼬리물기가 계속될 때처럼 좀처럼 움직일 기미가 보이지 않았다. 웬일인가 창문을 열고 고개를 내밀어봐도 알 수 없었다. 몇 미터 앞 코너를 돌아야 무슨 영문인지 알 수 있을 것 같았다. 그저 기다리는 수밖에 없었다. 좀처럼 진도가 나가지 않는 지루한 서행에 은별은 심심했는지 태성에게 물었다.

"그럼 지금 가는 곳이 지난번 갔던 캠핑장 근처네요?"

"그렇지."

"국토정중앙천문대면 정말로 국토의 정중앙에 위치해 있다는 거예요?"

태성이 고개를 끄덕였다. 그랬다. 오늘 일행이 가는 곳은 강원도 양구에 위치한, 아니 그보다는 우리나라 국토의 정중앙에 위치한 천문대였다. 오늘 저녁 그곳에서 블랙홀에 관한 주제로 유명한 천체학자의 초청 강연이 있다는 천체 관측 동호회의 공지를 받은 태성은 셋과 함께 그곳에 참석하기로 했다.

물론 은별을 비롯한 일행은 그저 단순한 호기심 정도였지만 태성에게는 의미가 남달랐다. 2007년 그곳이 개관했을 때 첫 월급을 털어서 구입한 망원경을 들고 별을 관측하러 달려갔었다. 그리고 그때부터 사설 천문대를 만들어 사랑하는 사람과 함께 별을 보며 행복한 노후를 보내고 싶다는 꿈을 꾸게 되었다. 결혼식도 그곳에 있는 천체투영실에서 쏟아지는 별들의 축복을 받으며 아주 특별하게 하고 싶었다. 물론 도심의 화려한 웨딩홀을 원했던 지연의 반대와 이런저런 이유로 바람은 물거품이 되어버렸지만. 어쨌든 그에겐 행복한 꿈을 꾸게 해준 곳이다.

"어? 무슨 일 있나? 경찰들이 검문을 하는데요?"

캠핑카가 코너를 돌자마자 지루한 서행의 원인이 밝혀졌다. 경찰들이 차량 하나하나를 세워 탑승자 전원의 신원을 조사하고 뒤 트렁크까지 검문을 하고 있었다. 주로 탈주범이나 지명수배자를 찾기 위한 대대적인 검문이 분명했다.

태성의 캠핑카를 향해 경찰 두 명이 다가왔다. 소속과 이름을 밝히며 신분증을 요구하는 경찰에게 순순히 운전면허증을 내미는 태성과 달리 은별은 궁금증을 참을 수가 없었다.

"무슨 일이에요?"

범죄자들을 호송하는 차량에서 두 명이 탈출해 이쪽으로 도주를 했다는 것이었다. 은별은 그제야 신분증을 건네며 혀를 찼다.

"이름, 한태성, 주민번호, ××××××."

"이름, 강은별, 주민번호, ××××××."

무전으로 두 사람의 이름과 주민번호를 또박또박 확인하고 이상이 없음을 확인한 경찰은 곧바로 캠핑카 안으로 들어갔다. 연우가 미리 꺼내놓은 신분증을 내밀었고, 경찰은 이번에도 이름과 주민번호를 무전으로 확인했다.

이번에는 BK 차례였다. 경찰과 시선이 마주치자 그는 싱긋 웃더니 난처한 듯 경찰을 캠핑카 구석으로 슬쩍 데려가서는 뭐라고 속삭였다. 내용은 모르지만 융통성 없어 보이는 앳된 경찰이 아랑곳하지 않고 신분증을 달라는 듯 손을 내밀자 BK는 또다시 속삭였다.

"알겠습니다. 신분증 제시해주십시오."

평소와 다른 BK의 행동에 일행의 관심이 온통 그쪽으로 쏠렸다. BK가 어쩔 수 없다는 듯 주머니에서 신분증을 꺼내 경찰에게 건네며 눈을 찡긋했다. 그러나 경찰은 표정 하나 변하지 않고 이름과 주민번호를 무전으로 확인했다.

"이름, 박! 봉! 구! 주민번호, ×××××××."

순간 BK가 눈을 질끈 감았다. 동시에 깜짝 놀란 듯 나머지 셋의 눈이 동그래졌고, 저희도 모르게 입가에 웃음이 떠올랐다. BK가 원망스러운 표정으로 경찰을 보았지만 이미 엎질러진 물이었다.

"협조해주셔서 감사합니다."

아무 이상이 없는 듯 경찰이 캠핑카에서 내려 일행에게 경례를 붙여 마무리했다. 태성도 가볍게 목례하고는 지루한 서행을 끝내고 다시 국도를 시원하게 내달렸다. 다들 BK가 무안해할까봐 간신히 참고 있었지만 터져나오는 웃음은 어쩔 수가 없었다. 은별이 먼저 큭! 웃음을 내뱉자 누가 먼저랄 것도 없이 모두 배를 움켜잡고 낄낄거렸다.

"BK, 이름이 봉구였구나?"

"내가 처음에 맞췄네? BK가 혹시 봉구의 이니셜 아니냐고 했던 거 기억나죠? 진짜 봉구라는 이름이 있구나."

태성과 은별의 연타에 BK가 창피한 듯 고개를 떨구었다.

"왜, 정겹고 괜찮은 이름인데 뭐."

연우가 간신히 터져나오는 웃음을 삼키며 나름 위로를 했지만 BK에게는 소용이 없었다. 이렇게 허무하게 밝혀질 줄은 몰랐으리라. 어차피 이렇게 된 거 그는 자폭을 선택했다.

"아, 이래서 내가 엄마 아빠를 좋아할 수가 없다니까!"

BK는 능청스러움으로 이 상황을 무마해보려는 듯 괜히 이름을 지어준 부모님을 원망했다. 하지만 여기서 수습을 잘 해야 했다. 자칫 그냥 넘겼다가는 앞으로 내내 놀림받을 게 분명했다.

"미리 경고하는데, 날 봉구라고 부르지 마! 누가 뭐래도 난 BK야. 누구든 봉구라고 부르면 복수할 테닷!"

BK의 엄포에 모두 웃음을 함박 머금은 채 고개를 끄덕였다. 처음부터 놀릴 생각도 없었지만 그의 협박이 너무나 간절해 모두 순순히 약속해주었다.

그러나 BK 못지않게 장난기 가득한 은별은 이렇게 좋은 건수를 그냥 넘기기가 왠지 아쉬웠다. '봉구'라고 직접적으로 언급하지는 않았지만 말끝마다 '봉'으로 시작되는 단어를 교묘하게 이야기하며 그를 바짝바짝 긴장시켰다. 봉주르, 봉사활동, 봉우리, 봉투, 봉지라면, 봉숭아, 봉산탈춤, 봉이 김선달…. 물론 따봉, 세시봉, 봉봉 같은 단어도 수시로 등장했다. 20세기 이후 최고로 유치한 말장난이었다. 그럴 때마다 오히려 연우가 나서서 은별을 말려도 보고 눈치도 주었지만 정작 BK는 은별이라 복수는커녕 아무 대응도 하지 못했다.

신기하게도 다른 사람들이 그렇게 놀렸을 땐 굉장히 언짢았는데 은별이 그렇게 놀리는 건 왠지 기분 나쁘지 않았다. 미안한 듯 차마 큰 소리를 내지 못하고 고개를 돌려 낄낄대는 은별이 오히려 귀엽게까지 느껴졌다.

4

　누군가를 좋아하고 사랑한다는 것은 블랙홀 같은 건지도 몰랐다. 상대가 누구든 무엇이든, 언제 어디서 어떻게 빠져들지도 모르는, 한 번 빠져들기 시작하면 탈출은커녕 자신의 모든 것이 타들어가는 것도 모른 채 그 속에서 헤맬 수밖에 없는 블랙홀. 두려우면서도 한 번은 경험해보고 싶고, 힘들 줄 알면서도 포기할 수 없는, 천국일지 지옥일지 알 수 없는 신비한 마력을 가진 그런 블랙홀 말이다.

　블랙홀에 대한 강의는 굉장히 재미있었다. 빛의 속도로도 벗어날 수 없는, 모든 물질을 삼켜버리는 무시무시한 천체로만 알고 있었는데, 블랙홀의 생성과 구조에서부터 그곳에서 이론적으로 탈출하는 법, 블랙홀을 이용한 시간여행의 가능성까지, 유명 천체학자는 할리우드 영화에서나 볼 수 있는 신기하고 신비로운 이야기들을 너무나 쉽게 설명해주었다.

　특히 사람이 블랙홀에 들어가게 되면 서로 다른 인력 때문에 발부터 몸이 엿가락처럼 쭉쭉 늘어나게 되고 그것이 빛의 속도만큼 빨라 시간이 멈춰버린다는 이야기를 들으니 별과 우주에 대한 왕성한 호기심이 생겼다. 왜 태성이 저토록 별과 우주에 흠뻑 빠져 정신을 못 차리는지 알 수 있을 것 같았다.

　인근 학교에서 견학을 온 수백 명의 꼬맹이들 틈에 끼어 태성 일행이 천문대의 주 망원경을 통해 겨우 오 초도 안 되는 시간 동안 하늘 한 번 올려다보는 게 오늘 이벤트의 마지막 순서였다. 꼬맹이들의 인해전술에 밀린 네 명은 아쉬움을 뒤로하고 근처 캠핑장으로 발길을 돌렸다.

"별 보는 거 오랜만이네요?"

은별의 말에 문득 태성은 멍해졌다. 정말 그랬다. 그러고 보니 여행을 시작하면서 예전처럼 제대로 별을 본 적이 거의 없었다. 회사를 다닐 때에는 매일 퇴근해서 잘 때까지 큐피드를 껴안고 있었고, 흐린 날에도 구름 사이로 혹시나 보일까 싶어 큐피드를 놓지 않았다. 심지어 가끔씩 주말에 지연과 여행을 다닐 때에도 늘 망원경을 갖고 다니며 연인의 얼굴보다 밤하늘을 더 많이 쳐다봐서 엄청나게 원망을 들었다.

그런데 이번에는 신기하게도 밤하늘을 쳐다보는 시간보다 일행과 눈을 마주치며 얘기하는 시간이 더 많았다는 것을 새삼 깨달았다. 태성 스스로도 놀랐다. 자신이 이렇게 변할 수 있다니. 피식 웃음이 나왔다.

"아참, 아까 보니까 큰별 님 생일이 이번 달인 거 같던데?"

아까 신분 조회할 때 경찰이 반복했던 태성의 주민번호를 흘려듣지 않고 기억한 모양이었다. 슬쩍 생일인지 확인하는 그녀에게 태성은 대수롭지 않게 고개를 끄덕였다.

어두운 밤이나 안개, 폭우 속에서도 주위의 지형지물을 정확하게 파악하는 레이더처럼 은별의 내면에서 누군가를 향한 레이더가 작동 중인 듯했다. 물론 그런 레이더가 장착된 사람이 은별만은 아니었다.

258

"은별은 9월이었나?"

무심한 태성 대신 BK가 먼저 은별에게 확인했다. 봉구라는 본명이 알려질까 불안 초조한 가운데서도 그녀를 향한 레이더가 정확히 작동하고 있었던 모양이다.

"나랑 BK는 8월이던데. 맞지, BK?"

반면 태성과 은별이 '봉구'라는 이름에 정신이 팔려 있을 때 연우의 레이더는 BK에게 집중되어 있었다. 특히 자신과 같은 8월생이라는 공통점을 발견하게 되어 훨씬 더 친근감이 들 수밖에 없었다.

안타까운 현실이었다. 각자의 레이더는 자신의 목표물에서 나오는 전파는 귀신같이 잡아내는 최고의 성능을 자랑했지만 정작 자신에게로 향하는 전파 탐지 기능은 탑재되지 않은 듯했다. 아니, 엄밀히 말하면 그런 기능의 스위치가 저절로 꺼져버린 것 같았다. 어쩌면 그것이 바로 사랑이라는 완벽해 보이는 레이더가 가진 가장 치명적이고도 안타까운 결함일지도 몰랐다.

"내 생일이 가장 빠른 거야? 그럼 나, 기대해도 되나?"

태성이 평소답지 않게 능청스럽게 운을 떼자 은별이 솔깃해서 진지하게 물었다.

"받고 싶은 선물 있으면 말해봐요. 기회는 한 번뿐!"

"당연히 현금이지."

의외의 대답에 은별을 비롯한 일동의 눈이 동그래졌다. BK라면 모를까 태성의 입에서 나올 만한 대답이 아니었다.

"농담이야, 농담. 선물은 무슨…. 됐어."

일동의 놀란 반응에 태성이 오히려 깜짝 놀라 손을 내저으며 웃었다.

"에이, 그럼 안 되죠. 그래도 생일인데."

은별과 연우가 동시에 합창을 했다.

"진짜야, 선물 같은 거 필요 없어."

"설마 그 핑계로 생일 턱 생략하는 건 아니죠, 형님?"

BK다운 반전의 말이었다.

"하하, 생일 턱은 쏠 테니까 걱정 마."

"아싸! 약속한 거예요."

BK의 반강제적인 약속으로 마무리된 태성의 생일 이야기에 은별은 조용히 날짜 계산을 하고 있었다. 며칠 남지 않았다. 시간이 빠듯했다. 비록 필요 없다고는 했지만 깜짝 선물을 할 계획이 머릿속에 떠올랐다.

*

BK의 기타 선율이 오늘따라 더욱 유쾌하고 사랑스럽게 들려왔다. 원래 누군가를 좋아하면 도심의 시끄러운 경적소리도 아름다운 음악으로 들리는 법. 듣는 사람도 연주하는 사람도 모두 즐거운 마음이니 그의 기타 연주가 천상의 소리처럼 들릴 수밖에 없었다.

기존의 가요를 BK 특유의 느낌으로 편곡해서 들려주는 음악은 굉장히 색다른 느낌이었다. TV 음악 프로그램에서 볼 수 있는 가수들의 편곡 대결을 보는 듯했다. 태성과 은별이 음악에 빠져 감상하는 사이 연우는 휴대전화로 BK가 노래하는 장면을 동영상 촬영하고 있었다. 중간중간 BK가 쑥스러운 듯 찍지 말라는 표정과 제스처를 했지만 연우는 개의치 않았다.

노래가 끝나자 일제히 박수가 터져나왔다.

"와, 원곡보다 훨씬 더 좋은 거 같은데?"

태성의 감탄에 은별이 고개를 끄덕이며 장난기를 발동시켰다.

"자, 그럼 삼사의 심사평을 들어볼까요? 먼저 큰별 기획사의 한태성 심사위원부터!"

BK 앞에 나란히 앉은 세 사람이 갑자기 TV 오디션 프로그램의 심사위원으로 돌변하는 순간이었다. 잠시 당황한 태성이 눈치를 보다 은별이 다그치자 헛기침을 하고 진지하게 심사평을 시작했다.

"저는 무척 새롭고 신선했어요. 발라드가 이렇게 즐겁고 신나게 바뀔 수가 있구나 싶었고, 아무튼 너무 좋았어요. 음, 제 점수는요⋯. 100점입니다."

역시 태성답게 재미없는 멘트를 하는구나 했는데 그래도 마지막에는 살짝 센스를 발휘했다. 다음은 연우 차례였다.

"공기 반, 소리 반, 제가 본 최고의 무대였습니다. 그러나 단 한 가지 아쉬운 점은 너무 시선을 내리깔았어요. 조금만 더 노래할 때 자신감을 갖고 이쪽을 보면서 웃었더라면 좋았을 텐데 하는 아쉬움이 드네요. 제 점수는요, 99점입니다."

나름 오디션 놀이가 재미있었는지 연우도 키득대며 기꺼이 심사위원 흉내를 냈다. 아무 생각 없이 노래를 하고 심사를 당하는 BK도 어이없는 웃음을 터뜨렸다.

"정말 대단했어요. 저런 친구가 도대체 어디 있다 지금 나타났을까, 저 친구의 가능성은 어디까지일까, 아마 앞으로 우리나라를 대표할 싱어송라이터가 되지 않을까 감히 예언해봅니다. 다만 저도 한 가지 아쉬웠던 건 조금 더 자신감 있게 불렀으면 어떨까 싶네요. 자, 제 점수는요… 99점입니다."

은별의 마지막 심사평이 끝나자 BK가 정말 오디션 참가자처럼 주먹을 불끈 쥐고 "예스!"를 외치며 좋아라 폴짝폴짝 뛰며 감격에 겨운 모습을 보여주었다. 즐거운 오디션 놀이에 충실하는 의미도 있었지만 매번 무대 공포증 때문에 진짜 무대에 한 번도 서 보지 못한 것에 대한 회한 때문이기도 했다. 대리 만족이긴 했지만 그래도 기분이 정말 좋았다.

"자, 다음은 2라운드 자작곡 경연입니다. 준비한 곡 들어볼까요?"

어느새 은별이 MC 역할을 하며 BK에게 자작곡을 주문했다. 태성과 연우도 기다렸다는 듯 잔뜩 기대에 찬 표정이었다.

"그래, BK. 이번에 작곡한 노래 있잖아. 그거 완성했다며. 이번 참에 한번 들려줘봐."

연우의 도움으로 심혈을 기울여 완성한 곡이었다. BK는 잠시 머뭇거리더니 이내 부드럽게 기타줄을 다시 한번 튜닝하고 헛기침을 했다.

"흠흠, 저도 처음 불러보는 풀버전이라 떨리네요. 이 곡을 멋지게 완성시킬 수 있게 해준 고마운 친구 정연우에게 이 노래를 바칩니다."

BK는 연우에게 고마움의 윙크를 찡긋 날리고는 기타줄을 튕기며 전주를 시작했다. BK의 멘트에 연우는 감격했는지 살짝 감동하는 표정을 짓는가 싶더니 한 음이라도 놓칠세라 얼른 휴대전화로 촬영을 시작했다. 전주가 끝나고 BK가 나직한 목소리로 노래를 시작했다.

♪…하루에도 몇 번씩 내 마음에 그대가 걸어오는 소리 들리나요
아주 오랜만에 느껴보는 설렘, 오랜만에 들려오는 속삭임
하지만 그대는 다른 마음속을 걷고 있네요
붙잡을 수 없나요 그 발걸음, 따라갈 수 없나요 그 뒷모습
그대의 걸음이 향하는 그곳, 그대의 눈빛이 머무는 그곳,
그대의 마음을 두고 간 그곳, 그대 마음속의 별이 될 순 없나요?

평소 유쾌한 BK와는 다른 조용한 발라드 곡이었지만 멜로디와 가사가 모두의 가슴을 건드리기에는 충분했다. 아마도 모두가 그 가사에 등장하는 주인공의 마음과 같았기 때문이 아닐까 싶었다.

♪…그대, 오늘도 내 마음을 스쳐가고 있네요…♪

마지막 구절과 함께 BK가 연주를 마치자 아주 잠시 정적이 흘렀다. 노래에 취한 건지, 각자 자기의 감정에 취한 건지 어쨌든 현실의 오디션 놀이로 돌아오는 데는 아주 잠깐의 스위치 시간이 필요했다. 이번에는 박수 대신 셋 모두 엄지를 치켜세웠다. 어떤 노래든 누가 부르든, 그것이 노래든 강의든 진심을 담아 부르고 말하는 것만큼 청중을 감동시키는 것도 없을 터였다.

연우는 특히나 감회가 새로웠다. BK에게 헌사받은 노래이기도 하고, 자신이 함께 작업을 도와준 곡이기에 이렇게 멋지게 완성시킨 그가 대견하고 기특했다. 연우가 재빨리 자신의 SNS에 BK의 동영상을 링크했다. 이 멋진 노래를 더 많은 사람에게 들려주고 싶었고, BK의 능력을 많은 사람에게 한껏 자랑하고 싶었다. 모두 아직 감동이 가시지 않은 가운데 은별의 장난기가 드디어 침묵을 깼다.

"오늘 우승자는… 두구두구두구두구… BK, 박, 봉, 구!!"

"에이, 진짜!"

나름 멋지게 우승 세리모니를 흉내내려고 폼을 잡던 BK가 야유를 퍼부으며 은별을 향해 주먹을 쥐고 달려들었다. 또다시 이름으로 놀리는 그녀에게 꿀밤 세례로 응징할 태세였다. 그러나 은별도 잽싸게 일어나 BK를 피해 태성과 연우 뒤로 요리조리 피해 다녔다. 처음 여행을 시작했던 간절곶에서의 떠들썩한 그때처럼 화기애애한 분위기였다.

"♪Twinkle Twinkle little star♪"

태성의 휴대전화였다. BK와 은별의 옥신각신에 한참을 웃던 태성은 휴대전화의 발신자를 보고는 순식간에 표정이 굳었다. 평소 같았으면 얼른 터치해서 받았을 시간이 지났는데도 그는 넋이 나간 듯 계속 울리는 휴대전화의 발신자 이름만 보며 난처해했다. 지연이었다. 받아야 하나, 말아야 하나. 신의 장난이라고 하기엔 참 고약했다. 하필이면 그녀와의 사연이 얽힌 이곳에 왔을 때 그녀에게서 연락이 오다니. 우연이라고 하기에는 필연처럼 느껴지는 이 상황에 그도 적잖이 당황한 모양이었다.

얼음이 된 태성의 행동에 시끌시끌하던 BK도, 은별도, 연우도 웃음을 멈추고 그를 향해 시선을 멈추었다. 그러나 전화벨이 계속 울리고 있었다.

"형님, 누군데 전화를 튕겨요?"

보다 못한 BK가 흘긋 태성의 휴대전화를 넘겨보자 당황한 기색으로 태성이 얼른 전화기를 감추며 서둘러 일어났다.

"잠깐 통화 좀 하고 올게."

평소답지 않게 초조한 걸음으로 몇 발짝 가더니 떨리는 목소리로 전화를 받으며 숲 속으로 사라지는 태성을 보며 모두 심상치 않은 기운을 직감했다. 방금 전까지만 해도 BK를 놀리며 깔깔대던 은별의 표정도 왠지 모를 불안함에 어느새 굳어 있었다. 그때를 놓칠세라 BK가 은별의 꿀밤을 때렸다. 아얏! 은별이 잠시 태성에게서 시선을 돌려 BK를 흘겨보았다. BK가 혀를 메롱 내밀며 은별을 놀렸다. 뭔가 무거워질 것 같은 이 분위기를 이런 식으로라도 넘겨야 했다.

*

한참 만에 통화를 마치고 온 태성은 아무 일 없었다는 듯 저녁 준비를 하기 시작했다. 얼굴은 애써 웃고 있었지만 그의 손놀림은 여느 때와 확연히 달랐다. 무슨 생각을 하고 있는 건지 멀쩡히 쥐고 있던 코펠도 어이없이 떨어뜨려 그 안에 담겨 있던 쌀을 바닥에 쏟질 않나, 설탕 간을 해야 할 김치찌개에 소금을 왕창 넣어 아예 먹지도 못하게 만들지 않나, 참치캔은 뚜껑도 따지 않은 채 통째로 김치찌개에 넣어버리는 등 말도 안 되는 실수를 연발했다. 그래 놓고도 태성은 괜히 아무렇지 않은 척 함박웃음으로 무마했다. 그러나 누가 봐도 온전한 정신상태가 아니었기에 셋의 불안은 더욱 커질 수밖에 없었다.

도대체 무슨 일일까. 무슨 전화였기에 태성이 저토록 바보가 된 듯 정신을 못 차리는 것일까. 이미 떠나버린 약혼자가 이제 와서 무슨 이유로 다시 연락해온 것일까. 그리고 이제 와서 태성에게 무슨 말을 한 것일까. 그저 발신자를 흘끔 확인한 BK만이 나름대로 억지 추측을 할 뿐이었다. 그러나 그도 섣부른 짐작은 하지 않았다. 그것보다는 이유야 어찌 되었건 저런 정신상태로 내일 있을 강연 스케줄이나 제대로 소화해낼지 그게 더 걱정이었다.

"아이고, 미치겠다."

태성의 강연을 지켜보던 BK가 참다못해 중얼거렸다. 예상대로 강연이 엉망이었다. 안 그래도 재미 없고 기교 없고 버벅거리는 초보 강사가 정신이 딴 데 팔려 있으니 제대로 진행이 될 리 없었다. 그나마 한 시간의 짧은 강연이었고 재능 기부로 이루어진 초등학생 대상 강연이라 다행이었다. 정식 의뢰를 받아 한 강의였다면 아마도 욕을 바가지로 먹었을지도 몰랐다.

태성이 불안하게 강연하는 내내 뒤에서 지켜보던 일행은 한숨을 푹푹 내쉬었다. 은별이 뒤쪽에서 아무리 사인을 주고 지시를 해도 태성의 눈은 동태눈처럼 초점이 없었다. 까맣게 타들어가는 일행의 마음과는 달리 태성을 섭외한 담당 선생님의 눈빛은 무료 강의라 이렇게 성의 없이 하는 건가 생각하는 듯 싸늘했다.

강의가 끝나고 교실을 나서는 태성의 모습은 완주한 마라톤 선수처럼 무겁고 힘겨워 보였다. 그래도 애써 일행을 향해 웃음을 지으며 태연한 척 다가왔다.

"내가 오늘 좀 버벅거렸지?"

"형님, 버벅거린 정도가 아니라 최악이었어요. 유명 강연가가 되겠다는 사람이 그래서 어디 먹고살겠어요?"

BK가 태성의 기분을 조금이라도 북돋워주려 일부러 과장되게 아무렇지도 않은 듯 정곡을 찌르자 멋쩍은 듯 태성이 뒷머리를 긁적였다.

"안 되겠다. 아무래도 은별 씨가 큰별 오라버니 훈련 좀 다시 시켜야겠다. 그렇지?"

연우가 어깨를 가볍게 툭 치자 은별이 바로 맞받아쳤다.

"아, 진짜! 가르친 보람이 없어요! 큰별 님 정말 이러기예요? 실망이에요."

"아, 미안, 미안."

태성이 정말 미안한 표정을 지었다.

"안 돼, 안 돼. 지금 당장 스파르타 훈련 시작해야겠어요, 기초부터 다시! 따라오세요."

은별이 태성의 팔을 잡아끌며 성큼성큼 캠핑카로 향했다. 그 모습이 마치 공부 못 하는 아이를 명문대 보내겠다고 학원으로 끌고 가는 극성스러운 엄마 같았다. BK와 연우가 뒤따르며 파이팅을 외쳤다. 풀이 죽어 끌려가는 태성의 모습이 왠지 애처로워 보이기도 하고 우스꽝스럽기도 해서인지 BK와 연우는 낄낄대며 뒤를 따랐다.

그러나 잠시 후 성큼성큼 잘 따라오던 태성이 발걸음을 멈추었다. 방금 전까지와 다르게 묵직해진 느낌의 태성의 몸에 은별도 멈추어 섰다. 뒤따르던 두 명도 왜 그런가, 태성의 시선이 멈추는 곳으로 시선을 돌렸다. 지연이었다. 캠핑카 앞에서 지연이 초조한 듯, 그러나 담담한 표정으로 태성을 기다리고 있었다. 은별이 살짝 당황한 듯 자기도 모르게 얼른 태성의 팔을 잡고 있던 손을 놓았다.

"오빠…."

지연이 머뭇거리다 태성을 향해 어렵게 말문을 열었다. 태성은 아무 대답도 할 수가 없었다. 그 말고도 다른 여섯 개의 눈이 모두 지연을 향해 호기심을 뿜어대기 시작했다.

*

"헤어진 옛 애인이 다시 찾아왔다는 건 둘 중 하나지."

마치 탐정이라도 된 듯 BK가 은별과 연우를 앉혀놓고 나름대로의 추리를 펼쳤다. 은별과 연우의 눈에는 궁금함이 가득했다. BK가 그걸 모를 리 없었다.

"돈 빌리러 왔거나, 빌려준 돈 받으러 왔거나."

"에이, 진짜!"

그럴듯한 추리를 잔뜩 기대했던 은별과 연우가 그의 장난에 또 속아넘어간 게 분했는지 동시에 주먹을 들고 덤벼들었다. 그러자 BK는 얼른 몸을 사리며 수습했다.

"알았어, 알았어. 그건 농담이고, 사실 뻔한 거지 뭐."

"뻔한 거 뭐?"

"다시 시작하자는 거 아니겠어? 그게 아니면 여자 쪽에서, 그것도 먼저, 이 먼 데까지 왜 찾아왔겠어. 안 그래?"

BK의 추리가 아니라도 어쩌면 당연한 이야기였다. 세상사 무엇이든 아쉬운 쪽이 더 먼저 행동하고 더 많이 움직이게 되어 있는 법. 특히 남녀 사이에서는 더 많이 사랑하고 좋아하는 쪽이 상대에게 자석에 붙는 클립처럼 이끌려오게 되어 있다. 은별의 얼굴에 실망감이 살짝 번졌다. 그 미세한 변화를 BK가 감지했다.

"아, 답답해. 가까이 가서 볼 수도 없고…."

말이 없어진 은별과는 달리 오히려 작가적 호기심에 연우가 더 답답해하자 BK가 문득 뭔가 생각난 듯 무릎을 쳤다.

"아니지, 가까이 갈 수는 없지만 가까이 볼 수는 있지 않아?"

세 사람의 눈빛이 동시에 반짝이며 시선이 교차했다. 마치 아르키메데스가 목욕탕에서 부력을 발견한 기쁨에 알몸으로 뛰쳐나오며 유레카를 외친 것처럼 세사람도 동시에 아 하는 감탄사를 외치며 캠핑카를 향해 돌진했다.

*

BK가 큐피드를 세워놓고 한쪽 눈을 감은 채로 들여다보고 있었다. 길 건너 커피숍에 마주 앉은 태성과 지연의 모습을 관찰하는 중이었다. 밤하늘의 별을 보는 용도로만 쓰일 줄 알았는데 이제 보니 관찰용이나 감시용으로도 나름 괜찮다고 생각할 즈음, 옆에서 은별과 연우가 궁금한 듯 계속 다그쳐 물었다.

"보여? 뭐래? 뭐하고 있어?"

"가만 좀 있어봐, 아직 초점이 안 맞아서 흐릿해."

"아, 진짜, 답답하네, 그거 초점하나 딱딱 못 맞춰요?"

보다 못한 은별이 답답했는지 캠핑카에서 휴대용 쌍안경을 들고 나와 초점을 맞추기 시작했다.

"어? 보인다 보여."

"진짜? 어디 봐."

보인다는 말에 연우가 얼른 은별의 얼굴 옆으로 얼굴을 바짝 가져다대고는 쌍안경 양쪽에 각자의 한쪽 눈을 들이밀고 사이좋게 관찰하기 시작했다. BK도 얼추 초점을 맞추었는지 눈을 망원경 아이피스에 고정한 채 물었다.

"무슨 말 하는 거 같아? 두 사람, 혹시 복화술 할 줄 알아?"

BK의 질문에 은별과 연우가 쌍안경에서 눈을 떼고 어이없다는 듯그를 보았다.

"뭐야, 웬 복화술? 독순술 말하는 거 아냐? 입술 모양을 보고 무슨말하는지 읽는 거?"

"지금 그게 중요해? 의미만 통하면 되지. 아무튼 무슨 말하나 좀봐봐."

그랬다. 지금 중요한 건 입술을 움직이지 않고 말하는 복화술이든입술 모양을 보고 무슨 말을 하는지 읽어내는 독순술이든 그게 중요한 건 아니었다. 지금 중요한 건 어제부터 태성이 이상해진 원인이지금 그 앞에 앉아 있다는 것이었다. 이후 그의 상태나 상황이 어떻게 달라질지 대충 짐작이라도 하기 위해서는 그들의 입에서 무슨 이야기가 나오는지 힌트라도 얻어야 했다.

셋은 동시에 다시 망원경으로 동태를 살폈다. 하지만 도무지 무슨말을 하는지 읽어낼 수가 없었다. 다만 표정으로 봐서는 여자가 무척미안해하는 듯했고, 태성은 덤덤한 것도 무표정한 것도 아닌, 뭐라

말할 수 없을 정도로 미묘한 표정이었다. 그런 태성을 보는 은별의 표정도 다르지 않았다. 그 미묘한 양쪽의 표정을 BK가 흘긋흘긋 훔쳐보고 있었다.

*

한 시간이 흘렀다. 그러나 달라진 것은 아무것도 없었다. 얻어낸 것도 아무것도 없었다. 태성과 지연은 여전히 커피숍에서 똑같은 표정으로 이야기를 하고 있었고, 그러다 가끔씩 여자가 눈물을 보이면 태성이 옆에 있던 냅킨을 그녀에게 건네며 달래는 정도였다. 마치 영화의 지루한 롱테이크 장면을 보는 듯해서 그들을 지켜보는 세 사람은 지칠 대로 지쳤다.

"어? 일어난다!"

그나마 인내심을 갖고 지켜보던 은별이 외쳤다. BK와 연우가 벌떡 일어나 다시 아이피스에 눈을 가져다대었다. 태성과 지연이 커피숍을 나와 그 앞에 주차된 빨간색 승용차 앞으로 갔다. 또 뭐라고 마지막으로 이야기를 하는 여자가 운전석에 탔다. 그러고는 조수석 창문을 열고 서 있는 태성에게 또 뭐라고 하는 듯했다. 그렇게 빨간색 승용차는 떠났고, 태성은 그 뒷모습을 물끄러미 바라만 보고 있었다. 왠지 모르게 셋은 마음이 짠했다. 태성이 크게 한숨을 쉬더니 캠핑카 쪽을 향해 고개를 돌렸다. 그러고는 씁쓸한 웃음을 지었다.

헉! 세 사람이 동시에 놀라 아이피스에서 눈을 떼며 화들짝 망원경에서 물러났다. 태성의 얼굴을 클로즈업해서 보고 있었던지라 그가 캠핑카를 향해 시선을 두자 마치 눈이 마주친 것 같은 착각이 들어서였다. 아니 어쩌면 정말 눈이 마주친 건지도 몰랐다. 마치 지켜보는 걸 다 알고 있었다는 듯 씁쓸하게 웃어 보이기까지 한 태성이지 않은가. 왠지 감시하다가 들킨 것처럼 가슴이 콩닥거리고, 이유 없는 죄책감 같은 게 들었다. 혹시라도 태성이 기분 나빠하지 않을까 싶어 세 사람은 서둘러 망원경을 제자리에 갖다놓았다. 그리고 아무 짓도 안 한 듯, 그냥 기다리고 있었던 듯, 그러나 매우 어색한 표정들로 그를 기다렸다.

은별을 비롯해 모두의 심장이 쿵쿵거렸다. 태성이 돌아와 무슨 이야기를 할까, 혹시 이대로 여행이 끝나는 건 아닐지 덜컥 겁이 났다. 정말로 예상대로 그녀가 다시 시작하자고 온 것이라면 그들의 여행은 이제 막을 내려야 했다. 태성으로부터 시작된 여행이었기에 태성이 여행을 끝낸다면 마땅히 모두 함께 끝낼 수밖에 없었다.

"많이 기다렸지? 미안. 가자."

태성이 돌아왔다. 말투도 행동도 평소와 다름없이 태연했다. 그러나 그럴수록 세 사람의 불안은 풍선에 바람 들어가듯 더 아슬아슬하게 커지기만 했다. BK가 슬쩍 눈치를 살피다가 먼저 용기를 냈다.

"형님, 혹시 우리한테 할 얘기 없어요?"

모두 태성의 눈치를 살폈다. 그도 낌새를 눈치 챘는지 그저 빙긋 웃고는 능청을 떨었다.

"뭐, 저녁은 뭐 먹을 거냐고?"

"아니, 그거 말구요."

"그럼, 다음 스케줄은 어디냐고?"

"에이, 진짜! 그런 거 아닌 거 알잖아요."

계속되는 태성의 능청에 BK가 흘긋 은별의 눈치를 보고는 그를 구석으로 잡아끌었다.

"형님, 나랑 잠깐 얘기 좀 해요."

은별은 BK에게 끌려가는 태성이 왠지 아무렇지 않게 보이려고 안간힘을 쓰는 것 같아 더 안쓰러웠다.

*

"그래서, 결론이 뭐예요? 이제 어떻게 할 거예요?"

"글쎄, 나도 어떻게 해야 할지 모르겠어. 어떻게 하는 게 올바른 선택인지 좀 혼란스럽네."

예상대로였다. 지연이 다시 시작하자고 태성을 찾아온 것이었다. 불과 몇 주 전만 해도 모질게 돌아섰던 지연이 지금은 태성을 좀더 이해해보겠다고, 그럴 수 있을 것 같다고 돌아온 것이었다. 그런 그녀를 모질게 내칠 수 없었다. 그러나 무조건 환영하는 마음도 아니었다. 시간이 어떤 이에게는 약이겠지만 다른 이에게는 독이 될 수도 있다는 걸 실감한 터였다.

"형님 입장도 이해는 하는데, 그래도 입장 정리를 확실히 해야죠. 안 그러면 상대방한테는 희망 고문이 된다니까요. 누군가를 마냥 바라만 본다는 거, 그거 엄청 힘든 거예요."

BK의 진심이 담긴 하소연에 눈치가 이상했는지 태성이 슬쩍 운을 뗐다.

"BK, 혹시….?"

행여나 마음을 들킬세라, 도둑이 제 발 저린다고 BK가 화들짝 놀라 지레 손사래를 쳤다.

"아니, 아니, 제 얘기가 아니구요…."

"아닌데, 누구 있는데? 누구야? 연우 씨? 아님 은별 씨?"

"아니래도요."

이중 부정은 강한 긍정의 메시지가 틀림없었다. BK의 강한 부정은 태성처럼 둔한 사람도 느낄 수 있을 정도로 '예스'라는 메시지가 명확했다. 특히나 은별의 이름이 나왔을 때 순간적으로 혹 달아올라 빨개진 귀와 얼굴은 감출 수도 없었다. 배려심 깊은 태성은 굳이 더 캐묻지 않았다. BK도 당황했는지 한동안 말을 멈추고 한숨을 크게 내쉬며 달아오른 얼굴을 식혔다. 그렇게 한참 침묵의 시간이 흘렀다.

"BK 생각은 어때? 내가 어떡하면 좋겠어?"

"잘은 모르지만 다시 한번 기회를 주는 게 좋지 않을까요? 형님도 아직 그분에 대한 마음이 남아 있는 거 아니에요?"

태성이 잠시 머뭇했다. 틀린 말은 아니었다. 그러나 선뜻 그렇다고 대답할 수도 없었다. 남아 있는 그 마음이 예전의 그 마음과 동일하다고는 자신할 수 없었다.

"그렇겠지? 어린 나이도 아니고, 한두 번 만난 사이도 아닌데, 이왕이면 잘되는 게 좋겠지. 누구나 살면서 한 번쯤 잘못도 하고, 방황도 하는 법이니까."

재결합의 여지가 있다는 말처럼 들리자 BK는 왠지 모르게 살짝 안심이 되었다. 태성에게 다시 기회를 주라고는 했지만 사실 그건 그를 위해서라기보다는 은별에게서 태성을 조금 더 멀리 떼어내고 싶은 유치하고도 이기적인 마음이 앞섰기 때문이다. 감정적인 인간이기에, 한 여자를 좋아하는 남자이기에 BK도 그럴 땐 조금은 야비할 수밖에 없었다. 그러나 한편으로는 걱정도 앞섰다. 태성의 재결합은 곧 여행의 끝을 의미하고, 여행의 끝은 곧 은별과의 물리적 이별이었다.

"그럼 이제 여행은…?"

"여행은 계속할 거야. 아직 결정을 내린 건 아니니까."

그나마 다행이었다. 그러나 결국은 시한부일 수밖에 없다는 걸 태성도, BK도 직감하고 있었다.

마지막 여행

1

"계속 직진하십시오."

양양 시내를 벗어난 지 얼마 되지 않아 캠핑카는 도로를 질주했다. 지연이 다녀간 후 그 여파로 모두의 마음에 아슬아슬한 바람이 불고 있었다.

복잡한 머릿속과 산만한 마음을 추스르는 데 여행만큼 좋은 것이 또 있을까. 아무 생각이 나지 않을 때, 아니 생각이 너무 많아 뭘 어떻게 해야 할지 모를 때에도 내비게이션의 '아무 데나'만큼 유용한 것이 없었다. 머리를 쓰지 않아도, 굳이 검색을 통해 어렵게 선택하지 않아도 알아서 좋은 곳으로 안내해주는 훌륭한 기능을 발견하게 되어 얼마나 다행인지. 문득 거제도에서 만났던, 이 기능을 업그레이드해준 수수께끼 같은 자동차 정비사가 떠올랐다. 언젠가 다시 만나면 꼭 고맙다는 인사를 해야지 하는 마음이 굴뚝같았다.

차는 내비게이션이 알려주는 대로 계속 똑바로만 달렸다. 인생도 이렇게 편하게 직진만 하면 얼마나 편할까. 다시 안내 멘트가 흘러나왔다.

"300미터 앞 지하차도입니다. 가운데 차선으로 통과하십시오."

태성이 가운데 차선으로 차로를 변경하는 동안 연우가 인터넷 검색을 하다가 문득 놀란 토끼 눈이 되었다.

"오, 대박! 조회수가 장난 아닌데?"

며칠 전 BK의 노래하는 모습을 올린 두 개의 유튜브 동영상의 조회수가 생각보다 많은 것 같았다. 연우가 연신 감탄사를 내뱉자 은별도 홈페이지 작업을 하다 말고 바짝 다가가 보았다. 우아아! 은별의 입이 마치 하품을 할 때만큼이나 벌어졌다. 올린 지 며칠 되지도 않았는데 벌써 백만 건이 넘어서고 있었다. 그러나 정작 당사자인 BK는 믿기지 않는지 코웃음을 쳤다.

"야, 지금 놀리냐? 거짓말도 정도껏 해야 믿어주지."

"진짜야, 거짓말 아니라니까. 한번 봐."

혹시나 하는 기대에 찬 표정으로 조수석에 앉아 있던 BK가 목과 몸통을 한껏 비틀어 돌아보자 연우가 다가와 스마트폰을 코앞에 들이밀었다. BK도 방금 전의 연우처럼 놀란 토끼 눈이 되었다. 믿기지 않는 듯 눈을 껌뻑이던 그의 입이 서서히 벌어졌다. 정말 믿기지 않왔다. 조회수도 그렇지만 밑에 달린 댓글이 기분을 더욱 들뜨게 했다. 원곡보다 훨씬 좋다, 처음 들어보는 노랜데 괜찮다, 노래 부르는 사람 멋지다, 귀엽다 등등 노래에 대한 호평뿐 아니라 BK에 대한 관심과 칭찬도 많았다.

BK의 입꼬리가 실룩이고 코가 벌름거렸다. 웃느라고 입가로 계속 바람이 피식피식 새어나왔다. 예전에도 동영상을 몇 번 올려본 적이 있었지만 이런 반응은 처음이었다. BK는 너무 기쁘고 신났지만 체면상 대놓고 기쁨을 드러내지 못하는 심정이 이런 거구나 실감했다.

"오라버니, 축하해요. 이러다 진짜 대박나겠는데?"

은별의 칭찬에 그의 어깨가 자기도 모르게 한껏 올라갔다. BK의 자신감 컴백에 연우도 덩달아 신이 났다.

"거봐, 내 말 듣길 잘했지?"

연우가 으쓱해서 새침하게 귀여운 생색을 내자 BK가 그녀의 얼굴을 양손으로 감싸 흔들며 격하게 고마움을 표시했다.

"구래요, 깜찍이. 고마워, 친구웅!"

그의 손길은 촉촉하고 따뜻했다. 예상치 못한 스킨십에 연우의 얼굴이 순간 화끈 달아올랐다. 단지 손바닥이 자신의 얼굴에 살짝 닿았을 뿐인데 가슴이 콩닥거리고 그를 똑바로 쳐다볼 수 없을 정도로 부끄러웠다. 당황한 연우가 반사적으로 얼른 얼굴을 뒤로 쭉 빼며 물러나자 BK가 장난기 가득한 얼굴에 능글맞은 표정을 드러냈다.

"뭐야, 지금 나의 손길을 피하는 거야, 친구?"

"아, 됐어. 손에 땀났잖아."

괜히 어쭙잖은 변명을 하며 연우가 애써 시선을 피하자 정말 그런가 싶어 BK가 자기 손으로 자신의 얼굴을 감싸며 확인했지만 잘 모르겠는지 태성의 볼에 자기 손을 가져다댔다.

"아, 하지 마, 징그러워."

태성이 격하게 거부하자 이번에는 은별을 향해 손을 쭉 내밀었다. 은별도 화들짝 놀라 손사래를 치며 멀찌감치 떨어지자 BK가 입을 삐죽거리며 다시 자신의 얼굴을 감쌌다.

"쳇! 촉촉하고 좋구먼그래. 다들 안 놀아."

그 모습을 흘긋 보며 연우가 아주 작은 안도의 한숨을 뱉어냈다. 하마터면 마음을 적나라하게 들킬 뻔했잖아. 휴우.

*

"터널로 진입합니다. 터널 끝 20미터 전방에 오늘의 목적지가 있습니다."

드디어 오늘의 목적지, 세 번째 아무 데나에 대한 안내 멘트가 흘러나왔다. 오는 내내 보이는 이정표들을 미루어 짐작건대 속초 어디쯤이 아닌가 싶었다.

터널로 진입하자 안쪽에는 형형색색의 무지갯빛이 감돌고 있었다. 마치 강원도 삼척에 있는, 레일 바이크를 타고 통과하는 화려한 조명의 해양 터널 같은 느낌이었다. 생각해보니 매번 내비게이션이 알려주는 아무 데나로 갈 때마다 이런 길고긴 신기한 터널을 지나온 듯했다.

이번에도 역시 차의 속도에 따라 터널 안의 조명은 일곱 빛깔 무지개색이 차례대로 그러데이션으로 바뀌며 마치 사차원의 세계에 들어와 있는 듯한 착각이 들게 했다. 영화에서처럼 우주여행을 하는 것 같기도 하고, 꿈을 꾸는 것 같기도 하고, 시간여행을 하는 것 같기도 하고, 화려한 조명에 시달린 시력 탓인지 해본 적도 없는 마약이라도 한 듯 몽롱한 기분도 들었다. 일반 차량들이 다니는 터널에도 이런 조명 설치가 가능한가 의문이 들 무렵 어느새 차는 터널의 끝에 다다라 있었다.

터널을 지나자 무지개의 마지막 보랏빛이 사방에 퍼지면서, 마치 파란 하늘에 보랏빛 물감을 떨어뜨린 듯 서서히 번지며 하늘색을 더욱 선명하고 오묘하게 덧입혔다. 일행이 신기한 하늘에 시선을 빼앗긴 사이 태성은 내비게이션이 일러준 대로 터널 끝 20미터 앞에 차를 세웠다. 그곳은 선착장이었다.

어느새 하늘을 덧입혀진 보랏빛이 서서히 아래로 내려가더니 드넓은 바다 위로 내려앉았다. 이번에는 바다 빛깔이 더욱 선명해졌다. 그 선명한 바다색과 대조적으로 하얗, 고고하게 떠 있는 요트 한 대가 일행의 눈에 들어왔다. 포르셰 자동차처럼 날렵하게 생긴 호화로운 백색 요트였다. 언젠가 명품 잡지에 실린 조르조 아르마니가 디자인했다는 호화 요트와도 비슷한 모습이었다.

바다 쪽으로 기다랗게 난 나무 데크 위로 태성 일행은 조심스레 한 발 한 발 내디디며 요트를 향해 걸어갔다. 생긴 지 얼마 안 된 듯

발자국 하나 남아 있지 않은 깨끗한 선착장에는 눈앞에 있는 백색 요트만이 정박해 있었다. 주위를 둘러봐도 아무것도 보이지 않았다. 일행이 지나온 터널 쪽으로는 푸릇푸릇한 산이 시야를 가렸고, 선착장 쪽으로는 바다뿐이었다.

선착장이라면 최소한 매표소라든가 슈퍼마켓이나 전망 좋은 카페나 집들이 있기 마련인데, 이곳에는 정말 아무것도 없었다.

마치 이탈리아 아나카프리의 절벽 아래에 있는 조그만, 그러나 할리우드의 유명 배우가 소유한 럭셔리한 개인 선착장에 와 있는 듯한 느낌이었다. 속초에도 이런 곳이 있었나 싶어 모두 자신의 여행 기억을 더듬어보았지만 누구도 기억해내지 못했다. 어쩌면 최근에 생긴 것인지도 몰랐다.

어쨌거나 아무 데나가 아무 데나가 아니었다. 이곳에 이런 근사한 선착장이 언제 생겼나 싶어 감탄하고 있을 즈음, 요트에서 누군가 걸어나와 갑판 위에 섰다. 배의 주인이자 선장인 듯싶었다.

풍성한 턱수염이 얼굴의 반을 차지하는 중년 남자의 모습은 그 생김으로 보아서는 마치 타이타닉호의 선장 같기도 하고, 할리우드 영화배우 숀 코너리 같기도 한 친숙한 이미지였다. 그리고 실제로 피는 것인지 아니면 멋을 위한 장식용인지 알 수 없는 파이프 담배를 입에 물고 그럴듯한 선장 모자까지 쓴 모습이 얼마나 자연스러웠는지, 정말 이곳이 외국의 어느 휴양지 같은 착각을 들게 했다.

"어서 오세요, 여긴 처음이십니까?"

외모만큼이나 멋있는 중저음의 목소리로 남자가 묻자 일행은 여전히 풍광에 취해 약간 넋이 나간 듯 두리번거리며 고개를 끄덕였다. 남자가 환한 미소를 지으며 요트로 들어오는 입구에 걸쳐진 쇠고랑 바리케이드를 거두며 올라오라는 손짓을 했다. 그러나 일행은 가도 될지 어떨지 판단이 서지 않는지 잠시 머뭇거렸다.

"올라오세요. 오늘 처음 오신 분들에게 무료 체험 기회를 드리고 있습니다. 여러분이 운이 좋으신 거죠."

정말 운이 좋았다. 내비게이션이 일러준 '아무 데나'로 갈 때마다 항상 무료 체험을 하거나 늘 태성 일행이 유일한 방문자였다. 한창 꽃놀이 가기 좋은 시기였는데도 그렇게 아름다운 상연사도 태성 일행밖에 없었고, 동물들과 함께했던 정글 서바이벌도 그랬고, 그리고 지금 이곳까지. 정말 운이 좋다고밖에는 표현할 말이 없었다.

다만 한 가지 아쉬운 점은 나중에 다시 가려고 하거나 누군가에게 추천해주려고 해도 도무지 어디쯤인지 정확한 위치를 검색할 수 없다는 거였다. 이 세상 어디에도 없는 미지의 장소 같았다. 그것 말고는 내비게이션이 제안하는 '아무 데나'는 최고의 선택이었다.

남자의 안내를 받으며 일행은 요트에 올랐다. 아직 한 번도 운행을 안 한 것처럼 홈이라고는 찾아볼 수 없었다. 파리가 낙상한다는 우스갯소리가 괜히 나온 게 아니다 싶을 정도였다.

요트 뒤쪽으로 난 계단을 오르니 일광욕을 할 수 있는 소파와 테이블이 편안하게 기다리고 있었다. 요트 안으로 들어가는 순간 태성 일행의 눈과 입이 동시에 휘둥그렇게 벌어졌다. 안쪽으로는 모던하면서도 화려한 거실이 웬만한 아파트 거실보다도 멋져 보였다. 마치 모델하우스를 방문한 듯 너무 깨끗한 소파와 인테리어에 차마 손을 댈 생각조차 할 수 없었다. 소파 뒤로는 주방시설이 갖춰진 식탁 겸 바, 그리고 최첨단 기기로 무장된 조타실이 보였다.

"구경은 천천히 하고 일단 앉으세요."

남자가 은별과 연우에게 매너 있게 식탁 의자를 빼주며 말했다. 식탁 위에는 태성 일행이 올 줄 알았다는 듯 4인용 상이 멋지게 차려져 있었다. 정확히 무슨 요리인지는 알 수 없었지만 겉으로 보기에도 칠성급 호텔에서나 먹을 수 있는, 결코 흔하지 않은 요리임이 분명했다. 은별이 살짝 접시를 만져보니 따끈따끈한 것이 방금 요리한 것 같았다. 일행이 어리둥절해하며 자리에 앉자 남자가 말했다.

"아주 특별한 곳에 오신 여러분을 환영합니다. 여러분은 오늘 하루 아주 놀라운 경험을 하게 될 것입니다. 자, 지금부터 마음껏 즐기기 바랍니다."

남자가 그들 앞에 있는 와인잔에 와인을 한 잔씩 따라주고는 건배를 제안했다. 그리고 한 사람 한 사람의 시선에 자신의 얼굴을 콕콕 박아넣듯 눈을 마주치고 잔을 부딪치며 말했다.

"여러분의 사랑과 우정과 인생과 미래를 위하여!"

2

사람의 마음이란 참 간사하기 그지없었다. 처음에 태성의 캠핑카를 보았을 때는 혀를 내두를 만큼 감탄하며 부럽고 좋아 보였는데 호화 요트를 보고 나니 비교가 되지 않았다. 태성의 캠핑카가 열 평짜리 원룸에 가까웠다면 호화 요트는 백 평대 호화 아파트 같았다. 그래서 사람들이 점점 더 큰 평수로, 더 좋은 집으로 옮겨가려고 그렇게 평생을 아등바등 집에 매달리나 하는 생각이 들었다.

이름도 모르는 근사한 요리를 먹고 나서 본격적으로 요트 구경에 나섰다. 아래층에는 여느 호텔 못지않은 침실과 욕실, DVD룸이 있고, 내부 계단을 따라 2층으로 올라가면 일광욕을 위한 소파 베드와 전망대가 있었다. 그곳에서 보이는 배 앞쪽 갑판에는 티테이블과 편안한 소파, 그리고 낚시를 즐길 수 있는 넓은 갑판이 시원하게 펼쳐져 있었다. 태성 일행은 연신 와 하고 감탄사를 내뱉었다.

"자, 그럼 이제 바다로 나가볼까요?"

남자가 아래층으로 내려간 지 얼마 되지 않아 요트가 선착장을 떠나 바다로 향했다. 이렇게 멋진 곳에서 맞는 바닷바람은 느낌이 새로웠다.

서 있는 곳이 다르면 풍경도 달라진다고 했던가. 모래사장에서 감상하던 바다와 이렇게 요트를 타고 바다 한가운데로 나와서 보는 바다는 느껴지는 그 크기부터 달랐다. 탁 트인 시야에 답답했던 가슴이 뻥 뚫리는지 태성을 비롯한 일행의 표정이 아까보다는 많이 풀어져 부드러워져 있었다.

얼마쯤 달렸을까. 요트가 바다 한가운데 멈춰 섰다. 사방에 아무것도 보이지 않았다. 오직 보랏빛이 감도는 망망대해 물결 위에 일행이 탄 요트만이 잔잔히 일렁이는 파도를 타고 있었다.

태성이 갑판 위로 내려가 뱃머리에서 멀찍이 떨어진 갑판 중앙에 섰다. 멍하니 끝도 없는 수평선을 바라보았다. 잔잔한 바다처럼 태성도 평온해지고 싶었다. 하지만 복잡한 마음이 좀처럼 가라앉지 않았다. 여러 가지 마음이 수평선 너머의 파도처럼 끊임없이 밀려왔다. 다시 눈을 감았다. 보이지 않으면 오히려 다른 것에 집중할 수 있을 듯싶었다. 그러나 역시 머릿속의 상념들이 형체를 알 수 없는 더 큰 잡념들을 안고 덤벼들었다.

이때 누군가 뒤에서 태성을 순식간에 훅 밀었다가 잡아당겼다. 화들짝 놀란 그가 급한 마음에 뒤로 털썩 주저앉았다.

"아, 깜짝이야."

"형님, 뭘 그렇게 놀라요?"

장난꾸러기 BK였다. 태성은 가슴을 쓸어내렸다.

"그러다 빠지면 어쩌려고."

"갑판 한가운데서 빠질 데가 어디 있다구요. 진짜 겁 많으시네."

BK가 태성을 일으켜세우며 핀잔을 주는 사이 중년 남자는 은별과 연우를 앞세워 갑판 위로 나왔다. 손에는 낚시 장비들이 가득 들려 있었다.

"다들 낚시는 해봤습니까?"

일행 모두 경험이 없는지 누구 하나 자신 있게 대답하는 사람이 없자 남자가 직접 낚싯대 하나를 집어올렸다.

"처음이라도 어렵지 않습니다. 제가 보여드리죠."

남자가 능숙한 솜씨로 미끼가 끼워진 추 부분을 잡고서 낚싯대를 지렛대 삼아 멀리 튕겨보냈다. 한참을 멀리 날아간 낚싯줄이 보랏빛 바다 속으로 이내 모습을 감췄다.

"직접 낚시를 해서 고기를 낚는 즐거움은 무엇에도 비할 바가 아니지요."

낚싯줄을 던진 지 정말 삼 분도 채 되지 않아 낚싯대가 움직이기 시작하더니 낚싯줄이 팽팽해졌다.

"어? 걸렸나봐요."

관찰력이 좋은 은별이 먼저 알아보고는 소리를 질렀다. 일행의 시선이 남자의 낚싯대에 집중되자 그는 역시나 익숙한 손놀림으로 낚싯줄을 풀었다 당겼다를 반복하며 점점 앞쪽으로 줄에 걸린 물고기를 끌어당겼다.

남자의 설명에 의하면 물고기가 미끼를 물고 바늘에 코가 꿰었을 때 너무 풀어주면 멀리 달아나 바늘이 빠져버릴 수 있고, 반대로 너무 당기면 물고기의 반발력에 오히려 낚싯줄이 끊어질 수 있기 때문에 적절한 긴장감을 유지하되 풀었다 당겼다를 반복해야 나중에 물고기가 힘이 빠져서 손쉽게 끌어올릴 수 있다고 했다.

설명을 듣던 은별이 갑자기 피식 웃음을 터뜨렸다. 고기를 잡는 방법이 흔히 말하는 남녀 사이의 밀당이라는 것과 비슷해서였다. 정말 그럴 터였다. 너무 자유롭게 풀어주면 너무 멀리 가서 통제 불능이 되고, 너무 당겨서 옥죄면 오히려 부작용이 일어날 수도 있는 법이다. 그래서 남녀 사이는 적당한 자유와 억압, 방관과 관심을 적절히 섞어서 대응해야 오래 유지되는 게 아닐까 싶었다. 문제는 둘 중 누가 낚싯대를 잡고 있고 누가 물고기 역할을 하느냐였다. 어쩌면 둘 다 서로의 낚싯줄에 코가 꿴 물고기 신세일지도 모르지만.

남자가 끌어올린 낚싯줄에는 성인 팔뚝보다 더 큰 물고기가 파득거리며 딸려 올라왔다. 물고기의 종류는 모르지만 어쨌든 이 가느다란 낚싯줄 하나로 저렇게 큰 물고기를 잡을 수 있다는 게 신기하기만 했다.

"미끼도 다 끼워놨으니 이제 각자 원하는 위치에 가서 편하게 낚싯대를 잡고 기다리면 됩니다. 뭔가를 얻는다는 건, 그래서 내 것이 된다는 건 그만큼의 노력과 대가가 필요한 법이지요."

남자는 자신이 잡은 물고기의 아가미에 깊이 박혀 있는 낚싯바늘을 조심스레 빼내고는 물고기를 다시 바다로 던졌다.

"아니, 아깝게 그걸 왜 버리세요? 그놈, 살이 통통한 게 아주 맛나겠던데…."

BK가 입맛을 다시며 아쉬운 표정으로 남자에게 외쳤다.

"버리는 게 아니라 보내는 겁니다."

무슨 말인가 싶어 멀뚱히 쳐다보는 네 명에게 남자는 자신의 낚싯대를 정리하며 설명을 이어갔다.

"지금 내게는 필요 없는 물고기니까요. 하지만 내게 필요 없기 때문에 버린다고 생각하면 안 됩니다. 저 물고기를 간절히 필요로 하는 누군가에게 보낸다는 마음으로 놓아주면 비록 내 손에 가진 게 없어도 행복한 법입니다. 세상 모든 일이 마찬가지일 겁니다. 자, 이제 여러분도 이 인생의 바다에서 뭔가를 한번 낚아보세요."

우문현답이 따로 없었다. 싱싱한 생선회를 생각하며 입맛을 다시던 BK가 살짝 부끄러웠는지 겸연쩍은 헛기침을 하며 돌아섰다. 호기심 많은 은별이 낚싯대를 들고 뱃머리 옆쪽에 자리를 잡았다. 남자의 흉내를 내며 제법 그럴듯하게 낚싯줄을 바다로 던졌다. 나머지 세 사람도 뱃머리 앞쪽과 옆에 적당한 거리를 두고 자리를 잡고서 낚싯대를 드리웠다.

*

낚시는 기다림의 철학을 담은 궁극의 스포츠라고 누가 그랬던가. 참으로 맞는 말이었다. 정말 한참을 기다려도 소식이 없었다. 물고기는커녕 파도의 일렁임조차 느껴지지 않을 정도로 고요하기만 했다. 일행은 각자의 위치에서 하품을 하거나 멍하니 바다를 바라보며 각자의 상념들에 빠져 있었다.

태성은 온통 머릿속이 지연에 대한 생각으로 가득 차 있었다. 어렵게 다시 돌아온 지연이 반갑기도 하고 고마웠다. 하지만 한편으로는 가슴 한편이 허전했다. 만약 지연과 다시 시작한다면 이 여행을 끝내야 될 테고, 여행을 끝내면 은별을 비롯한 일행들과 헤어져야 하는 것에 대한 서운함인지도 몰랐다. 여행을 시작하기 전까지만 해도 언제라도 지연이 돌아오기만을 간절히 기다렸는데 이제는 돌아온 그녀가 조금은 부담스러웠다. 이런 생각이 문득문득 들 때면 너무 혼

란스러웠다. 도대체 무엇 때문에, 왜 그런 마음이 드는지, 자신의 솔
직한 심정이 어떤 건지, 그래서 이제 어떡해야 할지 도무지 결정을
내릴 수가 없었다. 긴 한숨이 낚싯줄만큼이나 길게 뻗어나갔다.

BK도 마찬가지였다. 자신의 노래에 대한 반응이 좋아서 기분 좋
은 건 아주 잠시뿐이었다. BK의 머릿속도 복잡하고 혼란스러운 건
마찬가지였다. 은별이 자신에게 이성으로서 호감을 갖고 있지 않은
것이 서운했다. 그뿐이 아니었다. 만약 태성이 이 여행을 끝내면 어
떻게 될까, 태성이 돌아온 약혼녀를 왜 흔쾌히 받아들이지 못하고 쉽
사리 결정을 못 내리는 걸까, 그 궁극적인 이유가 무엇일까, 혹시 다
른 이유가 있는 건 아닐까, 그 다른 이유가 혹시 은별은 아닐까…. 불
안한 생각들이 꼬리에 꼬리를 물었다. 마치 산란기의 물고기가 물속
에 수만 개의 알들을 흩뿌려대듯이 BK의 머릿속에도 수많은 잡념들
이 흩뿌려지고 있었다.

연우의 표정은 좀 달랐다. BK의 동영상 반응이 좋아서 기분이 정
말 좋았다. BK가 좋아하니 더없이 기뻤다. 그가 자신의 볼을 감쌌던
순간이 떠올랐다. 축축하다고 피하긴 했지만 사실은 따뜻하고 촉촉
한 느낌이 참 좋았다. 문득 BK가 자신을 어떻게 생각할까 궁금했다.
분명 싫어하는 것 같지는 않았다. 장난도 잘 치고, 시나리오 작업도
자기 일처럼 같이 해주고, 꽃도 주고, 노래도 불러주고, 이것저것 챙
겨주는 것을 보면 마음이 아주 없는 것은 아닌 듯싶었다. 하지만 그
래도 확인하고 싶었다. 자신에 대한 마음이 어느 정도인지를. 연우의
낚싯대는 바다를 향해 있었지만 마음과 시선은 BK에게 향해 있었다.

은별은 문득 남자가 한 말이 떠올랐다. 버리는 게 아니라 보내는 거라는 말, 간절히 필요로 하는 누군가를 위해 보내는 마음으로 놓아 주라는 말, 보내는 마음으로 놓아주면 가진 게 없어도 행복할 거라는 말이 마치 자신에게 하는 말처럼 느껴졌다. 태성을 보내는 마음으로 놓아주라는 거겠지, 원래 내 것이 아니었기에 제자리로, 원래 주인에 게 돌려보내라는 거겠지, 그 누군가는 너무 간절해서 찾아온 거겠지, 그러니 돌려보내는 게 맞는 거겠지. 딱히 서운해할 이유도 없었다. 은별 혼자 마음속에 멋대로 몰래 가져온 사람이니 마음에서 놓으면 그뿐이었다. 하지만 그래도 아쉬웠다. 아무도 몰래 피었다 지는, 그 래서 꽃이 피는 것조차 모르는 처량한 들꽃 신세 같아서였다. 그래도 웃어야지 싶었다. 누가 보아주지 않아도 스스로 피운 꽃이 부끄럽지 않도록, 씩씩한 들꽃처럼 활짝 웃으며 보내야지 싶었다. 그래, 행동 을 먼저 바꾸면 마음이 바뀐다지. 은별은 입가에 억지 미소를 지으며 마음을 달래고는 애정 어린 눈빛으로 일행을 쭉 한번 훑었다.

"어? 물었다!"

모두 다른 데 관심을 두고 있어서일까. 연우의 낚싯대가 흔들리는 걸 은별이 먼저 발견하고 외쳤다. 모두의 시선이 처음에는 은별에게 몰렸다가 은별이 옆에 있는 연우의 낚싯대를 가리키자 그쪽으로 모 였다. 은별의 말대로 연우의 낚싯대가 파르르 떨리고 있었다. 물고 기가 미끼를 문 모양이었다. 반대쪽에 있던 태성과 BK가 얼른 달려 와 연우의 낚싯대를 잡아챘다. 그러고는 아까 남자가 한 것처럼 당겼 다 놓았다를 반복하며 물고기를 끌어당겼다. 방금 전까지 무슨 생각에 빠져 있었는지 기억나지 않을 정도로 모두 상기된 표정으로 낚싯대 끝을 바라보고 있었다.

팽팽하게 포물선을 그리며 끌어당겨진 낚싯줄이 요트 근처까지 오자 수면 위아래를 오르내리며 요란한 파장과 함께 파닥거리는 물고기가 보였다. 꽤나 커 보였다. 아까 남자가 잡았던 물고기보다 더 커보였다. 누가 먼저라고 할 것도 없이 모두 기쁨의 함성을 질렀다.

묵직한 무게 때문에 낚싯대로만 끌어올리는 건 무리가 있어 보였다. 태성과 BK가 안간힘을 쓰며 낚싯대를 들어올렸지만 살기 위해 안간힘을 쓰는 물고기는 쉽게 들어올려지지 않았다. 은별이 얼른 갑판 위에 있던 뜰채를 가져와 파닥거리는 물고기를 담으려 바다 쪽으로 몸을 기울였다.

바로 그때였다. 순간적으로 파도가 살짝 일면서 요트 아래쪽을 얄밉게 치고 달아났다.

"으어어! 엄마얏!"

요트가 살짝 기울면서 뜰채를 잡고 바다 쪽으로 몸을 기울이던 은별이 손 쓸 새도 없이 바다에 빠지고 말았다. 반사적으로 연우가 뒤늦게 손을 뻗어보았지만 소용이 없었다.

"어머, 어떡해!"

어찌해야 할지 몰라 당황하는 사이 어느새 파도는 순식간에 은별을 요트에서 멀찍이 밀어내고 있었다. 은별도 당황한 듯 안간힘을 쓰며 허우적거려보았지만 마치 이안류離岸流라도 만난 듯 점점 요트와 멀어지기만 할 뿐이었다.

겁에 질린 연우가 소리를 지르며 안절부절못하자 BK는 급한 대로 배 주변을 빠르게 훑으며 구명 튜브를 찾아 나섰다. 태성은 파닥거리는 물고기를 낚싯대에 그대로 매단 채 이러지도 저러지도 못하고 망부석처럼 서서 은별과 물고기를 번갈아가며 안타깝게 보고만 있었다.

배 주인인 남자는 어디로 사라졌는지 아무리 불러도 나타나지 않았다. 다급해진 BK가 어디선가 구명 튜브를 가져와 멀어져가는 은별을 향해 있는 힘껏 던졌다. 힘이 모자란 건지, 아니면 일시적인 바닷바람의 저항 때문인지, 구명 튜브는 생각만큼 은별에게까지 미치지 못했다. 상황이 이쯤 되자 망설일 틈도 없이 BK가 바다로 몸을 던졌다. 그의 거침없는 행동에 놀란 연우가 더욱 발을 동동 구르며 울먹이기 시작했다.

팽팽한 낚싯대를 들고 얼음이 된 채 이 모든 상황을 보고만 있는 태성에게 연우가 울먹이며 어떻게 좀 해보라고 다그쳤다. 그제야 정신이 든 듯 희미하게 풀렸던 태성의 동공이 바짝 조여지며 선명해졌다. 그리고 그 시선 안으로 은별이 겁에 질린 듯 허우적거리며 점점 멀어지는 모습이 들어왔다.

어릴 적 자신의 모습이 오버랩되어서였을까. 갑자기 가슴 한편이 따끔거렸다. 그 짧은 사이 태성의 시선이 은별의 얼굴을 클로즈업 한 채 따라다녔다. 그는 입술을 꼭 깨물었다. 주먹을 불끈 쥐어보았다. 그리고 과감하게 낚싯대를 팽개치고 두 눈을 질끈 감았다. 파닥거리던 물고기가 바다로 도망을 치는 동시에 태성도 함께 바다로 뛰어들었다.

먼저 뛰어든 BK가 구명 튜브를 잡고 파도를 헤치며 은별에게 다가가 튜브를 건넸다. 그러나 무엇을 봤는지 은별이 놀란 토끼 눈으로 구명 튜브를 받자마자 요트 쪽을 향해 안간힘을 쓰며 헤엄쳐나갔다. 바로 몇 미터 앞에 태성이 필사적으로 허우적거리는 모습이 BK의 눈에 들어왔다. 물이 무섭다던, 그래서 수영을 못 한다고 했던 태성이 더 걱정스러웠던 은별은 그 와중에 BK가 건네준 구명 튜브를 미련 없이 태성을 향해 던지며 외쳤다.

"큰별 님, 이거 잡아요."

여전히 허우적거리는 은별과 다시 태성에게 던져진 구명 튜브, 그리고 물고기보다 더 파닥거리며 다급히 구명 튜브를 끌어안는 태성의 모습이 시야에 들어오자 갑자기 BK의 다리에 힘이 쭉 빠졌다.

3

일부러 숨어 있기라도 한 듯 남자는 사태가 거의 수습된 다음에야 나타나 물에 빠진 일행을 한 사람씩 번쩍 끌어올렸다. 마치 이런 일을 예견이라도 한 듯 아무 말도 없이 갈아입을 옷과 음식을 준비해주고는 또다시 선실로 들어가는 남자의 뒤로 저녁노을이 붉게 물들기 시작했다.

은별이 지하 침실에서 옷을 갈아입으며 정작 자신보다 더 놀라 기진맥진한 연우를 달래기 위해 명랑한 목소리로 수다를 풀어놓았다.

"언니, 많이 놀랐죠? 나 수영 꽤 잘하는데, 바다는 확실히 수영장이랑은 또 다른 거 같아요. 아무리 움직여도 앞으로 안 가고 자꾸만 뒤로 밀리는 거 있죠. 순간적으로 나도 큰별 님처럼 물이 무서워지더라구요."

연우는 은별의 이야기를 듣는 둥 마는 둥했다. 은별의 이야기보다 아까 BK가 고민도 않고 물속으로 뛰어드는 모습이 자꾸만 떠올라서였다. 은별을 걱정하던 그의 표정이 자꾸만 아른거렸다.

"근데 큰별 님은 수영도 못 한다면서 왜 뛰어들었나 몰라. 그렇죠? 괜히 나까지 놀라서 식겁했다니까."

젖은 머리를 수건으로 털어내며 옷매무새를 다듬던 은별에게 연우가 부드러우면서도 날카롭게 톡 쏘아붙였다.

"BK는 안 보였어? 은별 씨 구해준건 큰별 님이 아니라 BK였는데?"

은별은 그제야 아차 싶었다. 자신도 왜 자꾸 태성의 이야기만 하는지 도무지 절제가 되지 않았다. 어쩌면 자신의 감정을 연우가 눈치챘는지도 모르겠다는 생각이 들었다. 하지만 연우의 태도로 봐서는 은별의 감정보다 BK의 행동에 더 신경이 쓰이는 게 분명했다. 이건 같은 여자이기에 읽을 수 있는 감정이었다. 질투였다. 은별은 괜히 미안해졌다.

"에구, 괜히 언니한테 미안해지네요."

"나한테 왜?"

연우의 대답이 은별에게는 왠지 싸늘하고 건조하게 들려왔다.

"그냥요, 괜히 언니 놀라게 한 거 같아서⋯. 그리고 BK한테도 너무 미안하고 고맙고요."

"누구나 그 상황이면 그랬을 거야. 내가 빠졌어도, 큰별 님이 빠졌어도 BK는 아까처럼 뛰어들었을 거야. BK는 분명 그랬을 거야."

BK의 행동에 대한 연우의 확신은 머스트비must be가 아니라 워너비wanna be처럼 들렸다. 그러나 연우의 마음을 아는 은별은 그 불안한 확신에 힘을 실어주고 싶었다.

"맞아요. BK 오라버니가 또 한 의리 하잖아요. 히힛."

은별의 맞장구에도 연우는 좀처럼 표정이 밝아지지 않았다. 알 수 없는 불안이 자꾸 스멀스멀 피어올라 가슴 언저리를 뜨겁게 달궜다. 간헐적으로 울컥울컥 뜨거운 것이 솟아오르는 게 언제 분출될지 모르는 땅속의 시뻘건 마그마 같았다. 그 열기를 식히려는지 연우는 은별을 뒤로하고 침실을 나섰다.

*

"수영도 못 하면서 왜 그랬어요?"

수건으로 머리에서 흘러내리는 물기를 닦던 BK가 내내 신경이 쓰였는지 태성에게 물었다.

"나 어릴 때 생각이 났어. 그래서⋯."

태성이 말을 아꼈다. 그러나 BK는 뭔가 확인하고 싶은 모양이었다.

"정말 그게 다예요?"

"…."

태성과 BK의 사이에 잠시 침묵이 흘렀다. 어디서부터 무슨 말을 어떻게 해야 할지 난감하기는 둘 다 마찬가지였다. 태성 자신도 자신이 어디서 그런 용기가 나왔는지 의아했고, BK도 그것이 알고 싶었다.

"형님, 혹시 은별 씨…?"

"아냐, 그런 거. 절대 아냐. 난 그럴 자격 없는 거 알잖아."

태성은 자기도 모르게 쓴웃음을 지으며 스스로 족쇄를 채웠다. 그러나 그건 스스로 인정하는 꼴이었다. 감정을 물었는데 자격 운운한다는 건, 바로 그런 감정을 전제로 하기 때문에 할 수 있는 대답이었다.

BK도 그걸 모를 리 없었다. 하지만 태성 스스로 채운 족쇄가 싫지는 않았다. 적어도 태성과 은별 사이에 태성의 약혼녀라는 장애물은 세워져 있었기 때문이다.

"그러는 BK는 왜 그런 거야?"

이번에는 태성이 물었다. 눈치 없는 태성이지만 그 정도쯤은 충분히 알 수 있었다.

"사람이 빠졌는데 당연하죠. 누가 빠졌더라도 그랬을 거예요. 제가 또 한 의리 하잖아요."

BK가 능청스레 자신의 감정을 숨기려 너스레를 떨었다. 그러나 이번에는 태성이 그냥 넘어가지 않았다. 조용하고 예리하게 다시 물었다.

"정말 그게 다야?"

"그럼요, 다른 이유가 뭐가 있겠어요. 형님도 참… 아하하."

BK가 평소답지 않게 당황한 듯 어색한 웃음을 흘리며 태성의 시선을 피했다. 그동안 장착되어 있던 고장난 거짓말 탐지기가 멀쩡히 작동되는 듯 모든 감정이 BK의 얼굴 표정에 적나라하게 드러나고 있었다. 태성이 빙그레 웃음을 지었다.

"은별 씨 좋아하는구나?"

순간 BK의 얼굴이 화끈 달아올랐다. 숨이 턱 막히는 것 같아 뭐라 대답할 수가 없었다. 지금은 그저 태성의 시선을 피하는 것밖에는 할 수 있는 게 없었다.

"많이… 좋아하는구나."

BK가 고개를 떨구고 긴 한숨을 내쉬었다. 결국 이렇게 마음을 들키는구나. 그러나 이제 와서 굳이 부인하고 싶지 않았다. 그런 BK의 모습에 태성이 알 수 없는 미소를 지었다. 머리로는 온전히 축하해주고, 온전히 기뻐해주고 싶은데 마음은 그렇지 못한 이성과 감성의 부조화에서 나온 어색한 미소였다.

"몰랐네. 만날 연우 씨랑 붙어 있기에 연우 씨한테 관심 있는 줄 알았는데…. 은별 씨였구나."

태성이 무거운 한숨을 공중으로 내뿜으며 하늘을 올려다보았다. 어둠이 서서히 깔리는 가운데 오늘따라 별들은 일찍부터 나와 부지런하게 반짝거리고 있었다. 그러나 정작 보여야 할 별들의 중심, 폴라리스는 보이지 않았다.

"형님…."

BK의 입에서 무슨 말이 나올지 두려운 듯 태성이 얼른 그의 어깨를 툭툭 치며 어른스럽게 웃었다.

"잘되길 바랄게."

태성의 이 한 마디에 BK는 마음이 훨씬 가벼워졌다. 그 말이 진심인지 아닌지는 상관없었다. 어쨌든 은별에 대한 자신의 감정을 태성이 확실히 알았으니 그걸로 된 거였다. 그 자체가 BK가 취할 수 있는 가장 최선의 안전장치이자 방어막이었다. 또다시 고요해졌다. 어색한 침묵 탓인지 봄날 저녁의 바다 위 공기는 점점 더 서늘해지고 있었다.

*

우아아. 연우를 제외한 세 사람이 동시에 탄성을 질렀다. 남자가 미리 준비해둔 식탁 위에는 신선하고 다양한 온갖 생선 요리들로 가득했다. 마치 동남아나 남태평양 어느 휴양지 유람선의 최고급 시푸드 스페셜 디너에 초대받은 것 같았다.

그러나 막상 식사가 시작되면서부터는 다시 침묵이 흘렀다. 왠지 서먹해진 분위기 때문인지 서로의 눈치를 살피며 맛있는 요리를 먹어도 그 맛을 온전히 느끼지 못하는 것 같았다. 특히 연우가 그랬다. 농어 스테이크를 포크로 집는 둥 마는 둥, 입에 넣는 둥 마는 둥 무표정하게 넋을 놓고 있었다. 썰렁한 분위기를 참지 못하는 분위기 메이

커 은별이 가만있을 리 없었다.

"와, 로브스터 엄청 맛있어요. 다들 한번 드셔보세요. 자, 큰별 님도 한 점, BK 오라버니도 한 점, 그리고 연우 언니도 한 점!"

은별이 발갛게 구워진 로브스터의 살점을 통 크게 포크로 찍어 태성과 BK, 연우의 접시에 차례로 올려주었다.

"왜 이래, 됐어."

연우가 마음을 숨기지 못하고 불쾌한 듯 차갑게 툭 내뱉었다. 예상치 못한 쌀쌀한 반응에 은별은 당황한 표정이 되었다. 당혹스럽기는 태성과 BK도 마찬가지였다. 은별이 머쓱해하는 모습이 안쓰러워 BK가 슬쩍 연우의 눈치를 살폈다. 아까보다 더 어색해진 분위기에 이번에는 그가 나섰다.

"친구, 그럼 연어는 어때? 어? 이거 먹으면 연우가 연어를 먹는 거네? 아하하."

BK는 괜히 유치한 말장난까지 해가며 분위기를 띄워보려고 애썼지만 돌아오는 건 더 냉랭한 연우의 반응이었다.

"됐다니까."

연우가 포크를 든 BK의 손을 홱 뿌리치고는 자리에서 일어났다.

"왜 그래, 연우 씨. 무슨 일 있어?"

보다 못한 태성이 걱정스러운 표정으로 물었다. 차마 태성에게까지 냉랭할 수 없었는지 연우는 감정을 겨우 억누르며 조용히 대답했다.

"미안한데요, 나 이제 여행 그만할게요."

뜬금없는 폭탄선언이었다. 맛있는 저녁식사를 하다 말고 아무 이유도 없이 여행을 그만두겠다니 모두 어안이 벙벙했다. 태성의 입에서 나올 말이지 연우의 입에서 나올 말은 아니었다. 적어도 지금 이 순간만큼은. 자초지종을 물어볼 새도 없이 연우가 선실을 빠져나갔다. 남은 세 사람은 얼떨떨한 표정으로 서로를 마주 보았다. 은별이 걱정되었는지 따라 나가려고 일어서자 BK가 얼른 그녀의 팔을 붙잡고 다시 앉혔다.

"내가 가볼 테니까 은별 씨는 저녁 먹어."

아무래도 은별에게 심기 불편한 연우를 달래는 일을 맡기고 싶지 않았는지 그가 얼른 연우를 뒤쫓았다.

*

답답한 듯 갑판 위에 서서 바닷바람을 맞으며 깊은 한숨을 내쉬는 연우에게 BK가 조심스레 다가갔다.

"어이, 친구, 왜 그래? 무슨 일인데?"

"…."

연우는 입을 굳게 닫았다. 끓어오르는 뭔가를 간신히 참고 있는 표정이었다. 그러나 BK가 그걸 알 리 없었다.

"뭣 때문인지 모르지만 왜 은별 씨한테 화풀이를 해. 사람 당혹스럽게."

은별을 걱정하는 BK의 말에 연우가 기가 막힌 듯 웃으며 아랫입술을 꽉 깨물었다.

"도대체 왜 그래? 나한테 말해봐. 내가 다 풀어줄게, 응?"

"지금 나 놀려?"

참았던 연우가 격앙된 목소리로 되받아쳤다.

"너야말로 나한테 왜 그래, 사람 당혹스럽게? 사람 가지고 장난 해? 나 갖고 장난하니까 재미있어? 그래?"

속사포처럼 쏘아대는 연우의 공격에 BK는 잠시 어안이 벙벙해졌 다. 도대체 무슨 말인지 알아들을 수 없었다.

"친구, 진짜 왜 이래?"

"그동안 나한테 왜 잘해준 건데? 꽃은 왜 준 건데? 노래는 왜 나한 테 바친다고 그런 건데? 그래 놓고, 뭐? 은별 씨를 좋아한다고?"

"정연우, 너?!"

BK는 그제야 연우가 냉랭해진 이유를 알 것 같았다. 어디서부터 어디까지 들은 걸까. 아까 태성과 함께 했던 이야기를 연우가 들은 게 분명했다. 자신이 은별을 좋아한다고 인정한 그 말을. 난처했다. 그러나 그보다 더 난처한 것은 그동안 연우가 자신을 이성으로 좋아 했다는 것을 멍청하게도 지금 알았다는 거였다. 그저 좋은 친구로만 생각했을 뿐, 은별에게만 온통 신경이 가 있어 연우의 감정까지 알아 차릴 여유가 없었다. BK는 지금 상황이 당혹스럽기만 했다. 자신의 무지함이 이렇게까지 연우에게 마음의 상처를 줄 거라고는 상상조 차 못 했다. 무슨 말을 해야 할지 멍해진 그에게 연우가 원망 섞인 자 학을 쏟아냈다.

"그래, 내가 바보였네. 나 혼자 착각하고 나 혼자 좋아해놓고 결국 이렇게 나 혼자 뻘짓한 거네, 그런 거네. 웃기다, 진짜."

연우는 울지 않으려고 하늘을 쳐다보며 입술을 굳게 다물었다. 그런 그녀를 보며 BK는 아무 말도 할 수 없었다. 뭐라고 말해야 할지, 어설픈 위로를 할 수도 없고, 미안하긴 했지만 그렇다고 미안하다고 말할 상황도 아니었다. 그저 지금은 연우가 무슨 말을 하든, 그것이 원망이든 욕설이든 들어주는 것밖에는 아무것도 할 수 없었다.

"내가 우습지? 한심하지? 불쌍하지? 그래서 시나리오도 도와준 거야? 하긴, 실력도 없는 무명작가 나부랭이를 뭘 보고 좋아하겠어. 하, 정말 기분 거지 같다."

연우의 자학이 점점 심해지자 더는 안 되겠다 싶었는지 BK가 제지하고 나섰다.

"정연우, 너 말이 좀 심하다? 누가 너보고 우습대? 한심하대? 불쌍하대? 너 자신을 왜 그렇게 비참하게 만들어?"

"나 위해주는 척하지 마. 그렇게 착각하게 만들지 말라구. 더이상 안 속아. 가증스러워."

감정이 격해질 대로 격해진 연우가 독기를 뿜어내자 참았던 BK도 화가 치밀어올랐다.

"뭐? 너 진짜 말 그딴 식으로 할래?"

분위기가 살벌해졌다. 남자들끼리라면 주먹다짐이 오가고도 남을 만큼의 감정싸움이었다. 태성과 은별이 심상치 않은 분위기를 예상했는지 달려와 두 사람 사이에 끼어들었다. 태성이 씩씩거리는 BK를 끌고 배 후미로 사라지자 은별은 연우를 갑판 테이블에 앉히고 물한 잔을 건넸다.

"언니, 진정해요. BK 오라버니는 정말 언니를 진심으로 걱정해서 그러는 건데…."

"은별 씨도 참 웃기다. 왜 사람한테 희망 고문을 해? 좋아하지도 않으면서 왜 자꾸 여지를 주냐고?"

잔뜩 날이 선 연우가 이번엔 은별에게 날 선 공격을 퍼부었다.

"그게 무슨 말이에요, 언니?"

은별이 황당한 표정으로 뚫어져라 보자 연우가 다시 날카롭게 쏘아붙였다.

"진짜 몰라서 물어? BK가 은별 씨 좋아하는 거 몰라서 묻는 거냐고? 아니면 은별 씨도 지금 나 놀리는 거야?"

은별은 잠시 멍해졌다. 눈치가 빠른 편이었지만 BK가 자신을 좋아한다고는 한 번도 생각해본 적이 없었다. 아니, 솔직히 말하면 그의 감정에는 관심이 없었다고 해야 맞는 말이었다.

"에이, 언니, 말도 안 돼요. 언니가 잘못 안 거예요."

은별은 연우가 BK를 좋아하는 걸 알기에 그녀가 한 말이 사실이 아니기를 바랐다. 그래야만 모두가 편할 수 있었다. 그래서 더더욱 아니라고 부인했다.

"아니, 사실이야. 하지만 은별 씨는 그러든 말든 관심 없겠지. 은별 씨가 관심 있는 사람은 큰별 님이니까. 아냐?"

은별은 움찔했다. 연우가 눈치 챘구나. 충분히 감정을 숨겼다고 생각했는데 결국 들켜버렸어. 감기와 사랑은 숨길 수 없다는 그 말이 실감났다. 뭐라고 변명을 해야 할지 떠오르지 않았다.

"그럼, BK한테 희망 고문 하지 말았어야지. 어떤 여지도 주지 말았어야지. 안 그래?"

"언니, 내가 언제….."

"다른 사람의 감정 따위 중요하지 않은 거야? 은별 씨 너무 이기적이다. 그렇게 아무것도 모르는 표정을 하고 그렇게 말하면 다 되는 줄 알아?"

"언니, 말이 좀 지나친 거 같아요."

조용히 듣고 있던 은별이 어렵게 말을 막았다. 연우의 심정은 충분히 이해가 가지만 이렇게까지 날선 공격을 퍼부을 것까지는 없다는 생각이 들었다. 은별도 살짝 기분이 언짢아졌다. 두 사람 사이에 팽팽한 긴장이 흘렀다.

태성과 함께 겨우 감정을 추스르고 화해를 하러 온 BK가 그 모습을 보고 서둘러 다가왔다. 왠지 아슬아슬해진 은별과 연우 사이를 떼어내며 이번에는 BK가 은별을 데리고 후미로 사라졌고 태성이 연우를 진정시켰다.

"연우 씨, 무슨 이유인지는 모르지만 마음 풀어. 이렇게 좋은 곳에 와서 다들 즐거워야지."

"큰별 님은 비겁해요."

이번에는 태성에게 화살이 날아갔다.

"나 비겁한 거 맞아. 소심하기도 하고 겁도 진짜 많아."

태성이 어떻게든 분위기를 바꾸어보려고 능청스럽게 연우의 공격을 가볍게 농담으로 받아쳤다.

"비겁하게 양보하지 말고 남자답게 큰별 님도 마음 가는 대로 하세요. 큰별 님도 은별 씨 좋아하잖아요. 아니에요?"

익살스러운 태성의 표정이 순식간에 사라졌다. 인정하고 싶지 않아서인지, 혼란스러웠던 자신의 마음을 연우의 입을 통해 확인해서인지 갑자기 목구멍에 뭐가 걸린 것처럼 숨이 턱 막혔다. 태성은 울컥 솟아오르는 가슴속 뭔가를 눌러버리듯 마른침을 꿀꺽 삼키고 쓸쓸한 미소를 띠었다.

"나는 그럴 자격 없는 거 알잖아."

"그게 그렇게 중요해요? 은별 씨도 큰별 님 좋아한다구요."

그의 태도가 답답했는지 연우가 버럭 소리를 질렀다. 정말 비겁하고 소심하고 겁도 많구나 생각하면서. 고함에 놀란 건지, 연우가 한 말에 놀란 건지 태성의 표정이 순식간에 굳어졌다. 머릿속에 허리케인이 일었다.

*

"연우가 한 말에 너무 마음 쓰지 마. 지금 잠깐 화가 나서 그러는 거니까."

BK는 은별을 달래며 혹시라도 연우 때문에 마음 상했을까 걱정했다. 그러나 은별의 머릿속에는 아까 연우가 한 말이 계속 맴돌고 있었다. BK가 자신을 좋아한다는, 그러니 희망 고문하지 말라는, 어떤 여지도 주지 말라는 말이 바늘 끝으로 손톱 밑을 찌르는 것처럼 따끔하게 다가왔다.

그러나 연우의 말도 틀린 건 아니었다. 다소 감정적이기는 했지만 그녀 입장에서는 충분히 할 수 있는 말과 행동이었다. 그러기에 그녀 말대로 더이상 BK에게 여지를 주어서는 안 될 것 같았다. 은별은 어렵게 입을 열었다.

"연우 언니가 BK 좋아해요. 그냥 연우 언니 마음 받아주면 안 돼요?"

BK가 어이없다는 표정으로 은별에게 눈을 부릅떴다.

"강은별, 너까지 왜 이래?"

"BK, 그러지 마요."

은별이 잔뜩 무거운 목소리로 고개를 떨구자 BK가 문득 불안한 얼굴로 그녀를 바라보았다. 은별이 기어코 내뱉었다. 차마 듣고 싶지 않은 말을.

"나 좋아하는 거, 그거 하지 마요."

은별은 여전히 고개를 떨군 채였다. 미안했다. 그러나 이렇게밖에는 할 수가 없었다. 이보다 더 직접적이고 확실한 방법이 어디 있을까. BK가 한숨을 길게 내쉬었다. 예상했던 말이지만, 그래서 철저하게 마음의 준비를 하고 들은 말이지만 막상 듣고 보니 오한이 들듯 마음 저 밑에서부터 싸해져왔다.

"넌 그게 마음대로 돼?"

무슨 말인가 싶어 떨군 고개를 천천히 들고 이번에는 은별이 BK

를 쳐다보았다.

"태성이 형 좋아하는 거, 그거 하지 말라고 하면 넌 그게 마음대로 되냐고?"

은별의 눈빛이 흔들렸다.

"누군가를 좋아하면 그 사람을 보는 게 아니라, 그 사람이 바라보는 곳을 함께 보게 되어 있어. 그 사람이 바라보는 곳에 내가 있다면 진짜 행복할 텐데…."

슬픈 말이었다. BK, 은별, 그리고 연우 모두 그들이 좋아하는 사람은 매정하게도 다른 곳을 바라보고 있지 않은가. 상대가 한 번만 바라봐주기를 간절히 바라면서. 하지만 절대 강요할 수 없는 일이었다.

오늘따라 밤하늘의 북극성이 유난히 선명하게 빛나고 있었다. 셀수 없이 많은 별들이 북극성을 중심으로 제자리를 지키며 열심히 반짝이고 있었다. 그때 별똥별 하나가 희미한 곡선을 그리며 수평선 위로 떨어졌다. 아무도 바라봐주지 않는 절망과 슬픔에 스스로 몸을 던진 건지도 몰랐다.

평소에는 그렇게 아름답고 신비하게 보이던 별똥별이 오늘따라 BK에게도 은별에게도 너무 슬퍼 보였다.

4

밤새 한잠도 이루지 못했다. 최고급 요트에서 보내는 하룻밤이었지만 네 명의 감정은 최고가 아닌 최악의 상태였다. 전쟁터에서 무장도 하지 않은 채 처절하게 찢기고 할퀴고 상처받은 패잔병들 같았다. 원래 감정이라는 칼과 창은 어떤 방패로도 막을 수 없는 치명적 날카로움을 지니고 있으니까.

절대 걷히지 않을 것 같은 짙은 어둠이 서서히 물러날 기미를 보이기 시작하고야 요트는 선착장에 다다랐다. 밝고 선명해진 세상 위로 태성 일행은 다시 발을 디디고 원래의 자리로 돌아왔지만 그들 중 어느 누구도 제자리에 있지 못했다.

가장 먼저 캠핑카로 들어선 연우가 2층 벙커 베드룸에 들어가 일찌감치 커튼을 닫아버렸다. 대부분의 여자들이 그렇듯 속상해서 이불을 뒤집어쓰고 긴 한숨 속에서 한참을 뒤척거릴 게 분명했다. 뒤따르던 은별은 그 모습을 보고 들어갈 수가 없어 멈칫거렸다. 고뇌의 시간을 방해하고 싶지 않았을뿐더러 들어간다고 해도 지금 연우에게 그녀는 도움이 되지 않을 게 뻔했다. 연우에게도 스스로 감정을 정리할 시간이 필요해 보였다. 은별은 슬쩍 캠핑카를 빠져나와 선착장 근처를 배회하기 시작했다.

*

조심스레 캠핑카에 오른 BK는 소파에 앉아 2층 벙커를 올려다보았다. 굳게 닫힌 커튼이 연우의 마음을 가감 없이 보여주고 있었다. 지금은 무슨 말을 해도 소용이 없을 것 같았다. 그냥 내버려두는 것밖에는 방법이 없었다.

　스마트폰을 켰다. 역시나 와이파이가 터지지 않았다. 이상하게도 내비게이션이 안내해준 '아무 데나'에서는 언제나 인터넷도 전화도 터지지 않았었다. 혹시나 했는데 이번에도 역시 마찬가지였다. 전국 어디서나 팡팡 터진다는 통신사의 광고가 절대 믿지 못할 것이라는 생각이 들었다. 마치 통신의 치외법권 지역이라도 되는 것처럼 와이파이 안테나는 이 아슬아슬한 분위기에 겁이라도 먹은 듯 움직일 기미를 보이지 않았다. BK는 휴대전화에 저장된 음악 리스트를 실행시키고는 이어폰을 꽂고 조용히 눈을 감았다.

　　　　　　　　　　　*

　하아아. 은별은 저 멀리 수평선을 향해 한숨인지 입김인지 모를 조그만 숨을 뿜었다. 수평선 너머의 어둠과 빛은 지평선을 가운데 놓고 끈질긴 영역 싸움을 하고 있었다. 눈앞에 펼쳐진 세상은 마치 색색의 셀로판지를 겹겹이 겹쳐놓은 것처럼 아직도 선명하지 않았다. 다만 바람이 한 번씩 지날 때마다 얇은 셀로판지가 하나씩 걷히듯 아주 조금씩 그 모습을 드러낼 뿐이었다.

　은별은 걸음을 멈추었다. 태성이 선착창 한편에 식탁처럼 높고 길다란 사각형의 나무 데크 위에 걸터앉아 멍하니 하늘을 쳐다보고 있었다. 그 옆에는 언제 갖고 나왔는지 큐피드가 세팅되어 있었다. 아마 그 역시 캠핑카 안에 있기가 불편했던 모양이었다. 갈까 말까 잠시 머뭇거리던 은별은 마음을 다잡듯 후 크게 심호흡하고는 자기최면을 걸 듯 스스로 씩 웃고는 조용히 태성 옆으로 다가섰다.

"이 시간에도 별이 보여요?"

일부러 평소보다 더 명랑하게 톤을 높인 기척에 태성이 놀라 뒤를 돌아보았다. 은별이 웃고 있었다. 그녀의 마음이 짐작이 가는지 태성도 씩 웃어 보였다.

"새벽에 별이 사라지기 전에, 그때가 별이 가장 아름답게 보이지."

"똑같은 별인데 왜 이 시간에 제일 아름다워 보여요?"

"글쎄… 아무래도 아쉬워서? 해가 뜨면 더이상 별을 볼 수 없으니까. 지금 이 시간이 별과 헤어져야 하는 이별의 시간이니까."

태성의 말에 은별은 가슴이 짠해왔다. 날이 밝으면 이대로 헤어져 더이상 볼 수 없을지도 모르는 일행의 이야기인 듯싶어서였다. 여행을 그만하겠다는 연우의 마음이 진정되기 전에는 자신들도 해 뜨기 전 새벽별의 운명과 다를 바 없었다.

"나도 한번 봐도 돼요?"

은별이 데크 위로 올라서자 태성은 큐피드를 은별 쪽으로 향하게 방향을 틀었다. 한쪽 눈을 찡긋 감고 새벽하늘의 별을 보는 그녀의 표정에는 아무런 변화가 없었다. 정말로 별을 보는 건지, 그저 보는 시늉만 하는 건지 알 수 없었다. 태성도 예전 같으면 이 별은 뭐고 저 별을 뭐고 설명을 늘어놓았을 텐데 오늘만큼은 하늘만 보고 있었다. 은별이 아이피스에서 눈을 떼지 못한 채 조용히, 그러나 최대한 아무렇지도 않은 척 물었다.

"어떻게 하기로 했어요?"

주어도 목적어도 빼고 망원경만 들여다보며 대뜸 묻는 질문에 태성은 의아한 표정으로 물끄러미 보았다.

"…?"

"그때 오셨던 분이랑…."

그녀는 여전히 아이피스에 눈을 댄 채였다. 차마 태성을 바라볼 용기가 안 났다.

"아…."

태성이 말끝을 흐리며 고개를 떨구었다. 어떻게 말해야 할지 모르는 태성과 어떻게 들어야 할지 모르는 은별 사이에 순식간에 참을 수 없는 침묵의 시공간이 생겼다. 금세 은별의 얼굴에 후회막급의 표정이 떠올랐다. 왜 물어봤을까, 쓸데없이.

태성도 약간 난처했는지 걸터앉았던 데크 위에서 천천히 내려와 한두 걸음 앞으로 나서며 멀리 바다를 응시했다. 은별이 그제야 아이피스에서 눈을 뗐다. 드넓은 새벽 바다를 배경으로 태성의 축 처진 어깨가 눈에 들어왔다. 정말 왜 물어봤을까, 바보처럼. 겁도 없이.

물어보면서도 동시에 그의 입에서 무슨 대답이 나올지 살짝 겁도 난 게 사실이었다. 막상 묻고 난 지금은 어떤 대답이든 듣고 싶지 않았다. 태성이 무슨 말을 하기 전에 얼른 입막음부터 해야 했다.

"아, 미안! 내가 쓸데없이 호기심이 많죠? 헤헷."

태성이 조용히 돌아섰다. 애써 아무렇지 않은 척 머리를 긁적이는 은별을 보며 무슨 말을 해야 할까 잠시 고민했다. 은별도 그런 태성과 시선을 마주하며 어떻게 반응을 보여야 할지 고민했다. 새벽 공기보다 싸한 어색한 침묵이 또다시 감돌았다. 태성이 먼저 무슨 말이든 해야 했다. 뭐라고 말을 꺼내려고 숨을 살짝 들이쉬는 순간, 은별이 먼저 선수를 쳤다.

"아, 배고프고 졸리다."

은별이 어색했는지 크게 기지개를 펴듯 평소보다 과장된 제스처를 취하며 데크에서 내려오려는 순간, 손끝에 큐피드가 살짝 걸렸다. 은별은 평소와 다르게 오버하는 동작의 반경에 망원경이 포함된다는 사실을 큐피드가 중심을 잃는 순간 깨달았다. 반사적으로 큐피드를 잡으려던 그녀의 몸이 휘청했다.

쿠당탕. 순식간에 벌어진 일이었다. 큐피드가 바닥에 나뒹굴었다. 그러나 은별은 데크 위에서 큐피드를 향해 뻗은 두 팔을 아래로 향한 채 공중에 45도 각도로 비스듬히 서 있었다. 은별의 허리를 받치고 있는 건 다름 아닌 태성의 어깨와 두 팔이었다. 큐피드와 함께 떨어지는 은별을 태성이 붙잡았다. 잠시, 그러나 아주 오랫동안 시간이 멈춘 듯했다.

*

혼란스러웠다. 태성은 여기저기 상처가 나고 분리된 큐피드를 들고 멍하니 넋을 놓았다. 처음이었다. 큐피드를 이 지경으로 만든 게.

태성에게 지금까지 그 무엇보다 소중했던, 바로 그 큐피드였다.

예전에 지연이 장난을 치다 큐피드에 걸려 넘어질 뻔했을 때 태성은 지연이 아닌 큐피드를 먼저 구했다. 그 덕분에 지연은 무릎이 까지고 시퍼렇게 멍이 드는 수난을 겪어야 했다. 그리고 그 사건이 큐피드에 대한 지연의 질투심을 더욱 폭발시킨 원인이기도 했다.

한번은 또 자전거에 치일 뻔한 순간, 큐피드를 보호하려 태성이 자기 몸으로 큐피드를 감싸안고 자전거에 부딪히는 살신성인의 행동을 보인 적도 있었다. 사랑하는 연인보다, 자신의 몸보다 더 소중히 아꼈던 녀석이 바로 이 큐피드였다.

그런데 지금, 그 소중한 녀석을 팽개친 채 은별을 먼저 구한 것이었다. 있을 수 없는 일이었다. 이해할 수도 없었다. 지금까지 큐피드보다 우선순위에 있었던 건 아무것도 없었다.

당혹스러웠다. 태성은 자신도 모르게 본능적으로 큐피드가 아닌 다른 무엇이나 다른 누군가에게 먼저 구원의 손길을 내민 적이 한 번도 없었다. 사상 초유의 주인공이 바로 은별이 된 셈이었다. 이걸 어떻게 설명해야 할까. 뭐라고 스스로를 납득시켜야 할까. 당혹스럽고 혼란스럽기만 했다. 갈팡질팡하는 마음이 쉬이 다스려지지 않았다. 태성은 다시 생각이 많아졌다.

당혹스럽기는 은별도 마찬가지였다. 아주 짧은 순간이었지만 큐피드가 기우뚱했을 때 그녀의 머릿속에는 당연한 장면이 떠올랐다. 자신이 큐피드를 잡고 떨어지는 순간 다행스럽게도 태성이 먼저 큐피드를 잡아 대형 참사를 막는 장면. 그와 동시에 자신이 조금은 우스꽝스러운 모습으로 바닥에 나뒹굴며 무릎이 까지고 타박상을 입는 그런 장면.

그런데 전혀 예상치 못한 반전에 은별도 어안이 벙벙했다. 아니, 심장이 마구 쿵쾅거렸다. 어쨌거나 태성의 품에 자신의 위태로운 몸통을 맡긴 그 순간, 은별의 심장은 숨이 멎고 호흡이 곤란할 정도로 빠르게 뛰고 있었다. 너무 놀라 얼른 태성을 밀치고 그 자리에서 도망치긴 했지만 지금도 은별의 심장은 100미터를 전력 질주한 육상선수처럼 쿵쾅쿵쾅 뛰고 있었다. 혈압이 오르고 머리가 핑 돌고 얼굴이 화끈거렸다. 차가운 새벽 공기도 달아오를 대로 달아오른 그녀의 발개진 얼굴을 식혀주진 못했다.

해피 버스데이,
그리고 굿바이

1

모든 것에는 유통기한이 있는 법이다. 인연도 그렇다. 시작이 있으면 끝이 있고 만남이 있으면 이별이 있듯, 모든 것은 그렇게 끝을 향해 달려간다. 끝을 내지 않으려면 뫼비우스의 띠처럼 시작과 끝이 하나로 연결되어야 한다. 그러나 세상일에 그런 것이 얼마나 될까.

연우는 짐을 정리하기 시작했다. 짐이라고 해봐야 원래 가져온 배낭 속의 노트북과 소지품들, 그리고 그동안 여행 다니면서 필요할 때마다 사입은 옷가지들 몇 개가 전부였다. 짐을 싸는 연우도, 그런 그녀를 보는 일행도 마음이 무거워졌다. 헤어지기 때문이기도 했지만 그다지 아름다운 이별이 아니기 때문이었다.

태성과 이 사태의 근본적인 원인 제공자인 BK는 머뭇거리며 지켜볼 뿐 아무런 행동도 취하지 않았다. 이런 난감한 상황이 벌어지면 눈치만 볼 뿐 적극적으로 나서지 않기로 암묵적인 합의라도 한 모양인가.

이번에도 은별이 나서야 할 것 같았다. 어쩌면 연우가 홧김에 한 말인지도 몰랐다. 홧김에 내지른 분풀이인지도 몰랐다. 그래서 여행을 그만두겠다는 그 말은 진심이 아닌지도 모른다. 은별이 다시 한번 연우를 만류했다.

"언니, 진짜 갈 거예요?"

"…."

연우가 잠시 머뭇거렸다. 정말 이대로 갈 건지 다시 한번 생각했다. 홧김에 내뱉은 말이긴 하지만 이 여행을 언제까지 할 수는 없는 일이었다. 더이상 감정이 깊어지기 전에, 더이상 상처가 커지기 전에 이쯤에서 끝내는 게 아쉽지만 모두를 위한 최선이었다. 다시 짐을 싸기 시작했다. 그래도 미련이 남는지 짐을 싸는 속도가 아까보다는 좀 느려져 있었다. 그제야 말을 붙여볼 틈이 보였는지 태성이 용기를 냈다.

"연우 씨, 이렇게 급하게 서두를 필요는 없잖아. 아침이라도 먹고 가자."

맏형답게 끼니 걱정을 핑계로 대며 옆에 있는 BK의 옆구리를 쿡 찔렀다. 원인 제공자이니 가만있지 말고 무슨 말이라도 보태라는 신호였다. 하지만 능글과 능청 9단인 BK도 정작 당사자일 때는 진가를 발휘하지 못했다.

"그래, 아침 먹고 가."

멋쩍은 뚱한 말투였다. 그러나 연우의 마음을 움직이기에 충분한 한마디였다. 그랬다. 어차피 갈 거라면 아침을 먹든 안 먹든 상관없었다. 쫓겨나는 것도 아닌데 굳이 이 새벽에 도망치듯 가는 것도 우스웠다. 연우는 손놀림을 멈췄다. 은별이 이 틈을 놓칠세라 재빠르게 그녀 손에 든 옷가지와 가방을 뒤쪽으로 부산스레 치우며 분위기를 띄웠다.

"자자, 뭘 하더라도 일단 아침부터 먹읍시다. 근데 오라버니들, 오늘 아침 메뉴는 뭔가요?"

은별이 차마 태성과는 눈을 마주치지 못하고 BK를 향해 눈을 찡긋했다. 그런데 괜히 태성이 흠칫 놀라 꿀 먹은 벙어리가 되었다. 방금 전 은별과의 일이 떠올라서였다. 눈치 빠른 BK가 그녀의 의도를 알아채고는 얼른 맞장구를 쳤다.

"아주 죽여주는 데가 있지. 일단 나가보자고."

혹시라도 연우의 마음이 바뀔까 BK가 재촉하자 태성은 서둘러 운전석에 오른 뒤 선착장을 빠져나갔다. 어제 지나온 터널을 다시 거꾸로 지났다. 터널 끝에 이르자 갑자기 아침 햇살이 눈부시게 일행을 맞이해주었다. 방금 전까지만 해도 새벽인 듯싶어 언제 아침이 오려나 했는데 마치 시간 이동을 한 듯 터널을 통과하는 사이, 미처 인식하지 못한 그 짧은 사이에 해가 떠 있었다.

다행이었다. 원래 사람은 어두운 곳보다 햇빛 아래서 식물처럼 광합성을 할 때 기분이 더 좋아지고 마음이 안정된다고 한 어느 과학자의 말이 떠올랐다. 연우의 기분을 풀어주는 데도 이처럼 화사한 봄 햇살이 도움이 될 듯했다.

*

거하게 아침 식사가 차려졌다. 우와아. 네 사람이 동시에 탄성을 질렀다. 속초에서, 아니 전국에서도 유명한 식당이라기에 모두 부푼 기대를 안고 들어섰는데 과연 그럴 만했다. 기대가 크면 실망도 크다는 말은 지금 이 순간 그야말로 헛소리였다. 보기만 해도 고소해 보이는 성게 알밥과 보는 순간 입에서 군침이 도는 빨간 국물이 일품인 모둠 물회, 그리고 멍게 비빔밥과 섭죽까지 정말 상다리가 부러질 것만 같았다. 연우를 달래기에, 그리고 서로의 어색한 감정들을 잠시나마 덮어두기에는 이 정도면 충분하다 못해 완벽해 보였다.

기가 막힌 맛에 비해 일행의 식사 속도는 더디기만 했다. 평소 같았으면 마파람에 게 눈 감추듯 후루룩 삼켰을 물회도 오늘은 조금씩 조금씩 맛을 음미하며 아껴 먹었다. 모두 이별의 시간을 조금 더 늦추고 싶은 모양이었다.

그러나 발 디딜 틈 없이 북적대는 전국적으로 유명한 맛집에서의 프랑스식 느린 식사는 눈칫밥이 덤으로 따라왔다. 아침부터 손님들이 줄줄이 들어서는 모습에 한 시간 이상을 버티기란 불가능에 가까웠다. 어쩔 수 없이 일행은 아쉬움을 뒤로하고 다시 캠핑카에 올랐다.

*

아쉬움이 큰 만큼 연우는 뒤를 돌아보지 않았다. 터미널에 연우를 내려주고 오는 셋의 마음은 무겁기만 했다. 캠핑카 안은 그 어느 때보다도 적막이 흘렀다. 남은 세 사람은 아무 말도 하지 않았다. 아니, 아무 말도 할 수 없었다. 아마도 각자 이 여행의 끝을 알리는 카운트다운이 시작되었음을 느끼고 있는 듯했다. 일단은 태성의 다음 일정이 있는 원주로 향했다.

무표정하게 운전대를 잡고 있는 태성은 생각이 더 많아졌다. 조만간 자의든 타의든 결정을 내려야 할 시간이 다가오고 있었다. 어떤 결정이든 지금으로선 타이밍이 중요했다.

BK도 활짝 열린 조수석 창틀에 팔을 괴고 아름다운 경치를 흘려보내고 있었다. 적막함이 싫었는지 오디오 버튼을 누르자 스피커를 통해 유키 구라모토의 〈In a Beautiful Season〉이 흘러나왔다. 연우가 다운받은 음악 파일이었다. 문득 오디오 단자를 보니 연우의 동자승 USB 몸통이 그대로 꽂혀 있었다. 연우가 미처 그것까지는 챙기지 못한 듯했다. 피아노 선율만큼이나 아름다운 계절이었지만 오늘만큼은 결코 아름답지 못했다.

우연한 동행과 좋은 사람들과의 인연으로 잔인한 4월의 트라우마가 사라질지도 모른다고 한때 생각했던 은별은 이렇게 또 어김없이 잔인한 기억을 만드는구나 싶어 씁쓸했다.

소파 한쪽 구석에 고이 모셔진 큐피드에 시선이 쏠렸다. 넘어질 때 바닥에 떨어지면서 손상이 갔을 게 뻔했다. 조심스레 손을 뻗어 큐피드를 살폈다. 아니나 다를까 렌즈 캡 부분에 5센티미터 정도 미세하게 금이 가 있었다. 은별은 미안한 마음에 운전석에 있는 태성을 바라보았다. 심장이 다시 마구 뛰기 시작했다. 당황한 그녀는 얼른 시선을 내리깔았다.

큐피드를 마른 수건으로 감싸 제자리에 두고 노트북을 열었다. 완성된 자신의 홈페이지에는 방문자 수가 여전히 제로였다. 하긴 홍보도 안 했는데 누군가 방문하기를 기다린다는 건 헛된 욕심이었다.

은별은 문득 뭔가 떠올랐는지 아쉬운 표정을 지었다. 그랬다. 23일. 오늘은 태성의 생일이었다. 뜻하지 않은 감정의 생채기들과 연우의 폭탄 선언으로 마음이 어지럽다보니 모두 깜빡 잊고 있었다. 아쉬웠다. 다 함께 즐거운 마음으로 태성의 생일을 축하해줄 수 있었는데. 그랬다면 그를 위해 준비해둔 깜짝 선물도 자연스럽게 전해줄 수 있었는데.

연우는 이미 떠나버렸고, 세 사람의 어색한 이 공간은 아름다운 피아노 선율 속에서 위태롭기만 했다. 은별은 조용히 노트북을 덮고 창밖으로 고개를 돌렸다. 창틀에는 여전히 네 사람의 얼굴이 그려진 몽돌이 나란히 놓여 있었다. 몽돌을 차례로 뒤집어놓았다. 웃는 얼굴이 찡그린 얼굴이 되었다. 지금 모두의 마음과 표정 같았다.

폭이 좁은 1차선 국도가 2차선으로 넓어지는 구간에 들어섰다. 갑자기 뒤쪽에서 택시 한 대가 불쑥 튀어나와 추월이라도 하려는 듯 전속력으로 캠핑카 옆으로 다가왔다. 택시의 과감한 돌진에 깜짝 놀란 태성이 급하게 핸들을 돌리자 차가 휘청했다. 그 바람에 창틀 위 몽돌들이 또르르 소파 위로 굴러떨어졌다. 조수석에 앉아 있던 BK가 처음으로 험한 말을 내뱉었다. 답답한 마음을 괜히 택시 운전사에게 분풀이했다. 그러나 택시는 추월은 하지 않고 옆에 붙어 오며 계속 시끄럽게 빵빵거렸다. 뭐 저런 매너 없는 행동이 있나 생각하며 은별이 창문 너머로 택시를 향해 눈을 흘겼다.

"어? 연우 언니?"

택시의 뒷좌석 차창이 내려가며 손에 휴대전화를 들고 손을 흔드는 연우가 보였다. 처음 BK가 여행에 합류할 때의 기억이 문득 떠올랐다. 그런데 버스를 타고 서울로 가고 있어야 할 연우가 뜬금없이 택시를 타고 캠핑카를 쫓아오다니. 무슨 일인가 싶었지만 한편으로는 반갑기 그지없었다.

연우가 탄 택시는 속력을 내며 캠핑카 앞으로 가더니 마땅히 차를 세울 곳이 없어서인지 한참을 앞장서서 달렸다. 국도변 허름한 주유소 안으로 택시가 캠핑카를 인도했다. 사무실 책상에 두 발을 올려놓고 졸고 있던 주유소 직원이 반가운 얼굴로 얼른 일어나 달려왔다. 그러나 이내 주유가 목적이 아니라는 말을 듣고는 실망한 표정으로 다시 사무실로 들어가며 투덜댔다.

택시에서 내린 연우가 차비 계산을 마치자 차는 신호도 없는 국도를 냅다 가로질러 오던 방향으로 되돌아갔다. 일행은 캠핑카에서 내려 어안이 벙벙한 표정으로 연우를 맞았다.

"어떻게 된 거야? 다시 온 거야?"

BK가 가장 먼저 자초지종을 물었다.

"그건 아니구….."

여전히 뚱한 말투였다. 궁금증이 더해졌다. 다시 합류할 게 아니라면 굳이 택시까지 타고 이렇게 쫓아왔을 리가 없었다. 도무지 다른 이유를 생각할 수 없었다.

"갈 땐 가더라도 꼭 전해줘야 할 것 같아서."

연우가 자신의 휴대전화를 BK에게 내밀었다. 설명도 없이 갑자기 휴대전화를 내미는 행동에 BK가 갸웃하며 전화기를 받아들었다. 연우가 휴대전화를 보라는 듯 고갯짓을 하자 그는 그제야 찬찬히 훑었다. 무슨 내용인지는 모르지만 뚱했던 BK의 표정이 예전의 언젠가처럼 환하게 밝아지며 입꼬리가 실룩거렸다. 분명 좋은 소식임이 틀림없었다.

"말도 안 돼."

피식거리는 BK의 웃음에 은별은 기다리지 못하고 먼저 물었다.

"뭐예요? 뭔데 말도 안 된다는 거예요?"

BK가 믿기지 않는다는 듯 계속 허허 웃으며 대답을 하지 않자 은별과 태성이 연우에게 궁금하다는 눈빛을 보냈다.

"BK 동영상을 보고 기획사에서 프러포즈가 왔어. 내 계정으로 되어 있어서 나한테 연락이 왔더라고. 이건 전해줘야 할 것 같아서."

감정을 최대한 절제하고 건조하게 사실만 말하려는 대답이었다.

"정말?"

"진짜요?"

태성과 은별도 함박웃음을 지었다. 이보다 더 좋을 수는 없었다.

"혹시 사기가 아닌가 확인하느라고 내가 먼저 통화도 했어. 조만간 미팅하자고 그러던걸?"

BK가 미팅이라는 말에 더 믿기지 않는다는 듯 다시 한번 연우를 의심의 눈초리로 보았다. 연우는 무표정하게 고개를 끄덕였다. BK가 너무 기쁜 나머지 환호성을 지르며 저도 모르게 그녀를 번쩍 안아 올렸다.

"고맙다 친구, 이게 다 네 덕분이야. 고마워, 진짜 고마워."

연우가 놀라서 BK를 떼어내려 했지만 힘에 부쳤다. 태성과 은별도 신이 났는지 축하한다는 말을 되풀이하며 하이파이브를 하고 손을 잡고 폴짝폴짝 뛰었다. 그러나 그것도 잠시, 얼른 떨어지며 다시 어색해졌다.

"오늘 축하 파티 해야 되는 거 아냐?"

태성이 은별과의 어색함을 씻어내려 얼결에 제안을 하자 BK가 그제야 연우를 내려놓고 양어깨를 잡아 눈을 마주쳤다. 연우가 시선을 피하면 다시 그쪽으로 눈을 맞추는, 일종의 귀여운 협박이었다.

"친구, 축하해줄 거지?"

선택의 여지가 없었다. 타고 온 택시도 가버렸고, 이 기쁜 소식을 전해주러 여기까지 따라왔으니 그 정도쯤은 해주고 떠나도 상관없을 것 같았다. 그러나 이렇게 허무하게 돌아올 생각은 없었기에 쉽사리 고개가 끄덕여지지 않았다.

"그래요, 언니. BK 일도 그렇고, 오늘이 큰별 님 생일이잖아요. 같이 축하해줘요."

은별은 이 틈을 타 태성의 생일을 잊지 않고 공지했다. 하지만 정작 당사자는 그 사실을 까맣게 잊고 있었던 듯했다.

"아, 맞다. 내 생일! 이제 보니 연우 씨, 내 생일 축하해주려고 돌아온 거구나? 그렇지?"

태성의 능청에 기가 막혔는지 연우가 피식 웃음을 터뜨렸다. 그 덕에 모두 표정이 밝아졌다. 연우도 능청스레 고개를 끄덕이며 웃었다.

2

캠핑카가 요란해졌다. 옆면에 알록달록 풍선도 달고 생일 축하 스티커도 매달았다. BK는 신이 나서 바비큐를 구웠고 은별과 연우는 테이블을 꾸몄다. 그래도 명색이 축하 파티인데 맹숭맹숭 밥만 먹을 수는 없었다. 오랜만에 마트에 들러 케이크와 샴페인, 먹을거리를 잔뜩 사서 일찌감치 캠핑장에 자리를 잡았다. 어쩌면 마지막이 될지도 모르는 최후의 만찬을 위해서이기도 했다.

은별은 태성을 위해 준비한 선물을 줄 생각을 하니 마음이 설레었다. 선물을 좋아할지 어떨지 몰랐다. 너무 일방적일 수도 있어서 살짝 조심스러워 나중에 깜짝선물로 줘야겠다고 생각하고 그때까진 혼자 함구해야겠다 마음먹었다.

"♪축하합니다. 생일 축하합니다. 큰별 님과 BK, 축하축하합니다."

BK와 태성이 동시에 촛불을 끄자 폭죽이 터지고 샴페인이 터지고 오랜만에 웃음도 함께 터졌다. 이전의 감정들이야 어떻든 지금 이 순간만큼은, 적어도 오늘 밤만큼은 모두 그런 어색한 감정들에서 벗어나고 싶었다.

"BK, 정말 축하해. 그럼 이제 유명해지는 일만 남은 거네?"

"아이, 형님, 왜 이러세요. 미팅 한번 하자는 걸 가지고…."

"뭐 어쨌든 앞으로 엄청 유명해지면 나 모른 척하기 있기 없기?"

잔뜩 들뜬 분위기를 틈타 태성이 은근슬쩍 BK 말투를 흉내내며 능청을 떨었다. BK가 쑥스러워하면서도 특유의 자신감 넘치는 표정으로 응수했다.

"그만하세요, 쑥스럽게…."

살짝 쑥스럽긴 했다. 그깟 기획사 미팅 한번 제안받은 것으로 이렇게 들썩들썩하는 게. 하지만 처음으로 명확한 시작점을 찾았다는 점에서 그 의미가 컸다.

깊은 구덩이에 빠져 올라갈 방법을 도저히 찾지 못하던 한 남자가 있었다. 그 구덩이는 자신이 파놓은 자기만의 세상이었다. 타고 기어오를 수도 없는 부슬부슬한 흙벽이라 누군가 밧줄을 내려주지 않는 이상 스스로 구덩이를 탈출하기란 불가능에 가까웠다. 처음엔 좌절도 하고 절망도 했지만 남자는 포기하지 않았다. 언젠가 자신의 외침을 듣고 누군가 밧줄을 내려줄 거라 확신하며 절망 대신 열심히 팔다리 근육을 길렀다. 그리고 드디어 그 길을 지나던 누군가 남자의 존재를 발견했고, 구덩이 밑으로 밧줄을 내려주었다. 처음으로 구덩이를 탈출할 수 있는 방법이 생긴 것이다. 이젠 오직 팔다리 근육의 힘만으로 밧줄을 잡고 스스로 올라가는 일만 남은 것이다. 물론 얼마 못 가서 힘에 부쳐 바닥으로 다시 떨어질지도 몰랐다. 하지만 그건 중요하지 않았다. 정말 중요한 건 몇 번을 떨어지더라도 언제나 다시 잡을 수 있는 밧줄이 생겼다는 것이니까. 탈출에 얼마나 오랜 시간이 걸릴지 모르지만 그건 이제부터 온전히 그 남자의 몫이었다.

BK가 어깨를 으쓱하며 가슴을 폈다. 자신감 충만해 있는 그를 보니 연우도 흐뭇했다.

"이건 진짜 언니 공이 크다. 그렇죠?"

은별이 슬쩍 연우를 추켜세우자 BK가 얼른 맞받아쳤다.

"완전 인정! 진짜 연우 없었으면 상상도 못 했을 일이지. 정말, 진심으로 고마워. 연우 넌, 나의 은인? 스승? 아니, 영웅이다 영웅!"

BK의 극찬에 연우가 피식 웃음을 터뜨렸다. 마음의 생채기에 조금씩 새 살이 돋고 있었다. 의지와는 상관없는, 지극히 본능적인 반응 같은 것이었다. 누군가로 인한 상처는 그 누군가로부터 치유되는 게 맞는 거였다.

"앞으로 연우 님이라 불러야지. 연우 님, 연우 님."

양손으로 얼굴 꽃받침을 만들어가며 마치 귀여운 애완견이 주인에게 달라붙어 아양을 떨 듯 BK가 애교를 부렸다. 딱 꼬집어 말은 안 했지만 미안함과 고마움이 합쳐져 예전처럼 관계 회복을 바라는, 일종의 화해의 제스처였다. 연우도 그걸 모를 리 없었다.

"저리 가. 징그러워."

웃음기를 애써 감추며 그녀가 내치자 BK의 애교는 더 집요해졌다. 연우가 시선을 피하는 족족 자신의 얼굴을 바짝 들이대고 눈을 깜빡이며 귀염 떠는 모습이 어쩌나 재미있던지 은별과 태성도 낄낄거렸다.

"알았어, 그만해."

결국 BK의 집념이 연우와의 화해 모드를 이끌어냈다. 은별이 샴페인을 잔에 따랐다. 뽀글뽀글 올라오는 샴페인의 기포처럼 모두의 기분도 점점 상승하고 있었다.

"우리 건배해요. BK와 큰별 님을 위하여!"

"위하여!"

오랜만에 즐겁게 합창하고 모두 다 함께 샴페인을 들이켰다. 마음을 찌르는 자잘한 감정의 찌꺼기들처럼 살짝 목이 따끔거리기는 했지만 이내 묵은 감정을 넘겨버리기라도 하듯 모두 한 번에 털고 나니 마음이 조금 편해진 기분이었다.

"연우 덕분에 나는 잘돼서 좋은데, 나는 아무것도 해준 게 없어서 미안하네."

BK가 미안한 감정을 드러냈다. 그러나 의외로 그녀는 덤덤했다.

"도와준 게 왜 없어? 시나리오 작업 같이 해줬잖아."

"참, 아직 소식은 없어?"

"응. 보나마나 또 퇴짜겠지, 뭐."

마치 남 말 하듯 연우가 말했다. 그러나 BK를 비롯한 일행의 마음은 안쓰러웠다. 살짝 침울해지려고 하는 기운이 흐르자 연우가 냉큼 말을 이었다.

"하지만 나 끝까지 해볼 거야. BK 말대로 포기 안 할 거야. 언젠가 BK처럼 내 시나리오를 알아봐주는 사람이 있겠지. 이런 배짱도 모두 BK 덕분에 생긴 거야. 그러니까 전혀 미안해할 거 없어."

그동안 겪었던 연우의 성격으로 봐서는 침울한 모습을 보여야 했지만 의외로 대범하고 씩씩했다. 이번 여행이 많은 것을 변화시킨 것 같았다.

"잠깐, 그런데 내 생일 선물은?"

태성이 세 사람을 향해 장난기 가득한 얼굴로 물었다. BK와 연우 모두 아차 하는 표정이었다. 은별만이 웃고 있었다.

"뭐야, 없는 거야? 다들 이러기야 정말? 나 삐친다?!"

점점 BK 말투를 따라가는 태성이 익살스럽게 투정을 부리자 BK가 얼른 그의 손을 덥석 잡았다.

"알았어요, 알았어. 선물 드릴게. 자, 손 좀 펴봐요."

태성이 나름 기대에 찬 표정으로 오른손을 내밀자 BK가 주머니에서 사인펜을 꺼내 손바닥 위에 이상한 글자를 휘갈겼다.

"뭐야, 이건?"

"선물이요."

"이게 뭔데?"

"내 사인이에요. 예비 유명인이니까 미리 사인해줄게요. 내가 주는 생일 선물이에요."

어이가 없었다. 태성은 손바닥에 그려진 낙서 같은 사인을 보고 기가 막혀 웃었다. 과연 BK다운 선물이었다.

"그럼 BK가 유명해질 때까지 이 손을 쓸 수가 없네? 그럼 난 오늘부터 왼손잡이 해야겠다."

태성이 오른손과 왼손을 차례로 머리 위로 번쩍 들어올리며 농담을 하자 모두 웃었다.

"큰별 님, 미안해요. 선물을 미처 준비하지 못했어요."

연우가 태성에게 양해를 구했다. 그러나 그도 기대하지 않았기에 전혀 개의치 않았다.

"괜찮아. 이렇게 다시 와준 것만으로도 큰 선물이 됐어."

이제 은별이 서프라이즈를 외칠 차례였다. 연우가 머뭇머뭇하는 그녀를 보고 뭔가 느낌이 왔는지 말했다.

"어? 은별 씨는 선물 준비한 거 같은데?"

태성과 BK의 시선이 동시에 은별을 향했다. 태성은 방금 전까지와는 달리 잔뜩 기대되는 표정이었지만 BK는 떨떠름한 얼굴이었다. 은별이 수줍게 웃으며 자리에서 일어나 캠핑카로 향했다.

"어? 진짜 준비했나본데?"

연우가 의외라는 듯 은별의 움직임을 따라갔다. 태성과 BK도 마찬가지였다. 그때였다.

"♪ Twinkle Twinkle Little Star ♪"

태성의 휴대전화가 진동과 함께 요란하게 울렸다. 은별을 따라가던 태성의 시선이 주머니에서 꺼낸 휴대전화로 이동했다. 석진이었다. 아마도 생일이라고 축하 전화를 한 모양이었다. 그는 들뜬 목소리로 석진을 맞았다.

그러나 몇 마디 인사가 끝나고 나서 들뜬 목소리가 차분하게 가라앉았다. 언젠가 보았던 그때처럼 태성이 또다시 머뭇거리며 난처한 표정을 지었다. 그러고는 눈짓으로 BK와 연우에게 양해를 구하며 전화기를 들고 캠핑장 구석으로 사라졌다.

잠시 후 은별이 노트북을 들고 나왔다. 설레는 표정으로. 그런데 태성이 보이지 않았다. 두리번거리며 태성을 찾는 그녀에게 연우가 손으로 전화받는 시늉을 하자 은별은 고개를 끄덕였다. 불안해하는 은별을 보는 BK의 얼굴에도 그늘이 살짝 드리워졌다.

*

태성은 꽤 오랫동안 나타나지 않았다. 통화가 길어진다는 건 썩 반갑지 않은 징조였다. 스멀스멀 불안감이 피어올랐다. 태성처럼 배려심 깊은 사람이 축하 파티를 하다 말고 이렇게 오랫동안 자리를 비운다는 건 이상한 일이었다. 금방 오겠거니 대수롭지 않게 축배를 들던 세 사람도 갈수록 초조해졌다.

삼십 분쯤 흘렀을까. 태성이 모습을 드러냈다. 애써 얼굴에 웃음을 띤 채 서둘러 자리에 와서 앉았다.

"미안, 미안. 무슨 얘기 중이었더라?"

평소보다 더 들뜨고 서두르는 태도에 세 사람은 더욱 불안해졌다.

목소리를 높이고 말이 빨라진다는 건 감추고 싶은 뭔가가 있다는 뜻이었다.

"형님, 무슨 일이에요?"

차마 물어보지 못하는 은별 대신 BK가 슬쩍 운을 뗐다. 그러나 태성이 쉽사리 입을 열 리 없었다.

"별일 아냐, 자, 건배! 참, 나한테 뭐 선물을 준다고 하지 않았나?"

그답지 않게 허둥지둥했다. 안절부절못하는 모습에 은별은 노트북을 열지 못하고 무릎 위에 올려둔 채 두 손으로 꼭 움켜쥐었다. 이런 분위기라면 서프라이즈는 의미가 없었다. BK도 답답했는지 진지한 표정으로 재차 물었다.

"형님!"

입을 꾹 닫은 채 눈치를 보던 태성이 더이상은 안 되겠다 싶었는지 얼굴에서 억지웃음을 조용히 걷어냈다. 그러고는 잠시 숨을 골랐다. 나머지 세 사람도 숨죽이며 그의 말을 기다렸다. 드디어 태성이 입을 열었다.

"오늘은 얘기 안 하려고 했는데…."

태성이 뜸을 들이자 궁금증과 불안감이 더 커졌다.

"이제 여행을 그만해야 될 것 같아."

어느 정도 예상은 했지만 막상 당사자 입을 통해 들으니 가슴이 먹먹했다. 연우의 이별 선언으로 감정 쿠션이 생기긴 했지만 이 여행을 시작한 태성에게서 직접 듣는 공지는 마치 시한부 선고나 사형 선고를 받는 느낌이었다.

예견된 수순이었다. 단지 그 시기가 언제가 될지 시간의 문제였을 뿐. 어차피 연우는 이미 이별을 선언했고, BK도 기획사 미팅을 위해 이제 자신의 자리로 돌아가야만 했다. 태성이 제자리로 돌아가는 건 의외긴 했지만 지연이 찾아왔을 때부터 짐작은 가능한 일이었다. 조만간 이런 일이 있을 거라 마음의 준비를 단단히 하고는 있었다. 그러나 준비된 마음도 막상 상황이 닥치고 나면 꽃가루처럼 힘없이 흩어져버리기 마련이다.

"그럼 강연은…? 강연가가 꿈이라면서요?"

"아쉽지만 나중으로 미뤄야겠지. 안정이 되고 다른 사람들의 말이나 상황에 휘둘리지 않을 만큼 여력이 생기면, 그때 다시."

아주 익숙한 대답이었다. 대부분의 사람들이 하는 말 그대로였다. 많은 사람들에게 하고 싶은 일은 언제 할 거냐고 물으면 이렇게 대답하지 않던가. 지금은 말고, 나중에, 나중에 생활이 안정되고 여유가 생기면 그때 하겠다고. 그러나 나중이 되어도 또다른 그때가 생기는 법이다.

이런 구태의연한 말을 자신이 하게 될 줄은 태성도 몰랐다. 멋지게 사표를 내고 대부분의 사람들과는 다른 삶을 살 거라고 잠시나마 으쓱했던 자신이 부끄러워졌다. 결국 어떤 이유에서든 현실이라는 벽 앞에서 무너지는 부실한 꿈의 소유자일 뿐이었다. 얼굴에 쓴웃음이 떠올랐다.

BK가 얼른 은별을 향했다. 태성보다는 그런 그 때문에 마음을 다칠지도 모르는 은별이 걱정됐다.

은별의 마음도 무겁게 내려앉았다. 노트북을 쥔 손에 더욱 힘이 들어갔다. 태성이 여행을 그만 두고 다시 제자리로 돌아간다는 건, 그것은 곧 은별이 준비한 선물이 무의미해졌다는 이야기였다. 그리고 이제 그녀 자신도 어떤 모습으로든 제자리로 돌아가야 한다는 의미이기도 했다. 은별이 떨리는 입술을 닫으며 입을 다물었다. 절대 내색은 하고 싶지 않았다.

"잘됐네요. 맞아, 이제 다들 방황 그만해야죠. 방황이 길어지면 그건 방황이 아니라 실종이야. 안 그래요? 하핫."

은별이 애써 분위기를 띄웠다. 그러나 침울해진 분위기가 금세 바뀌진 않았다. 하지만 연우도 BK도 알고 있으리라. 이제 자신들도 각자의 자리로 돌아가야 할 때가 되었다는 것을. 그나마 BK의 좋은 소식과 함께 여행을 끝낼 수 있어서 다행이었다.

"그럼 오늘 이건 축하 파티가 아니라 이별 파티네요?"

끝까지 은별이 분위기를 띄웠다. 애쓰는 그녀에게 미안했는지 태성이 맞장구를 쳐주었다.

"그러네, 이별 파티. 아참, 아까 나한테 선물 준다는 거 뭐였어?"

"아… 그거…?!"

분위기 전환을 위해 태성이 생일 선물 이야기를 다시 꺼내자 그녀는 당황한 표정이 되었다. 난처한 듯 노트북을 만지작거리다 문득 생각난 듯 주머니에서 뭔가를 꺼냈다. 그러고는 꼭 쥔 주먹을 태성에게 내밀었다.

"이거예요, 이거."

BK의 이상한 사인이 그려진 태성의 오른 손바닥 위에 은별의 주먹이 올려졌다. 그리고 그 안에서 뭔가 살짝 떨어졌다. 동자승 USB였다. 준비했던 선물이 의미가 없어졌으니 뭐라도 줘야만 했다. 딱히 생각난 거라고는 그것밖에 없었다. 그나마 때마침 주머니에 들어있는 것이 다행이었다. 태성이 살짝 실망스러운 표정을 지었다.

"뭐야, 이게 선물이야?"

그래도 선물을 준다기에, 그것도 은별이 준비했다기에 태성도 살짝 기대를 한 모양이었다. 그러나 역시 실망은 기대한 자의 몫. 태성이 어이없다는 표정을 짓자 은별은 멋쩍은 웃음을 웃었다.

"뭐, 나도 따로 준비할 시간이 없어서…. 그래도 그 안에 큰별 님 강의안 디자인 포맷 다 들어 있어요. 아, 이제 필요 없겠구나."

은별이 끝까지 능청을 떨었다. 그러나 사실이었다. 일부러 따로 준비한 건 아니지만 USB 안에 태성에게 도움이 될 만한 디자인 자료들을 그동안 조금씩 꽤 모아놓았다. 물론 이젠 그것도 다 쓸데없는 짓이 되어버렸지만. 그래도 선물로서 명분은 입증된 셈이었다.

태성이 애틋한 미소와 함께 USB를 손에 꼭 쥐자 BK의 얼굴에도 실망감이 스쳐 지나갔다. 동자승 USB는 상연사에서 BK가 은별에게 나름 선물로 준 것이 아니던가. BK는 이렇게 사랑의 공이 태성에게 쥐여졌고 애정의 화살표는 결국 또 태성을 향하는구나 싶어 허탈했다. 더불어 은별의 마음이 향하는 방향을 바꾸는 것이 마치 지구 자전 방향을 바꾸는 것보다 더 힘들지도 모른다는 생각이 들었다.

은별에게 태성은 마치 북극성과도 같은 존재처럼 보였다. 모든 별이 북극성을 중심으로 돌 듯 은별도 태성을 중심으로 마음이 움직이고 있었다. 그러나 원래 북극성은 시간이 지나면 바뀌는 것이라고 했다. 4,800년 전에는 용자리의 투반별이 북극성이었고, 현재의 북극성인 작은곰자리의 알파별은 단지 운이 좋아서 북극성이 된 것이라고 하지 않았던가. 북극성이 직녀별로 바뀌는 것은 지금으로부터 12,000년 후에나 가능했다.

아무리 봐도 당장 은별의 북극성이 바뀔 가능성도 제로에 가까웠다. BK의 입에서 체념에 가까운 깊은 한숨이 새어나왔다. 뭐 하나 제대로 해보지 못했는데 시작도 전에 이렇게 녹다운되다니.

문득 연우가 한 말이 떠올랐다. 혼자 북 치고 장구 치고 뻘짓했다며 창피하다던 그 말. 세상 모든 남의 일은 언젠가 내 일이 된다더니, 연우의 일이 그 자신의 일이 되는 게 이렇게 순식간이었다. 갑자기 마음이 허해진 BK는 심술이 났다.

"그럼 노트북은 왜 들고 나온 건데?"

그냥 넘어가면 좋으련만 BK가 괜히 시비를 걸었다. 은별은 무슨 변명이라도 해야 했다. 그러나 "어, 그게, 저, 그러니까"를 반복할 뿐 그럴듯한 말이 생각나지 않았다. 그러다 문득 캠핑카에 기댄 BK의 기타가 눈에 들어왔다.

"음악, 음악 들으려고요. 다운받은 거…."

"아, 맞다. 나 USB 놓고 갔었는데…."

은별이 음악 핑계를 대며 더이상은 캐묻지 말았으면 좋겠다고 생각하는 순간 다행히도 연우가 뜻하지 않게 지원군이 되어주었다.

"그래요, 연우 언니 USB에 좋은 음악이 많더라구요. 그거 좀 들을까 해서…. 언니, 괜찮죠?"

간절한 눈빛에 연우가 희미한 미소를 지으며 고개를 끄덕였다. 은별이 안도의 한숨을 내쉬었다.

"에이, 싱어송라이터를 옆에 두고 그건 아니지. 오늘은 BK 라이브로 듣는 거 어때?"

오랜만에 태성이 좋은 아이디어를 냈다. 오늘이 아니면 또 언제 BK의 라이브를 들을 수 있을까. 오늘이 아니면 또 언제 다시 만날지 기약 없는 것이 또 인연인 것을. 은별과 연우가 동시에 환호와 함께 박수를 치며 태성의 말에 응원을 보내자 BK는 으쓱해졌다. 은별은 이때다 싶어 노트북을 옆으로 치우고 얼른 기타를 가져와 BK에게 건넸다. 잠시 튜닝을 하던 BK가 흠흠 하고 목소리를 가다듬더니 마치 콘서트를 하는 가수마냥 말하기를 시작했다.

"아, BK 라이브 콘서트에 와주신 여러분께 감사드리며, 오늘 첫 곡은 여러분께 바치겠습니다."

멋진 중저음의 전주가 시작되자 은별과 연우가 콘서트장에 온 소녀 팬들처럼 꺅 소리를 지르며 환호했다.

"우, 유, 빛, 깔, 박, 봉, 구!"

그 와중에도 장난기를 버리지 못한 은별의 구호에 BK가 기타줄을 띵 하고 멈추며 귀엽게 눈을 흘겼다. 연우가 얼른 은별에게 귓속말을 했다. 둘은 풋 하고 웃고는 이번에는 제대로 된 구호를 다시 제창했다.

"무, 지, 개, 빛, B, K, 짱! 살, 인, 미, 소, B, K! 오빠악!"

휘파람 섞인 기타 연주가 다시 시작되었다. 그리고 BK의 진심을 담은 노래가 흘러나왔다.

> ♪아주 멀리까지 가보고 싶어 그곳에선 누구를 만날 수가 있을지
> 아주 높이까지 오르고 싶어 얼마나 더 먼 곳을 바라볼 수 있을지
> 작은 물병 하나, 먼지 낀 카메라, 때 묻은 지도, 가방 안에 넣고서
> 언덕을 넘어 숲길을 헤치고 가벼운 발걸음 닿는 대로
> 끝없이 이어진 길을 천천히 걸어가네 — ♪

평소 BK가 자주 부르던 유명 가수의 노래였지만 오늘따라 색다른 느낌으로 다가왔다. 이것이 마지막이라고 생각하니 가슴 한편이 아려왔다. 중국발 황사와 미세 먼지를 동시에, 그것도 단숨에 들이켠 것처럼 목구멍 안쪽부터 답답해지고 뭔가 울컥 솟아오르는 것만 같았다. 꿀꺽꿀꺽 삼켜도 자꾸만 좁디좁은 숨구멍을 비집고 올라왔다.

간주를 넣으며 BK가 일행을 물끄러미 쳐다보았다. 그리고 그 순간 문득 깨달았다. 자신이 이전에 해왔던 무수히 많은 시도가 실패와 좌절로 끝난 이유를. 그것은 진정성이었다. 그동안은 어떻게 하면 더 멋져 보일까, 더 멋지게 부를까를 생각하며 기교만 부렸다. 그런데 연우가 SNS에 올린 동영상을 찍었을 때는 그보다는 어떻게 하면 함께 있는 이들을 더 기분 좋게 하고 위로할 수 있을까를 먼저 생각

했다. 자신의 멋진 모습만 생각하는 이기적인 노래가 아닌, 듣는 사람을 먼저 생각하는 이타적인 노래를 불렀던 거다. 머리로 부르는 노래가 가슴으로 전해질 리 없었다. 가슴으로 부르면 가슴으로 전해진다. 그거였다. 누구보다 음악을 듣는 사람이 그걸 가장 먼저 알고 느낄 터였다. 바보같이 그걸 이제야 깨닫다니. 웃음이 절로 나왔다.

그래서일까. 지금 BK는 가슴에 묻어둔 마음의 말들을, 감내해야 할 이별의 아쉬움을 노래로 대신하고 있었다.

♪내가 자라고 정든 이 거리를 난 가끔 그리워하겠지만
이렇게 나는 떠나네, 더 넓은 세상으로─♪

그랬다. 노랫말처럼 결국 이렇게 떠나는 거였다. 더 넓은 세상으로, 각자 있어야 할 자리로. 네 사람 모두 언제나 이 여행을 그리워하겠지만 처음처럼 시간을 되돌릴 수 없다는 걸 알고 있다. 그래서 어쩌면 지금 이 순간이, 마지막이 될 이 순간이 여행에서 가장 아름답고 그리운 순간이 될지도 몰랐다. 노래를 부르는 BK도, 애써 표정 관리를 하는 은별도, 연우도, 태성도 같은 마음이었다.

3

삼십여 분에 걸친 BK의 라이브 콘서트가 끝났다. BK는 십여 곡이 넘는 노래를 연이어 부르기만 했고, 나머지 세 사람은 그저 말없이 서로 다른 곳을 바라보며 듣기만 했다. 각자의 방식대로 감정을 추스르기에 그것만큼 좋은 방법도 없었다.

납덩이처럼 가라앉는 무거운 감정의 스위치를 끄고 가장 먼저 정신을 차린 건 은별이었다. 그녀가 빈 샴페인 잔에 맥주를 채우며 장난기 가득한 미소를 지었다.

"그럼 마지막인 만큼 오늘은 좀 색다르게 마셔볼까요?"

테마주에 이어 이번에는 또 무슨 재미를 선사하려나, 궁금해하는 일행을 향해 그녀는 눈빛을 반짝였다.

"오늘만큼은 다들 되고 싶은 연예인이 되어보자구요."

무슨 소리인지 의아해하는 세 사람을 위해 은별이 또다시 MC 본능을 발휘했다.

"지금부터 큰별 님, BK, 연우, 은별, 이런 이름 대신 각자 평소에 부러워하던, 되고 싶었던 연예인이 되어보는 거예요. 그리고 그 이름으로 불러주는 거예요. 만약 평소처럼 원래 이름을 부르면 벌주 마시기. 오케이?"

무슨 말인지 짐작이 갔다. 재미있을 것 같았다. 세 사람이 고개를 끄덕였다.

"그럼 제가 먼저⋯."

은별이 자기소개를 하듯 자리에서 벌떡 일어났다.

"안녕하세요, 저는 언제나 맑고 투명한, 산소 같은 여자 이영애예요."

그녀가 인사를 꾸벅하고 앉자 모두 웃음을 터뜨렸다. 은별의 워너비가 이영애였다는 사실이 재미있었다. 찬찬히 들여다보면 은근 비슷한 구석도 있어 보였다. 맑고 순수한 느낌이랄까. 어쨌든 은별의 소개가 끝나자 모두 그제야 자신이 누구를 할지 생각하는 눈치였다. 먼저 연우가 슬그머니 일어났다.

"안녕하세요, 저는 섹시 카리스마 앤젤리나 졸리예요. 우!"

푸하핫. 또 웃음이 터졌다. 연우와는 정반대의 캐릭터이자 강한 여성의 상징인 앤젤리나 졸리가 그녀의 워너비였다니, 믿기지 않았다. 아니, 의외였다.

그러고 보면 사람은 누구나 자신과 닮은, 아니면 자신에게는 없는 면을 가진 사람에게 끌린다는 말이 틀리지 않았다. 무엇보다 폭소를 터뜨리게 한 건 소개 끝에 연우가 앤젤리나 졸리의 트레이드 마크인 도톰한 입술을 흉내 내며 입을 오므린 모습이었다. 얌전한 평소의 연우답지 않게 다소 도발적인 포즈였다. 마지막이기에 이런 모습도 보여줄 수 있는 것이리라.

태성과 BK가 동시에 일어났다. BK가 형님인 태성에게 순서를 양보를 하자 태성이 살짝 머뭇거리다 입을 열었다.

"안녕하세요, 저는 모든 것을 가진 남자 조지 클루니예요."

"아, 진짜. 그거 내가 하려고 했는데…!"

태성의 말이 끝나기도 전에 BK가 탄식을 했다. 그 바람에 또다시 폭소가 터졌다. 태성이야말로 의외였다. 생각 같아서는 왠지 빌 게이츠나 스티브 잡스 같은 이름을 댈 줄 알았는데 조지 클루니라니,

섹시하고 잘생기고 멋진 남자가 워너비인 것은 동서고금을 막론하고 마찬가지인 듯싶었다.

태성에게 조지 클루니를 빼앗긴 BK가 잠시 고민을 했다. 유일한 대안은 브래드 피트였지만 그러고 싶지 않았다.

"하이! 아임 스팅. 한국인이 사랑하는 팝스타, 유노? 나이스 투 미 츄."

BK가 목소리를 깔고 약간 허스키한 음성으로 스팅 흉내를 내며 소개를 하자 모두 쓰러졌다. BK 자신이 생각해도 웃겼는지 멋쩍은 웃음을 뱉어냈다.

이렇게 여행의 마지막 술자리는 대한민국을 대표하는 배우 이영애와 세계적인 배우 앤젤리나 졸리, 조지 클루니, 그리고 위대한 가수 스팅이 함께하는 역사적인 자리가 되었다.

*

"연우 씨, 아니 졸리… 아, 미치겠다!"

태성만 해도 벌써 열 번째였다. 모두 평소 부르던 이름이 습관이 되어서인지 새로 생긴 이름이 입에 붙지 않았다. 은별도 BK도 연우도 거의 대여섯 번 실수를 했고 그중 태성이 가장 많은 실수를 했다. 술자리 내내 웃음이 끊이지 않았고 원래 이름을 한 번씩 부를 때마다 어김없이 벌주가 돌아갔다. 그러나 이상하게도 오늘은 아무도 취기가 오르지 않았다. 술이 거의 바닥을 보일 때쯤 아직도 말똥말똥한

BK가 태성에게 물었다.

"클루니 형님, 그럼 이제 캠핑카는 어쩔 거예요?"

BK의 별 생각 없는 질문에 은별이 귀를 쫑긋 세웠다. 그제야 자신의 현실적인 문제가 생각난 모양이었다. 조그만 사무실이나 원룸이라도 구해서 독립을 해야 했던 그 절박한 현실의 문제가.

"글쎄, 팔기도 그렇고, 그렇다고 계속 끌고 다닐 수도 없고, 아직 거기까지는 나도 생각 못 했네."

태성도 미처 생각하지 못했던 모양이다. 그럴 만도 했다. 전셋집을 담보로 대출을 받아 구입하긴 했지만 여행이 끝났다고 고스란히 되팔 수는 없었다. 그건 홈쇼핑에서 산 물건이 마음에 들지 않았을 때 미련 없이 반품하는 변심 고객이나 하는 행동이었다. 태성에게 캠핑카는 그런 것이 아니었다. 편안한 제2의 집이자 사색의 공간이자 늘 함께하는 친구, 큐피드에 버금가는 존재였다.

제자리로 돌아간다면 당분간 캠핑카는 주인 없이 주차장 어딘가에 방치될 수밖에 없을 터였다. 태성이 무엇을 고민하는지 은별도 대충 짐작이 갔다. 순간 그녀의 눈빛이 반짝였다. 아주 좋은 생각이 떠올라서였다.

"클루니 오라버니, 그럼 임대하는 건 어때요?"

"임대?"

"주차장에 세워만 두는 것보다는 단기간이라도 필요한 사람한테 캠핑카를 임대하면 되잖아요. 일종의 재테크 개념이죠."

은별의 말에 BK와 연우도 맞장구를 쳤다. 나름 괜찮은 제안이었다. 태성도 솔깃했다.

"그럼 나야 좋지만…. 내가 원하면 언제든지 비워줘야 하는데, 그런데도 임대하겠다는 사람이 있을까?"

태성의 걱정에 은별이 회심의 미소를 지었다.

"그거야 조건만 맞으면 얼마든지 가능하죠. 내가 아는 사람 중에 그 조건에 딱 맞는 사람이 한 명 있긴 한데…."

"진짜?"

"대신 가격을 좀 저렴하게 해줘야 해요. 그 친구가 현재 자금 사정이 넉넉한 편이 아니라서…."

"그거야 은, 아니 이영애 씨가 부탁하는데 그래야지. 캠핑카만 잘 관리해주면 뭐."

"아우, 두말하면 잔소리죠. 성격도 무지무지 좋구요, 얼굴도 뭐 나름 괜찮은데다 아마 누구보다 이 캠핑카를 자기 집처럼, 자기 사무실처럼 아주 깨끗하고 유용하게 쓸 그런 사람이에요. 그리고 조지 클루니가 원하면 언제든지 바로 반납도 해줄게요."

해줄게요? 은별의 말꼬리에 태성이 고개를 갸웃거렸다. 그건 두 사람의 대화를 듣던 BK와 연우도 마찬가지였다. 3인칭 시점에서 갑자기 1인칭 시점으로 바뀌는 요상한 순간이었다.

"잠깐, 뭔가 수상한 냄새가 나는데…?"

눈치 빠른 BK가 실눈을 뜨고 은별을 노려보자 은별이 혀를 날름 내밀며 쑥스러운 웃음을 흘렸다.

"그 조건에 딱 맞는다는 친구가, 그럼…?"

역시나 둔한 태성은 그제야 눈치를 챘다.

"히힛. 나예요, 나."

모두가 그럼 그렇지 하는 표정을 지었다. 태성도 어이가 없었는지 그냥 웃고 말았다. 은별은 나름 심각하고 진지한데 모두 장난으로 받아들이는 눈치였다. 은별은 가만있을 수 없었다.

"저기요, 나 진짜 진지한데… 정말 내 집처럼 깨끗하게 사용할게요. 언제든지 말만 하면 바로 반납, 원상 복귀시킨다니까요."

애걸복걸에 가까웠다. 태성의 눈빛이 흔들렸다. 마음 같아서는 정말 그렇게만 해준다면 더할 나위 없이 좋겠지만 그건 곧 은별과의 인연을 지속한다는 의미이기도 했다. 태성 입장에서는 안 될 일이었다. 여러 가지 이율배반적인 복잡한 감정들을 정리하려면 이 여행은 오늘로 깔끔하게 끝을 맺는 게 맞았다. 안 보면 멀어진다고 하지 않았던가.

하지만 은별은 이런 좋은 기회를 놓칠 수 없었다. 집과 사무실이 동시에 해결되기 때문이기도 했지만 그보다는 아직 태성에 대한 미련이 남아 있기 때문이었다. 어쩔 수 없는 현실은 받아들여야겠지만 그 감정들을 단번에 끊어내고 싶지 않았다.

은별이 흘긋 연우에게 지원 요청 눈빛을 보냈다. 동병상련이라 했던가. 짝사랑의 아픔을 겪어본 사람이라면 적군도 순식간에 아군이 될 수 있는 게 여자라는 존재였다. 그래서 이번만큼은 연우가 은별을 외면해서는 안 됐다.

"그래요, 이왕이면 믿을 수 있는 사람한테 맡기는 게 낫죠. 안 그래, 스팅?"

연우가 연합군으로 BK까지 끌어들였다. 그러나 BK는 묵묵부답이었다. 동조를 할 수도, 반대를 할 수도 없는 복잡한 감정들이 다시 밀려왔다.

"좋아요, 그럼 이렇게 해요. 조지 클루니는 캠핑카를 나한테 맡길 수 없는 이유를, 나는 캠핑카를 나한테 맡겨야 하는 이유를 오 분 스피치로 얘기하기로 해요. 뭐, 전문 강사는 조지 클루니니까 나한테는 불리한 게임이지만 이해할게요. 대신 판정은 공정하게 졸리랑 스팅이 하는 걸로. 오케이?"

어이가 없었다. 은별의 억지는 기네스북급이었다. 스피치로 말하면 강사인 태성보다 은별이 훨씬 뛰어나다는 것은 이미 여러 번 검증된 바가 아니던가.

"그거 괜찮네. 대신 말만 잘한다고 편들진 않을게요. 유창한 말솜씨보다는 진심으로 판단할 거예요. 됐죠?"

"그럼 그렇게 하는 걸로, 땅땅땅! 결정!"

태성이 대답도 하기 전에 두 여자가 상황을 종료해버렸다. 이런 상황에서 굳이 얼굴을 붉히며 거부할 사람은 없으리라. 태성도 BK도 못 이기는 척 두 여자의 억지 주장을 따르기로 했다.

*

결과는 보나마나 예상대로였다. 은별이 유창한 말솜씨뿐 아니라 자신의 절박함을 얼마나 실감나게 토해내는지 태성의 발언은 그저 변명으로밖에는 들리지 않을 정도였다. BK도 어쩔 수 없이 은별의 손을 들어줄 수밖에 없었다.

은별이 캠핑카에 들어가서 백지 한 장을 가져와 맨 위에 볼펜으로 '계약서'라고 크게 제목을 써넣었다. 그러고는 고기를 찍어먹던 쌈 장을 태성 앞으로 쓱 내밀었다.

"일단 찍으세요."

무슨 말인가 싶어 모두 은별을 쳐다보았다.

"백지 계약서예요. 자세한 조건은 앞으로 합의하에 차차 적어나 가기로 하고 일단 계약 성립의 증거부터 남겨야죠. 요기 맨 밑에 이 름 쓰고 지장 찍으세요."

은별다운 발상이었다. 태성은 귀엽다는 듯 빙그레 웃으며 이름을 쓰고 엄지에 쌈장을 묻혀 백지 위에 날인했다. 그리고 나서 엄지에 묻은 쌈장을 자기도 모르게 혀로 핥았다. 피식 웃음이 났다.

차라리 잘됐다 싶었다. 이렇게라도 은별에게 도움이 될 수 있어서 다행이었다. 지금 태성은 흐르는 강물을 거꾸로 거슬러오르는 연어 처럼 자연스러운 감정을 애써 거슬러 억지로 버티고 있었다. 그렇게 거슬러올라가면 결국 그곳에서 죽고 마는 것을 태성도 모를 리 없었 다. 그저 그것이 어쩔 수 없는 운명이라고 생각할 뿐이었다.

"자, 그럼 이영애 씨의 새로운 보금자리를 위해 글로벌하게 한잔 할까?"

연우가 마지막 남은 술을 네 사람의 잔에 차례로 따랐다. 조지 클루니 태성, 이영애 은별, 스팅 BK, 앤젤리나 졸리 연우. 한 사람 한 사람 이름을 불러가며 연우가 마지막 술잔을 가득 채웠다. 이 마지막 잔이 비워지면 마지막 밤도 끝이 난다는 것을 알기에 더욱 아쉬웠다.

각자의 엇갈린 시선을 허공으로 던지며 네 사람은 기꺼이 잔을 들었다. 즐거운 얼굴로 그러나 슬픈 마음으로, 아름다운 만남을 위하여, 멋진 이별을 위하여!

폴라리스를 찾아서

1

네 개의 몽돌이 조명을 받으며 창틀에서 웃고 있었다. 그 옆에서 은별이 데이터 업로드 버튼을 클릭하자 복잡한 암호 같은 문장들이 모니터 아래에서 위로 빠르게 올라갔다.

으아앗.

최대한 팔을 크게 벌려 기지개를 켰다. 아직 6월도 채 되지도 않았는데 벌써부터 밤이 후텁지근하는 걸 보니 올여름도 무덥겠구나 싶었다. 빠른 속도 때문인지, 그리 크지 않은 자료의 용량 때문인지 그사이 벌써 업로드가 완료되었다. 기분이 좋아진 은별이 자신의 얼굴이 그려진 몽돌을 마치 자신인 양 기특하다며 검지 끝으로 톡톡 쳤다.

시계를 보니 벌써 새벽 3시가 넘었다. 그녀는 캠핑카 창문을 열고 얼굴을 빼꼼 내밀었다. 언제나 새벽 공기는 게으른 온몸의 세포들을 꿈틀거리게 만드는 신비한 힘이 있었다.

가벼운 마음으로 심호흡을 하며 눈을 지그시 감았다. 십 초쯤 지났을까, 은별이 재빨리 눈을 떴다. 오랜 컴퓨터 작업으로 피로해진 눈을 달래는 방법이기도 했지만 밤하늘의 별을 더 선명하게 볼 수 있는 방법이기도 했다. 예전에 태성이 알려준, 믿거나 말거나 한 일종의 민간요법이었다.

정말 선명하게 보였다. 선명하다 못해 별이 굉장히 가깝게 느껴졌다. 신기했다. 그런데 별빛이 점점 은별 쪽으로 다가오고 있었다. 문득 UFO일지도 모른다는 생각이 들어 은별은 바짝 긴장했다. 미확인 비행물체가 은별의 얼토당토않은 상상력을 놀리기라도 하듯 코앞에서 파르르 움직이고 있었다. 에잇, 그럼 그렇지. 반딧불이었다.

중학교 때 생물시간에 책에서 읽은 기억이 떠올랐다. 짝짓기를 위해 벌은 온몸을 흔들어서, 나방들은 비릿한 냄새로, 파리나 모기는 날개의 파르르한 진동으로, 박쥐는 예민한 초음파로, 매미나 개구리는 특유의 소리로, 그리고 반딧불은 반짝이는 빛으로 의사소통을 하고 사랑을 속삭인다고 했다. 마치 그 사실을 증명하기라도 하듯 한 쌍의 반딧불 커플이 바로 눈앞에서 깜빡깜빡 빛으로 다정한 대화를 나누고 있었다.

후우아. 은별은 입김으로 코앞의 반딧불 한 쌍을 향해 짓궂게 바람을 불었다. 하지만 녀석들은 아랑곳하지 않고 끈질기게도 사랑의 대화를 멈추지 않았다. 이번에는 손으로 조심스레 녀석들을 멀리 밀어버렸다. 역시 소용이 없었다.

훗. 은별도 자신의 행동이 바보처럼 느껴졌다. 사랑이란 원래 그런 것일 텐데, 아무리 강한 바람이 불고 위험한 순간이 되어도 서로 간의 대화를 멈추지 않는 것일 텐데. 그녀는 체념하고 하늘을 올려다보았다. 이미 반딧불의 현란한 깜빡임에 익숙해진 탓인지 상대적으로 얌전히 제자리에 있는 하늘의 별들이 보이지 않았다.

툭툭 자리를 털고 일어나 밖으로 나갔다. 사방이 깜깜했다. 캠핑카 뒤쪽으로 연결된 사다리를 타고 조심조심 지붕에 올랐다. 조금 더 높은 곳에서 세상을 내려다보는 것, 오랜만이었다. 지붕 위에 걸터앉아 고개를 들었다. 아까보다 조금 더 높아서일까, 별들과 조금 더 가까워서일까. 짙은 어둠 속에서 아까는 제대로 보이지도 않던 별들이 쏟아지고 있었다. 양손을 동그랗게 말아 망원경처럼 모으고는 두 눈 위에 얹고 별을 향해 포커스를 맞추었다. 동그란 손 망원경 안에서 별들이 모아지며 더욱 선명하게 보였다.

북극성을 찾았지만 오늘도 역시 보이지 않았다. 참 이상했다. 한 달 전까지만 해도 태성이 알려준 대로 밤하늘만 보면 하늘의 중심이라는 북극성을 가장 쉽게 찾을 수 있었다. BK와 연우는 포기했던, 시력 검사의 별이라는 그 보일 듯 말 듯한 알코르 별도 은별은 육안으로 찾아냈는데, 그 정도 시력이면 북극성을 찾는 건 식은 죽 먹기여야 하는데 언제부턴가 북극성을 찾을 수가 없었다.

북두칠성 국자 머리 끝부분에 해당하는 별 두 개를 이어서 다섯 배를 연장하면 나오는 별이 북극성이라고 태성이 알려주었다. 그러나 다섯 배를 연장한 그곳에, 마치 숨바꼭질이라도 하는지 북극성이 보이지 않았다. 마치 은별에게서 태성이 사라져버렸듯이.

오늘도 은별은 북극성 찾기에 실패하고 지붕 위에 팔베개를 하고 벌러덩 누웠다. 중심을 잃은 별들이 당장이라도 비처럼 쏟아질 것만 같아 위태로워 보였다. 은별은 살며시 눈을 감았다. 보이지 않을 뿐 하늘의 중심은 그대로일 터. 그래서 저 별들이 저렇게 제자리에서 반짝이고 있을 수 있는 거였다.

또로롱. 메시지 알림음이었다. 이 새벽에 누구일까. 은별은 눈을 감은 채 주머니에서 휴대전화를 꺼내 들었다. 겨우 눈을 뜨고 발신자를 확인했다. 혹시나 하는 마음에 살짝 긴장했는데, 발신자를 보고 약간은 허탈한, 그러나 반가운 웃음이 배시시 떠올랐다.

일주일에 서너 번은 이렇게 뜬금없이 그리고 느닷없이 문자를 보내며 안부를 전해왔다. 연우였다.

'은별 씨, 자?'

'아뇨.'

'그럼 전화할게.'

안 잔다는 말에 연우가 은별에게 전화를 했다. 휴대전화에서 울려 퍼지는 퀸의 노래가 짙은 어둠과 무거운 새벽 공기를 사방으로 흩어 놓았다. 은별이 전화를 받자마자 연우가 대뜸 물었다.

"은별 씨도 밤샘이야?"

＊

　그랬다.

　마지막 건배를 하고 헤어진 지 벌써 한 달이 흘렀다. 그동안 크고 작은 많은 변화가 있었다. BK는 그때 미팅을 갔던 기획사에서 작곡가로 채용이 되었다. 그는 다음 달에 데뷔할 신인 가수 음반에 자신이 쓴 곡이 두 곡이나 들어가게 됐다며 마냥 신나했다. 그리고 연우의 도움을 받아서 쓴 애틋하고 따뜻한 발라드 곡은 국내에서 열 손가락 안에 꼽히는 유명 여가수가 녹음 중이라고 했다. 열정적인 초보 작곡가답게 BK는 지난 한 달 내내 음반 작업과 작곡, 편곡에 몰두하느라 은별처럼 밤샘을 밥 먹듯 한다고 했다. 어쨌거나 조만간 자기 이름이 선명하게 인쇄된 음반이 세상에 나온다며 의기양양했다. 당연히 음반에 인쇄될 이름은 박봉구가 아닌 BK였다.

　연우는 시나리오 공모전에서 또 고배를 마셨다. 그러나 오히려 그것은 더 좋은 기회가 되었다. 공모전에서는 탈락했지만 심사를 맡았던 영화감독들 중 한 명이 개인적으로 연우의 시나리오를 긍정적으로 검토하고 싶다는 연락을 해왔고, 메이저급은 아니지만 조그만 영화사에서 시나리오 판권을 사기로 결정했다. 물론 큰 금액은 아니었지만 연우에게 액수는 중요하지 않았다. BK처럼 자신이 하고 싶은 일을 확실하게 시작할 수 있는 기회를 얻은 게 우선이었다. 어쨌든 그 이후 그녀도 시나리오 수정 작업에 열중하며 밤샘을 밥 먹듯 하고 있었다.

오늘도 아마 뭔가 잘 안 풀리는 모양이었다. 시나리오 수정 작업을 하다 막힐 때면 가끔씩 이렇게 전화가 왔다. 그렇게라도 한바탕 수다를 떨고 나면 연우도 은별도 또다시 재충전됐다. 남자들은 절대 이해할 수 없는 여자들만의 힐링 방법이었다. 휴대전화 너머로 들려오는 연우의 목소리는 예전과 달리 즐겁고 활기찬 에너지가 느껴졌다.

'은별 씨는 어때? 작업 잘 돼가?'

은별도 한 달 동안 많은 일이 있었다. 잔인한 4월을 힘겹게 보내고 푸르른 5월에게서 무한한 위로를 받는 중이었다.

일단 가장 고무적인 것은 클라이언트를 두 군데나 뚫었다는 것이다. 아니 뚫었다기보다는 운이 좋았다고 하는 게 더 정확한 표현이었다. 하나는 사바나닷컴으로 그곳에서는 아예 은별에게 일을 통째로 맡겼고, 다른 하나는 처음 수정과 갔던 캠핑, 그러니까 태성을 처음 만난 그 캠핑에 왔던 회원 중 한 명이었다. 한 달 새 일거리가 몰려드는 바람에 은별은 또다시 밤샘을 밥 먹듯 했다. 그러나 이전 회사에서의 밤샘과는 차원이 달랐다. 이젠 어엿한 개인 사무실에서 누구의 방해도 받지 않고 건강한 정신과 인간다운 몰골로 작업을 할 수 있었다. 이게 다 캠핑카를 백지 계약서로 임대해준 태성 덕분이었다. 문득 태성 생각을 하니 다시 가슴이 아프고 답답했다.

'참, 큰별 님은 아직도 연락 없어?'

은별은 창틀 위에 놓인, 태성의 얼굴이 그려진 몽돌을 집어들고 애틋하게 만지작거리다 찡그린 얼굴 쪽으로 돌려 내려놓았다.

그랬다. 지난 한 달간 BK와 연우와는 메신저로, 또 전화 통화로 간간이 연락을 하며 안부를 주고받았지만 태성에게서는 아무런 연락도 받지 못했다. 은별은 자신만 일부러 피하는 건 아닌가 주눅이 들었지만 알고 보니 연우나 BK의 안부에도 전혀 답이 없다고 했다. 처음에는 뭔가 잘못된 것이 아닌가도 생각했지만 차츰 시간이 지나면서 어쩌면 그 반대일지도 모른다는 생각이 들었다. 애써 돌아간 제자리에 다시 적응할 때까지 일부러 연락을 안 하는 것인지도 몰랐다. 은별은 차라리 후자이기를 간절히 바랐다.

2

은별은 휴대전화 속 갤러리에 저장된 사진과 함께 추억을 끄집어냈다. 간절곶 우체통 앞에서 다 같이 찍은 셀카부터 언제 찍었는지도 가물가물한, 그러나 그 장면들만은 선명한 추억들이 고스란히 담겨 있었다. 태성의 어설픈 강의 모습을 찍은 사진, 상연사 현판 아래서 다 함께 찍은 사진, 태성을 가운데 두고 연우와 BK가 아웅다웅하는 모습, 보이지도 않는 밤하늘의 별을 찍은 사진, 그런 하늘을 바라보는 태성을 찍은 사진, 그리고 마지막 날 건배를 하는 모습까지. 은별의 입가에 씁쓸하면서도 그리움이 잔뜩 묻어나는 희미한 미소가 번졌다.

선명한 추억들과 아쉬운 작별을 하고 은별은 테이블 위에 놓인 태성의 쌈장 지문이 찍힌 백지 계약서로 시선을 돌렸다. 맨 위에 '계약서'라고 쓰인 제목과 태성이 자필 성명, 그리고 쌈장 지문 말고는 여전히 아무것도 쓰여 있지 않았다.

합의하에 차차 조건을 적어나가기로 했지만 태성이 제자리로 돌아간 후부터, 그러니까 자신의 짐들을 대충 정리하고 은별에게 캠핑카를 내어준 후부터 아무런 연락이 없었다. 은별이 용기를 내어 계약서를 작성하자는 핑계로 문자를 보냈지만 태성에게서 돌아온 대답은 간단했다.

'나중에.'

평소의 태성답지 않은 굉장히 차가운 답이었다. 처음에 문자를 받고 은별은 한참 동안 얼굴이 화끈거렸다. 마치 짝사랑하는 사람에게 데이트 신청을 했다가 단번에 거절당하는 그런 느낌 같았다.

물론 이 문자를 보내는 시점에 태성이 너무나도 바빴거나, 그래서 간결하게 대답할 수밖에 없었을지도 몰랐다. 비행기가 이륙했을 수도 있고, 회의가 시작되었을 수도 있고, 중요한 미팅 중이었는지도 몰랐다. 그래서 아주 간결하게 요점만 간단히, 딱 세 글자만 찍을 수 있는 시간밖에 없었는지도 몰랐다.

그러나 은별은 알고 있었다. 이 모든 가설이 얼토당토않은 일종의 확증 편향이나 다름없다는 것을. 사랑에 빠진 여자들이 흔히 겪는, 자신이 갖고 있는 기존의 믿음이나 가설을 확인시켜주는 정보만 선호하는 확증 편향.

심리학자가 아니더라도 알 수 있었다. 원래 여자들은 남자에게 무슨 말을 들으면 자신에게 유리한 쪽으로 해석하려는 경향이 크다. 사랑에 빠진 여자들은 더욱 그렇다. 상대방이 그냥 내뱉은 말일 뿐인데 그것을 시작으로 여러 가지 추측과 가설의 마라톤을 시작한다. 그 해석이 맞을 확률은 글쎄. 지인들의 연애사만 돌이켜봐도 확률은 희박했다. 다만 누군가와 이별할 때에는 그런 이기적 가설들이 아름다운 이별을 만드는 가장 좋은 방법이기도 했다.

은별도 잠시나마 그런 이기적인 가설들을 세우며 안간힘을 썼다. 그러나 결국 헛된 상상이고 바람이었다. 며칠이 지나도, 일주일이 지나도, 그리고 한 달이 다 된 지금까지도 태성이 말한 그 '나중'은 오지 않았다. 아니, 더 정확히 말하면 그 나중이 언제인지 태성은 말해주지 않았다.

은별이 계약서를 한쪽으로 치웠다. 계약서 위에 찡그린 얼굴의 태성이 그려진 몽돌을 올려놓았다. 그러고는 노트북을 다시 열었다. 아주 익숙한 클릭으로 즐겨찾기에 링크된 홈페이지에 들어갔다. 개인 홈페이지였다. 그러나 그건 은별의 홈페이지가 아니었다.

폴라리스Polaris.
인생의 길잡이가 되어드리겠습니다.

오묘한 푸른 색감의 바탕에 별자리들이 북극성을 중심으로 선명하게 그려진 홈페이지였다. 실제 하늘에서는 그리 빛나는 별이 아닌 북극성이 홈페이지에서는 가장 빛나는 별이 되어 있었다.

태성의 홈페이지였다. 엄밀히 말하면 은별이 태성에게 서프라이즈 생일 선물로 주려고 만든 홈페이지였다. 물론 그러지 못했다. 혹시 나중에라도 알려줄까 생각했지만 태성이 말한 그 '나중'이 오지 않았기에 어쩔 수 없이 은별만의 비밀이 되어버렸다.

오늘도 방문자 수는 외롭게 '1'로 표시되어 있었다. 지난 한 달 동안 한 번도 1이 아닌 적이 없었다. 은별이 마우스를 메인 메뉴로 가져갔다. 프로필이 비워져 있었다. 그건 은별이 채워넣을 수 없는 종류의 것이었다. 다만 인사말 난은 채워져 있었다. 그녀는 찬찬히 인사말을 읽어내려갔다.

폴라리스에 오신 것을 환영합니다. 안녕하세요? 저는 한태성입니다. 클 태太, 별 성星. 그래서 다들 저를 '큰별'이라고 부릅니다. 여러분께 인생의 중심, 인생의 방향을 알려주는 큰 별 같은 존재가 되고 싶습니다. 저 하늘의 북극성처럼….

처음 태성을 캠핑장에서 만났을 때 그가 했던 자기소개를 옮겨놓은 것이었다. 그때 일이 새록새록 떠올라 은별의 얼굴에 희미한 미소가 번졌다. 이번에는 강의 후기란을 클릭했다. 서른 개의 강의 후기 리스트가 주르륵 화면에 나타났다. 은별은 마지막 건배를 한 다음 날부터 하루도 빠지지 않고 하루에 하나씩 글을 올리고 있었다.

글쓰기 버튼을 눌렀다. 오늘은 서른한 번째 후기를 남길 셈이었다. 후기라기보다는 일기에 가깝다고 하는 게 옳았다. 미처 선물하지 못한 게 아쉬워 들어올 때마다 이런저런 심정을 글로 쓰다보니 태

성의 홈페이지가 아닌 은별 자신의 개인 일기장이 되어버렸다. 아무
도 방문하지 않는, 오직 자신만이 유일한 방문자이기에 그럴 수 있는
것이기도 했다. 그녀는 그다지 경쾌하지 않은 두드림으로 한 자 한
자를 입력했다.

큰별 바라기 서른 한 번째.
나의 길잡이별이 사라졌어요. 아무리 찾아봐도 오늘도 북극성
이 보이지 않아요. 언제쯤이면 볼 수 있을까요? 많이 보고 싶은
데. 오늘따라 누군가의 재미없는 별 이야기가 무척 듣고 싶어지
네요. 오늘은 내가 좋아하는 시인의 일기로 후기를 대신합니다.

사랑하는 이여,
우리 모두는 어딘가 쉴 곳이 있어야만 합니다.
내 영혼이 쉴 자리는 아름다운 작은 숲
그대에 대한 나의 이해가 사는 그곳입니다.

－1908년 11월 8일 칼릴 지브란－

3

"오빠!"
지연이 웃음 띤 얼굴로 누군가의 등을 쿡 찔렀다. 햇살 가득한 커

피숍 창가 자리에 웅크리고 앉아 멍한 눈으로 백지 위에 수없이 많은 별자리 모양을 기계적으로 끄적거리며 낙서를 하고 있는 사람은 태성이었다. 각각의 별 그림에 웃는 모습, 찡그린 모습, 우는 모습, 뿔이 난 모습 등 여러 가지 표정을 그려넣고 있는 그의 손가락에는 다시 커플링이 끼워져 있었다.

"무슨 생각을 하고 있기에 몇 번을 불러도 못 듣는 거야?"

지연이 마주 앉으며 투덜대자 그제야 정신이 든 듯 태성이 얼굴에 얼른 웃음을 띠며 그녀를 맞았다.

"그랬어? 미안."

별 그림으로 가득 채운 종이를 태성이 반으로 접으며 말했다. 지연이 흘긋 별 그림을 보고는 못 말리겠다는 듯 혀를 차며 살짝 고개를 저었다. 하고 싶은 말이 많아 보였지만 참는 눈치였다.

"오빠, 기숙사 생활 불편하지 않아? 그러게 왜 대출은 받아가지구…."

태성이 투덜대는 지연을 그저 물끄러미 쳐다보았다.

"아, 미안. 나 때문이지."

지연이 금세 미안한 기색을 표했다. 물론 직접적인 원인은 아니지만 그래도 지연이 근본적인 원인이긴 했다. 그러나 미안한 기색도 잠시, 다시 잔소리 모드로 바뀌는 데는 그리 오래 걸리지 않았다.

"근데 아직도 캠핑카는 안 팔린 거야? 그게 팔려야 집을 다시 얻을 텐데. 산 지 얼마 안 돼서 금방 팔릴 것 같은데…. 나도 좀 알아볼까?"

"됐어. 당장 필요한 것도 아닌데 뭐. 내가 알아서 해. 그리고 난 기숙사 생활이 더 편해."

그랬다. 태성은 캠핑카를 팔고 싶지 않았다. 언제까지가 될지는 모르지만 되도록 오랫동안.

"알았어. 오빠 의견 존중할게. 그럼 이제 가자."

"어딜?"

금시초문의 표정을 하고 있는 태성을 보며 지연이 눈을 질끈 감았다 떴다. 그리고 그를 흘겨보았다.

"뭐야, 오늘 기분 전환도 할 겸 드라이브 가기로 했잖아."

"그랬나? 미안."

정신이 다른 데 가 있는 사람 같았다. 같은 게 아니라 정말 그랬다. 지난 한 달 동안 태성은 거의 일에만 파묻혀 살았다고 해도 과언이 아니었다. 한 달 내내 회사와 기숙사를 오가는 것 외에 전혀 대외 활동은 하지 않았다. 수도승이나 다름없는 금욕생활이었다. 심지어 그 좋아하는 별을 보러 가는 일도 없었다. 덕분에 큐피드는 장롱 속에서 흥미를 잃은 주인의 오래된 장난감 신세로 전락하고 말았다.

이렇게 될 줄은 전혀 몰랐다. 지연이 태성을 찾아왔던 그때만 해도. 그때 지연은 자신의 경솔함을 충분히 반성하고 있었다. 그래서 자존심을 버리고 태성을 찾아와 모든 것을 제자리로 돌려놓고 싶다며 읍소했다.

그때 태성도 처음 알았다. 사표 수리가 된 줄 알았지만 사실은 무급 휴가 처리가 되어 있었다는 것을. 태성을 아끼던 상사의 배려였다. 그 배려가 이렇게 태성을 다시 옭아맬 줄은 몰랐다. 지연에게는 잘된 일이었지만 태성에게는 오히려 족쇄가 된 셈이었다. 물론 그것 때문에 태성이 다시 제자리로 돌아올 결심을 한 건 아니었다.

일행들과 마지막 파티를 하던 바로 그날, 석진에게서 걸려온 전화 한 통이 태성을 다시 이곳으로 돌아오게 만들었다. 단순한 안부 전화 인 줄 알았다. 그러나 그에게 들려온 건 비보였다. 지연 아버지의 사 망 소식이었다. 평소 지병이 있었던 탓으로, 지연의 파혼 결정으로 외동딸에 대한 큰 걱정이 부른 결과였다. 결정의 주체가 누구든 파혼 문제에서 피해자는 남자보다 여자가 될 확률이 높지 않은가. 모든 부 모가 그렇겠지만 건강한 부모도 병이 날 판에, 여러모로 상황이 그럴 만했다.

흔들렸다. 파혼 결정은 지연이 먼저 한 거였지만 그 원인을 제공 한 건 태성 자신이었기 때문이다. 그리고 무엇보다 그렇게 헤어진 이 후 어쨌거나 자신은 캠핑카를 타고 일행들과 즐거운 날들을 보내지 않았던가. 자신의 아픔을, 상처를 치유하기 위한 몸부림이긴 했지만 어쨌거나 지연이나 그녀의 가족보다는 더 즐거운 날들을 보낸 건 사 실이었다. 파혼을 핑계 삼아 태성은 자기가 하고 싶었던 일을 충분히 실행하고 즐겼으니까.

죄책감이 들었다. 그 죄책감이 태성의 여린 마음을 가만둘 리 없 었다. 결국 그렇게 제자리로 돌아와야만 했다. 그렇다고 이미 벌어 진 일이 수습되고 다른 것들도 제자리로 돌아오는 건 아니었지만, 최 소한 죄책감을 조금이라도 덜 수 있을 것 같았다. 어쩌면 지연이 자존심을 버리고 태성을 찾아왔을 때, 그때 좀더 일찍 눈 질끈 감고 돌아왔더라면 이런 슬픈 일은 없었을지도 몰랐다.

"어디로 갈까?"

"그냥, 아무 데나."

태성이 자기도 모르게 빙긋 미소를 지었다. 아무 데나라니. 캠핑카 내비게이션에 있던 아무 데나가 이럴 때 쓰라고 있는 거구나 하는 생각에 웃음이 났다. 지금 이 순간 필요한 건 바로 그 내비게이션이었다.

*

"어디 오랜만에 머리 좀 식혀볼까?"

한 달간 밤낮 없이 지내며 헝클어진 바이오리듬을 빨리 제대로 돌려놓아야 했다. 은별이 축 늘어지고 마디마디 쑤시는 몸을 이끌고 운전석에 올랐다.

그동안 용인 근처의 한적한 마을 공터에 머물러 있었다. 하룻밤 정도라면 모를까 캠핑장 사용료도 만만치 않았기에 가끔 충전을 하거나 오물 처리를 하기 위해 가까운 캠핑장에 들르는 것을 제외하고는 거의 대부분 이곳에 있었다. 로망, 낭만 그런 것들을 뒤로한 채 오로지 사무실과 잠자는 곳, 즉 오피스텔 용도로만 캠핑카를 사용했다.

이제 급한 일도 마무리지었겠다, 굳이 이곳에 붙박이로 있을 이유가 없었다. 홈페이지 수정 작업이야 요청이 들어오면 그때그때 하면 될 것이니 당분간은 여유롭게 여행을 좀 해도 될 듯싶었다. 일단 지금 당장 어디론가 떠나야만 한다는 생각뿐이었다. 이럴 때 전국의 캠핑 여행지를 쫙 꿰고 있는 수정이 있으면 좋으련만 하필 지금 가장 바쁘다니, 내가 한가하면 꼭 다른 사람들이 바쁘다는 머피의 법칙이 이럴 때 적용되는 게 억울하기만 했다.

시동을 걸어놓고 멍하니 앞을 바라보던 은별이 갑자기 회심의 미소를 지었다. 내비게이션의 '아무 데나'가 생각나서였다. 그동안 '아무 데나' 기능을 한 번도 사용하지 않은 터라 은별은 살짝 긴장이 되었다. 목적지 리스트에는 어김없이 반가운 '아무 데나'가 있었다. 패널을 터치하는 은별의 손끝에 반가움이 묻어났다.

'반경 30킬로미터 이내에 있는 아주 특별한 곳으로 안내합니다. 계속하시겠습니까?'

여자의 디지털 음성이 이리도 반가울 줄이야. 이번에는 또 어떤 곳으로 데려다줄지 기대가 이만저만이 아니었다.

"안녕, 내비? 당연히 예스지."

잔뜩 들뜬 은별이 마치 오랜만에 만난 반가운 친구를 대하듯 내비게이션에 인사를 건네며 '예'를 눌렀다. 몽환적인 피아노 소리와 함께 디지털 음성이 바로 길 안내를 시작했다.

'아주 특별한 곳으로의 여행을 환영합니다. 10미터 앞에서 우회전하십시오.'

"오케이! 고고!!"

높아진 목소리 톤만큼이나 은별의 기분도 붕붕 떴다. 오늘만큼은 모든 것을 잊고 신나게 여행의 기쁨을 만끽하고 싶었다. 캠핑카도 오랜만의 주행이 즐거운 듯 육중한 몸체를 가볍게 스르륵 일차선 도로 위에 올려놓았다. 우회전과 함께 창틀에 놓인 태성의 찡그린 몽돌이 또르르 굴러 소파 위로 안착하며 웃는 얼굴로 바뀌었다.

*

봄꽃 페스티벌이 끝난 지 얼마 되지 않아서인지 식물원 안에는 아직 형형색색의 꽃들이 가득했다. 그야말로 꽃 별천지가 따로 없었다. 눈부시던 벚꽃도 눈에 들어오지 않을 정도로 아름다운 식물들이 눈앞에 펼쳐졌다. 우리나라뿐 아니라 전 세계의 꽃들과 식물이 다 모여 있는 이 어마어마한 공간을 언제 다 볼까 걱정이 될 정도였다. 하긴, 산의 절반인 20만 평이 식물원이라니. 은별은 가장 편한 운동화를 신고 오길 잘했다는 생각이 들었다.

오랜만에 디지털 세상에서 벗어나는 순간이었다. 편안하고 평화로웠다. 그녀는 꽃밭 한가운데 덩그러니 놓인 벤치에 앉아 고개를 하늘로 쳐든 채 한참 동안 그들처럼 광합성을 했다. 피부에 와닿는 5월의 햇살도 너무 좋았고, 작은 오솔길을 걸으며 발밑에 밟히는 흙바닥의 질감도 좋았다. 그동안의 자질구레한 걱정, 근심, 불안이 민들레 홀씨처럼 날아가버렸다.

누군가 사람으로 인한 상처는 사람으로 치유해야 한다고 했던가. 하지만 지금 이 순간만큼은 틀린 말 같았다. 이 멋진 공간에 이렇게 포근한 햇살 속에서 숨쉬고 있다는 것만으로도 너무 행복하다는 생각이 들었다. 이래서 자연을 위대한 것이라 하는 거겠지.

은별은 한참을 더 걸었다. 저만치 앞쪽에 반가운 형상이 보였다. 바오바브나무였다. 두 팔로 가득 안아도 한참이나 모자란, 어린 왕자의 그 바오바브나무였다.

어린 꼬맹이들이 바오바브나무 앞에서 포즈를 취하자 아빠로 보이는 남자가 사진을 찍어주었다. 꼬맹이들이 찍은 사진을 보기 위해 남자에게로 달려가자 그 틈을 놓치지 않고 은별이 냉큼 아이들이 있던 자리에 올라섰다. 그러고는 두 팔을 힘껏 벌려 나무를 품에 안았다. 살짝 눈을 감고 온몸으로 느꼈다. 자신이 나무를 안은 게 아니라 나무가 자신을 안아준 것이라 생각하면서. 그 따뜻하고 포근한 느낌을 느끼고 싶었다. 토닥토닥. 나무가 은별을 토닥여주는 것만 같았다. 정말이었다.

토닥토닥. 생생한 촉감에 은별이 눈을 떴다. 누군가 은별의 엉덩이를 톡톡 건드리고 있었다. 다른 꼬맹이였다. 사진을 찍고 싶으니 그만 양보해달라는 앙증맞은 표정을 짓고 있었다. 은별은 살짝 부끄러운 듯 나무에서 떨어지며 혼자 키득댔다.

은별이 낄낄대며 잔디 화단을 향해 발랄한 걸음을 옮겼다. 100미터가 넘는 길이에 넓은 폭의 잔디밭과 양옆으로 조성된 화단이 잘 어우러져 레드카펫이 아니라 그린카펫을 깔아놓은 듯했다. 100미터 전력 질주를 하고 싶은 마음이 들 정도로 폭신하고 부드러워 보였다. 마침 사람들이 별로 없기도 해서 은별은 주위 눈치를 잠시 살피고는 냅다 잔디밭을 내달렸다.

한 50미터쯤 전력 질주했을까. 무엇을 봤는지 갑자기 그녀는 급정거를 하며 속도에 못 이겨 쭉 잔디 위로 미끄러졌다. 몇 안 되는 사람들의 시선이 은별에게 집중되자 놀란 토끼 눈을 한 그녀는 얼른 돌아서며 바닥에 납작 얼굴을 묻었다. 그러고는 지나가는 사람들에 얼굴을 들키지 않으려 한참을 웅크린 채 그러고 있었다. 태성이었다. 분명 태성이었다.

*

"넘어졌나 봐. 아프겠다."

지연이 잔디밭 한가운데를 가리키며 말했다. 지연이 가리키는 쪽으로 태성이 시선을 돌렸다. 한 여자가 잔디밭에 납작 엎드린 채 꼼짝도 하지 않고 있었다. 넘어진 거라면 정말 아프겠다 싶었다. 그런데 순간, 왠지 가슴속 뭔가가 뭉클해졌다. 익숙한 뒷모습이었다. 아니겠지. 태성은 저도 모르게 멍하니 잔디밭 위의 여자를 향해 넋을 놓고 있었다.

"오빠, 그만 봐. 넘어진 사람 창피하게."

지연이 태성의 시선을 억지로 거두어들였다. 아쉬웠다. 지연이 태성의 팔을 잡고 목련길로 인도하자 그는 다시 뒤를 흘긋 돌아보았다. 어느새 잔디밭 위의 여자는 사라지고 없었다. 도대체 무슨 생각을 하는 거야. 태성이 피식 어이없는 웃음을 웃었다.

태성과 지연이 목련길을 지나 매화길로 이어지는 길에 들어섰다. 지연은 작은 새처럼 끊임없이 재잘대고 있었고 태성은 그저 조용히 듣기만 했다.

그런 태성과 지연의 한참 뒤에서 은별이 조용히 따라 걷고 있었다. 따라 걷는다기보다는 미련 가득한 미행에 가까웠다. 왜 하필 이 시간에 여기지? 하필이면 태성과 여기서 만나다니. 하필이면 내비게이션의 아무 데나가 여기였을까. 태성이 타고 온 차에도 아무 데나로 안내하는 내비게이션이 있는 건가?

또다시 운명이니 뭐니 가능성도 없는 가설을 자신에게 유리한 쪽으로 해석할 게 뻔했다. 벌써 이렇게 미저리처럼 미행도 하고 있지 않은가. 은별은 자신의 머리를 마구 쥐어박았다. 지나던 사람들이 이상한 듯 그녀를 흘끔흘끔 쳐다보았다.

한편 지연은 자기 이야기에 별 반응을 안 보이는 태성을 보다 못해 슬쩍 자신의 손을 그의 손으로 가져가 살포시 포개었다. 태성은 무기력한 아이처럼 지연에게 손이 잡힌 채 그저 뚜벅뚜벅 걸어만 갔다.

멀찍이 따라오던 은별은 그제야 걸음을, 아니 미행을 멈췄다. 그대로 멈춰 선 채 손을 잡고 나란히 걸어가는 태성과 지연의 멀어지는 모습을 바라만 보았다. 그들이 시야에서 사라질 때까지 은별은 단 한 발짝도 움직이지 않고 그 자리에 망부석처럼 서 있었다.

은별은 터덜터덜 갔던 길을 다시 되돌아왔다. 그리고 다시 바오바브나무 앞에 섰다. 바오바브나무 뒤쪽으로 아까는 미처 보지 못했던 어린 왕자와 사막 여우의 형상이 서 있었다.

　은별의 입가에 체념의 미소가 떠올랐다. 여우가 어린 왕자에게 말한 대로 서로가 서로에게 의미 있는 존재가 되어가는 과정, 그것이 길들여진다는 것이라면 아마도 은별은 태성에게 길들여진 게 분명했다. 그러나 태성은 은별이 아닌 다른 누군가에게 길들여지고 있었다.

＊

　"조금 더 있다 가면 좋을 텐데. 여기 꽃비빔밥도 꼭 먹어보라고 했단 말이야."

　지연은 태성이 내내 뚱한 표정을 짓고 있는 탓에 심통이 났다. 얼마 걷지도 않았는데 피곤하다며 그만 가자는 태성에게 이끌려 주차장으로 오는 동안에도 내내 투덜거렸다. 뭔가에 홀린 듯한 태성은 여전히 무덤덤한 표정이었다.

　"어? 캠핑카다. 오빠 거랑 비슷하네?"

　차에 타려다 말고 지연이 외쳤다. 태성이 반사적으로 고개를 돌렸다. 캠핑카 한 대가 다급히 주차장을 빠져나가고 있었다. 태성의 눈이 동그래졌다. 분명 자신의 캠핑카였다. 번호판까지 볼 수는 없었지만 직감적으로 알 수 있었다. 아니, 아니어도 상관없었다. 태성의 가슴이 빠르게 뛰기 시작했다.

4

'나중에.'

태성이 휴대전화 메시지를 뚫어져라 보고만 있었다. 거의 한 달 전쯤에 은별에게 보낸 메시지였다. 지금이라도 그 나중이 언제가 될지 답장을 해주어야 싶지만 용기가 나지 않았다. 휴대전화를 들었다 놨다, 잠금 화면을 풀었다 말았다, 입만 바짝바짝 타들어갔다. 지난 한 달 동안도 그랬고, 식물원에 다녀온 후에도 벌써 며칠째 이러기를 반복하고 있었다.

스스로도 참 소심하고 비겁하다는 생각이 들었다. 그러나 책임질수도, 감당할 수도 없는 일이기에 어쩔 수 없다고 스스로를 위로하는 게 할 수 있는 최선이었다. 급기야 휴대전화를 서랍 속에 강제로 감금하고야 말았다. 안 보면 생각도 나지 않을 것을.

태성이 머리를 털어내며 노트북을 열었다. 며칠 후 회의 때 발표해야 할 자료를 만들어야 했다. 부드럽고 말랑한 강의 자료를 만들다 다시 예전처럼 복잡한 수식과 그래프가 가득한 프레젠테이션 자료를 만들어야 한다고 생각하니 숨이 턱 막혔다. 그래도 사표를 한 달 간의 휴가로 둔갑시켜준 상사의 배려를 외면할 수는 없었기에 기꺼이 발표 제안을 수락했다. 태성에게는 쓸데없는 배려이긴 했지만 자신을 생각해주는 상사의 따뜻한 마음에는 보답해야 했다. 그래서 조금 더 멋있게, 조금 더 보기 좋게 자료를 만들어야 했다.

그러나 도무지 어떤 디자인으로 어떻게 해야 할지 막막했다. 순간 은별이 자신의 볼품없는 강의 자료를 멋지게 변신시켜주던 장면이 스쳤다. 그리고 은별이 생일 선물이라고 준 USB가 생각이 났다. 강의에 필요한 웬만한 멋진 디자인 포맷이 다 들어 있다고 한 말도 떠올랐다.

다시 서랍을 열었다. 멍청하게 구석에 박혀 있는 휴대전화 옆에 은별이 선물로 준 동자승 USB가 버려진 듯 삐딱하게 놓여 있었다. 과감하게 동자승 몸통을 쏙 빼서 노트북에 꽂았다. 폴더별로 깔끔하게 정리되어 있었다. 언제 이런 자료를 다 모았나, 태성은 감탄을 넘어 감동하기 직전이었다. 생일 선물이 겨우 이거냐고 핀잔을 주었던 게 새삼 후회스러웠다.

문득 태성이 마우스를 멈췄다. 이상한 폴더 하나가 눈에 들어왔다. 폴더별 이름이 디자인1, 디자인2… 이런 식으로 되어 있었지만 단 하나, 그 폴더만 다른 이름으로 되어 있었다.

폴라리스.

폴라리스라는 이름 때문에 태성은 더욱 궁금해졌다. 빠르게 클릭하여 폴더를 열었다. 마치 판도라의 상자를 열기 전처럼 두려움과 설렘이 동시에 끓어올랐다.

여러 개의 JPEG 파일들이 들어 있었다. 태성은 하나하나 열어보았다. 각 별자리 그림을 비롯해 북극성을 중심으로 한 전체 별자리 그림, 그중 북극성을 유난히 빛나게 그린 그림 등이 있었다. 그리고 인삿말처럼 한글로 작성된 파일들도 있었다. 태성은 크기를 확대해 인삿말을 찬찬히 읽어내려갔다.

홈페이지? 폴라리스? 머리를 한 방 맞은 느낌이었다. 잠시 멍해졌다. 홈페이지라니. 태성 자신도 모르는 그의 홈페이지가 있다는 말인가. 심지어 그가 하지도 않은, 아니 어디선가 하긴 했지만 직접 쓰지도 않은 인삿말까지 있다니. 이것들은 분명 홈페이지를 만들 때 필요한 파일들이었다. 그렇다면 실제 홈페이지가 존재한다는 말인가?

파르르 떨리는 손끝으로 태성은 검색창에 폴라리스를 입력했다. 관련 단어로 된 여러 개의 홈페이지 리스트가 나열되었다. 태성이 위아래로 마우스를 천천히 드래그하다 멈칫했다.

'별 이야기, 별과 인생, 인생의 길잡이….'

고민도 할 것 없이 클릭했다. 홈페이지로 연결되는 삼 초도 안 되는 아주 짧은 순간에 태성은 벌써부터 가슴이 아려왔다. 호흡이 가빠지기 시작했다. 홈페이지가 열리는 순간, 그의 입에서 하아 하고 한숨이 쏟아져나왔다. 메인 화면만 봐도 알 수 있었다. 머리끝부터 서늘한 기운이 온몸을 타고 흘러내렸다. 아까 USB에서 본 인삿말이 고스란히 홈페이지 인사말에도 올라가 있었다.

문득 뇌리에 여러 가지 일이 스쳐갔다. 자신이 멋진 홈페이지를 갖고 싶다고 대수롭지 않게 한 말, 은별이 밤마다 작업을 하다 말고 태성이 다가가면 화들짝 놀라 노트북을 덮어버리던 일, 그리고 마지막이었던 태성의 생일날 선물을 준다며 노트북을 들고 나와서 만지작거리던 장면들이 퍼즐 조각처럼 맞춰졌다.

그랬구나. 은별이었다. 그러고 보니 홈페이지 곳곳의 사진, 그림, 색감, 서체 등이 그녀가 자주 사용하던 디자인 패턴과 비슷했다.

마치 남의 집에 몰래 들어온 도둑처럼 태성은 아주 조심스레 홈페이지 구석구석을 살폈다. 강의 후기란이 보였다. 프로필 난처럼 공백이지 않을까 했는데, 태성의 표정이 놀라움으로 가득 찼다. 무려 서른두 개의 글이 올라와 있었다. 한 달 전 그날부터 바로 어제까지. 몇 번을 망설이다가 용기를 내 클릭했다.

큰별 바라기 첫 번째.
기억합니다. 그때 처음으로 별에 대한 이야기를 들었죠. 밤하늘은 항상 그대로인 것 같지만 오묘한 우주 운행의 질서가 숨어 있다고, 마치 우리 인생처럼. 인생이 다 거기서 거기인 것 같지만 그 안에는 어떤 질서가 숨겨져 있다고. 마치 밤하늘의 수많은 별이 북극성을 중심으로 움직이듯 우리 인생도 뭔가를 중심으로 움직이고 있다고. 대부분의 사람들이 그걸 모르고 살아가기 때문이 인생에서 갈팡질팡 방황하는 거고, 그걸 발견하는 사람만이 진짜 행복한 인생을 제대로 살아가는 게 아니냐고. 그런데 저는 지금 행복한 인생을 제대로 살아가고 있는 걸까요?

큰별 바라기 두 번째.
별을 관찰하고 공부하는 것은 자신의 인생을 관찰하고 공부하는 것과 비슷하다고 했죠. 그 덕분에 인생의 북극성을 찾을 수 있었다고도 했죠. 사람들이 별에 대해서 좀더 관심을 가지면

그만큼 자기 인생에 대해서도 관심을 가지게 될 거라고 믿는다
고도 했죠. 난 별에 대한 관심이 이제 막 생기기 시작했는데,
그래서 나의 폴라리스를 찾았다고 생각했는데. 그런데 내 인생
보다 왜 다른 사람의 인생에 더 관심이 가는 걸까요?

가슴이 먹먹했다. 처음 은별을 만나서 한 이야기들이었다. 재미없
다고 했고, 심지어 졸기도 했지만 그녀는 기억하고 있었다. 아니 기
억해낸 것이었다. 하나하나 읽어내려가는 태성의 얼굴에서 희미한
경련이 일어나고 있었다.

큰별 바라기 서른한 번째.
나의 길잡이별이 사라졌어요. 아무리 찾아봐도 오늘도 북극성
이 보이지 않아요. 언제쯤이면 볼 수 있을까요? 많이 보고 싶은
데. 오늘따라 누군가의 재미없는 별 이야기가 무척 듣고 싶어
지네요….

큰별 바라기 서른두 번째.
오늘 정말 우연한 곳에서 사라졌던 나의 폴라리스를 찾았어요.
하지만 더이상 나만의 폴라리스가 아니었습니다. 이제 어쩌
죠? 저는 다시 방황하는 별이 되어야 할까요?

간신히 잠재웠던 밑바닥의 아련한 감정들이 마구 소용돌이치며

솟구쳐올랐다. 오랜 시간 동안 애써 물속에 겨우 가라앉힌 진흙이 마구 파헤쳐지는 느낌이었다. 복잡하고 혼란스러웠다. 한참 동안 아무 반응도 할 수 없었다. 태성은 그렇게 망부석처럼 넋을 놓아버렸다.

얼마나 흘렀을까. 흥분이 가라앉은 담담해진 표정으로 태성이 어디론가 전화를 걸었다.

"나야…. 잠시, 볼 수 있을까?"

*

태성은 손가락에 낀 반지를 만지작거리며 초조해했다. 이것이 과연 옳은 것인지 아직 판단이 서지 않는 표정이었다. 딸랑딸랑. 커피숍으로 들어오는 누군가를 보고야 태성은 확신이 들었다. 지연이었다.

"이 시간에 웬일이야?"

"…."

한밤중에 지연을 불러 앉혀놓고 태성은 말이 없었다.

"오빠, 무슨 일인데?"

답답해하는 지연의 다그침에 태성은 차분히 물었다.

"뭐 하나 물어봐도 돼?"

지연이 고개를 끄덕였다.

"만약 내가 또 사표를 내면, 날 이해해줄 수 있겠니?"

"…."

지연은 말이 없었다. 안 그래도 큰 눈이 더욱 커졌다. 호기심에 가득 찼던 눈망울이 원망으로 서서히 차올랐다. 그녀는 울컥 목이 메었다.

"그 얘긴 더이상 안 하기로 했잖아. 이미 끝난 얘기잖아. 왜 또…."

"미안하다."

지연의 말을 태성이 막았다. 원망 가득한 그녀의 눈빛에는 이제는 불안이 번지기 시작했다. 그럴수록 태성의 눈빛은 더욱 또렷해지고 있었다.

"우리 이제 그만하자."

지연의 눈에 눈물이 맺히기 시작했다. 태성은 미동도 하지 않았다. 어떤 원망도 어떤 욕설도 들을 각오가 되어 있었다. 그러나 지연은 어떤 반응도 보이지 않았다. 그저 울지 않으려고 꾹 참고 있는 듯 입술만 꼭 깨물고 있었다.

"네가 그랬지, 우린 서로 바라보는 곳이 다르다고. 그게 무슨 말인지 이제야 알겠어. 정말 바보 같지?"

"오빠, 그건…."

"아무래도 너와 같은 곳을 바라보긴 힘들 것 같다. 이제 우리 서로 각자 보고 싶은 곳을 보면서 살자. 난 앞으로도 변함없이 별을 보고 살아야 할 것 같아. 넌 네가 보고 싶은 곳을 보며 살아. 그게 맞는 것 같아."

"오빠…."

"정말 미안하다."

태성이 손가락에 끼고 있던 반지를 빼서 지연에게 힘겹게 내밀었다. 원목 테이블 위에 얌전히 놓인 반지를 보는 순간 지연이 겨우 참았던 눈물을 뚝 떨어뜨렸다.

달래줄 수가 없었다. 이제부터는 오롯이 지연이 혼자 견뎌내야 할 몫이었다. 자신이 그랬던 것처럼. 태성은 천천히 자리에서 일어났다. 그리고 등을 돌린 채 지연의 눈앞에서 멀어져갔다. 예전의 태성이 그랬던 것처럼 지연은 조금의 한숨도 토해내지 않고 숨을 죽인 채 꼼짝도 하지 않고 멍하니 탁자 위를 바라보았다. 테이블마다 켜진 촛불의 희미한 불빛이 그녀의 눈에 그렁그렁한 눈물을 조금이나마 감추어주고 있었다.

5

은별은 자신이 잘못 본 건가 싶어 눈을 비비고 다시 모니터를 보았다. 분명 방문자 수에 1이 아니라 2라고 쓰여 있었다. 요 며칠 그랬다. 누군가 랜덤으로 홈페이지를 방문했거나 뭔가 착각해서 잘못 들어왔거나 둘 중 하나일 게 분명했다.

어쨌든 그건 중요한 게 아니었다. 지금까지 하루도 거르지 않았던 후기 쓰기를 요 며칠 동안 왠지 한 글자도 끄적거리고 싶지 않았다. 오늘도 역시 그냥 '…'로 마침표만 여러 개 찍어놓고 홈페이지를 나왔다. 특히 오늘 마음이 딱 그랬다. 할 말이 없어서 찍는 '말없음표'가 아니라 말하기 싫어서 찍어놓은 '말하기 싫음표'였다.

또 지붕에 올라갔다. 오늘 유난히도 하늘의 별들이 반짝였다. 쳇, 오늘도 역시 북극성은 어딘가에 숨어 안 보일 테지. 습관적으로 양손을 동그랗게 모으고 손망원경을 만들어 고개를 들었다. 북두칠성, 작은곰자리, 그리고… 어? 보였다. 그동안 숨바꼭질하던 북극성이 오늘은 희미하게 빛을 뿜고 있었다. 잠시 눈을 비비고는 다시 손안경을 눈에 갖다대고 보았다. 분명 북극성, 폴라리스였다. 그리도 간절히 찾을 때는 보이지 않더니 참 짓궂은 별이네. 손안경 대신 엄지와 집게손가락만 편 채 마치 권총인 양 북극성을 향해 피융 발사하는 시늉을 했다. 총에 맞을 리가 없었다.

피식 웃음이 났다. 은별은 별 보기도 살짝 귀찮아진 듯 이어폰을 귀에 꽂았다. 작고 감미로운 소리가 은별의 귀를 간질였다. 벌써 여름이 오려는지 바람에 후텁지근한 열기가 묻어 있었다. 은별은 한낮의 태양에 살짝 달구어져 따뜻한 느낌마저 드는 지붕 위에 편안히 몸을 뉘였다. 스르르 눈이 감겼다.

잠시 후 눈을 떴을 때는 꽤 많은 시간이 흘러 있었다. 그사이 깜빡 잠이 든 모양이었다. 킁킁. 은별이 코를 예민하게 벌름거렸다. 어디선가 라면 냄새가 솔솔 풍겨왔다. 한밤중에 견디기 힘든 것 중의 하나가 바로 야식의 왕, 라면의 유혹이 아니던가. 누군가 캠핑장 어딘가에서 야식을 준비하고 있는 듯했다. 자기도 모르게 침이 꼴깍 넘어갔다. 은별은 서둘러 내려갔다. 얼른 가서 마지막 하나 남은 컵라면을 해치워야겠다 싶어서였다.

사다리를 타고 내려와 돌아선 은별이 반가움과 놀람이 뒤섞인 표정을 지으며 앞에 있는 이들을 손가락으로 가리켰다.

"어? 여긴 어떻게…?"

은별 앞에서 능청스럽게 웃고 있는 사람은 다름 아닌 BK와 연우였다. 이미 버너와 코펠 위에서는 3인분이 충분히 되어 보이는 라면이 보글보글 끓고 있었다. 그 뒤에는 아주 조그만 트레일러가 매달린 오토바이 한 대가 서 있었다. 은별이 깜빡 잠든 사이에 온 모양이었다. 그야말로 깜짝 방문이었다.

"뭐야? 예고도 없이? 어떻게 온 거야?"

BK와 연우가 대답 대신 히죽 웃으며 나무젓가락을 들어올렸다. 금강산도 식후경, 일단 먹고 보자는 뜻이었다.

*

라면 그릇은 이미 바닥을 보인 지 오래였고 이번에는 연우가 의아해하는 은별의 잔에 와인을 따랐다. 세 사람의 잔이 다 채워지자 연우가 건배를 제안했다.

"자, 우리의 쫑을 위하여!"

"쫑?"

은별이 되물었다. 갑자기 깜짝 방문을 해서 느닷없는 쫑을 위하여라니. 아직 자초지종도 못 들은 터라 더욱 생뚱맞은 소리로 들렸다. BK가 설명을 늘어놓았다.

오늘 아침 연우는 시나리오 수정 작업을 끝냈고, 엊그제 BK는 녹음

폴라리스 379

을 끝냈고, 은별도 클라이언트의 홈페이지를 완료했으니, 각자의 일을 성공적으로 좋낸 기념으로 일종의 좋파티를 하기 위해 시간을 맞춰 깜짝 방문을 한 것이었다. 보나마나 BK의 아이디어가 분명했다.

"그럼 오늘은 술 마시다 재미없거나 마음에 안 드는 얘기하면 오 분간 돌아앉아 있기. 콜?"

오랜만에 모인 기념으로 은별이 또 재미난 술자리 아이디어를 냈다. 기다렸다는 듯 연우와 BK도 '콜'을 외쳤다.

"자, 어쨌든 신나는 좋을 위해, 건배!"

세 사람이 잔을 부딪쳤다. 은별도 오랜만에 마시는 술이라 그런지 목구멍으로 술술 잘 넘어갔다.

"아, 이럴 때 태성 형님도 있어야 하는데…."

은별의 표정이 살짝 굳어졌다. 겉으로는 레드와인이 너무 드라이해서 그런 듯한 표정을 지었지만 그게 아니라는 걸 잘 아는 연우가 눈치를 주며 BK의 옆구리를 쿡 찔렀다.

"재미없어. 돌아앉아."

연우가 억지로 BK를 돌려 앉혔다. 그러나 BK는 아랑곳하지 않고 다시 제자리로 돌아앉으며 투덜댔다.

"진짜 너무하잖아. 어떻게 우리한테 연락 한 번 안 하냐?"

"재미없대도."

연우가 재빨리 다시 BK를 돌려 앉혔다. 뒤돌아 앉은 채 구시렁대는 BK의 앞에 서로 마주 앉는 은별과 연우의 시선이 마주쳤다. 서로 말은 안 했지만 연우는 은별에게 괜찮냐고 묻는 눈빛이었고, 은별은 괜찮다고 말하는 눈빛이었다. 여자끼리만 알 수 있는 위로와 공감의 눈빛 대화였다.

"뭐 다른 좋은 일 없어요?"

은별이 분위기 전환을 위해 연우와 돌아앉은 BK를 향해 물었다.

"아, 맞다. 그거 모르지? 이번에 BK가 작곡한 노래 가사 내가 썼다. 나, 작사가로도 동시 데뷔하는 거야. 어때? 신나겠지?"

"우아, 진짜 축하해요 언니. 맞아, BK 오라버니가 어휘력은 좀 달리지 아마?"

"은별 씨도 아는구나?"

은별과 연우가 장난기 가득한 표정으로 동시에 BK를 깔아뭉개자 아직 삼 분도 채 되지 않았는데 BK가 휙 돌아앉으며 어이없다는 듯 항변했다.

"어라? 이 어이없는 아가씨들 보게나? 연우가 나보다 조금 더 낫다는 거지, 내가 못하는 게 아니라구, 절대! 둘이 편먹고 이러면 나 삐친다."

두 여자의 일방적인 험담에 제 성질을 못 이기고 펄쩍 뛰는 BK의 모습이 귀여웠다.

"그럼, 노래 한 곡 불러봐. 새로 작업하고 있는 거 있다며, 모니터링해줄게."

"그래요, 얼마나 멋진가 들어보고 싶어요."

연우가 운을 떼자 은별이 장단을 맞춰 BK를 추켜세웠다. 그는 입가에 금세 빙그레 미소가 퍼지며 옆에 있던 기타를 집어들었다.

"그럼 작업한 데까지만 살짝."

띠리링 띠링. BK는 항상 전주는 멋지게 튕겼다. 곧바로 멜로디가 시작되었다. BK가 노래에 심취해 부르는 것과 달리 연우와 은별의 표정은 차츰 뚱해졌다. 삼십 초쯤 듣다 말고 참다못한 연우가 말했다.

"BK, 이건 아니다. 돌아앉아."

BK가 연주를 멈추고 어이없다는 듯 은별을 보았다. 진짜냐며 동의를 구하는 표정이었다. 그러나 은별은 미안하다는 표정으로 고개를 끄덕였다. 처음 BK를 만났을 때 들었던 이상한 노래, 그런 흐리멍덩한 느낌이었다.

"아, 또 너무 수준 높은 곡을 썼어, 내가."

BK가 아쉽다는 듯 돌아앉으면서 변명하자 연우는 그의 뒤통수에 대고 통박을 주었다.

"안 봐도 뻔하네. 데뷔한다고 신나서 콩나물 대가리 막 그려댄 거지. 내가 그 멜로디 아니라고 몇 번을 말해!"

"아이고, 알았어. 잔소리 좀 그만해. 고치면 되잖아, 고치면! 근데 잠깐, 시나리오 아이디어는 내가 더 많이 주지 않았나?"

"또 생색내려구? 아, 됐어."

연우와 돌아앉은 BK가 서로 티격태격하는 모습을 보니 은별도 웃음이 났다. 오랜만에 보는 정겨운 모습이기도 하거니와 마치 부부싸움을 하는 알콩달콩한 신혼부부를 보는 것만 같았다. 참 잘 어울리는 한 쌍이라는 생각이 들었다.

*

크르렁 크르릉.

캠핑카를 쩌렁쩌렁 울려대는 코골이에 가장 먼저 눈을 뜬 건 은별이었다. 오랜만에 2층 벙커 베드에서 새벽까지 연우와 수다를 떠느라 몇 시간 못 잤지만 오랜만에 숙면을 취한 것 같았다. 소파 베드에서는 아주 자연스럽게 BK가 코를 골며 대자로 뻗어 있었다. 간만에 보는 추억 속 정겨운 장면이었다.

은별은 조심조심 2층에서 내려와 행여 BK를 밟을까 까치발로 걸음을 옮겼다. 사실 BK의 코골이도 한몫하긴 했지만 그보다 어디선가 봄바람을 타고 오는 향긋한 커피향에 눈이 떠졌다. 은별은 신발을 신고 밖으로 나갔다. 이제 막 동이 튼 지 얼마 되지 않아 아직 푸르스름한 기운이 남아 있었다.

은별은 크게 기지개를 펴다 말고 화들짝 놀라 한 걸음 물러났다. 어스름한 새벽안개 속에서 누군가 어제 세 사람이 앉아 있던 테이블에서 커피를 내리고 있었다. 분명 남자의 뒷모습이었다. 방금 대자로 누워 있던 BK가 순간 이동을 한 것은 아닐 터였다.

"누구…세요?"

은별은 살짝 겁을 먹은 표정으로 그 자리에 서서 남자의 등을 유심히 지켜보았다. 남자가 돌아서자 은별은 한 대 얻어맞은 것처럼 멍해졌다. 아직 잠이 덜 깬 건가, 아니면 꿈인가 싶어 눈을 비비고 다시 보아도 변함이 없었다.

"일어났어? 다들 어제 좀 달린 거 같은데?"

태성이었다. 어제 연우와 BK의 깜짝 방문과는 비교도 안 될 정도의 놀라움이었다. 은별은 이제 막 잠에서 깬 터라 무슨 생각이나 추측을 할 정신이 없었다. 마음속으로는 반가웠지만 느닷없는 이 상황에 마냥 반가워할 수도 없었다. 그저 태성을 바라볼 뿐이었다.

태성은 다소 덤덤한 표정으로 멍하니 서 있는 연우에게 방금 내린 향긋한 커피 한 잔을 내밀며 의자에 앉혔다. 예전에 태성이 호텔 룸 서비스맨을 자처하며 내밀었던 때와는 분위기가 사뭇 달랐지만 은별에게는 그날의 모습이 오버랩되었다.

"어떻게… 된 거예요?"

은별의 물음에 태성은 잠시 말이 없었다. 아니, 어떻게 말을 해야 할지 몰랐다. 은별도 그의 입에서 무슨 말이 나올지 불안하기만 했다. 태성은 아직 뜨거운 커피를 후 하고 식혀 한 모금 겨우 마시고 어렵게 입을 열었다.

"아무래도 캠핑카를 다시 돌려받아야 할 것 같아서…."

은별이 한 손으로 쥐고 있던 커피잔을 두 손으로 힘겹게 모아 잡았다. 뜨거웠다. 그러나 느낄 수 없었다. 손에서 느껴지는 뜨거움보다는 태성의 말에서 느껴지는 차가움이 더 실감나게 와 닿았다.

"아…."

뭐라고 반응해야 좋을지. 은별이 애써 아무렇지 않은 표정으로 태성을 한번 흘긋 보고는 이내 두 손에 모아 잡은 커피잔으로 시선을 내리깔았다. 어젯밤에 마신 와인과 음식들이 갑자기 위장에서 소용돌이치며 솟구치는 느낌이 들었다. 머리는 싸늘해지고 위장은 뜨거워졌다. 드디어 올 것이 왔구나. 백지 계약서에 대해 태성이 말한 그 '나중에'가 바로 오늘이구나. 언제든지 원하면 깔끔하게 비워준다고 했으니 어쩔 수 없는 일이었다. 태성도 더이상 말이 없었다. 은별도 마찬가지였다. 무슨 말을 어떻게 할까. 둘 다 지금 머릿속은 백지 상태나 다름없었다.

"어? 형님?"

"큰별 님?"

기지개를 펴며 부스스한 몰골로 캠핑카를 나서던 BK와 연우가 예상치도 못한 광경을 보고 멍하니 그 자리에 붙박였다.

*

네 사람은 테이블을 사이에 두고 동서남북으로 나뉘어 앉았다. 숲속의 아침 공기마냥 분위기는 살짝 차갑고도 무거웠다. 커피가 바닥을 보일 때까지 서로 눈치를 살피는, 불편한 침묵이 흘렀다.

"그동안 그렇게 연락 한번 안 주더니 지금 캠핑카를 돌려받으러 왔다구요?"

먼저 BK가 태성의 방문 이유에 대해 비아냥거리는 투로 확인했다. 태성이 고개를 끄덕였고, 모두는 같은 생각을 하는 듯했다. 태성이 지연과 잘되어서 드디어 캠핑카를 팔아 다시 신혼집을 마련하려고 하는구나. 그것 말고는 달리 생각할 수가 없었다. 모두 착잡한 심

정이 되었다. 예상은 했지만 막상 이렇게 닥치고 보니 기분이 달갑지
는 않았다.

"얘기나 좀 들어보죠? 왜 지금 와서 캠핑카가 다시 필요해졌는
지?"

BK가 흑기사 역할을 자처하기라도 한 듯 연이어 태성에게 날선
공격을 퍼부었다. 그동안의 연락 두절에 대한 궁금함이기도 했고 섭
섭함의 표현이기도 했다. 태성은 마지막 남은 커피 한 모금을 들이켜
며 목을 축이고는 고개를 들었다.

"어쩔 수 없어. 나도 앞으로 전국으로 강연을 다니려면 캠핑카가
꼭 필요하거든."

"아무리 그래도… 예? 뭐라구요?"

무작정 심통부터 부리던 BK가 귀를 의심하듯 되물었다. 전국? 강
연? 태성의 말을 듣던 세 사람의 표정이 멍해졌다. 예상했던 대답이
아니었다. 잘못 들은 건가 서로를 번갈아보다가 다시 태성을 향해 의
심의 눈초리를 보냈다.

"큰별 님, 방금 뭐라고 하셨어요? 강연이요?"

은별이 용기를 내어 물었다. 태성은 그제야 얼굴에 미소를 띠며
장난기 가득한 말투로 말했다.

"그래, 강연. 누가 내 홈페이지를 아주 근사하게 만들어줬거든. 홈
페이지까지 생겼는데 그만두긴 아깝잖아."

홈페이지라는 말에 은별은 흠칫 놀랐다. 태성이 은별을 향해 눈을
찡긋하자 그제야 그녀는 눈치를 챘다. 방문자 수 2의 비밀을.

"그럼 회사는…?"

"사표 내고 나왔지. 근데 사직 사유를 두 번씩이나 똑같이 쓰려니까 힘들더라고."

"형님, 진짜예요? 지금 우리 놀리는 거 아니죠?"

방금 전까지만 해도 꼬장꼬장하게 굴었던 BK가 금세 감동받은 얼굴로 그에게 달라붙었다. 태성이 징그럽다며 억지로 떼어내도 태성의 가슴팍에 얼굴을 묻으며 애교를 떨었다.

"그럼 그분은…?"

머뭇거리는 은별을 대신해 연우가 물었다. 생각보다 덤덤하게 태성이 말했다.

"그 사람한테는 내가 폴라리스 같은 존재가 아닌가봐. 그래도 내가 명색이 큰별인데 별똥별 취급도 안 해주더라구."

태성이 은별을 향해 씩 웃었다. 은별은 표정이 복잡했다. 미안하기도 하고 고맙기도 하고 반갑기도 하고 창피하기도 하고 설레기도 했다.

"은별 씨, 어차피 백지 계약이었으니까 이제 내 맘대로 해도 되는 거지?"

"그런 게 어디 있어요?"

은별이 입가를 비집고 나오는 웃음을 억지로 참으며 억울한 듯 항변했다. 그러나 표정은 눈부시게 밝았다.

"왜 없어? 내 캠핑카라고 벌써 이름도 새겨났는데."

이건 또 무슨 소리인가 세 사람에게 뭔가 보여주려는 듯 태성이 벌떡 일어나 캠핑카 반대쪽 옆면으로 오라는 손짓을 했다. 캠핑카 뒤 꽁무니를 돌아서자 세 사람이 동시에 오 하고 탄성을 질렀다. 캠핑카 옆면에 크게 'Polaris'라고 랩핑이 되어 있었다. 글자 옆에 아기자기한 네 마리 귀여운 동물 캐릭터와 함께.

웃음이 났다. 일행이 잠든 그 새벽에, 어둠 속에서 몰래 이 작업을 했다는 이야기가 아닌가. 이것이야말로 서프라이즈였다. 기가 막히면서도 반가운 표정을 짓는 세 사람을 향해 태성이 뭔가 생각난 듯 물었다.

"아, 중요한 거, 뭐 하나 물어봐도 되나?"

이번엔 또 무슨 말로 놀래려나 싶어 세 사람의 눈이 커졌다.

"나 오늘 대전에서 강연 있는데 같이 갈 사람?"

대답도 하기 전에 세 사람의 얼굴에서 반가운 웃음이 먼저 새어 나왔다. 서로의 눈이 마주침과 동시에 누가 먼저라고 할 것도 없이 크게 외쳤다.

"콜!"

*

오랜만에 묵직한 안정감을 느끼며 운전을 하는 태성을 조수석에서 흐뭇하게 바라보는 은별의 표정은 5월의 햇살보다 더 눈부셨다. 네 사람의 얼굴이 그려진 몽돌들이 웃는 얼굴로 창틀에서 햇살을 받아 빛나고 있었다. 소파에 나란히 앉은 BK와 연우가 신나게 기타를 팅기며 듀엣곡을 불렀다.

반짝이는 햇살 아래 바람난 봄처녀의 뒤태처럼 신나게 들썩거리는 캠핑카 뒤꽁무니로 BK와 연우의 오토바이와 꼬맹이 미니 트레일러가 엄마를 쫓는 병아리마냥 귀엽게 끌려가고 있었다.

에필로그

아스팔트 위로 뜨거운 아지랑이 열꽃이 아물아물 피어올랐다. 한여름의 뙤약볕이 얼마나 지독한지 밖에 걸어다니는 사람조차 뜸했다. 지글지글한 태양을 피할 곳도 없는, 그늘이라고는 찾아볼 수 없는 넓은 주차장 한편에 '폴라리스'라고 쓰인 캠핑카가 땡볕을 견뎌내고 있었다.

시원한 장대비라도 내리면 좋으련만. 그런데 그때, 어디선가 장대비 같은 시원한 박수 소리가 들려왔다. 소리의 진원지는 바로 경남 사천의 한 주민센터 2층 강당이었다.

"제 얘기가 재미있으세요?"

"네!"

'인생은 별이다'라고 쓰인 플래카드 아래 태성이 마이크를 들고 웃는 얼굴로 마무리를 하고 있었다. 태성의 표정과 분위기도 그랬지만 무엇보다 청중의 반응이 예전과는 차원이 달라 보였다. 태성도 나름 만족스러운 표정으로 가볍게 목례하고는 다시 마이크를 고쳐 들었다.

"자, 그럼 이제 진짜 재미있는 강연을 본격적으로 듣기 전에 오늘 강연을 해주실 강사님을 먼저 소개해드리겠습니다."

태성이 자기가 아닌 다른 사람을 소개했다. 앞쪽의 짤막한 오프닝 강의만 했을 뿐 태성이 메인 강사가 아닌 듯했다.

"별처럼 반짝이는 강은별 강사님을 모시겠습니다. 모두 박수로 환영해주시기 바랍니다."

강당 안이 떠나가라 또다시 장대비 같은 박수가 쏟아졌다. 단상 위로 걸어들어오는 건 분명 은별이었다. 단정하고 말쑥하게 차려입은 은별이 수줍은 듯 올라와 태성에게서 마이크를 건네받고는 정중히 인사를 했다.

"안녕하세요, 강은별입니다. 처음부터 저를 너무 거창하게 소개해주셔서 몸 둘 바를 모르겠는데, 전부 사실입니다."

은별의 가벼운 농담에 청중이 짧고 굵은 웃음을 터뜨렸다. 긴장이 풀리자 그녀는 미소 띤 얼굴로 청중을 쭉 한번 훑어보고는 대담하게 입을 열었다.

"여러분은 어떤 인생을 살고 계신가요? 혹시 '별 볼 일 없는 인생이다'라는 말을 들어보신 적 있으세요? 아니면 내 인생이 그렇다고 생각해보신 적은요? 왜 그토록 중요한 인생살이에 별을 갖다붙이는 걸까요? 도대체 별이 뭐기에, 인생이랑 무슨 상관이기에 말이죠. 정말 별일이 다 있죠?"

은별의 위트에 청중이 또 한 번 까르르 웃었다.

"자, 지금부터 어떻게 하면 별 볼 일 없는 인생이 별 볼 일 있는 인생으로 바뀔 수 있는지 한번 얘기해볼게요. 궁금하세요?"

"네!"

은별의 뛰어난 말솜씨에 강당에 앉아 있는 청중이 들썩거렸다. 그런 은별과 청중을 바라보며 무대 한편에서 태성이 작게 파이팅을 외쳤다. 한 시간이 넘는 시간 동안 청중은 의자를 바짝 끌어당기고 앉아 은별의 이야기에 귀를 기울였다. 무더위도 잠시 잊게 하는 낭랑한 목소리와 맑은 미소, 특유의 유머, 그리고 재미있는 이야기까지. 태성이 은별의 매니저를 자처한 이유였다.

시간이 물 흐르듯 빠르게 흘렀다. 어느덧 구십 분이 지나고 은별이 마무리를 했다.

"우리의 인생은 별과 참 많이 닮아 있어요. 여러분은 혹시 본인이 너무 평범한 존재라고 생각하세요? 절대 아니에요. 여러분 모두는 누군가의 마음속에서 가장 밝게 빛나는, 이 세상에서 가장 아름다운 별이에요. 누군가의 인생에 길잡이가 되어주고, 인생의 중심이 되어주는 아주 소중한, 폴라리스 같은 존재예요. 그걸 잊지 마시기 바랍니다."

은별의 메시지가 메아리처럼 강당에 울려퍼졌다. 그 순간 청중의 초롱초롱한 눈빛이 밤하늘의 수많은 별보다 더 아름답게 빛나고 있었다.